T0179012

LA HORA DE LAS GAVIOTAS

IBON MARTÍN

LA HORA
DE LAS GAVIOTAS

PLAZA JANÉS

Papel certificado por el Forest Stewardship Council®

Penguin
Random House
Grupo Editorial

Primera edición: enero de 2021
Segunda reimpresión: marzo de 2021

© 2021, Ibon Martín
© 2021, Penguin Random House Grupo Editorial, S. A. U.
Travessera de Gràcia, 47-49. 08021 Barcelona

Printed in Spain – Impreso en España

ISBN: 978-84-01-02565-5
Depósito legal: B-14.471-2020

Compuesto en M. I. Maquetación, S. L.

Impreso en Unigraf
Mósteles (Madrid)

L025655

A mi amigo Xabier Guruceta,
a mi lado desde la primera página

1

Domingo, 8 de septiembre de 2019

Maitane se ve guapa pero cansada. Un poco de sombra de ojos y carmín en los labios le ayudará a tener una apariencia más segura de sí misma. Esa mirada temerosa no es la de alguien que está a punto de hacer algo que lleva meses planeando. ¿Y esas ojeras que gritan a los cuatro vientos que no ha sido capaz de dormir? Los nervios la están traicionando. No puede permitirlo, es un día demasiado importante. Apoya las manos en el lavabo y llena conscientemente los pulmones. Tiene que calmarse, así no puede ir a ningún sitio.

Olvida por un momento el espejo y se centra en la ropa. A este paso no llegará a tiempo. La camisa blanca no se ve tan planchada como le gustaría. Tampoco pasa nada, la chaqueta la cubrirá casi por completo. Los dedos de la joven no aciertan a abrochar los botones a la primera.

—Cálmate, tía —se reprocha en un susurro.

Un momento… Le ha parecido oír algo ahí fuera. Contiene la respiración y aguarda unos instantes sin permitirse el más mínimo movimiento.

Falsa alarma.

Una última mirada al espejo.

—Así mejor —se dice forzando una sonrisa. Falta alegría en sus ojos, está asustada, pero se repite a sí misma que lo que va a hacer esa mañana es lo más importante que ha hecho en sus dieciocho años de vida. Ni un paso atrás. Ella es valiente y nadie va a detenerla.

Sin apenas hacer ruido, abandona el cuarto de baño y se dirige a su dormitorio. No enciende la luz, lo conoce de sobra para manejarse a oscuras. Su mano no duda al abrir el armario. Tampoco al sentir el frío metálico de la escopeta que se cuelga del hombro.

Ahora sí. Está lista. Ha llegado el momento.

La mirada de Maitane recorre la plaza de Armas. Las contraventanas de colores dan una pincelada de alegría a un lugar dominado por la mole pétrea del castillo de Carlos V. Hay gente en los balcones. Casi todos miran a la plaza, aunque algunos pierden la vista más allá, en la desembocadura del Bidasoa y los barcos mecidos por la corriente. Es una panorámica hermosa, la más hermosa, defendería la joven, pero esa mañana no tiene tiempo de deleitarse con ella.

No, ese ocho de septiembre no es un día para la contemplación. No para Maitane ni tampoco para los cientos de hombres y mujeres que desafían a la barbarie que algunos se empeñan en disfrazar de tradición.

—¿Qué tal? ¿Estás bien? —le pregunta la mujer que tiene a su lado.

Maitane asiente mientras intenta vencer su nerviosismo. Está feliz. Siente que está haciendo historia, que junto a esa mujer que se preocupa por ella y todos aquellos que abarrotan la plaza va a lograr cambiar las cosas.

—Todas nos hemos emocionado al llegar aquí por primera vez. Has sido muy valiente al dar este paso —celebra su compañera de desfile. Después le hace un gesto para que levante la escopeta.

Largas hileras de armas se alzan hacia un cielo que llora levemente.

El silencio se palpa. Solo una gaviota que vuela lejos se atreve a plantarle cara.

Llega la señal.

El dedo de la joven se tensa.

¡Pum!

El olor de la pólvora se mezcla con la humedad, el estruendo de decenas de disparos al unísono despierta la mañana. Ya no es una gaviota la que protesta, son muchas. Se han lanzado al vuelo desde los aleros de las casas. La brisa que llega del mar barre rápidamente el humo. El sol quiere despuntar por el oeste, aunque apenas logra bañar de oro las nubes bajas que ocultan las primeras cumbres de los Pirineos. Tal vez allí también esté lloviendo.

Maitane está exultante ahora, orgullosa de sí misma. Si quiere cambiar el mundo, no puede quedarse en casa lamentándose.

Una gota corre por su mejilla. Y después otra, y otra más. Es el sirimiri que se acumula en su txapela roja. ¿O son lágrimas de emoción?

El arma cuelga de nuevo de su hombro derecho. Los parches, redobles y txilibitos, la flauta de seis agujeros típica de la zona, comienzan a interpretar marchas militares. Lo harán durante el resto de la jornada. El día grande de Hondarribia, el pueblo en el que nació y que sueña con transformar, acaba de comenzar.

—Si las jóvenes os sumáis, ganaremos esta batalla. Gracias por venir —le dice la vecina de desfile.

—No hay de qué. Es mi obligación. Todos deberíamos estar aquí.

—Ya ves que muchas han preferido quedarse al otro lado —insiste la mujer.

Maitane lo sabe. Algunas de ellas han sido sus amigas hasta hace poco.

Un tímido toque de corneta ordena reemprender el paso. El nudo en la garganta, ese que lleva días impidiendo que duerma por las noches, se hace más intenso. Pero la razón está de su parte. Está haciendo lo correcto. A sus dieciocho años ha llegado el momento de plantar cara a los intolerantes y demostrarles que sus gritos e insultos no van a amedrentarla.

La cabecera del desfile desciende ya por la calle Mayor. Maitane cierra los ojos y suspira. El nudo, el maldito nudo que le impide tragar saliva, le suplica que no baje, que se dé la vuelta y se marche a casa. Con los insultos que ha soportado durante la subida a la plaza de Armas ha sido suficiente. Sin embargo, ordena a sus pies que sigan adelante y a su mente que no la traicione justo ahora. Los adoquines intentan zancadillearla. No lo lograrán. Ni ellos ni todos aquellos que tratan de hacerlo desde las aceras.

Sus silbatos emiten un ruido insoportable, destinado a acallar la música que brota de las flautas. El mundo se vuelve borroso para Maitane, sus ojos están llenos de lágrimas. Tal vez sea mejor así. ¿De qué sirve ver a amigas con las que lo has compartido todo insultándote y dedicándote gestos cargados de odio? ¿Quién las ha engañado para que estén de ese otro lado?

—¡No hemos venido a veros! —grita alguien del público.

Decenas de voces se unen. No han venido a verla. Ni a Maitane ni a los ochocientos hombres y mujeres que se enfrentan al fanatismo. Ellos solo quieren ver a los cinco mil hombres que desfilarán a continuación en una celebración que excluye a la mujer.

Algunos aplausos tratan de enmascarar los insultos en vano. En esta parte del recorrido los silbatos y las palabras que hieren son mayoría abrumadora.

Maitane negocia consigo misma unos metros más, unos minutos más. Si no se rinde, lo habrá conseguido: ser adulta, tomar sus decisiones, luchar por las cosas en las que cree.

—¡Fuera! ¡No hemos venido a veros! —insisten demasiadas voces.

—¡Fuera del pueblo, lesbianas!

Sabe que son multitud, aunque no puede distinguir sus rostros porque se ocultan tras unas hirientes paredes de plástico negro que alzan al paso del desfile para que nadie pueda verlo. En las fotografías de los periódicos comprobará que muchas son mujeres y que algunas llevan máscaras para que no se las reconozca. Pero no hace falta, Maitane las conoce de la escuela, de los bares… Son sus vecinas de toda la vida. Duele tanto verlas ahí, duele sentir su rabia, duele que no comprendan que lo hacen por ellas; por ellas y por todas las demás.

La puerta de Santa María, el arco de piedra que custodia el final de la calle Mayor, está ya cerca. Pronto habrá pasado todo.

—¡Fuera! ¡Fuera!

—¡Marimachos!

Los plásticos negros son ahora más altos, más humillantes. Los silbatos, estridentes y desafinados, ganan la partida a los txilibitos.

Maitane siente que el puño que estruja su garganta se vuelve insoportable. Está mareada, sobrepasada, le cuesta respirar. Mira la muralla. Quiere alcanzarla cuanto antes y que esta asfixiante pesadilla termine de una vez por todas.

—Estamos haciendo historia —se repite una vez más entre dientes.

El arco está ahí mismo. Solo unos pasos más y lo habrá logrado. Hoy podrá volver contenta a casa, satisfecha con lo que ha hecho. Sin embargo, a medida que se acerca, los gritos arrecian, se siente aturdida y tiene los tímpanos a punto de estallar. Ya no entiende lo que dicen, ni siquiera sus compañeras, que también parecen gritar a este lado de los plásticos. Según se aproxima al final de la calle, la gente se agolpa a su alrededor, la empujan. Siente que sus pies no tocan el suelo, baja la mirada para encontrarlo. Alguien la zarandea, le pregunta si está bien. La felicidad se ha desvanecido. La valentía también. Las piernas ya no la sostienen. Toma aire pero sus pulmones no responden.

¿De dónde ha salido toda esa sangre que empapa su camisa blanca?

El terror la paraliza por completo. Todo a su alrededor son rostros que no conoce, bocas que le dicen cosas que no entiende, manos que recorren con brusquedad su cuerpo. El miedo y la preocupación impregnan las miradas. Nota que le desabotonan la chaqueta, que le palpan el abdomen y Maitane quiere gritar, pero la voz no le sale.

De pronto deja de sentir el suelo bajo sus pies, le parece que flota, que el cielo se mueve sobre su cabeza. Después todo cesa de golpe. El mundo entero se vuelve negro. El ruido, por fin, ha desaparecido.

2

Domingo, 8 de septiembre de 2019

Ane Cestero se siente furiosa. Furiosa e impotente. El próximo año hará como su jefe, Madrazo, y se cogerá vacaciones. Así estará lo más lejos posible de este espectáculo bochornoso.

La puerta de Santa María ha quedado atrás y con ella lo ha hecho la calle Mayor. Sin embargo, los abucheos y los pitos le alcanzan como si todavía se encontrara en ella. De buena gana volvería atrás con la porra en la mano y se liaría a palos con aquellos que sostienen los plásticos que impiden ver el desfile. Lástima de la tibieza de los mandos de la Ertzaintza a la hora de impedir las protestas.

—Hijos de puta —musita para sí misma.

Las primeras filas del Alarde han atravesado la muralla. En los rostros de las mujeres y los hombres que las componen se adivina una extraña mezcla de emociones: alivio por dejar atrás la zona más complicada, tristeza y rabia por lo que acaban de vivir, felicidad por haber resistido un año más…

Cestero traga saliva al ver llorar desconsolada a una chica de la primera fila. Será su primera vez. Por mucho que alguien lo haya visto en televisión o le hayan contado lo que tendrá que soportar, es imposible imaginar la situación. Es el tercer año que la suboficial abre la marcha para cerciorarse de que la compañía mixta puede desfilar sin mayor riesgo que el desprecio. Le gustaría que fuese el último. No es el cometido habitual de una policía destinada a las unidades de investigación, pero el Alarde de Hondarribia requiere movilizar a todos los agentes disponibles. Aunque las agresiones de los primeros años hayan cedido el testigo a los plásticos negros que condenan a la invisibilidad a quienes se atreven a desafiar a los fanáticos, la presencia policial resulta imprescindible. Con tantas emociones a flor de piel el desastre podría desencadenarse en cualquier momento.

—Calle Mayor superada —anuncia presionando el botón de la radio.

—Recibido. Normalidad en todos los puntos —le contestan desde el centro de mando del operativo.

Cestero vuelve a acercarse el aparato a la boca. ¿Normalidad? ¿A qué narices le llaman «normalidad»? Sus dedos se frenan segundos antes de activar la comunicación. Tiene que manejar su ira. Sus compañeros no tienen la culpa. Los responsables de todo son los de arriba. Los de arriba y los políticos, claro. Es mucho más fácil condenar levemente lo que sucede y no actuar, no vaya a ser que se pierdan un puñado de votos en la comarca.

—Cerdos... —masculla reemprendiendo la marcha.

Son ya muchas las filas de mujeres y hombres uniformados que han dejado atrás el casco antiguo. Todo discurre según lo esperado. A partir de aquí será más fácil. En el exterior de las murallas no acostumbran a producirse incidentes, y menos aún en las campas del santuario de Guadalupe, colgadas entre la villa marinera y el Cantábrico.

—¡Ánimo, chicas! —grita un hombre de barba cana alzando el puño en un gesto de fuerza.

Varias personas se suman con aplausos de apoyo. Es la otra cara de la moneda, presente también en la calle Mayor, aunque la brutalidad de los insultos oculte sus voces.

Cestero reprime las ganas de unirse a los ánimos. Es una agente del orden, está de servicio y tiene que proteger a todos, también a los que agreden.

Apenas se ha alejado unos metros cuando se detiene en seco. Algo no va bien ahí atrás. La puerta de Santa María ya no vomita filas ordenadas, sino una auténtica estampida. Ya no hay abucheos ni pitos, ahora los gritos que llegan del casco antiguo son de pánico.

—¡Mierda! —exclama antes de lanzar el mensaje a través de la radio—. Necesitamos refuerzos en la calle Mayor.

El aparato le devuelve una respuesta que Cestero ya no escucha entre el tumulto. Bastante tiene con correr contracorriente.

—¡Abran paso, policía!

Entre los gritos de horror de quienes logran abandonar la zona amurallada, se cuelan retazos de conversaciones nada tranquilizadoras que la ertzaina solo alcanza a oír en parte. Tampoco lo son las manchas de sangre que se ven en algunas ropas.

Cuando por fin logra cruzar la puerta de Santa María la estampida ha cesado. Quienes huían ya lo han hecho. Solo quedan en la calle Mayor los curiosos y quienes tratan de ayudar.

El lugar que Cestero encuentra ante sí nada tiene que ver con el que acaba de dejar atrás hace apenas dos minutos. Los carteles con mensajes de odio yacen abandonados, igual que las interminables barreras de plástico. ¿Dónde están los valientes que las sujetaban? Solo queda el caos que sigue a la batalla: personas desorientadas, miradas perdidas y un reguero de sangre que corre calle abajo. Es un escenario de guerra.

La ertzaina desenfunda su arma y se acerca al grupo más numeroso.

—¡Atrás, soy policía! —ordena tratando de apartar a los curiosos.

Un hombre que viste el uniforme del desfile mixto se vuelve hacia ella y la toma por los hombros. Tiene la mirada completamente enloquecida.

—¡Esos hijos de puta la han matado! —exclama mientras la zarandea.

Cestero lo aparta de un empujón y se abalanza sobre una de las dos mujeres tendidas en el suelo. A pesar de que el charco de sangre que la rodea no deja lugar a la esperanza, los dedos de la ertzaina buscan pulso en su cuello. Su piel aún desprende calor, pero no hay señal alguna de vida.

—¡Está muerta! —oye a su espalda.

—Le han clavado esto —anuncia una joven mostrándole un cuchillo.

La ertzaina le coge el antebrazo para obligarla a dejarlo en el suelo.

—No toquéis nada, ¿entendido? Estáis contaminando las pruebas. Atrás, venga. Apartaos —ordena antes de dirigirse a los agentes que acaban de llegar. Con sus cascos rojos de antidisturbios y sus porras en la mano resultan imponentes—. Hay que establecer un cordón policial. Que nadie salga de la calle.

Lo dice casi mecánicamente. Sabe que es tarde y que quien haya cometido esa locura habrá huido aprovechando la confusión de los primeros momentos.

—¡Ya llega la ambulancia! —exclama alguien.

Cestero se vuelve hacia la víctima. Esos labios abiertos en un grito congelado por la muerte la hacen estremecerse. El rojo del carmín de su boca contrasta con la blancura de su rostro.

—La han matado. Están locos —solloza uno de los hombres que recula, empujado por los ertzainas que abren paso a los sanitarios.

—¡Asesinos! —clama una mujer con la voz desgarrada.

—¡Asesinos! —le siguen otros muchos.

La indignación se apodera también de Cestero. Por primera vez en la larga historia del Alarde, los fanáticos han vencido.

3

Domingo, 8 de septiembre de 2019

El cielo gris plomizo no ha desanimado a los miles de personas que tiñen de colores la bahía de La Concha. Tampoco la lluvia fina que cae desde primera hora ha dejado en casa a ninguno de los aficionados al remo llegados desde todos los rincones del Cantábrico. Las charangas y la sidra se ocupan de que no decaiga el ánimo. Como cada año, con la llegada de septiembre, las mejores traineras compiten por la bandera de La Concha en la prueba más esperada del calendario remero.

Aitor Goenaga no recordaba un domingo de regatas tan multitudinario. Los muelles se ven atestados, igual que los miradores que brindan los baluartes del monte Urgull.

De no haber contado con el pequeño bote de remos no hubiera podido ir a ver competir a Leire. Por lo menos no con Sara. Esos muelles tan abarrotados no parecen el mejor lugar para una niña de tres años y medio. El mar, en cambio, ofrece un apostadero más sosegado, a pesar de que decenas de embarcaciones de todos los tipos y tamaños asisten como público a la regata.

—Yo también quiero remar —protesta la pequeña tratando de arrebatarle uno de los remos.

Aitor señala hacia el muelle. En la estrecha abertura junto al edificio de la Cruz Roja del Mar, una mujer agita la mano para llamar su atención. Es Leire Altuna, su pareja. Tras cuatro años en el dique seco ha regresado por fin a la competición. Está sonriendo, y no es poco después de que su trainera haya llegado en cuarta posición cuando era la favorita en todas las apuestas.

—Mira, la *ama* nos está esperando. Tendremos que darnos prisa. Será mejor si tú me ayudas del mismo modo que hace Sandra con ellas.

A la pequeña le gusta la idea. Siempre que ve entrenar a su madre dice que de mayor quiere ser como la patrona que dirige su trainera.

—¿Aquí? —pregunta una vez que se coloca en la popa—. Pero me falta el palo —apunta refiriéndose al timón.

—No importa. Tú no lo necesitas.

Sara frunce el ceño. No parece muy convencida. Sin embargo, al ver que Aitor comienza a remar se le olvida y empieza a imitar a las patronas.

—*Arraun, arraun... Bat, bi...*

El ertzaina se ríe para sus adentros. Si deja que se le escape la risa, la pequeña se enfadará.

Leire salta al bote en cuanto se detienen junto a la escalera.

—¡Lo habéis hecho muy bien! —exclama Aitor en un intento de animarla. Sabe que, pese a su sonrisa, su pareja estará enfadada consigo misma.

—*Amatxo!* —exclama Sara abrazándose a las piernas de su madre.

—Las de Orio lo han hecho mejor. ¿Habéis podido vernos bien? Hay tantos barcos... —comenta Leire señalando las decenas de embarcaciones de todo tipo que se alinean a ambos lados del campo de regateo.

La pequeña asiente.

—Pero había un montón de olas... *Aita* ha pasado un poco de miedo —asegura sacudiendo la mano.

Aitor se echa a reír. Así que ha sido él quien ha pasado miedo...

—Mira, ya vuelven los chicos —anuncia el ertzaina señalando el helicóptero de la televisión autonómica, que se ha adentrado en mar abierto siguiendo las traineras de los hombres, igual que ha hecho antes con la regata femenina.

—¡Ya vienen! —exclama Sara—. *Ama*, ¿quién va a ganar?

Leire le remueve el pelo.

—Hasta que no lleguen no lo sabremos.

—Hondarribia va delante —les llega desde un velero cercano. Es un tipo que está subido al mástil y mira por unos prismáticos—. Orio también va ahí. ¡Madre mía, están muy igualados!

Lo que al principio era un murmullo lejano va tornándose en griterío y bocinazos de ánimo conforme las cuatro traineras finalistas acceden a la bahía. En las laderas de Urgull y la isla de Santa Clara, las aficiones de las dos tripulaciones que van en cabeza enloquecen. Verde y amarillo, amarillo y verde, todo se reduce a eso en estos últimos compases.

Y de pronto se acaba. Las boyas que marcan la meta hablan claro y dan a los verdes una victoria contundente.

La megafonía, que apenas se oye entre la algarabía y el rotor del helicóptero, anuncia lo que todos han podido comprobar con sus propios ojos: la *Ama Guadalupekoa*, la trainera verde de Hondarribia, se ha hecho con la bandera de La Concha por segundo año consecutivo.

—¿Y los tuyos, *ama*? —pregunta Sara echándose en los brazos de Leire.

—Los de Hibaika no participaban. Solo las chicas —aclara su madre antes de señalar la mochila de Aitor—. Está sonando tu teléfono.

El ertzaina deja los remos para contestar.

—Hola, Ane —saluda al reconocer la foto de Cestero en la pantalla.

—¿Te has enterado de lo de Hondarribia? —escupe el auricular sin ceremonia alguna.

—Sí, han ganado. Lo he visto en directo. Leire no ha tenido tanta suerte. —Aitor no entiende por qué Cestero le llama por algo así.

La suboficial no tarda en aclarárselo:

—Aitor, estoy en el Alarde. Ha habido un asesinato.

El ertzaina dirige la mirada hacia los muelles. Se han convertido en una marea verde. Aitor no sabe de dónde han salido de repente tantos seguidores de la *Ama Guadalupekoa*, pero son cientos los que celebran ya el triunfo histórico de sus remeros.

—¿Quién? ¿Dónde? —pregunta titubeando.

Cestero no le da más explicaciones. Solo una orden que llega contundente a pesar de los cánticos triunfales de los vecinos de Hondarribia que inundan la bahía donostiarra:

—Ven cuanto antes. La Unidad Especial de Homicidios de Impacto se pone de nuevo en marcha.

4

Domingo, 8 de septiembre de 2019

Las gotas se desprenden del alero del cobertizo y van a parar al suelo de tierra. Un arroyo efímero arrastra el salvado de trigo que las hormigas han amontonado pacientemente junto al hormiguero.

A lo lejos, tras las ondulaciones del paisaje, asoma el campanario de una iglesia que hace unos minutos llamaba a misa. Los rayos ya no caen cerca. Lo hacen tras los molinos del parque eólico que cierra la panorámica.

—¿Qué, no para? —pregunta el paisano asomándose desde el interior del corral.

Es un hombre de edad incalculable. Mayor, eso seguro, pero Madrazo trata en vano de decidir si solo mayor o muy mayor. La tez curtida por las horas de sol y las profundas arrugas contrastan con la agilidad de sus movimientos. La boina, calada hasta media frente y ajada por años de intemperie, lo envejece. En su mano derecha sostiene un apero tan cubierto de polvo que el oficial de la Ertzaintza es incapaz de identificar.

Madrazo se encoge de hombros.

—No parece que quiera parar, no —responde, resignado.

El pastor, porque es un pastor jubilado, según sabrá el ertzaina antes de que la tormenta le permita continuar su camino, escruta el cielo y asiente sin dudarlo.

—Claro que para. En cinco minutos podrá usted continuar —lo anuncia mirándolo fijamente con esos ojos limpios, serenos, de hombre de campo.

El rayo que surca el cielo y el trueno que le sigue hacen dudar al policía.

—Cinco minutos —insiste el pastor ante su mueca de desconfianza—. ¿Hasta dónde va?

Madrazo apenas lleva un par de días en el Camino de Santiago, pero es suficiente para saber que la pregunta se limita a la jornada en curso, la etapa. El destino final se entiende común para todos: Compostela.

—Un poco más allá —responde el ertzaina.

Su mirada recala en la iglesia que delata el siguiente pueblo. Junto a ella, una línea de chopos traza un corte en el paisaje: un río. ¿Cuánto faltará para alcanzarlo? ¿Una hora? Tal vez más, la inmensidad de las llanuras castellanas engaña. Mira el reloj. Todavía es pronto. Sí, seguirá más allá. Si la lluvia lo permite, claro.

—Van todos demasiado rápido. No tienen tiempo de disfrutar de nada —le reprocha el paisano—. ¿Seguro que no quiere pasar? Se mojará aquí fuera.

—No, gracias. Estoy bien. De verdad.

El pastor vuelve a perderse en el cobertizo. Es una construcción sencilla, de muros de adobe y cubierta de chapa.

La lluvia no cede, aunque aún faltan algunos minutos para que la profecía del anciano caduque. Madrazo cierra los ojos y respira hondo. Huele a tierra mojada y a aceites esenciales de plantas aromáticas, a paja seca y cielo limpio. Huele a libertad. Él, sin embargo, no se siente libre.

Su espalda y sus manos se apoyan en la pared rugosa. Algunos diminutos pedacitos de barro se desprenden bajo las yemas de sus dedos y van a parar entre sus botas.

—Es muy bonita esta comarca —dice Madrazo atropelladamente. Necesita llenar el silencio, no quiere pensar.

La respuesta del pastor llega desde el interior.

—Todos dicen lo mismo, pero todos pasan de largo. Aquí nadie se queda. Es demasiado duro. Solo resistimos un puñado de viejos tozudos. Mi hija siempre quiere llevarme con ella a Madrid. Le da miedo que esté aquí solo… ¿Y si me pasara algo estando ella tan lejos? —Un suspiro se cuela entre sus palabras—. Como si en la ciudad fuera a estar más cuidado que aquí… Allí cada uno va a lo suyo. Yo nací en esta tierra y en ella pienso morir.

Madrazo apenas le escucha. Su móvil está vibrando en la mochila. Será Cestero de nuevo. Lo sucedido en Hondarribia es terrible. El fanatismo ha ido esta vez demasiado lejos.

—Hola, Ane —saluda con la amarga certeza de que esa conversación acabará mal.

—¿Vas a regresar? —vomita el auricular.

—No puedo, estas vacaciones son importantes para mí. Además, no me necesitas. Cuando decidí que fueras tú quien dirigiera la Unidad Especial de Homicidios de Impacto sabía que escogía a la mejor. Yo solo me ocupo de papeleos y burocracias.

—Por supuesto que te necesitamos. No solo yo, sino todo el equipo que tú mismo creaste. Hondarribia está en shock, se está llenando de periodistas atraídos por el morbo de mostrar un pueblo al borde de una guerra civil. Esta no va a ser una investigación cualquiera, la presión va a ser enorme.

—Lo sé, y podrás con ello. Ane, respeta mi descanso…

—No puedo creer lo que estoy oyendo —le interrumpe Cestero—. ¿Qué puede ser más importante que el salvaje asesinato de una mujer en las fiestas de su pueblo?

El oficial suspira. Sabía que su viaje no iba a ser fácil de explicar a quienes mejor le conocen.

—Ya he hablado con los de arriba y les he dicho lo mismo que a ti —apunta secamente—. Mi lugar lo ocupará Andrés Izaguirre.

—¿Don Medallas? —espeta Cestero.

Madrazo comprende su indignación. Las virtudes del oficial Izaguirre tienen más que ver con contentar al poder político que con un desempeño brillante de la labor policial. Siempre de punta en blanco, siempre preparado para esa foto que le haga ganar puntos con los de arriba y colgarse alguna medalla en la pechera.

—Será bueno para ti. Andrés es un tipo muy bien relacionado. Si consigues no enfrentarte a él y resolver el caso, les demostrarás a todos por fin que estás al frente de la unidad por lo mucho que vales y no por la relación que mantuviste conmigo.

—No soporto a la gente como él —protesta Cestero—. Le habrás dicho que quiero que el cuarto integrante del grupo sea Raúl…

—Sí, Andrés ya lo sabe. Ah, y dile a Julia que puede quedarse en mi casa. Así no tendrá que ir y venir cada día desde Urdaibai. ¿Todavía tienes llaves?

—Ya sabes que no.

Madrazo observa los aros concéntricos que forman en un charco las gotas de lluvia. Crecen a medida que se alejan en busca de otros iguales, con los que se funden hasta convertir en un caos la lámina de agua.

—Hablaré con Didier, el vecino de arriba. Él tiene una copia —anuncia el oficial.

Las campanas vuelven a llamar a misa en la distancia.

—Avisaré a Julia —responde Cestero impaciente por terminar la conversación.

La comunicación se corta sin dar tiempo a Madrazo a despedirse.

—Ya ha parado —anuncia el pastor volviendo al exterior. Lo dice sin orgullo, sin celebrar haber acertado en su pronóstico. En la comisura de sus labios ha aparecido un cigarrillo. Tiende hacia el ertzaina un paquete de Ducados en el que no quedan más que dos o tres pitillos—. ¿Fuma?

Madrazo rechaza la invitación con un gesto de la mano. Después alza la mirada hacia el cielo. La lluvia ha dejado de caer y las gotas que se desprenden de la cubierta se van espaciando en el tiempo. Es hora de continuar. Ni siquiera sabe cómo se llama el pueblo de la iglesia, ni tampoco le importa, pero quiere llegar hasta él. Llegar y pasar de largo. Su destino es otro y todavía no está cerca.

5

Domingo, 8 de septiembre de 2019

Los pasillos del hospital del Bidasoa guardan silencio. El domingo se hace notar, la tensión por lo ocurrido hace unas horas, también. Hay tres mujeres en el control de enfermería de la segunda planta, todas con sus batas azules o rosa. Se mueven entre cajones, preparan viales… Cestero las oye comentar que algo así se veía venir, que todos han mirado demasiado tiempo hacia otro lado…

—Buenas tardes. Estoy buscando a Maitane, la chica a la que han traído por un traumatismo en el Alarde.

La enfermera al mando sacude la cabeza.

—No podemos facilitar información sobre pacientes.

Cestero le muestra su placa.

—Soy la suboficial al cargo de la investigación del crimen de esta mañana.

La mujer observa la foto que se incluye en su identificación policial y levanta la mirada. Durante unos segundos estudia a la ertzaina, deteniéndose especialmente en el tatuaje de su cuello. Se trata de una representación de la diosa Mari y de Sugaar, la culebra macho que la mitología vasca empareja con ella. Por el rictus de la enfermera es evidente que no aprueba su aspecto, pero señala el pasillo de la derecha.

—Se encuentra en la doscientos siete. Necesita calma, por favor, no la importune más de lo estrictamente necesario.

—Descuide —responde Cestero antes de darle las gracias y alejarse de allí.

Sus nudillos llaman a la puerta de la habitación segundos después. Se oye gente al otro lado. Una de las voces se acerca a abrirle la puerta. Es un hombre de mediana edad, vestido con un polo verde y pantalones pardos. Tras él se ve a una mujer de pelo corto y mejillas sonrosadas y a una muchacha de unos quince o dieciséis años que viste un top que deja su ombligo a la vista. La ertzaina sabrá enseguida que se trata de la familia de Maitane: sus padres y su hermana.

Cestero se presenta. Tiene algunas preguntas que hacer a esa joven que la observa con expresión asustada desde la silla donde merienda un vaso de leche con galletas.

La madre asiente antes de volverse hacia su hija.

—Ya ves lo que has conseguido. No va a quedar nadie sin enterarse de que salías en ese maldito desfile.

—¿Cómo estás? —inquiere Cestero obviando las palabras de la mujer.

La joven se encoge de hombros. Su mirada está fija en la leche. La bata blanca de lunares azules y membrete de Osakidetza le queda grande, la hace parecer más desvalida.

—Mal. ¿Cómo va a estar? Arrepentida, ¿no? —interviene su madre. Maitane asiente con un leve gesto—. Si es que esta niña es tonta… Llevamos semanas pidiéndole que se dejase de jaleos, pero ella tenía que hacer lo que le diera la gana, claro… A los dieciocho años nos creemos muy fuertes, nos vamos a comer el mundo, vamos a cambiarlo. ¡Ja! Mira ahora… Se ha complicado la vida, nos la ha complicado a toda la familia.

Cestero se muerde la lengua y vuelve su atención a Maitane, que aún no ha abierto la boca.

—¿Qué recuerdas de lo sucedido?

Maitane la observa a través de esas gafas redondas que refuerzan su aspecto infantil.

—Nada. ¿Qué va a recordar? —interviene su madre—. Menuda inconsciente. Y ahora seguro que perdemos un montón de clientes. Todos esos que boicotean el Alarde Mixto dejarán de comprar en nuestra pescadería. No seríamos los primeros que se ven obligados a cerrar su negocio por culpa de esta fiesta.

—Ha sido una locura —añade su marido—. Una tontería así nos va a marcar de por vida, que luego el año es muy largo y la intolerancia muy dolorosa.

Cestero busca socorro en la única hermana de Maitane.

—¿Tú no desfilas?

La muchacha niega con expresión alarmada.

—Ni loca. Yo paso de ese rollo.

—Esta viene más lista —apunta su madre.

La suboficial no puede más.

—Muchas gracias por las explicaciones, pero necesito quedarme a solas con Maitane —dice mientras señala hacia la puerta.

—¿Para qué? ¿Hay algo que no podamos escuchar? Somos su familia —objeta la madre.

—Y yo soy policía e investigo un asesinato. Abandonen la habitación, por favor —ordena en un tono que no admite réplica.

La mujer obedece, aunque protesta entre dientes. Su marido y la hija menor la siguen al exterior.

Cestero cierra la puerta y respira hondo para calmarse.

—¿Qué recuerdas? —pregunta de nuevo.

Maitane sacude la cabeza. La coleta en la que recoge su melena castaña barre el respaldo de la silla.

—Nada. Solo ese sonido atronador de los silbatos y el agobio de caminar entre paredes negras que se agitaban a nuestro paso. Jamás he sentido tanto miedo.

Su mirada perdida en la bandeja resume su decepción.

—Hay testigos que te vieron hablar con Camila, la víctima mortal del ataque. ¿Qué recuerdas de esa conversación?

—¿Ella es la víctima? Fue muy amable conmigo. Me animaba, me pedía que no tuviera miedo, que fuera fuerte, insistía en que estábamos haciendo algo grande…

—¿Te pareció que estaba asustada?

Maitane dice que no con un gesto de tristeza.

—La única que estaba aterrorizada era yo. Sus palabras me ayudaron a aguantar. Era valiente, una buena mujer.

Cestero comprende que no hay nada extraño en lo que comenta. Solo se trata de una veterana animando a una muchacha que desfila por primera vez.

—¿Hubo algún movimiento extraño? ¿Algún ruido? ¿Algo que llamara tu atención?

—Todo era extraño. Un montón de gente odiándonos por desfilar.

—¿Cómo fue el momento del ataque? ¿Viste algo? Todo sucedió junto a ti.

Maitane entrecierra los ojos, trata de hacer memoria, pero termina negando con la cabeza.

—Mis recuerdos se pierden en la calle Mayor. El mundo a mi alrededor empezó a estrecharse, me faltaba el aire. Después vi toda esa sangre en mi ropa. Creía que me estaba muriendo… Y luego me desperté en la ambulancia. —La joven se lleva las manos a la cara y sus labios se aprietan para formar un puchero infantil—. Tendría que haber hecho caso a mis padres. ¿Qué he ganado con todo esto? He vivido el peor día de mi vida, he perdido amigas, lo he estropeado todo.

Sus lágrimas irritan a Cestero. Desde el exterior de la habitación le llega la voz de la madre, que continúa con sus argumentos para quien esté dispuesto a escucharlos.

—Creo que he terminado. Si recuerdas algo, llámame —indica Cestero mientras el teléfono vibra en el bolsillo de su cazadora tejana. Antes de ir hacia la puerta, apoya una mano en el hombro de Maitane—. No soy nadie para dar consejos, pero nunca permitas, por mucho que digan que es por tu bien o que se dirijan a ti con la mejor de las sonrisas, que te hagan sumisa. Jamás te arrepientas de hacer lo que piensas ni de defender aquello en lo que crees.

Maitane asiente mientras trata tímidamente de mantenerle la mirada.

—Confío en volver a verte desfilando el año que viene —remata Cestero antes de tirar de la manilla y abandonar la habitación.

La mirada furiosa de la madre la persigue mientras se aleja en busca de un lugar donde poder responder a la llamada. Es de un móvil que no conoce, aunque sospecha quién puede ser su propietario.

—Cestero —se presenta tras pulsar la tecla verde.

—Buenas tardes, suboficial. Aquí Andrés Izaguirre. —Su voz llega enlatada, le habla a través de un manos libres—. Voy a comandar la Unidad Especial de Homicidios de Impacto. Estoy de camino, saliendo de Bilbao. Al llegar daré una rueda de prensa para comunicar la reactivación de la unidad, pero antes me gustaría que nos reuniéramos para decidir cómo afrontamos la investigación.

Cestero maldice para sus adentros. A pesar de saber que iba a ocurrir, guardaba la esperanza de que Madrazo recapacitara y regresara para ponerse al frente del equipo.

—Me gustaría contar con mis agentes de confianza: Aitor Goenaga, Julia Lizardi y en la plaza vacante he pensado incluir a Raúl…

Izaguirre no le deja terminar.

—La comisaría de Irun está al corriente de vuestra llegada. Os habilitarán un espacio para que podáis estableceros allí mientras dure la investigación.

—Perfecto. Respecto a mis compañeros…

—No te preocupes por eso. Ordenaré de inmediato que se presenten en Hondarribia —zanja el oficial antes de cortar la comunicación.

6

Domingo, 8 de septiembre de 2019

Esa misma noche, cuando han pasado trece horas del asesinato, Cestero recorre el escenario junto a Aitor Goenaga, el primero de los miembros de su equipo en llegar. Tras levantarse el cordón policial, la calle Mayor ha ido recuperando el pulso, aunque nada queda del ambiente festivo. A las once de la mañana el alcalde ha decretado la suspensión de las fiestas patronales de Hondarribia.

—Ha sido exactamente aquí. —Cestero muestra la escena del crimen a su compañero.

Aitor se gira para comprobar qué hay alrededor. A observador no le gana nadie. Tampoco cuando se trata de documentarse y hurgar en los lugares más insospechados en busca de información. Es de un gran activo para la unidad, además de un buen amigo para la suboficial, que no dudó en elegirlo cuando su superior le encargó la formación de la UHI.

—¡Mira quién llega por ahí! —exclama Cestero al ver a Julia bajando la calle.

La sonrisa que esboza al verla es sincera, tanto como el largo abrazo en el que se funden cuando llega hasta ellos. A Julia no la eligió ella, sino el azar de que el primer caso de la unidad fuera en la jurisdicción de la comisaría de Gernika, a la que pertenece la agente.

—¿Qué tal estáis? Prometisteis venir por Urdaibai este verano y al final he tenido que ser yo quien me acerque a veros —les reprocha con afecto.

—Oye, que todavía no ha terminado el verano —le corrige Cestero antes de señalar el pavimento. Los adoquines brillan a la luz de las farolas—. Le estaba mostrando a Aitor el lugar de los hechos. Si os fijáis, todavía veréis sangre.

—¿No han limpiado? —inquiere Julia, agachándose. Sus dedos acarician el suelo sobre el que horas atrás moría desangrada Camila. Un mohín de tristeza se adueña de un rostro enmarcado por una melena de mechas californianas.

Cestero le permite unos instantes. Se imagina lo que está pensando su compañera, el dolor que siente cada vez que una vida se pierde de un modo tan absurdo. La dureza del trabajo no la ha insensibilizado frente a la tragedia. A sus cuarenta y un años, la empatía por todas las víctimas no ha desaparecido de ella por muchos casos que acumule en su larga experiencia como ertzaina.

—Antes de reabrir la calle han pasado agua a presión, pero había mucha sangre. Muchísima… Cuando he llegado me he temido lo peor. Pensaba que había más de una víctima. La chica que está en el hospital… —continúa la suboficial.

—¿Maitane? —inquiere Julia. Tiene una retentiva extraordinaria cuando se trata de nombres de víctimas.

—Sí, Maitane —admite Cestero mientras se recoge en una coleta el cabello, ahora rizado por la humedad—. Creí que también la habían alcanzado. Tenía tanta sangre en su ropa que pensé que había sido apuñalada. Ha tenido suerte.

—¿Se encuentra bien? ¿Ha hablado alguien con ella? —Ahora es Aitor quien pregunta.

La suboficial se lleva la mano al occipital.

—La caída le ha producido un traumatismo craneoencefálico. Nada grave, pero se encuentra en observación. Me han permitido hablar con ella esta tarde. Está asustada, era la primera vez que desfilaba y se vio de repente en medio del caos. Camila iba a su derecha. Desgraciadamente no ha podido darme ninguna pista. No vio nada.

—¿Cuántas puñaladas han sido? ¿Hay noticias del forense? —pregunta Julia, volviendo a centrarse en la mujer asesinada.

Cestero dirige ahora la mano a su ingle.

—El cuchillo le ha seccionado la arteria femoral. Solo una puñalada. Un tajo limpio que se ha llevado por delante varios vasos sanguíneos. Se ha desangrado en cuestión de segundos. Ella no ha tenido tanta suerte.

—No es cuestión de suerte —discrepa Julia—. Una cuchillada, una sola, es mortal con mucha frecuencia si sabes dónde darla.

Cestero piensa en ello. El piercing de la lengua asoma entre sus labios, algo habitual cuando está cavilando. No es el único con el que cuenta. Solo en el rostro luce otros dos: en la aleta de la nariz y en una de las cejas. Sumados a algunos tatuajes conforman la coraza con la que lleva armándose desde la adolescencia, leves distracciones para que la atención no se fije en lo esencial, en todo lo que no le gusta mostrar a los demás.

—En este caso me temo que ha entrado en juego la fortuna. —La suboficial da un par de pasos para colocarse en la acera y levanta los brazos como si sostuviera una barrera invisible—. ¿Cómo lo harías para ver dónde clavas el cuchillo si tuvieras delante un plástico negro que llega hasta aquí?

—Haría un agujero a la altura de los ojos —apunta Julia.

Cestero asiente con una sonrisa. Es exactamente lo que esperaba escuchar.

—¿Y si os digo que el único orificio que hay en el plástico es el de la propia puñalada? Quien mató a nuestra víctima lo hizo seguramente a ciegas.

—Muy mala suerte en ese caso —corrobora Aitor.

Julia cierra los ojos y asiente despacio.

—Tenía entendido que comenzaban a templarse los ánimos.

—Quienes conocieron la fiesta hace veinticinco años, cuando las mujeres comenzaron a reivindicar su derecho a desfilar, hablan de situaciones muy duras. Las agresiones de quienes defendían el Alarde Tradicional, con las mujeres únicamente en el papel de cantineras, llegaban a las manos —aclara la suboficial con gesto contrariado—. Yo he tenido que asistir los últimos tres años y la tensión era brutal. Tarde o temprano tenía que ocurrir alguna desgracia.

—Es que vaya mala idea eso de levantar barreras de plástico. Menuda falta de respeto —interviene Aitor. A pesar de conocer de sobra a Julia y Cestero, su rostro infantil se ruboriza. Es habitual en él cuando le toca aportar su opinión en público. Y tal vez no cambie jamás. A sus cuarenta años pasados todo apunta a que no lo hará.

—Buscan atemorizar a todas estas mujeres para que renuncien a su derecho a desfilar. Y puede que este asesinato lo consiga —zanja Cestero—. Tenemos el arma y los plásticos, aunque...

—Hola. Suboficial Ane Cestero, ¿verdad? —saluda alguien tras ella. La ertzaina se gira. El hombre que le tiende la mano va acompañado de otro tipo. Van vestidos de calle, pero salta a la vista que son policías—. Soy el oficial Andrés Izaguirre. Él es Iñaki Sáez, agente primero.

Cestero les estrecha la mano mientras estudia fugazmente al acompañante. Tiene el pelo cano, un rostro anguloso y hombros estrechos y ligeramente encorvados. ¿Cuarenta y cinco años? Tal vez más. Cincuenta, más bien. ¿Qué hace aquí? ¿Y por qué no ha llegado todavía Raúl?

—Encantada, Iñaki. Ellos son los agentes Julia Lizardi y Aitor Goenaga.

—Tengo muchas ganas de trabajar contigo. Dicen que eres la mejor —apunta Iñaki sin prestar atención a los compañeros que le acaba de presentar.

Cestero arruga los labios, incómoda, mientras clava su mirada en Izaguirre.

—Gracias, pero somos un equipo. Aquí nadie es mejor que nadie.

El oficial decide intervenir:

—El agente primero Sáez es el cuarto miembro de vuestra unidad. Es un ertzaina brillante.

Iñaki sonríe, agradecido.

—Lo que hiciste con el asesino del Tulipán fue increíble. Es un honor trabajar para ti —insiste, girándose hacia Cestero.

—Conmigo, no para mí —le corrige la suboficial—. ¿En qué casos has colaborado?

La mirada de Iñaki busca a Izaguirre, que sale en su defensa de inmediato.

—Sáez se ha dedicado siempre a escoltar a políticos, solo lleva tres meses en Investigación. Pero formación no le falta, ya verás. No lo he elegido porque sí.

Cestero intercambia una mirada con Aitor. ¿De verdad le han traído a alguien sin experiencia? Recuerda furiosa su conversación con Madrazo, su petición de que Raúl fuera el cuarto integrante de la UHI, la respuesta escueta del oficial... Seguro que sabía que su petición no iba a ser tenida en cuenta.

—¿Podemos hablar un momento? —le pregunta a Izaguirre.

—Por supuesto —contesta él apartándose del resto.

Cestero traga saliva. Apenas se conocen y no le gusta comenzar con reproches, pero siente que su opinión ha sido ninguneada y eso la subleva.

—Madrazo y yo estábamos trabajando juntos en la elección del cuarto integrante de la unidad. Creía que esta tarde lo había dejado claro. No dudo de la profesionalidad del agente Sáez, pero mi candidato es mejor —dice tratando de ser diplomática.

El oficial le apoya la mano en el hombro y la observa con gesto condescendiente.

—Ane, tengo más años que tú. Casi el doble. Sé perfectamente lo que necesita una unidad como esta. Y necesita a Iñaki. Es un policía muy preparado: obtuvo excelentes notas en la academia, ha hecho una gran labor en el cuerpo y tiene dotes de liderazgo. Podría dirigirla, incluso. —Izaguirre aparta la mano y la convierte en un dedo índice de advertencia—. Cuenta con mi total confianza. Que los otros dos tengan claro que se trata de un agente primero. ¿Crees que es necesario que se lo recuerde yo?

Cestero niega con la cabeza mientras asume que la mención a la jerarquía de la policía autonómica vasca va también dirigida a ella. Oficial, suboficial, agente primero, agente raso. Los de arriba ordenan, los de abajo acatan.

—No será necesario. Julia y Aitor sí conocen perfectamente en qué consiste su trabajo. Son dos agentes extraordinarios.

—Pues todo aclarado. Dejémonos de palabrería —decide Izaguirre, regresando junto a los demás—. Supongo que sabéis que todas las miradas de este país están puestas en vosotros. Quiero que os mováis rápido. No voy a permitir titubeos en la investigación. Resultados, resultados, resultados. La comisaría de Irun os acondicionará una sala de trabajo y os apoyará en lo que sea preciso. La comunicación es vital en casos como el que nos ocupa —añade dirigiéndose solo a Cestero—. En caso de que haya alguna noticia importante que dar, me encargaré yo. Sé cómo manejar a los medios. Podrás aparecer a mi lado, si quieres.

La suboficial maldice a Madrazo para sus adentros. ¿Qué hace por tierras castellanas con semejante situación en Hondarribia? Algo huele raro en ese viaje. No tiene sentido que alguien como él, incapaz de vivir lejos del mar, no haya escogido la ruta del Norte para hacer el Camino de Santiago... Se siente abandonada en primera línea de una batalla. Y con un capitán al frente al que no le importa su tropa, solo las condecoraciones.

—Les estaba explicando a Julia y Aitor que el crimen se ha producido en este mismo lugar —dice intentando regresar al caso en sí y huir de la burocracia—. Eran las ocho y cuarenta minutos de la mañana. La compañía mixta había pasado revista en la plaza de Armas y desfilaba cuesta abajo en dirección a la muralla.

—¿La plaza de Armas es donde están todos esos camiones? —interrumpe Iñaki Sáez.

La suboficial asiente con gesto de circunstancias. Los camiones a los que se refiere el agente primero son una decena de unidades móviles de televisión y radio. Hondarribia se ha colado en las aperturas de todos los informativos y le va a costar recobrar la normalidad que algún fanático ha decidido sepultar.

—Con vuestro permiso —interviene Izaguirre consultando su reloj de pulsera—. Voy a subir a explicar a la prensa que la Unidad de Homicidios de Impacto será la encargada del caso y después me vuelvo para Bilbao. Tengo que pasar todavía por comisaría.

—Los contrarios al Alarde Mixto se hacen especialmente fuertes en este tramo —continúa Cestero después de despedir al oficial—. Aprovechan que la calle Mayor es tan estrecha para amedrentar a quienes se atreven a desfilar. Insultos, pancartas, pitos para que no se oiga la música… Y además están esos plásticos negros, una barrera que levantan al paso del desfile para sumirlo en una invisibilidad que alguien ha aprovechado hoy para apuñalar impunemente a una persona.

—Hay algo que no entiendo. ¿Existe un desfile mixto y otro que no lo es? —inquiere Iñaki.

Cestero dirige la mirada a Aitor, que toma la palabra.

—Todo esto comienza en 1638 —explica su compañero—. Hondarribia estaba cercada por las tropas francesas y los vecinos se reunieron en la parroquia. Juraron a la Virgen de Guadalupe que si los libraba del asedio se lo agradecerían anualmente yendo en procesión a su santuario… Y así fue. El siete de septiembre de ese año los franceses se retiraron y los hondarribitarras han cumplido su voto año tras año. Los roles en ese desfile, que es lo que conocemos como el Alarde, están claros: las mujeres son cantineras y los hombres, soldados. Hasta que hace casi treinta años un grupo de chicas decidió que querían tomar parte en igualdad de condiciones. Fundaron su propia compañía y trataron de sumarse a la fiesta. Se encontraron con la oposición del resto. Ni siquiera el Ayuntamiento las apoyó.

—Ahora se les permite realizar el mismo recorrido, pero deben hacerlo media hora antes —comenta la suboficial recuperando la palabra—. Tienen prohibido mezclarse con las demás compañías. Ya ves, un embrollo en el que la tradición juega un papel importante, y cuando es así la razón acostumbra a salir mal parada… Estaba explicando a tus compañeros antes de que llegaras que tenemos el arma homicida y los plásticos tras los que se ocultaba el agresor. El laboratorio se lo ha llevado todo para analizarlo pero, después del tumulto que se formó con el incidente, dudo que puedan ofrecernos resultados concluyentes.

—¿Hay imágenes de la agresión? —inquiere Iñaki.

Cestero niega con un gesto.

—Dependemos de la colaboración ciudadana. Hemos solicitado que quienes tengan vídeos o fotos de este tramo los entreguen. Las que hemos recopilado por el momento son de la prensa. En ninguna se ve nada.

—¿Qué sabemos de la víctima? —pregunta Julia.

—Tenía cincuenta y dos años y estaba divorciada. Parece ser que es propietaria de una tienda en el barrio de la Marina. Por el momento no sabemos gran cosa —apunta Cestero de memoria—. Tendremos que componer nosotros el mapa de todo esto. Hoy no podemos hacer mucho más, id a descansar. Nos vemos mañana a primera hora.

—¿En comisaría? —pregunta Iñaki.

Cestero niega con un gesto.

—En una cafetería.

7

Lunes, 9 de septiembre de 2019

Julia consulta el reloj. Todavía son las cuatro de la madrugada y los malditos postigos no paran de batir. El viento del noroeste y la lluvia no dan tregua en un adelanto cruel del otoño que está a la vuelta de la esquina. Con un suspiro de desánimo, la ertzaina se abraza a la almohada y cambia de postura. Sabe que será en balde, no hay quien pueda dormir con semejante ruido. Y además está esa imagen que no logra sacudirse de encima. La mujer muerta en un charco de sangre, esa otra joven desmayada un par de metros más allá, la expresión horrorizada de quienes las rodean... Las fotografías que le ha mostrado Cestero son estremecedoras, la *Divina Comedia* de Dante Alighieri sobre los adoquines de la calle Mayor de Hondarribia.

¿Quién ha podido dejarse llevar así por el odio?

Los postigos, otra vez los postigos... ¿Cómo lo hará Madrazo para dormir así?

El oficial ha sido generoso prestándole su piso de Hendaia. Es cierto que mientras se encuentre en el Camino de Santiago no lo necesita, pero no deja de ser un detalle que Julia no esperaba. El gesto le ahorrará hora y media cada mañana desde su hogar, en Mundaka, y otro tanto para regresar por la tarde.

—Se acabó la noche —decide la ertzaina saltando de la cama. Se conoce lo suficiente para saber que si continúa intentando dormir solo conseguirá ponerse más nerviosa.

Su primera parada es la ventana. No quiere seguir oyendo ese clac-clac-clac ni un segundo más.

Un viento frío se cuela en el dormitorio en cuanto la abre y empuja hacia el exterior las contraventanas. El aire llega del mar, impregnado de salitre y de los matices saturados de yodo que las algas rojas le regalan con las mareas vivas de septiembre. Julia llena los pulmones con él. Al otro lado del Bidasoa, el faro de Híguer le lanza un guiño a través de las cortinas de lluvia. No hay pesqueros a la vista, tampoco surfistas sobre las olas que rompen furiosas contra la playa. A nadie en su sano juicio se le ocurriría desafiar a un Cantábrico tan irritado, y menos a esas horas tan intempestivas.

Algunas gotas de lluvia rompen en su rostro. Un bostezo se abre paso. El día se le hará largo tras un descanso tan escaso. En una estantería de la cocina ha visto una cafetera italiana. Seguro que Madrazo guarda café en algún armario. Julia no es muy de café, la altera demasiado, pero por una vez le vendría bien una taza.

—Aquí estás —celebra tras abrir un armario.

El olor a café recién hecho no tarda en alcanzar todos los rincones del apartamento. Tampoco es difícil cuando solo el cuarto de baño es independiente. El resto comparte un mismo espacio. Cocina, salón y dormitorio son todo uno. Es pequeño, sí, muy pequeño, pero podría decirse que cuenta con la mejor sala de estar que cualquiera pudiera soñar: la playa de Hendaia, con sus tres kilómetros de longitud y sus olas infinitas. Madrazo no necesita más. Alguien que invierte todo su tiempo libre en el surf no precisa una casa grande, sino un buen acceso a las mejores olas.

En eso el oficial y ella son almas gemelas.

Julia se lleva la taza a los labios y tuerce el gesto. Le falta azúcar. Eso de beber el café tan negro lo deja para Cestero. Hunde la cucharilla en los diminutos cristales blancos y los vierte en el líquido oscuro. Ahora sí. La fusión del dulce y el amargo despierta sus papilas gustativas. La cafeína no tardará en hacerlo con ella.

Los ojos abiertos de la mujer muerta la observan desde esa fotografía que se ha grabado a fuego en su mente.

—¿Quién te ha arrebatado la vida? —le pregunta en voz alta. La víctima no le contesta. Continúa tendida en el suelo con la mirada perdida y la boca abierta en un grito ahogado por la muerte—. Lo encontraremos, ¿sabes?

No es una promesa vacía. Julia hará todo lo que esté en su mano, e incluso más, para dar con el asesino del Alarde. Se lo debe a Camila. No ha podido evitar que alguien la asesinara en el día grande de Hondarribia, pero va a impedir, cueste lo que cueste, que su muerte quede impune.

La cafetera todavía humea cuando la ertzaina se sirve un poco más.

La mente de Julia vuela hasta sus compañeros mientras ella regresa a la ventana. Ojalá Txema siguiera en el equipo. Era un buen policía. Una punzada de tristeza le hace apretar los labios al pensar en él.

Ha dejado de llover. El reloj todavía no ha dado las cinco de la mañana y la playa está sumida en la misma oscuridad que el mar. Solo la franja de arena más cercana a las farolas aparece ligeramente iluminada. Antes de salir del apartamento dirige una última mirada a la tabla de surf que cuelga de una pared. Seguro que a Madrazo no le importa que se la tome prestada. Sería un verdadero sacrilegio estar en Hendaia y no coger unas olas.

Didier, el vecino con el que ha quedado para recoger las llaves hace solo unas horas, se ha ofrecido a mostrarle todos los secretos de la playa. En realidad ella no lo necesita, le gusta leer el mar por sí misma, observar la cadencia de las olas para adivinar lo que trae el horizonte y elegir la suya. Sin embargo, comienza a plantearse aceptar su invitación. El francés le ha resultado interesante, además de atractivo, y surfear con él puede ser divertido.

Tal vez tenga tiempo para hacerlo esa tarde. Los días son largos todavía.

El tacto de la arena mojada en las plantas de los pies le infunde serenidad. Las olas acarician sus tobillos. Alguna se atreve a trepar un poco más arriba, pero ninguna le alcanza las rodillas. Julia nota cómo la imagen de Camila comienza a diluirse en su mente. El mar provoca ese efecto calmante en ella desde siempre… Todo contagia un bienestar que ella siente casi blasfemo cuando hay una mujer asesinada en la morgue. Y, sin embargo, necesita sacudirse de encima tanto horror y reconciliarse con el mundo para poder seguir adelante.

Durante largos minutos, horas en realidad, la ertzaina camina por la orilla sin más rumbo que el paso del tiempo. Después deja caer la ropa en la arena y se estremece al sentir la brisa en su piel.

Las olas, que atacan la playa con un ritmo regular, tratan de frenarla con sus bofetones salados, pero Julia nada ya mar adentro. Ahora sí que se siente despojada de los horrores de su trabajo. Por un momento, fugaz pero intenso, Camila y su mirada sin vida no existen, no hay nada más para la ertzaina que la caricia fría del mar.

Al fondo despunta el alba. El cielo negro se tiñe de tonos rojizos. Las siluetas de las primeras cumbres de los Pirineos se recortan contra las nubes. Mucho más cerca, colgado sobre el extremo norte de la playa, un castillo de apariencia medieval vigila las brazadas de Julia. Es imponente y hermoso al mismo tiempo, igual que las dos enormes rocas que parecen haberse desprendido de los acantilados como icebergs de piedra, y que según la mitología fueron lanzadas por un gigantesco gentil que trataba de destruir la catedral de Baiona.

Julia disfruta con la sensación de libertad. Las balizas verde y roja que enmarcan la desembocadura del Bidasoa le piden que se gire hacia el oeste. Tras ellas, Hondarribia duerme todavía, pero la luz en las ventanas de algunas casas delata que el día también está arrancando al otro lado de la frontera.

Es hora de regresar. Ese pueblo que comienza a despertarse espera respuestas. Las necesita para recobrar una paz social que llevaba años malherida y que alguien se ha propuesto rematar.

8

Lunes, 9 de septiembre de 2019

El olor a pan recién horneado recibe a Cestero en cuanto empuja la puerta de la cafetería. Las mesas son de madera vieja y las lámparas que cuelgan del techo brindan una luz cálida que invita a coger un libro y dejar volar las horas. No es el caso, pero la suboficial ha elegido ese local del barrio de la Marina para la primera reunión del día. Cuando lo vio la víspera tuvo claro que los días en Hondarribia debían comenzar ahí. Su experiencia le dice que para crear ambiente de grupo es mejor salir de la comisaría. El día es largo y tendrán tiempo de encerrarse entre las frías paredes del edificio policial. Ahora toca desayunar, y nada mejor que hacerlo en equipo.

—*Egun on* —le saluda la joven que manda detrás de la barra. La pared negra que hay tras ella ofrece a tiza un sinfín de posibilidades.

—Hola. Un café doble y una tostada, por favor —pide Cestero antes de dirigirse hacia la mesa del fondo. Sus compañeros la esperan allí—. Hola, siento llegar tarde.

Iñaki Sáez, el último en incorporarse a la unidad, niega con la cabeza al tiempo que muestra su reloj.

—No te preocupes, jefa. Siete minutos no requieren disculpa alguna, y menos a estas horas de tanto tráfico. Siéntate aquí, si quieres —dice dando una palmada en la silla libre que hay a su lado.

Cestero esboza una fugaz sonrisa de compromiso mientras toma asiento. Después se dirige a Julia.

—¿Qué tal en el piso de Madrazo?

—Bien. Muy bien. —Las palabras de la agente no acompañan a su expresión. Ha dormido fatal, no hay más que ver sus ojeras.

—Qué mala actriz serías —bromea Cestero.

—¿Por qué? —protesta Julia—. Está genial la casa. El mar enfrente, la playa… ¿Qué más se puede pedir?

—Dormir bien —se burla la suboficial, a lo que Iñaki responde con una carcajada estruendosa que suena forzada.

La chica de la barra se acerca con el desayuno de Cestero.

—¿Azúcar blanco o moreno? —pregunta dejándolo sobre la mesa—. Si prefieres, tengo estevia y sacarina.

La suboficial va a decirle que no es necesario cuando Julia se le adelanta:

—Oh, no te preocupes. Le gusta negro, como una noche sin luna. —Lo dice muy seria y en tono grave.

Cestero suspira con una sonrisa. Ya se la ha devuelto.

—Yo no tengo voz de tío —protesta. Después se lleva la taza a los labios. El café es de cápsulas. Hubiera preferido algo más natural, pero no está malo del todo—. ¿La almohada os ha ayudado a madurar los escasos datos de que disponemos? —Muestra un sobre con membrete del juzgado—. Tengo las primeras conclusiones de la autopsia. Nada que no esperáramos. El cuchillo entra desde el flanco derecho, un tajo limpio y profundo que desgarra por completo la femoral. La muerte fue prácticamente instantánea, por hemorragia severa.

—¿Sabemos algo más del puñal que apareció en la escena del crimen? —pregunta Aitor.

La suboficial asiente. Ahí sí que tiene buenas noticias.

—Se confirma que se trata del arma homicida. Hoja de once centímetros, de acero templado, con filo solo a un lado. En el otro costado cuenta con dientes de sierra. No es un puñal, y aquí podríamos tener una primera pista... —Cestero les muestra una fotografía impresa del arma—. Estamos ante un cuchillo de buceo. No es algo que cualquiera tenga en su casa.

—¿Han encontrado huellas?

—Demasiadas, tal y como imaginábamos. El arma fue abandonada cuando se produjo la estampida. Hay múltiples impresiones sobre la sangre: pisadas, huellas parciales... Nada concluyente, por desgracia.

—Ni siquiera sería de extrañar que el asesino llevara guantes —añade Julia.

Aitor frunce los labios. Parece que hay algo que no le convence.

—Si eres buceador y no quieres que sospechen de ti, no apuñalas a alguien con un cuchillo de buceo para después abandonarlo en el lugar del crimen.

—¿Y si la intención no fuera dejarlo allí? Podría haberlo perdido en el ataque —señala Julia.

—¿Tú qué opinas, jefa? —se interesa Iñaki.

—Estoy de acuerdo —admite Cestero.

—Yo también —se apresura a aclarar él.

Aitor extrae unos papeles de una carpeta y se los entrega a la suboficial.

—Tengo un sospechoso —anuncia. Los demás clavan sus miradas en él—. Quizá no fuera un crimen tan a ciegas... Camila Etcheverry, nuestra víctima, denunció a su exmarido, Alain Etcheverry, por injurias y acoso hace tres años, meses después de divorciarse.

—¿Etcheverry? ¿Eran hermanos? —pregunta Iñaki.

—No —se apresura a corregir Aitor—. En Francia las mujeres acostumbran a adoptar el apellido de su marido cuando se casan. Hasta hace unos años era algo obligatorio y ahora solo opcional, pero la tradición continúa siendo mayoritaria.

Cestero hojea el informe policial. La banda sonora de una película que no logra identificar se ocupa de llenar el silencio. De alguna mesa vecina les llega, entre frases entrecortadas, el nombre de la mujer asesinada. Nadie habla de otra cosa esa mañana. Ni siquiera la victoria de la trainera local logra contagiar una pizca de entusiasmo a un pueblo que debería estar de celebración.

—El tío se dedicó a acosarla en Facebook —resume Aitor—. Siempre la ridiculizaba. Las últimas semanas, cada vez que Camila compartía algún post sobre el derecho de la mujer a participar en el Alarde, él respondía con insultos y salidas de tono. Lo peor fue cuando ella comunicó en sus redes que participaría en el desfile mixto. Entonces Etcheverry enloqueció. Nuestra víctima recibió veintidós respuestas, catorce de ellas de su ex. La acusaba de hacerlo para humillarlo. Hubo incluso un conato de agresión en plena vía pública. Al parecer, Camila salía de la frutería de la calle Santiago cuando Etcheverry la vio y comenzó a increparla. La intervención de una pareja impidió que aquello pasara de un zarandeo que acabó con las naranjas rodando por el suelo.

—¿No denunció? —interviene Julia.

—Sí, de hecho el juicio estaba previsto para la segunda semana de octubre, dentro de poco más de un mes —señala Aitor—. Pero Etcheverry no solo ataca a su ex. El tipo es conocido por sus salidas de tono en contra del Alarde Mixto. Si consultáis su Facebook, entenderéis a qué me refiero. Y no solo en redes sociales, también en la prensa. Es el presidente de la asociación PatrimTX, que defiende el patrimonio de la bahía de Txingudi, y aprovecha el altavoz que le brinda su cargo para arremeter contra la participación de la mujer en el desfile.

—¿Dónde está la bahía esa? —inquiere Iñaki.

—La bahía de Txingudi es el estuario que forma el Bidasoa en su desembocadura —explica Cestero—. La frontera la parte por la mitad. De nuestro lado quedan Hondarribia e Irun, del otro, Hendaia.

—¿De dónde has sacado tiempo para avanzar tanto en una noche? ¿Has dormido en algún momento? —pregunta Julia, impresionada con el trabajo de su compañero.

—Coge a una niña pequeña y métela en una coctelera con un poco de insomnio y tendrás mi noche —confiesa Aitor con gesto de circunstancias—. A eso de las dos Sara se despertó llorando porque soñaba con monstruos marinos y ya no logré dormirme. Me rondaba por la cabeza este asunto y quise saber más. Estuve consultando las redes sociales para ver qué se decía en el pueblo y me topé con lo del exmarido, la relación problemática entre ellos…

—Pues Sara y tú nos habéis regalado un buen punto de partida —reconoce la suboficial alzando la mano para llamar la atención de la camarera—. Ponme otro café, por favor. Y otro para estos dos, que les va a hacer falta.

—No, no. A mí no me pongas nada —rechaza Aitor.

—Si no has dormido en toda la noche… Te vendría bien, aunque sea por una vez en la vida.

—¡Qué va! Ni loco… Ya sabes que la cafeína me altera un montón.

La suboficial se ríe. No se imagina a su compañero alterado. Si alguien es capaz de mantener la calma en los momentos más complicados es él.

—¿Y qué se dice en el pueblo? —pregunta Cestero regresando al tema de las redes sociales.

Aitor sacude la mano y resopla.

—El enfrentamiento entre partidarios y detractores del Alarde Mixto ha alcanzado un volumen brutal. Unos llaman asesinos a los otros y en dirección contraria los dardos también viajan envenenados: los acusan de aprovecharse del crimen para obtener publicidad.

—Esto no acabará bien —apunta Julia, expresando en voz alta un temor que comparte Cestero—. Y en mitad de la tormenta va el alcalde y convoca para esta tarde una recepción a los remeros que ganaron ayer la bandera de La Concha…

—Es un sinsentido. Con los ánimos tan caldeados no sería extraño que se produjera algún otro incidente —reconoce la suboficial antes de dirigirse de nuevo a Aitor—. ¿Has podido averiguar algo más sobre la víctima?

Su compañero asiente.

—Camila Etcheverry tenía cincuenta y dos años. Nació en Portugal, pero llevaba media vida aquí. Regentaba una tienda de conservas en este barrio de la Marina. Parece que le iba bien. Muy bien, de hecho. Vive, vivía, perdón, en una casa con vistas al mar que ya la quisiera cualquiera.

—Se casaría bien —apunta Iñaki—. El Etcheverry ese tendrá pasta.

Julia lo fulmina con la mirada.

—¿Quién te dice que no fue él quien se casó bien?

Cestero celebra la respuesta de su compañera.

—No he podido profundizar mucho, pero la del dinero parece ser ella —interviene Aitor—. No creo que me equivoque si os digo que Alain Etcheverry pudo dedicarse a eso del patrimonio porque tenía las espaldas cubiertas en casa. La presidencia de PatrimTX es un puesto no remunerado y el tipo no se dedica a nada más.

—¿Hijos? —inquiere Cestero. Cuando hay dinero de por medio la herencia puede ser un buen móvil.

Aitor sacude la cabeza.

—No.

La suboficial coge un lápiz y anota el nombre de la víctima en su libreta de notas. Saca de él dos ramas esquemáticas.

—Tenemos dos hipótesis: Camila pudo ser asesinada al azar o de manera premeditada. Trabajaremos con las dos. Empezaremos interrogando a Etcheverry y revisando las fotos del lugar del crimen. Han llegado bastantes, pero insistiremos en la importancia de la colaboración ciudadana.

—Me ofrezco para tomar declaración al exmarido —indica Julia—. Mejor si no lo haces tú, Ane.

Cestero va a abrir la boca para quejarse cuando Aitor se le adelanta.

—Tiene razón Julia.

A regañadientes, la suboficial tira la toalla. Los interrogatorios a hombres del perfil de Etcheverry no son lo suyo. Despiertan en ella monstruos del pasado que la empujan a perder los papeles. Si va a verlo, acabará zarandeándolo o propinándole un rodillazo en la entrepierna. Mejor no tentar a la suerte.

—Está bien. Id los dos. Supongo que Aitor habrá averiguado dónde vive. Pasad también por casa de Camila. Habrá que echar un vistazo. —Después se gira hacia Iñaki, que no entiende nada de lo que está ocurriendo—. No les hagas caso. Son tonterías de estos dos. Les gusta hacerme rabiar.

—Yo estoy seguro de que tú serías la mejor para interrogar al sospechoso, jefa —interviene el nuevo.

Cestero suspira.

—¿Podrías dejar de llamarme jefa de una maldita vez? —El interpelado asiente con gesto de circunstancias—. Yo iré a la tienda de buceo que hay en el puerto deportivo. A ver si pueden aportar algo más sobre el arma.

—Voy contigo —anuncia Iñaki.

—Pues es que he venido en moto —dice acariciando suavemente el casco con la palma de su mano.

—No importa —insiste el bilbaíno.

La suboficial niega ostensiblemente con la cabeza.

—Tú comenzarás a revisar las fotos que hemos recibido de la calle Mayor a la hora del crimen. Tal vez des en ellas con Alain Etcheverry o con alguien que lleve unas gafas de bucear en la cabeza.

Iñaki esconde a duras penas su frustración. No le gusta la labor que le ha encomendado.

—Una gran idea, jefa —comenta Julia guiñándole el ojo a Cestero.

Ane se muerde la lengua. No sabe si reírse o mandarlos a todos a la mierda.

9

Lunes, 9 de septiembre de 2019

—¿De dónde han sacado a ese personaje? Jefa esto, jefa lo otro, la jefa es la mejor, la jefa tiene razón... —Julia trata de hablar como Iñaki, pero las imitaciones nunca han sido lo suyo. Se siente ridícula al oír su tono de voz pretendidamente grave.

—Ni idea, pero con Cestero lo tiene crudo. Mira, es aquí —señala Aitor, deteniéndose ante una casa que no desentona entre el resto de los edificios del barrio pesquero. Las vigas de madera a la vista, tan verdes como las contraventanas, la fachada encalada, solo dos alturas y la ropa tendida, ese detalle que no puede faltar en un barrio popular como el de la Marina.

—¿Será el de los Etcheverry? —inquiere Julia señalando el escudo de piedra que decora la fachada.

—No creo. Vete a saber cuántos años tiene esta casa. Seguramente pertenecía a algún armador. Ahora está dividida en cuatro viviendas, pero en origen sería de una misma familia —deduce Aitor pulsando uno de los timbres del segundo piso—. El ex de Camila se mudó aquí tras el divorcio. Es el piso de su hermano.

—¿Vive con él?

—No. El hermano vive en París. Es profesor en la Sorbona,

esta es su casa de veraneo. Y la madre vive en San Juan de Luz. Es viuda, el padre murió hace ocho años.

Julia observa fascinada a su compañero.

—Joder, es increíble lo que llega a darte de sí una noche.

—Leire me ha echado una mano —confiesa Aitor—. Un asesinato en pleno Alarde la ha conmocionado. Ni siquiera en las novelas más negras que ha escrito se le ha ocurrido algo tan maquiavélico.

—Aun así... —dice la ertzaina insistiendo con el timbre.

El canto de un jilguero es la única respuesta. Julia da un paso atrás y mira arriba. La jaula cuelga junto a una de las ventanas del primer piso. El pájaro apenas se intuye entre los barrotes, pero la melodía impregna con fuerza la mañana, a la que no logra contagiar su optimismo.

—Parece que no está —murmura Aitor.

—No, no está —confirma alguien a su espalda.

Los ertzainas se giran al mismo tiempo. Es un tipo de unos treinta años, delgado y no muy alto, con aspecto deportista. Tal vez lo sea en su tiempo libre, porque el delantal a rayas y la bolsa de papel en la que introduce manzanas cuentan mucho sobre su profesión.

—Buscan a Alain, ¿verdad? No ha dormido en casa. Disculpen, no me he presentado. Soy Juan, si quieren la mejor fruta de Hondarribia vengan a verme. —Al tiempo que habla les ofrece una manzana a cada uno—. Reineta de Errezil. Nada que ver con la de fuera. Ideal para recuperar fuerzas después de perseguir a un malhechor.

Julia dirige una mirada a los pantalones tejanos de su compañero y al membrete de la Federación Vasca de Surf que luce su propia sudadera. Es frustrante saber que por mucho que se esfuercen por pasar desapercibidos siempre llevarán su profesión grabada a fuego en la frente.

—¿Cómo sabe que no ha pasado la noche aquí? —pregunta Aitor guardándose la manzana en el bolsillo.

Julia asiente. Es la misma cuestión que se ha planteado ella.

Una lucecita de alarma se ha encendido en algún lugar de su cerebro. Si realmente Alain Etcheverry no ha dormido en casa, podrían estar ante una huida. El hombre ligeramente sospechoso podría haberse convertido en el principal sospechoso.

El frutero coge una nueva bolsa de papel del dispensador y se asoma al interior de la tienda.

—Me dijiste tomates, ¿verdad? Están muy buenos, ya verás, son de Zumaia. Hay que aprovechar ahora que todavía no son de invernadero. —Sus manos continúan preparando la comanda, pero se gira hacia los ertzainas—. Esta mañana le toqué el timbre. Quería darle un abrazo por lo de Camila. Si estamos todos destrozados, imagínense Alain. Es cierto que en los últimos tiempos no se avenían, pero estuvieron muchos años juntos… No me abrió. Me extrañó. Nunca sale de casa antes de las nueve de la mañana. Yo acostumbro a estar montando el tenderete —explica señalando las cajas de frutas y hortalizas que se alinean junto a la puerta de la frutería—. Siempre me saluda. Que si hasta luego, Juanito, cuídate, argentino, y cosas de esas. Como haya habido partido y River haya perdido, ni te cuento. Sabe darme donde me duele, el tío. —Hace una pausa, pensativo. Un tomate en una mano, la bolsa con otros dos o tres en la otra—. ¿Por qué les estaba contando esto?

—Porque Alain Etcheverry no ha dormido hoy en casa —le recuerda Julia.

—Eso es. ¿Qué más me había pedido este hombre? Ah, sí, pepinos… Pues al ver que no respondía, le pregunté a Maite. Ella lo sabe siempre todo. —Se acerca a los ertzainas y baja la voz—. Es una vieja cotilla.

—A ver qué les cuentas de mí, Juanito. —La pareja de policías alza la mirada. La mujer está acodada en la ventana del primer piso, junto a la jaula. El jilguero guarda un respetuoso silencio en su presencia.

—De ti siempre cosas buenas, amor mío —bromea el argentino—. Son polis y preguntan por Alain.

Julia intercambia una mirada de circunstancias con Aitor. En unas horas la noticia de que buscan a Etcheverry habrá llegado a todos los rincones de Hondarribia. Suerte si se queda ahí y no es portada de los diarios digitales de media Europa.

—Solo queremos hacerle algunas preguntas —se apresura a aclarar la ertzaina.

—Sí, no es sospechoso de nada —remarca Aitor de una forma tan precipitada que hace sonreír a Julia.

—Desde ayer por la mañana no ha pasado por aquí. Ni de día ni de noche —asegura la vecina. Lleva puesta una bata de andar por casa que la hace parecer más ancha de lo que probablemente sea. Tampoco ayuda verla desde abajo, tal vez esa papada generosa no lo sea tanto si se observa desde otra perspectiva.

El frutero apoya una mano en el hombro de cada ertzaina y les guiña el ojo.

—Maite se entera de todo. Para mí que tiene cámaras en el descansillo —bromea.

—No le hagáis caso. Lo que tengo es muy buen oído y un insomnio que si quiere ese argentino deslenguado se lo regalo. Ya puede caerse una hoja de ese árbol en mitad de la noche, que yo me despierto y no vuelvo a conciliar el sueño. Si Alain hubiera venido, lo sabría.

—¿Cómo que deslenguado? Mira que te cobraré doble… —El frutero se pierde en el interior de la tienda—. ¿Algo más? ¿Viste qué buenas naranjas me trajeron? Son de Valencia. Las primeras de la temporada. Del árbol a mi tienda, ni ceras ni porquerías de esas. Las recogen expresamente para mí.

—Cuidado con ese. Les vendería a su propia madre si no la tuviera allá en Buenos Aires —rezonga la vecina.

—Es lo que tiene ser el menor de diez hermanos y haber tenido que buscarse uno la vida —se excusa el frutero alzando la voz.

—¿Sabe si el señor Etcheverry bucea? —pregunta Aitor.

Julia celebra que alguien reconduzca la conversación.

—¿Alain? —Maite muestra una mueca burlona—. ¡Qué va, ay qué risa! El único deporte que le gusta es sentarse a ver el fútbol en esa pantalla gigante que tiene en el salón.

—¿No sabrá dónde puede haber pasado la noche? —interviene Julia.

La señora no duda ni un segundo.

—En el castillo. Alguna vez se queda allí.

—¿En qué castillo? —Julia no entiende a qué se refiere.

Aitor lo sabe, claro. Su noche en vela también le ha permitido llegar a eso.

—El castillo de Abadia —aclara antes de que Maite lo haga desde las alturas—. PatrimTX tiene su sede en él.

—Probad a llamarle. ¿Queréis su teléfono? —Sin esperar respuesta, la mujer se pierde en el interior. No ha pasado un minuto cuando reaparece en el portal con una libreta en la mano. Tal como Julia esperaba, la perspectiva no ayudaba. Parece incluso más joven—. Tomad, aquí está su número. Él os aclarará todas las dudas. Es buena gente. Camila nunca fue santo de mi devoción. Todo el mundo sabe que traía las anchoas de fuera y las etiquetaba como si fueran de aquí... Y eso de salir en el Alarde Mixto lo hacía por molestar a Alain. ¿Cuándo ha sido feminista esa? Lo único que la ha movido toda la vida ha sido el dinero —apunta Maite frotando dos dedos de la mano derecha.

—¿Y qué ganaba perjudicándole? —inquiere Aitor.

La vecina le dedica una mirada incrédula.

—No conoces mucha gente que se haya divorciado, ¿no?

Julia apenas atiende a la conversación. El auricular de su teléfono le devuelve los tonos de llamada que deben de estar haciendo sonar el de Alain Etcheverry.

—No contesta —lamenta.

—Prueba otra vez. Yo cuando le llamo siempre me responde —dice Maite—. Aunque es verdad que cuando lo hago es por alguna emergencia. La última vez se había dejado el grifo abierto y salía agua por debajo de la puerta de la entrada. Es muy despistado. Necesita una mujer en casa.

La ertzaina insiste. Las señales vuelven a extinguirse sin dar resultados.

—¿Y si nos presentamos en su trabajo? —propone volviéndose hacia Aitor.

—No podemos. Está en Hendaia, como el piso de Madrazo. Es Francia. Habría que pedir a la Gendarmería que lo hiciera por nosotros —replica su compañero.

Julia tuerce el gesto. Sabe lo que eso significa: papeleos, jueces, trabas… Tiempo y más tiempo, en definitiva.

—Esperad a ver —interviene Maite sacando un móvil del bolsillo de su bata. Mientras lo sostiene con la mano izquierda pulsa con el índice derecho en la pantalla. Sus ojos se esfuerzan por ver, los brazos completamente estirados para alejarlo. Necesita a todas luces unas gafas para ver de cerca—. Mi cuñada me ha regalado este trasto y no hay quien lo entienda. Hace unas fotos que te quitan hasta las arrugas, eso sí, pero cada vez que tengo que llamar me vuelvo loca.

—¿Le echamos una mano? —propone Aitor.

—No, no. Mira, aquí está. Si es solo encontrar el símbolo del teléfono, pero hay tantas cosas que cuesta. A ver, ¿cuál era el número? —Julia le muestra el cuaderno y cruza una mirada de impaciencia con su compañero mientras Maite teclea a su ritmo—. A ver si coge.

—¿Me permite a mí? —Julia no quiere que la mujer le ponga sobre aviso.

—Me gustaría darle el pésame y saber cómo se encuentra.

—Después —indica la ertzaina.

Maite le entrega el teléfono a regañadientes. Los tonos se repiten, igual que antes. Julia comienza a negar con la cabeza.

—Hola, Maite —se oye de repente a través del auricular.

—¿Alain? ¿Alain Etcheverry?

Su interlocutor duda unos instantes.

—Sí, soy yo, Maite. ¿Va todo bien?

—Buenos días, señor Etcheverry. Soy la agente Lizardi, de la Unidad Especial de Homicidios de Impacto. Estamos investigando el asesinato de su exmujer durante el Alarde.

—¿Cómo dice? ¿Policía? ¿Por qué me llama desde el teléfono de mi vecina?

—Necesitaríamos hacerle algunas preguntas. ¿Podría pasarse por comisaría?

—No le escucho bien. ¿Oiga?

—Tenemos que hablar con usted sobre el crimen del Alarde —repite Julia alzando la voz.

—¿Oiga?

—Señor Etcheverry. ¿Me oye ahora? —pregunta Julia tras comprobar que el terminal tiene buena cobertura.

—Ahora un poco mejor. ¿Qué quiere?

—Que se acerque a comisaría para hacerle unas preguntas.

—¿Qué preguntas? ¿No me las puede hacer por teléfono? Tengo mucho trabajo.

—Se trata del asesinato de su exmujer. Es importante. Nos gustaría verlo en persona.

Etcheverry resopla tan fuerte que satura el auricular.

—Lo intentaré, pero no tengo mucho que decir. Apenas teníamos relación y a la hora de su asesinato me encontraba en el Alarde Tradicional. Hace veintitrés años que participo en la fiesta.

Julia asiente. Ese detalle lo conocen, pero no es la coartada perfecta. El desfile que excluye a la mujer no había arrancado en el momento del asesinato. Estaba a punto de hacerlo, pero todavía no lo había hecho.

—Le esperamos esta tarde en la comisaría de Irun —anuncia con firmeza. No piensa permitirle que ponga excusas.

—¿Esta tarde? —El tono del francés resulta impertinente—. A ver si puedo. Si viera usted la montaña de papeles que tengo sobre la mesa no me lo pediría con tanta alegría.

La ertzaina no puede más. Respira hondo y expulsa el aire lentamente para no perder los nervios. Aitor le pide calma con las palmas de las manos hacia el suelo.

—Han asesinado a su exmujer y usted lleva años enfrentado a ella en las redes sociales. Dentro de un mes tenían una cita en el juzgado por ese asunto… No sé si me estoy explicando bien —dice Julia tratando de modular la voz para no dejar traslucir su irritación.

—Me humillaba. Eso del Alarde lo hacía para burlarse de mí.

—Alain Etcheverry no hace esfuerzo alguno por disimular su enfado.

Julia le interrumpe. Esa conversación no tiene sentido, al menos por teléfono.

—Señor Etcheverry, venga esta tarde a vernos. No nos obligue a solicitar ayuda a los gendarmes o será peor.

No aguarda respuesta. Se aparta el móvil de la oreja y corta la comunicación.

Aitor se lleva la mano a la frente.

—Por un momento he pensado que eras Cestero.

Julia se muerde el labio.

—Mejor si no tiene que interrogarlo ella. Es duro de roer.

—Irá a la comisaría —anuncia Maite recuperando su teléfono—. Es buena persona. Siempre está dispuesto a echar una mano a los vecinos.

10

Lunes, 9 de septiembre de 2019

Las gaviotas están especialmente irritadas esa mañana. Sus graznidos se empeñan en monopolizar la banda sonora del puerto deportivo. Los obenques de los veleros tintinean, mecidos por la brisa, sumando unas notas metálicas a las ásperas voces de las aves.

Cestero tira hacia arriba de la cremallera del cortavientos. No llueve, pero hace un frío que desmiente al calendario. Es septiembre, verano según el papel, pero Hondarribia está ya inmersa en los días grises del otoño.

No hay luz en la tienda de submarinismo, la puerta está cerrada. La ertzaina coloca las manos a ambos lados de la cara y se acerca al escaparate. No se aprecia movimiento en el interior. Es un local pequeño y con nulo empeño decorativo. Trajes de neopreno colgados a un lado y tubos y máscaras de diferentes colores dispuestos en la pared del fondo. Poco más, salvo un par de botellas de aire comprimido que se asoman por una portezuela tras la que se adivina alguna que otra caja de cartón. El mostrador es de vidrio, y es él quien se lleva la atención de Cestero. Y no por el fusil de pesca submarina, ni por las varias linternas a prueba de agua, sino por los cuchillos de buceo que se exponen bajo el cristal. A pesar de la oscuridad, la ertzaina cree reconocer entre ellos el modelo del arma homicida. Tal vez hace unos días el asesino estuviera ahí mismo, eligiendo el cuchillo con el que segó la vida de Camila.

Hay una mujer de mediana edad colocando las mesas de la terraza del bar contiguo.

—¿No sabrá dónde puedo encontrar al propietario? —inquiere la ertzaina.

La camarera deja en el suelo las sillas que acarrea y consulta el reloj.

—Estará buceando. Los lunes por la mañana es su religión. Hasta la hora de comer lo tendrás en la cala de los Frailes. —Al reparar en el gesto de extrañeza de Cestero, la mujer, que ha vuelto a coger las sillas, se detiene ante ella—. ¿No eres de aquí?

Ante la respuesta negativa de la ertzaina, la camarera le detalla el camino para llegar hasta ella.

Cestero consulta el móvil. Las únicas noticias que tiene de sus compañeros no aportan gran cosa. Julia y Aitor no han conseguido hablar con el exmarido de la víctima. Se dirigen ahora a casa de Camila. Iñaki ha comenzado a clasificar las fotos. Continúan llegando al correo electrónico de la comisaría.

En su último mensaje, el nuevo pide refuerzos. Cestero suelta una risita por lo bajo. Refuerzos… Como si dispusiera de tantos agentes como para encerrar a varios en una oficina a ordenar fotografías. ¿Adónde creerá el pobre diablo que lo han enviado?

Por un momento, la suboficial valora acercarse a comisaría. Tal vez debiera ser ella quien echara un vistazo a esas instantáneas. No confía en que Iñaki Sáez sepa cribarlas correctamente. Sin embargo, alguien tiene que hablar con el propietario de Bidasoa Scuba. Podría ofrecer alguna pista definitiva sobre el arma homicida.

El faro del cabo de Híguer marca el final de la carretera. A partir de allí, un sendero conduce hasta la cala de los Frailes. Cestero deja su Honda junto a la torre de luz, que tiene las ventanas abiertas y algunas sillas de plástico en el jardín. El viento agita unas cortinas estampadas con frutas de colores.

El camino de tierra desciende sin titubeos hacia el mar. Cestero se hace a un lado para que pase un tractor con el remolque cargado de algas rojas. Es una estampa habitual en septiembre, cuando las mareas vivas las arrastran hasta la costa y los temporeros las recogen para venderlas.

Unos metros más abajo se encuentra el mecanismo que permite salvar el acantilado a los fardos de algas. Se trata de un teleférico rudimentario, formado por algunos postes cruzados de los que pende una polea metálica.

Cestero lo deja a su izquierda y continúa, ahora por una senda estrecha que pierde altura hasta alcanzar la cala. Es una bahía de aguas mansas, protegida de los vientos del noroeste, dominantes en la costa vasca, por la punta más oriental del cabo de Híguer.

La suboficial apenas ha alcanzado la diminuta playa de guijarros cuando un hombre vestido con traje de neopreno de los pies a la cabeza se dirige a ella.

—Me buscabas, ¿verdad? Soy Iker Mendiola, de Bidasoa Scuba —se presenta dejando caer el móvil en la mochila y tendiéndole la mano.

Cestero frunce el ceño. ¿Cómo ha sabido que…?

—Estás en Hondarribia. Aquí todo se sabe.

—Excepto quién es el asesino del Alarde —apunta la suboficial.

El tipo aparta la mirada.

—Yo tengo coartada. Participaba en el Alarde Tradicional. Cuando sucedió el crimen estaba a punto de comenzar a desfilar.

—¿Hay testigos que puedan corroborarlo?

—Toda una compañía.

La ertzaina asiente. En realidad no se había planteado que pudiera estar ante el asesino. Ha sido él con su actitud defensiva quien la ha obligado a preguntar.

—¿Te suena este cuchillo?

El buzo clava la mirada en la hoja de papel que Cestero acaba de desdoblar.

—¿La mataron con eso? —Su gesto de sorpresa no parece fingido—. Joder, es de buceo.

—¿Podrías darme un listado con los clientes que lo hayan comprado?

—Imposible. No estamos hablando de un rifle de mira telescópica. Es un cuchillo, no tengo obligación alguna de registrar los datos de los compradores.

—No quieres colaborar —resume Cestero. No soporta tener enfrente a alguien dando rodeos.

—¡Claro que quiero echar una mano! Que participe en el desfile tradicional no significa que esté en contra del mixto. Y menos aún que quiera ver muertas a sus participantes... Menos mal que Maitane se libró, pobre. Menudo susto se llevaría para llegar a perder el conocimiento.

—¿La conoces?

—¿A Maitane? Claro. Hizo conmigo el bautismo de buceo. —Iker señala la ensenada que tiene tras él—. Mira, fue en esta misma cala. Desde entonces es clienta de mi tienda. A veces viene a las salidas de submarinismo que organizo una vez al mes.

Cestero apunta mentalmente el dato. Tal vez pueda serle de utilidad.

—Entonces, ¿no te dice nada el cuchillo? —insiste.

Iker se encoge de hombros.

—Me estás mostrando uno de los cuchillos más habituales en buceo. Habré vendido decenas. ¿Cómo voy a saber quiénes lo compraron? —El buzo le arrebata la hoja y se la acerca a la cara. Entrecierra los ojos y asiente—. Mira, tengo una pista... Es el modelo de este año. No llevará a la venta más de seis meses. Si no recuerdo mal, los primeros me llegaron por Semana Santa. No sé si te sirve de algo.

—Debería servirte a ti para hacer memoria. Tampoco habrás vendido tantos —argumenta Cestero recordando el tamaño de la tienda.

—En verano pasa mucha gente por este pueblo —se defiende el buzo—. Y no olvidemos que pudo comprarlo en otro lugar.

La ertzaina siente que le ha leído el pensamiento.

—¿Cuántas tiendas de buceo hay en la zona?

—Demasiadas. Tres. Cinco si contamos las del otro lado de la muga. —El dato supone un jarro de agua fría para Cestero, aunque el chasco apenas dura unos instantes—. Pero ese cuchillo solo pudo adquirirse en Bidasoa Scuba. Tengo la exclusiva en muchos kilómetros a la redonda. La mía no es una tienda cualquiera, no. —El hombre muestra una mueca de circunstancias—. Aunque también lo tienes en demasiadas webs. Internet nos está haciendo daño a los pequeños comerciantes.

La suboficial asiente. Su expresión no es más halagüeña. Hurgar en el mundo online, con su infinidad de páginas de venta, puede resultar tan tedioso como irrealizable.

—Tú, de todos modos, revisa facturas, albaranes... Lo que sea, pero quiero una lista de los cuchillos vendidos.

Un segundo buzo, vestido también con un neopreno negro, ha salido del agua unos metros más allá. En cuanto se retira la máscara de la cara, sonríe radiante y muestra orgulloso un congrio de varios palmos de longitud. En el saco de malla que lleva a la cintura hay más capturas: un pulpo, algunos peces que la suboficial no alcanza a identificar y nécoras.

—Es ertzaina —anuncia el de la tienda.

Son solo dos palabras, pero el efecto en el pescador es demoledor. La sonrisa se le hiela en los labios y la red con el pulpo y el resto de las capturas desaparece de la vista como por arte de magia.

—No estoy aquí para eso... —aclara Cestero—. ¿Te suena este cuchillo?

El pescador contempla el papel que le muestra y asiente.

—Claro. ¿Quién no lo conoce en este mundillo? Raro es el buzo que no lo tiene. —Coge el papel y lo explora de cerca—. Es el nuevo. El mango del anterior no tenía esas muescas.

—Se cargaron a la del Alarde con uno —explica el de la tienda.

—¡No jodas! —El pescador recula un par de pasos y se lleva la mano a la cintura—. Yo el mío lo tengo aquí, eh. Además, me gustan más grandes. Nunca he tenido uno de once. ¿A que no?

La última pregunta va dirigida a Iker, que opta por encogerse de hombros.

—No pretendáis que recuerde lo que compráis cada uno.

Cestero rechaza el cuchillo que le tiende el buzo. Ha pecado de ingenua pretendiendo que esa visita fuera a dar mejores frutos. Aunque no todo está perdido.

—Venid los dos a comisaría. Quiero mostraros unas fotos. Tal vez podáis reconocer en ellas a aficionados al buceo.

—¿Ahora? —El del congrio se coge del neopreno para recordarle que acaba de salir del agua.

—Esta tarde. Pasad por casa, cambiaos y venid tan pronto como podáis. También podríais preparar un listado con todos los buceadores que conozcáis en el pueblo. Y da gracias por irte sin multa. Otro día no seré yo quien se acerque por aquí.

El pescador alza la red con las capturas.

—Si solo es… —comienza a replicar, pero parece pensárselo mejor y vuelve a esconderla. El fruto de su inmersión vuelve a descansar detrás de sus piernas.

11

Lunes, 9 de septiembre de 2019

La Honda de Ane Cestero se ve extraña entre los coches aparcados frente a la comisaría de Irun. La lluvia que cae desde antes del mediodía no la convierte en el medio de transporte más oportuno, pero cuando la suboficial ha salido de casa esa mañana el sol parecía estar ganando la partida a las nubes. Confiarse y dar por hecho que acabaría venciendo no ha sido la mejor idea.

—Buenas tardes —saluda al agente que custodia el acceso al edificio policial. Busca su identificación en el bolsillo interior de la cazadora de cuero y se la muestra—. Suboficial Cestero, UHI.

El ertzaina, que tiene uno de esos rostros que resultan desafortunadamente comunes cuando se trata de realizar el retrato robot de un sospechoso, le indica el camino a seguir.

—Los otros hace rato que han llegado —anuncia cuando la suboficial le da la espalda.

—*Eskerrik asko.*

Una máquina de café ocupa un ensanchamiento del pasillo. Huele bien, aunque a esas alturas Cestero no se deja engañar. A menudo el café que dispensan esos aparatos logra oler bien pero sabe a rayos.

—¿Qué tal está? ¿Es bueno? —le pregunta a una agente que se toma uno apoyada en la pared.

La uniformada arruga la nariz en una mueca de desagrado.

—Bastante.

Cestero se ríe para sus adentros. ¿Qué gesto pondría si estuviera malo?

—Luego lo probaré.

La otra se encoge de hombros mientras consulta algo en su teléfono móvil.

Suspirando, la suboficial continúa hasta la sala en la que han acomodado a su equipo. Es diminuta: cuatro paredes desnudas y una mesa central tan escasa que apenas puede acoger un par de portátiles.

—¿Qué hacéis aquí? Si no cabemos —los saluda buscando un colgador para dejar la cazadora. No hay ninguno, tendrá que recurrir al respaldo de su silla.

—No les hace ninguna gracia nuestra presencia —señala Julia—. Por ahí tienes al comisario. Ha preguntado por ti.

—¿Qué esperábamos? —interviene Aitor—. Para un caso interesante que tienen en la comarca y nos envían a nosotros. Tiene que resultar frustrante.

—Pues deberían estar agradecidos. Eso que se sacuden de encima —dice Iñaki.

—No lo ven así —le replica Cestero—. Cuando alguien es policía por vocación disfruta con los casos complicados. Esta situación ya la sufrimos en nuestro primer caso, el del asesino del Tulipán. Julia, ¿cómo se vivió en tu comisaría nuestro desembarco?

—Fatal. En Gernika nos sentíamos preparados para afrontar el caso. Eso de que llegara un grupo de elegidos para ocuparse de ello fue una patada en nuestro orgullo.

Cestero asiente.

—Y supimos ganarnos a la gente. Es verdad que jugó a nuestro favor contar en la unidad con una persona de la propia comisaría —explica refiriéndose a Julia—. Esta vez no es así, pero tratemos de involucrarlos y será mejor para todos.

Alguien carraspea a su espalda. La suboficial se gira. Se trata de un hombre en mangas de camisa, con barba bien recortada y gesto serio.

—¿Ane Cestero? Soy Mikel Bergara, comisario de Irun. —Por un momento parece dudar entre estrecharle la mano o darle dos besos. La suboficial le ayuda a decidirlo tendiéndole la mano—. Le doy la bienvenida a nuestra comarca. ¿Puede acompañarme un momento a mi despacho? Me gustaría hablar con usted a solas.

Cestero se dispone a replicarle que sus compañeros gozan de su total confianza, que puede hablar de cualquier tema ante ellos. Sin embargo, opta por ser educada y callar.

—Recuerda lo que acabas de decirnos —le susurra Aitor al verla seguir al comisario—. Involúcralos.

Cestero asiente. Es lo que piensa hacer.

—Es aquí —anuncia Bergara un par de puertas más allá—. Pase, por favor, y siéntese.

—Gracias —musita la suboficial dejándose caer en una de las dos sillas de metacrilato dispuestas frente al escritorio.

El comisario se sienta al otro lado. La butaca, de cuero y tamaño generoso, grita bien alto quién manda en ese lugar. Bergara se apoya en los reposabrazos y la observa mientras frunce los labios y los mueve a un lado y a otro. Finalmente respira ruidosamente y sacude la cabeza.

—Usted y yo sabemos que no tiene ningún sentido que hayan venido. Mi equipo está preparado para afrontar el caso del Alarde de Hondarribia. No es más que un asunto local, cuitas entre vecinos. Alguno se ha dejado llevar por un arrebato y ya está. Investigaremos, lo detendremos y el peso de la ley caerá sobre él. O sobre ella, que en estas cosas las mujeres son de sangre mucho más caliente. No hagamos una bola de alcance nacional de un problema en un pueblo. —El gesto del comisario trata de ser amistoso, pero su sonrisa resulta del todo impostada—. ¿Qué le parece si redacta un informe reconociendo el carácter local del crimen y solicitando la retirada de su unidad?

Cestero parpadea, incrédula. ¿De verdad le está pidiendo que recoja sus cosas y se marche?

—Que estemos aquí no significa que no puedan ayudarnos. El trabajo en equipo... —comienza a decir en una exhibición de contención con la que se sorprende a sí misma.

Bergara niega con un gesto. ¿Es un injerto capilar lo que cubre su cabeza? Sí, y no bien hecho precisamente, porque queda extremadamente poco natural. Amén de las dos calvas del tamaño de una moneda de dos euros donde el cabello no parece haber querido arraigar.

—Quizá no me he explicado bien. Solo tiene que escribir un par de líneas de renuncia. Créame, no tiene sentido que una unidad tan importante como la suya pierda el tiempo con estas tonterías. Es solo un navajazo, uno más de los muchos que ocurren cada año a las puertas de alguna discoteca. —El comisario empuja hacia ella su portátil—. Tenga, puede usar mi ordenador.

—¿Ha terminado? —pregunta Cestero poniéndose en pie.

La sonrisa del comisario se quiebra en mil pedazos.

—¿Le he dado permiso para levantarse, suboficial?

—No lo necesito. Le recuerdo que soy la responsable de un grupo especial. Recibo órdenes de la Unidad Central de Investigación, no de un comisario local. Espero no tener que volver a recordárselo. —Cestero se aleja ya por el pasillo cuando decide que no ha concluido. Regresa al despacho y apoya ambas manos en la mesa ante el gesto estupefacto de Bergara—. Por cierto, le doy hasta mañana para buscarle una ubicación más adecuada a mi equipo. El cuartito de las escobas se lo queda para usted. Supongo que sabe de la excelente relación que une a mi superior, Andrés Izaguirre, con los responsables de la consejería de Interior. Es alguien que valora mucho la dignidad del cuerpo al que pertenece y estoy segura de que le disgustará que le recibamos en una ubicación tan poco decente como esta cuando venga a vernos...

No hay respuesta, y si la hay Cestero no alcanza a escucharla. Tiene prisa por regresar junto a sus compañeros y comenzar a revisar fotografías.

—¿Qué quería? —le pregunta Julia en cuanto la ve aparecer.

—Nada. Tonterías —zanja Cestero mordiéndose la lengua.

—Pues menos mal que no era nada… —murmura Aitor sacudiendo la mano. Conoce demasiado bien a su compañera como para saber que está furiosa.

Cestero suspira.

—Es gilipollas. Dejémoslo estar.

—No los has involucrado —se lamenta Aitor.

—¡Que lo dejemos estar! —insiste la suboficial—. ¿Cómo ha ido por casa de Camila?

Aitor y Julia explican que no han encontrado nada fuera de lo normal.

—Salvo esto —anuncia la de Mundaka entregándole un cuaderno. Es bonito, con unas golondrinas en una esquina por la que asoman también varios claveles de un radiante color rojo.

Cestero lo abre. Se trata de tablas con todo tipo de datos numéricos que no alcanza a comprender.

—Serán apuntes de su negocio de conservas. Entradas y salidas de género, gastos… —No entiende por qué algo así ha llamado la atención de sus compañeros.

—Podría ser —reconoce Aitor—. Pero entonces ¿por qué ocultarlo? Lo encontramos en la cocina, dentro de una lata de café.

La suboficial vuelve a hojear la libreta. Las tablas se suceden página tras página, siempre los mismos encabezamientos, diferentes contenidos en las celdas, aunque algunos se repiten a menudo. Por un momento trata de encontrarles un significado en forma de gramajes, calidades, costes… No puede tratarse de nada más. Sin embargo, ese afán por que nadie lo viera resulta turbador.

—Algún negocio poco edificante. Una vecina nos dijo que trampeaba con las conservas. Parece que las compraba fuera y las etiquetaba como si fueran de Hondarribia. Podrían ir por ahí los tiros —propone Julia.

—Cualquier cosa —comenta Cestero restándole importancia. Eso no es algo que les ataña a ellos. Otra incógnita es qué hacían sus compañeros abriendo los armarios de la cocina de Camila, aunque la respuesta es evidente cuando Aitor está de por medio. Si tiene que registrar un domicilio, mirará hasta debajo de los tiestos. Da igual que los haya enviado a echar un simple vistazo. Su meticulosidad no le permitiría hacerlo de otra manera—. ¿Y qué sabemos de las fotos? —pregunta volviéndose hacia Iñaki.

El nuevo gira su portátil para que los demás lo vean. En la pantalla comienzan a desfilar decenas de imágenes de la calle Mayor durante el Alarde Mixto.

—Nos han enviado un montón. La mayoría no aporta mucho, pero algunas podrían servirnos. Las mejores son de una tienda de productos gourmet, de esos destinados a los turistas que vienen del otro lado de la muga a pasar el día. La propietaria instaló una cámara de seguridad que registra una instantánea de su escaparate cada treinta segundos. Hace dos años le rompieron la luna y le robaron un dineral en caviar iraní y cangrejo ruso —explica antes de detenerse en una fotografía que muestra la zona donde se produjo el crimen—. Aquí está la primera. Los colores y la definición no son los mejores, pero nos será útil, ya verás. Es el principio de una secuencia que resume todo lo que ocurrió.

Cestero se inclina sobre la pantalla. En primer plano se ven varias latas, probablemente de caviar, y también una pata de jamón. Quienes aguardan el paso del desfile se ven de espaldas, al otro lado del cristal. Sostienen sus largos plásticos negros a la altura de la cintura.

—Me suena esa chica mona —se burla Julia acercando el dedo a una esquina.

La suboficial sonríe. Es ella misma, con el pinganillo en el oído y gesto concentrado. Eso le permite situar en el tiempo esa primera imagen. Es de antes de que pasaran las filas delanteras del desfile al que ella abría paso. La tensión se palpaba en el ambiente, aunque nada hacía prever el desenlace dramático que tendría la fiesta.

—Ahí todavía no habían levantado las barreras de plástico negro —señala Cestero.

—Esta otra es de unos minutos después, en pleno desfile —anuncia Iñaki saltando de imagen. El jamón y las latas siguen ahí. El resto ha cambiado.

Los brazos ya no sostienen la barrera de plástico a la altura de la cintura, sino que la levantan tanto como pueden. El Alarde Mixto queda condenado a la invisibilidad tras ese muro y la fotografía se convierte en una extraña perspectiva: seis personas, entre las que parece haber un solo hombre y cinco mujeres, todas de espaldas al objetivo, todas con los brazos por encima de la cabeza y un fondo negro ligeramente arrugado que impide ver más allá.

—Estamos viendo el lugar de la agresión —resume Aitor—. Es probable que una de estas personas que vemos en la imagen sea quien realizó el ataque.

—Más que probable —anuncia Iñaki pasando a la siguiente instantánea—. Mirad aquí. —Su dedo índice señala un pequeño roto en la pared de plástico.

—A ver, tira para atrás —le pide Julia.

La pantalla vuelve a mostrar la imagen anterior.

—No hay ningún agujero. Aparece después. Es la puñalada. ¿No hay más fotos entre una y otra?

Iñaki niega con la cabeza.

—Es todo lo que tenemos de momento. La cámara dispara cada medio minuto. En esos treinta segundos se produjo el ataque.

—¡Joder! —protesta Cestero—. Avanza. Quiero ver qué ocurre después.

La siguiente instantánea es la del comienzo del caos. Los gritos y las demandas de auxilio obligan a quienes sostienen el plástico a bajar la barrera para comprobar qué está ocurriendo al otro lado. Ahora el desfile se cuela en la fotografía. Desfile por llamarlo de alguna manera, porque lo que se observa por encima de los plásticos es todo confusión: gestos de terror, carreras, empujones…

—Pasa otra más —ordena Cestero.

Ahora la barrera negra descansa en el suelo. Nadie la sujeta ya. Quienes lo hacían ya no están. La visión del horror los ha hecho huir.

—¿No hay manera de identificarlos? Si volvemos hacia el inicio, tal vez podamos ver sus caras —apunta Julia.

La suboficial le pide a Iñaki que regrese hasta las imágenes del momento de la puñalada.

—Quieto ahí —le pide Cestero cuando llega a la primera fotografía en la que se observa la perforación abierta en el plástico—. Busquemos algún cambio postural entre esta imagen y la anterior, en la que todavía no se había producido el ataque.

La unidad al completo se deja devorar por la pantalla del portátil. El silencio tenso delata la concentración.

—Yo tengo algo —anuncia Aitor tras un minuto—. Mirad esta mujer de aquí. No sostiene el plástico con ambas manos. Solo con la izquierda. La otra mano la tiene en el bolsillo.

—Y ese tío también hace un gesto extraño —señala Julia—. Antes del ataque se gira hacia la señora que comenta Aitor y parece decirle algo. El agujero en la barrera de plástico aparece justo entre ellos.

—¿Puedes acercarte más? —pide Cestero—. Me gustaría ver qué hay en ese bolsillo.

Iñaki pulsa en la lupa del visor, pero solo consigue que la imagen se desenfoque en exceso.

—No tiene buena definición. No podemos hacer más.

—¿Podría ser un cuchillo? —inquiere Julia.

Aitor se acerca a la pantalla.

—Podría ser cualquier cosa —lamenta.

—Así es, pero intercambian unas palabras, ella extrae algo del bolsillo y de repente tenemos la puñalada entre ambos —resume Cestero—. Huele fatal.

—Fatal —corrobora Iñaki.

—Huele a que tenemos delante de nuestras narices al asesino o asesina del Alarde —sentencia Julia.

La suboficial celebra haber avanzado con las fotografías más de lo que esperaba. Aunque por el momento solo los tienen de espaldas y lo único que son capaces de ver es que se trata de un hombre y una mujer, aparentemente de mediana edad.

—Vuelve a mostrarme la primera foto. —Cestero tiene la impresión de que algo se le ha escapado.

—¿En la que apareces tú?

—Sí.

Las imágenes desfilan rápidamente hasta que Iñaki se detiene en una. La barrera de plástico ocupa solo la mitad inferior de la pantalla. La suboficial camina por la calle abriendo el paso. Las espaldas de quienes segundos después levantarán los brazos para ocultar el paso de las mujeres impiden ver gran cosa, aunque llega a reconocerse a algunos de quienes se encuentran al otro lado de la calle Mayor, dispuestos a hacer lo mismo con otro plástico negro.

—¡Ahí está! —Cestero lleva el dedo a la pantalla y lo apoya sobre un balcón del otro lado de la calle—. Sabía que había visto algo.

—Una cámara… —celebra Julia.

—Ese hombre estuvo sacando fotos —explica la suboficial refiriéndose al tipo de cabello cano que sostiene el aparato con ambas manos—. Tenemos que conseguirlas para obtener la perspectiva contraria. Así veremos el rostro de las personas que ahora nos dan la espalda.

Iñaki consulta un plano de la calle donde ha señalado los emplazamientos de las imágenes que han ido llegando al correo electrónico.

—De este tramo no tenemos ninguna otra foto. No las ha entregado. Parece que no todo el mundo quiere colaborar.

—Pero sabemos dónde vive —indica Cestero—. Julia, ¿puedes acercarte a hablar con él? Que te entregue la tarjeta de memoria. Espero que no las haya borrado.

—Disculpad —se oye a alguien detrás. Es el ertzaina que custodiaba la puerta—. Están aquí los buzos a los que esperáis.

—Hazlos pasar —ordena la suboficial antes de dirigirse a Julia— ¿Y Alain Etcheverry? ¿A qué hora te ha dicho que vendría?

Julia suspira antes de detallarle su conversación con el francés.

—Mala pinta —reconoce la suboficial—. Apuesto a que el exmarido de la víctima nos dará problemas.

—Podemos pedir una orden europea de detención —comenta Aitor.

Cestero asiente. Lo sabe, pero también conoce los trámites judiciales que algo así supone y la demora que acarrearía en la investigación.

—Démosle unas horas para que recapacite —señala poco convencida.

El propietario de Bidasoa Scuba y el otro se asoman por la puerta.

—Pasad, pasad —les indica Cestero apoyando la espalda en la pared para dejar sitio.

—Esperad, que salgo. Aquí no cabemos todos. Voy a buscar al hombre de la cámara —anuncia Julia.

—Cuando termines ve directa al barrio de la Marina. Tenemos la recepción a los remeros —le recuerda la suboficial.

—¿Siguen empeñados en celebrarla? —se irrita Aitor—. Es increíble. ¿No ven que es echar más leña al fuego? Este pueblo necesita unos días de duelo, no celebraciones masivas. Las redes echan humo, hay convocatorias de manifestaciones de condena cruzadas con otras de concentraciones contra supuestas conspiraciones feministas… Es una locura celebrar nada en estas condiciones.

—El político es un animal capaz de tropezar dos veces en la misma piedra —lamenta Cestero antes de pedirle a Iñaki que muestre las imágenes a los recién llegados—. ¿Reconocéis a alguien?

Iker, el dueño de la tienda, se gira hacia Cestero con gesto incrédulo.

—Si solo los vemos de espaldas.

—¿Y qué? Yo a mis amigos no necesito verlos de cara para saber quiénes son —argumenta la suboficial.

—Mis amigos no son, de eso no hay duda —dice el propietario de la tienda.

—Yo tampoco reconozco a nadie —señala el otro. Su dedo se acerca al único hombre que aparece en pantalla—. Este tipo quiere sonarme, pero no caigo. Necesitaría ver algo más, no solo su espalda.

—Es que es un hombre muy común. Pelo gris, corto, no muy alto... Lo raro es que alguien de unos cincuenta años no encaje en esa descripción —objeta Iker, dejando sobre la mesa unos albaranes—. He traído lo que me pedías. Desde que salió ese modelo de cuchillo al mercado he vendido veintitrés. Doce de ellos fueron al club de buceo de Sokoa. Desde Getaria me encargaron tres. El resto se han vendido uno a uno y ahí sí que no te puedo ayudar.

Cestero odia la sensación de que por ese camino no arribarán a puerto alguno. Ojalá las fotografías que Julia ha ido a buscar les den algún cabo del que tirar. Hasta que no puedan ver el rostro de quienes ahora les dan la espalda, no podrán avanzar en las identificaciones.

—Y no habréis traído un listado de todos los vecinos del pueblo que practican buceo, claro —reprocha a los buzos—. Pues no hagáis demasiados planes para los próximos días, porque os llamaremos cada vez que recibamos nuevas fotos. Quizá así recobréis la memoria y os fijéis un poco mejor. Aunque también podría enviar una patrulla a la cala de los Frailes. Me han dicho que hay submarinistas que no respetan la normativa sobre especies autorizadas. —Los hombres protestan, pero la suboficial no los escucha ya. El reloj le dice que el tiempo de la cháchara ha terminado—. Aitor, Iñaki, dejadlo todo. Vayamos a felicitar a los remeros.

12

Lunes, 9 de septiembre de 2019

Un desconchado en el dintel del balcón situado más a la derecha, una farola algo más arriba… La fachada que tiene ante ella es la misma que muestra su móvil, no hay duda. Lo único que ha cambiado es esa pintada que adorna la pared, una más de las muchas que han ido apareciendo por el pueblo. *Es solo el principio, zorras*, se lee en esta. Otra que Julia ha visto repetida es: *Necesitáis que os enseñen vuestro sitio*. Y también las hay a la inversa, reclamando la horca para los machistas o en recuerdo de Camila.

El incendio de las redes sociales ha llegado al escaparate analógico de las paredes de Hondarribia.

Julia alza la mirada hacia el balcón donde se hallaba el hombre de la cámara de fotos. Está cerrado, pero se ve luz tras el cristal. Hay alguien en casa.

La satisfacción, sin embargo, se esfuma en cuanto comprueba que se trata de un hotel. Tal vez el tipo al que busca se encuentre a esas horas al otro lado del Atlántico, de vuelta en su trabajo en una oficina de Michigan o alargando sus vacaciones en una playa de Varadero.

El recepcionista esboza una sonrisa al verla entrar y le hace un gesto para rogarle que espere. Está al teléfono. Su inglés es fluido, tanto que Julia pierde en algunos momentos el hilo de la conversación. Habla de fechas y de climatología. ¿De verdad le está diciendo a quien se encuentra al otro lado que en noviembre suele llover poco en la costa vasca?

La ertzaina se gira, no quiere hacerle sentir incómodo. El vestíbulo invita a volar muchos años atrás en el tiempo. Hay mucho dorado, pinturas antiguas y algunas sillas tapizadas que no desentonarían en los mejores palacios de Viena.

—Perdone, ya estoy con usted. —El recepcionista ha dejado sobre la mesa la diadema con el micrófono y el auricular.

—Hola, Telmo —saluda Julia, leyendo la chapa identificativa que pende del chaleco del empleado—. Soy la agente Lizardi, ertzaina. Trabajo en el caso del Alarde.

El tipo infla ambos carrillos y sopla lentamente con gesto sobrepasado.

—Fue brutal. Sucedió aquí delante, enfrente de la puerta. No pude ver nada porque se me desmayó una clienta italiana y estuve atendiéndola. ¡Terrible!

Julia sabe todo eso, o casi todo, pero le deja hablar antes de tomar la palabra.

—Creemos que alguien realizó desde aquí una fotografía que podría resultar de vital importancia en la investigación —anuncia mostrándole la imagen en la que se ve al hombre de la cámara.

Telmo acerca el dedo a la foto y ladea la cabeza, pensativo.

—Es la ciento cuatro. Lo sé por la bajante.

Julia observa la tubería que pasa junto al balcón.

—¿Se encuentra todavía en el hotel ese cliente?

El recepcionista baja la mirada hacia un croquis que ocupa gran parte de su mesa. Hay nombres garabateados en la mayoría de las casillas y también tachaduras, muchas tachaduras.

—Qué va. Se fue ayer mismo. Es normal. Los clientes están cancelando sus reservas. Es lo de menos, eh, no hay nada comparable a una muerte, pero es tremendo. Lo ocurrido el domingo nos pesará como una losa durante mucho tiempo.

Julia asiente por no llevarle la contraria. No tiene ganas de perderse en una discusión sobre la deshumanización del mundo, pero está segura de que en apenas un mes nadie de fuera de Hondarribia recordará lo sucedido. Todo va demasiado rápido. En cuanto el foco de interés derive hacia otro lugar, Camila y todo lo que representa caerán en el implacable saco del olvido. Es más, no descarta que el próximo septiembre repunte el turismo a causa del crimen.

—¿Me podría decir de quién se trata? Es muy importante que podamos localizarlo. —Su identificación policial baila en su mano, a la vista del recepcionista.

Telmo la observa unos segundos. Después sacude la cabeza.

—Tengo que pedir permiso a la propietaria —decide llevándose la diadema a la cabeza. Marca una extensión en el teléfono y aguarda unos instantes—. Mari Carmen, está aquí la Ertzaintza... Sí, por lo del Alarde. ¿Puedes bajar? No, parece que es urgente... Algo de una foto que tomó uno de nuestros clientes... Sí, gracias. Hasta ahora. —Una sonrisa dirigida a Julia mientras se retira el micrófono—. Dice que en un par de minutos estará aquí.

Julia le agradece la gestión.

—Es bonito el hotel —añade para llenar el silencio.

El recepcionista asiente, orgulloso.

—Era un palacio. El casco antiguo de Hondarribia era residencia de familias acomodadas. Las clases populares vivían abajo, en la Marina. Es un lujo poder hospedarse en un lugar con tanta historia. —Lo dice todo de corrido, como quien se ha aprendido la lección de memoria—. Si es que este pueblo es una maravilla. Lástima todo eso del Alarde. —Telmo sacude la cabeza con gesto triste—. Familias rotas, vecinos enfrentados, cuadrillas de amigos divididas... Pero no se te ocurra opinar porque entonces te salen con que no eres de aquí y no entiendes nada.

—Le has tocado a Telmo su tema preferido. No le hagas mucho caso, intransigentes los hay en todos lados, no solo entre quienes defendemos la tradición —comenta una mujer que baja por las escaleras y estrecha la mano de Julia—. ¿Qué tal? Soy Mari Carmen Becerra, la propietaria del hotel. ¿En qué podemos ayudarte?

La ertzaina le repite lo que le ha explicado al trabajador.

—Me temo que no vamos a poder facilitarte lo que deseas. La ley de Protección de Datos es muy severa —anuncia dirigiendo una mirada a su empleado, que se limita a asentir—. Y a mí personalmente me preocupa más el bienestar de nuestros clientes que la ley.

—Volveré con una orden judicial —anuncia Julia.

La propietaria muestra una sonrisa conciliadora.

—No será necesario. Permíteme que lo intentemos a mi manera. Llamaré a nuestro cliente y le solicitaré las imágenes. Seguro que estará encantado de colaborar.

Julia la observa en silencio. No le gusta la forma paternalista en que se dirige a ella esa mujer. Ella solo quiere las fotos, no discutir, así que le deja hacer, pero antes le advierte:

—Está bien. Le doy hasta mañana. Si no tengo noticias suyas, lo conseguiremos a mi manera.

13

Lunes, 9 de septiembre de 2019

Es un anochecer extraño en Hondarribia. El barrio de la Marina, con sus plazas flanqueadas por casas de pescadores de vigas a la vista, contiene la respiración. El color verde de la trainera local inunda los balcones y las camisetas de quienes aguardan a que sus héroes hagan acto de presencia. Es el segundo año consecutivo que los remeros del pueblo fronterizo ganan la bandera de La Concha, algo reservado a las mejores tripulaciones del Cantábrico. Pero el ambiente no es de celebración. Pesan los crespones negros que cuelgan de muchas banderas y también las pancartas de letras moradas contra la violencia machista y la intolerancia. No hay música ni vítores. No es, desde luego, la fiesta que merecería un triunfo como el de la víspera, aunque para muchos es más de lo que Hondarribia puede permitirse cuando todavía no se ha producido detención alguna por el crimen del Alarde.

—Deberían haber suspendido la recepción. Esto es una bomba de relojería —protesta Aitor.

Cestero está de acuerdo. Si el pueblo está de luto, está de luto y punto. El alcalde, sin embargo, no ha querido dejar pasar la oportunidad de levantar el ánimo de una localidad herida. La suboficial ha escuchado de pasada una entrevista en la que el político aseguraba confiar en que el acto serviría para templar los ánimos, el remo es una religión que une al pueblo.

Ojalá no se equivoque.

No son los únicos ertzainas esa tarde. El despliegue policial es solo comparable al que poco más de veinticuatro horas antes trataba de que el Alarde discurriera sin incidentes. Hay agentes antidisturbios en cada esquina. Todos bien visibles, que quien se deje llevar por las emociones se lo piense dos veces antes de pasarse de la raya.

Al otro lado de la plaza, desde el balcón de un restaurante, Julia e Iñaki observan también la multitud. Su cometido, igual que el de Cestero y Aitor, no es otro que tratar de captar movimientos extraños. El asesino del Alarde podría estar arrepentido de su arrebato, y en ese caso no volvería a actuar, o, por el contrario, crecido ante la repercusión lograda con su obra. Si fuera así, no sería extraño que quisiera repetir su gesta y una celebración masiva en pleno duelo le ofrecería una gran ocasión para conseguir un altavoz aún mayor.

—¿No huele a quemado? —inquiere Cestero olisqueando el aire.

—La parrilla de algún restaurante. Es casi hora de cenar —responde Aitor antes de señalar el escenario dispuesto en plena Alameda—. Mira, ahí sube el alcalde. ¿Y esa que le acompaña?

La suboficial reconoce a la joven de cabello recogido y gafas. Sin la bata del hospital no parece tan frágil. A su madre no le hará ninguna gracia el protagonismo que está adquiriendo como superviviente del ataque.

—Es Maitane. La chica que desfilaba junto a la mujer asesinada.

El máximo mandatario municipal no pierde el tiempo.

—*Arratsalde on*. La recepción a nuestros remeros seguirá adelante, pero antes os ruego un minuto de silencio por nuestra amada vecina Camila Etcheverry. Me gustaría que, aunque solo fuera por sesenta segundos, aprovecháramos para pensar si esta es la Hondarribia que queremos legar a nuestros hijos e hijas. ¿Creéis que podemos seguir por este camino?

—No se trata de ninguna parrilla —señala Cestero observando la densa columna de humo negro que asoma tras las casas del fondo.

Aitor tuerce el gesto. A él tampoco le gusta lo que ve. Sin embargo, ninguno de los dos hace amago de moverse de allí en pleno minuto de duelo.

El pueblo entero contiene la respiración. Esos sesenta segundos se van a hacer muy largos. Como una sola de los miles de personas que abarrotan la Alameda se atreva a profanar el silencio, la batalla está servida. Y lo extraño sería que no ocurriera. Hay demasiada emoción contenida, la villa marinera es una presa a punto de reventar tras una tormenta.

Los graznidos de las gaviotas cobran protagonismo en cuanto las bocas se cierran. Ellas han decidido no respetar el momento reservado al dolor y el recuerdo. Allí están sus siluetas blancas, fantasmas alados que vuelan en círculos sobre ellos y lanzan sus estentóreas carcajadas.

—Dan mal rollo —susurra Aitor siguiendo la mirada de su compañera.

Cestero asiente. No le gustan, le inspiran desconfianza. Su abuela, que nació en Pasaia, a orillas del puerto, defendía que cuando estaban inquietas era que algo malo iba a suceder. Pájaros de mal agüero.

—¿Adónde va esa? —exclama la suboficial.

Una mujer ha subido al escenario. Su gesto crispado no adelanta nada bueno.

Dos policías municipales corren a por ella, pero todavía no la han alcanzado cuando le arrebata el micrófono al alcalde. Maitane da un paso atrás, asustada.

—¡Han prendido fuego al barco de Miren! Lo está diciendo la tele. Lo han quemado porque no toleran que haya patronas en un mundo de hombres. ¡Es un nuevo ataque contra todas! ¡Fuera machistas de Hondarribia! —El puño de la mujer se alza con fuerza hacia el cielo.

—¡Fuera! —estalla la multitud. O parte de ella.

Las cámaras de televisión disfrutan con la confusión. Sus focos iluminan la noche aquí y allá, bailan por la Alameda en busca de enfrentamientos entre vecinos.

—¡Calma, por favor! —ruega el alcalde recuperando el micrófono—. Nuestro pueblo no se merece esto. No caigáis en la provocación.

Es tarde. Hay conatos de altercados aquí y allá, discusiones entre partidarios del Alarde Mixto y el Tradicional que suben de tono por momentos. Cestero ve desplegarse a los antidisturbios, que corren a formar barreras humanas entre unos grupos y otros.

—Ayer Hondarribia hizo historia en La Concha. Estamos aquí para celebrarlo. —El alcalde trata en vano de calmar los ánimos.

—¡Asesinos!

—¡Machistas!

—¡Marimachos!

—¡No caigáis en la provocación! —insiste el político. Es en vano, la situación está fuera de control. Hay empujones, zarandeos y gritos, muchos gritos—. ¡Por favor, hay niños pequeños!

—Vaya desastre —lamenta Aitor—. Ya sabíamos que no era buena idea hacer esto en pleno duelo. ¿De quién ha dicho que era el barco?

—De Miren —contesta alguien a la derecha de Cestero. Es una de las estudiantes que sostienen una pancarta con un mensaje de despedida a Camila—. Es la única patrona de nuestro puerto, probablemente no haya más mujeres al mando de barcos pesqueros en todo el Cantábrico. Se hizo muy popular porque salió en el programa del rubio ese que va con el helicóptero.

Cestero suspira. ¿Qué está ocurriendo en Hondarribia?

—¡No justifiques a un asesino! Te han lavado el cerebro. Si no lo haces por ti, hazlo por tu hija. —Los gritos de un chico de veintipocos años llaman la atención de la ertzaina hacia la puerta de una heladería. Hay discusiones por todos lados, pero esa la tiene al alcance de la mano.

La interpelada es una mujer que le dobla la edad y que le ha arrancado de las manos un cartel a favor del Alarde Mixto.

—¿Qué me has llamado? ¡Repítelo si te atreves, desgraciado!

Los antidisturbios no están cerca, pero quienes los rodean se lanzan a separarlos en cuanto el joven le arroja a la cara su helado de vainilla.

—Vámonos al puerto —decide Cestero señalando un callejón—. Tengo la moto ahí mismo.

Aitor levanta el dedo índice a modo de advertencia.

—No se te ocurra ir rápido.

—No correré —le promete la suboficial.

A regañadientes, Aitor la sigue hasta la Honda. El rugido del motor los acompaña mientras dejan atrás el casco urbano. El puerto pesquero se encuentra al final de una larga recta a orillas de un Cantábrico que se ve tranquilo.

Un coche patrulla, cruzado en la carretera a la altura de la lonja, impide el paso a los todavía escasos curiosos.

—Suboficial Cestero —se presenta Ane mostrando su identificación.

El agente se hace a un lado para permitirles seguir adelante.

El fuego se encuentra solo unos metros más allá. La dársena, protegida por un dique alto que frena las olas del Cantábrico, los recibe envuelta en una humareda negra que pica en los ojos y se aferra a la garganta.

—Estás loca… ¿Crees que importaba mucho llegar medio minuto más tarde? —exclama Aitor mientras se quita el casco.

—¡Si no he corrido!

—Pues menos mal…

—¡Atrás, atrás! ¡Puede explotar! —Los bomberos están obligando a recular a varios reporteros asomados a la rada. ¿Cómo lo hacen para llegar siempre los primeros?

—No me empujes. Estamos en pleno directo —protesta un cámara.

El periodista al que enfoca informa de las últimas novedades sobre lo que está sucediendo. Habla de una patrona valiente que decidió seguir los pasos de su padre y comandar su propia embarcación.

—… Una mujer en un mundo de hombres. No olvidemos que gobierna un barco con una tripulación totalmente masculina…

—continúa mientras los bomberos insisten para que se aparten—. Respetada, querida, admirada...

La imagen es demoledora, hipnótica. Uno de los seis barcos pesqueros amarrados en el centro de la dársena está ardiendo. Las llamas se abren paso entre los jirones de humo y trepan hacia el cielo como las garras de una criatura diabólica en pleno akelarre. Desde el muelle más cercano, los bomberos tratan de alcanzar el fuego lanzando agua con la máxima presión de sus mangueras. No es fácil entre los cámaras que revolotean alrededor en busca de la mejor perspectiva para sus equipos de televisión.

—¡Apartaos de en medio! —El tono angustiado de quienes luchan por sofocar el incendio obliga a Cestero y Aitor a intervenir.

—¡Atrás, policía!

—¡Venga, retrocedan! Obedezcan a las indicaciones de los bomberos o me los llevo detenidos.

Los periodistas reculan entre protestas, pero un tipo con bigote blanco se resiste.

—¡Mi barco! Tengo que sacarlo del puerto antes de que se extiendan las llamas... —exclama llevándose las manos a la cabeza.

—¡Todo el mundo atrás! —ordena el jefe de bomberos tirando de él para apartarlo de la orilla—. El combustible puede explotar.

El marino forcejea con él.

—Mi pesquero es el que está junto al que se quema. ¡Solo quiero sacarlo del puerto! Tengo derecho, no podéis obligarme a estar aquí viendo cómo arde.

Los bomberos intercambian palabras de preocupación. Además del barco en llamas hay otros cinco pesqueros y varias chalupas de menor tamaño en el puerto. Pero sobre todo está esa gasolinera náutica que ocupa un extremo de los muelles y en la que podría haber miles de litros de combustible almacenado.

—Hay que sacar el barco de aquí. Aunque sea en llamas. Así evitaremos que el fuego se propague al resto y salte todo por los aires —anuncia el jefe de bomberos.

—¿Estáis locos? Eso es lo que hicieron con el *Prestige* y ya vimos el desastre —protesta el marino.

—No podemos arriesgarnos a que explote la gasolinera. Y tendremos que darnos prisa si no queremos que sea demasiado tarde —advierte el bombero—. ¿Te ves capaz de remolcarlo con tu barco? Nosotros te daremos asistencia.

El hombre de mar no parece muy convencido, aunque acaba diciendo que sí al tiempo que se santigua.

—Ya podemos empezar a rezar.

El humo es cada vez más denso. Las formas del pesquero en llamas apenas se intuyen ya entre las lenguas de fuego. Cestero tiene la sensación de que es una temeridad que alguien se aproxime tanto al incendio, pero no es ella quien está al mando.

—Allá van —anuncia Aitor señalando al patrón y los dos bomberos que le acompañan. Se encuentran a apenas unos metros del incendio. Ahora tendrán que abordar el pesquero vecino para remolcar el barco siniestrado.

No va a ser fácil.

Tras varios intentos, el marino logra poner en marcha el motor de su barco. Los dos bomberos que le han escoltado tienden los cabos que permitirán la maniobra de remolcado.

Minutos después, sin mayores contratiempos, el barco en llamas flota a la deriva en pleno abrazo entre el Bidasoa y el Cantábrico. Desde los diques, algunos bomberos apuntan sus mangueras hacia él. Tal vez logren sofocar las llamas, tal vez no, pero han salvado el puerto y el resto de las embarcaciones.

Lo han conseguido de milagro.

Cestero y Aitor asisten al triste espectáculo desde los muelles; en silencio, sin atreverse siquiera a abrir la boca para no poner en riesgo la operación.

A escasa distancia, el jefe de bomberos conversa con algunos de sus hombres. Su gesto es serio, tanto como cuando se acerca a Cestero para comunicarle sus primeras conclusiones.

—Ha sido intencionado —anuncia antes de extenderse en los detalles que les han permitido concluirlo. No albergan la más mínima duda.

14

Lunes, 9 de septiembre de 2019

Pasaia huele a mar esa noche. En realidad siempre lo hace, un pueblo varado a orillas del único fiordo de la costa vasca no puede oler a nada más. Sin embargo, ese lunes de final de verano el aroma parece más acentuado. Quizá no sea más que una impresión. Tras horas saturadas por el humo, no sería de extrañar que las células olfativas buscaran reconfortarse.

—Cuando los bomberos han llegado existían tres focos diferentes —explica Cestero mientras caminan por la única calle del distrito marinero de San Juan—. El principal devoraba la cabina, pero ardían también las redes apiladas en la proa y las cajas de plástico de la bodega. El olor a gasolina era muy fuerte. Ha sido un sabotaje evidente. Iban a por ese pesquero en particular, y no era precisamente el más accesible de los que había amarrados.

Julia asiente con gesto de circunstancias. Las pintadas, los enfrentamientos en redes sociales, las discusiones subidas de tono durante la recepción a los remeros, y ahora el incendio del barco de una mujer popular... El caso del crimen del Alarde se complica por momentos; un halo de salpicaduras, a cuál más preocupante, se va extendiendo a su alrededor.

—El momento elegido tampoco parece una casualidad. A esa hora toda Hondarribia se reunía en la Marina para recibir a los remeros. La zona portuaria se encontraría desierta —sugiere la agente.

—Así es —corrobora Cestero. Unas gaviotas se quejan desde algún lugar y le obligan a alzar la voz—. Gracias por aceptar la invitación. Me hace ilusión que vengas a cenar. Me ha dicho Olaia que ha preparado una sorpresa.

—¡Gracias a ti! Tengo ganas de olvidar el caso, aunque sea por una noche. Además, en el trabajo nunca podemos charlar un rato tranquilas y ya que vuestra supuesta visita a Urdaibai nunca pasa de promesa...

Cestero se ríe, recoge la regañina de buen grado.

—Díselo a Aitor. El día que teníamos planeado ir quedó una plaza vacante en el desfile transfronterizo de Irun y no quiso oír hablar de dejar tranquilo al bueno de Antonius.

—Pobre perro —se mofa Julia. No se imagina al labrador acicalado hasta rozar el ridículo y desfilando con la cabeza erguida—. Es una pena que no haya podido venir hoy.

—Para que Aitor viniera tendría que ser a mediodía. La hora de la cena es ya intempestiva para él. Siempre se tumba a dormir a Sara y acaba quedándose frito con ella. —Ane señala un pasadizo que abandona la plaza del pueblo y se adentra entre sombras—. Es por aquí... ¿Tú qué tal estás? ¿Has podido averiguar algo sobre tu madre en estos meses?

Todavía no hace un año que Julia descubrió que sus padres la habían adoptado en un convento al que algunas familias avergonzadas enviaban a sus hijas embarazadas. Lo supo en plena caza al asesino del Tulipán y la suboficial todavía recuerda el impacto emocional que supuso el descubrimiento para su compañera. Las monjas arrebataban los bebés a las jóvenes madres y los vendían a parejas que no lograban concebir.

—Nada. La verdad es que esperaba acercarme más, pero no hay fuentes a las que acudir. Ya se ocuparon las monjas de borrar cualquier rastro. Mis padres adoptivos tampoco saben gran cosa. Ellos se limitaron a pagar y les entregaron un bebé.

—¿Sigues enfadada con ellos?

—No.

Julia no se alarga en explicaciones. Tampoco hay tiempo de hacerlo, han llegado junto a la puerta y está entornada.

Cestero empuja con precaución policial.

—¿Hola? ¿Olaia?

El silencio es la única respuesta. Solo unos segundos, porque de pronto una ranchera a todo volumen comienza a sonar por toda la casa. *Ay, Jalisco no te rajeees...*

Dos chicas tocadas con sendos sombreros mexicanos aparecen en el pasillo. Son Olaia y Nagore, las mejores amigas de Ane y las únicas integrantes, junto con la ertzaina, de un grupo musical que fundaron hará un par de años. Lo bautizaron The Lamiak, en homenaje a esas sirenas de tierra adentro tan populares en la mitología vasca.

Julia las vio actuar en Durango. Lo hacen bien, pero sobre todo lo pasan genial.

—Ándele, ándele. Bienvenidas a nuestra hacienda yucateca —saluda Olaia.

—¡Cena mexicana! —aventura Cestero sin arriesgar demasiado.

—¿Cómo lo adivinaste, compadre? —se burla Nagore ofreciéndoles dos cervezas tocadas con una rodaja de lima.

Tras un ruidoso brindis y unos pasos de baile poco logrados, Olaia les pide que tomen asiento. Antes de hacerlo, Cestero levanta la tapa de una sartén.

—Guau, tía. Te lo has currado un montón. Huele de maravilla.

—Os merecéis que os cuiden un poco estos días. Tenéis una buena montada en Hondarribia.

—Dejemos el tema, si no te importa —le ruega Cestero.

—Por supuesto. Nada de trabajo. Venga, a la mesa.

El colorido de la cena invita al optimismo. Los tacos al pastor y las quesadillas están deliciosos, pero Julia disfruta especialmente del guacamole que Olaia ha aderezado con pipas de calabaza y un toque de pimienta.

—Está riquísimo.

—Gracias. No será lo mismo comer esto aquí que hacerlo allí. Hace tiempo que busco una excusa para ir... Quizá The Lamiak podría hacer una gira mexicana —plantea Olaia.

—Molaría —reconoce Cestero.

—Playa, fiesta, sol...

—No estaría nada mal. Conciertos en Oaxaca, Jalisco y también en Veracruz, en plena plantación cafetalera —propone Cestero.

—Hoy hemos estado viendo fotos. ¿Verdad, Nagore? Me muero de ganas de nadar en los cenotes —confiesa Olaia.

—¿Los qué? —pregunta la suboficial mientras sacude la mano—. Ostras, cómo pica esto.

—Cenotes. Son pozas de agua cristalina que surgen en medio de la selva. Algunos son subterráneos, otros están al descubierto. Luego te enseño alguno.

—Son una pasada —confirma Nagore.

Cestero se estremece al imaginar que se baña en uno de esos lugares.

—Yo prefiero escalar. El agua se la dejo para Julia. ¿Os ha contado que se baña todos los días en el mar aunque esté diluviando o haga un frío de justicia?

Olaia sacude la cabeza.

—Es coña, ¿no? Yo en invierno no me baño ni loca. ¿A cuántos grados llega a bajar el mar?

—A unos nueve en los meses de febrero y comienzos de marzo.

Olaia observa a Julia con gesto de admiración.

—¿Y ese es el secreto para estar tan guapa? —inquiere guiñándole el ojo. Después dirige la mirada a Cestero—. Vaya compañera tienes... Ya me gustaría verla con el uniforme de ertzaina.

Ane estalla en una carcajada.

—Oye, deja de ligar con ella... A ver si no voy a poder traer invitadas a casa.

—¡Solo he dicho que es muy guapa! —protesta Olaia.

—Mira quién fue a hablar —se burla Cestero—. La que se lleva todas las miradas cada vez que salimos de fiesta.

—Eso es porque sé bailar, no como Nagore y tú, que no os movéis ni a la de tres.

—¡Qué dices! Si bailamos mejor que tú. Si te miran es porque tienes un tipazo que ya lo quisiera cualquiera. Ane y yo llevamos años sufriendo que todos los tíos se interesen por ella... Una pena.

Olaia da un trago de su botellín y sacude la cabeza.

—No digáis tonterías, que ligáis un montón. Desde que vivimos juntas Ane ha pasado unas cuantas noches fuera y ya te digo yo que no ha sido trabajando...

Ane suspira con una sonrisa.

—Qué rápido pasa el tiempo, pronto hará un año que me mudé a esta casa... —aprovecha para cambiar de tema, no le apetece hablar de su vida sentimental.

—Si os digo la verdad, no daba un duro por vosotras como compañeras de piso. El día y la noche viviendo bajo el mismo techo... Al principio, contaba las semanas que tardaría Olaia en arrepentirse de haber invitado a Ane a su casa —se burla Nagore—. Y ahora os veo mejor que nunca, la pareja ideal.

—En realidad me estoy conteniendo para no echarla de aquí. Es un gran sacrificio por mi parte —apunta Olaia tan seria que es evidente que está bromeando—. Pero ya sabéis lo que dice la ultraderecha... Todo forma parte de ese plan maestro gay con el que pretendemos homosexualizar al mundo entero.

Cestero estalla en una carcajada.

—Pues si no me gustaran tanto los tíos seguro que lo conseguías... —Se gira hacia Julia y choca con ella su botellín—. ¿Y tú? ¿Nada que contar? ¿Ningún surfista al que hayas roto el corazón últimamente...?

—Nada serio, aunque he tenido un encuentro prometedor en Hendaia.

—Cuenta, cuenta...

La ertzaina les explica su intercambio de la víspera con Didier. Lo que tendría que haber sido una simple entrega de llaves se convirtió en un evidente flirteo que llevó al francés a proponerle surfear algún día juntos.

91

—Creo que aceptaré —confiesa.

—Surfear juntos… ¡Cómo suena eso! —exclama Olaia riéndose—. Creo que me lo voy a apuntar para cuando alguna se me resista.

—¿Está bueno? —pregunta Nagore.

—Tremendo, sí.

—Pues no sé qué haces aquí, perdiendo el tiempo con nosotras —la regaña Olaia—. Nos falta un poco de música, ¿no?

Cestero busca rancheras en su móvil. Un mariachi se ocupa de inmediato de llenar los escasos huecos que quedan para el silencio. De pronto no falta nada, solo algunas guirnaldas de colores, para que México se haya instalado en esa noche húmeda de la costa vasca.

—Tenemos que organizar ese viaje —decide Nagore volviendo de la nevera con cuatro cervezas más.

—Nos vendría genial cuando terminemos con este caso. Que no quede solo en un sueño de una cena loca —añade Cestero.

—*The Lamiak Mexican Tour…* Suena bien. Julia podría hacernos de manager —propone Nagore.

—Esto hay que sellarlo como Dios manda —advierte Olaia, solemne, mientras se dirige a un armario en busca de una botella—. Este tequila me lo trajo una amiga que estuvo por allá. ¡Un brindis de compromiso!

—¡Qué locura! —protesta alguna mientras la anfitriona llena los vasos.

Olaia no se da por vencida.

—Por nuestro viaje a México—brinda alzando su chupito.

Las demás la siguen y chocan sus vasos con ella.

—¡Por nuestro viaje!

15

Martes, 10 de septiembre de 2019

Cestero se lleva la taza de café a los labios. Su mirada vuela sobre los tejados y va a posarse sobre el pequeño transbordador que cruza de un lado a otro de la bocana. El día comienza a despertar por el este, pero la ertzaina siente su mente completamente dormida. La luz tras algunas ventanas de Pasai San Pedro, el distrito que ocupa la orilla opuesta, delata que la jornada está arrancando para todos.

—¿A qué hora nos fuimos a dormir? —pregunta sin volverse.

—Eran más de las dos. —Olaia se acerca a la ertzaina con un vaso en la mano—. ¡Puaj! Tía, este café es alquitrán puro… ¿Cómo puedes beber algo así?

—Necesito despertarme. Me da una pereza que flipas lo que me espera ahora.

Su amiga vierte el contenido del vaso por el fregadero.

—No seas tan exagerada. Será solo un trámite —le dice mientras enjuaga la cafetera italiana para preparar un café menos cargado.

Un pesquero abandona la seguridad del puerto. En su cubierta se apilan cajas de plástico que tal vez horas después regresen repletas de pescado. El runrún de su motor se cuela a través de la ventana. Lo que no llega hasta Cestero es el humo de los cigarrillos que dos arrantzales vestidos con sendos impermeables amarillos fuman apoyados en la borda. Es un barco verde. Se parece al que ardió en Hondarribia. En realidad, todos se parecen para quien no trabaja en la mar.

—Rememorar toda la mierda que has aguantado de niña por tener un padre maltratador no es ningún trámite —discrepa la ertzaina.

Olaia se acerca hasta ella y le apoya la mano en la espalda.

—Perdona. No era eso lo que quería decir. Me refería a que mientras tu madre habla puedes desconectar. Ella necesita que la acompañes, que le des la mano si flaquea, pero será mejor si tratas de escuchar su narración desde la distancia.

Cestero sacude la cabeza.

—Estoy demasiado involucrada. Tanto que si no fuera por mi insistencia ella no hubiera aceptado asistir a terapia. Estoy segura de que le vendrá bien y, en cierto modo, tengo la esperanza de que a mí también me sirva. No quiero seguir perdiendo los nervios cada vez que me toca interrogar a un maltratador.

—Pues a mí me encanta que lo hagas. Una buena paliza es lo único que se merecen esos tíos —sentencia Olaia.

—Venga, no me calientes. Solo me faltas tú. Tendrías que ayudarme, no ponérmelo más difícil. Joder, que soy ertzaina. Si vuelvo a liarla, me echarán.

Su amiga asiente con gesto grave.

—Tienes razón. Cuando pilles a uno de esos cerdos pásame su dirección. Ya iré yo a darle los buenos días. Así tú quedas limpia de pecado.

Cestero se termina el café de un trago. Mejor no seguir hablando del tema con Olaia. La facilidad de su amiga para quitar hierro a cualquier asunto suele parecerle envidiable, pero esa mañana no es lo que necesita.

—Me voy. No quiero llegar tarde —anuncia cogiendo las llaves de encima de la mesa.

—Ane… —Olaia se acerca a ella y la abraza con fuerza. Después le da un beso en la cabeza, cosas de la diferencia de altura—.

No te enfades conmigo. Solo quiero que puedas pasar página y olvidar de una vez al cabrón de tu padre.

La ertzaina se zafa de sus brazos mientras masculla un agradecimiento. Después corre escaleras abajo. No sabe por qué, pero le incomoda cuando sus amigas se refieren a su padre de ese modo. Ella lo hace y sabe que es el único culpable de que su infancia no fuera la que merece cualquier niño, pero siente que ellas no tienen derecho a hablar así. Ni siquiera soporta que lo haga Olaia, que le abrió las puertas de su casa cuando su padre la expulsó del piso de su abuela, al que se mudó cuando la madre de Cestero le pidió el divorcio.

El pasillo del instituto se le hace largo. Los adolescentes que aguardan el inicio de sus clases las observan y chismorrean cuando los dejan atrás. ¿Sabrán que en el aula del fondo se llevan a cabo terapias de grupo para víctimas de violencia machista? Las miradas le dicen que sí, aunque tal vez se trate solo de curiosidad por saber a qué profesoras sustituyen. Por suerte no ve rostros conocidos, parece que elegir Irun ha sido una buena idea. Cestero había apuntado a su madre en Errenteria, pero Mari Feli se negó a acudir a terapia tan cerca de casa. Si tiene que compartir sus malas vivencias, prefiere hacerlo donde nadie la conozca.

—*Egun on.* ¿Cómo estás, Mari Feli? —la saluda Marta, la psicóloga que modera el grupo, en cuanto entran en el aula—. Siéntate, por favor. Tienes una silla libre.

Mientras su madre se dirige al lugar señalado, Cestero se queda junto a la puerta.

—Mari Feli ha venido acompañada por su hija —explica la moderadora a las demás—. Acércate, Ane. Te hacemos un hueco. Seguro que tú también tienes mucho que contarnos.

La ertzaina se aproxima con una sonrisa de circunstancias. No le gusta estar allí, y menos aún darse cuenta de la angustia que le genera la situación.

Otras cinco mujeres completan el grupo de terapia. Alguna de ellas saluda a la suboficial con la mirada. No todas, hay quien no la aparta del suelo. Ane comprende lo que sienten: vergüenza. La misma que le ha impedido a ella hablar abiertamente del tema hasta hace poco tiempo. Lo que sucedía en casa se quedaba en casa. Era una norma no escrita que su madre le inculcó desde que comenzaron los primeros desprecios. Nadie debía saber que era víctima de un monstruo que le arrebataba la vida con cada palabra.

—Pasa en todas las casas —era la frase más repetida por Mari Feli.

Tuvieron que pasar muchos años, Cestero necesitó convertirse en una mujer adulta y contar con la placa que la identifica como policía, para comprender que esos mensajes eran equivocados. Si a alguien le interesaba que lo que estaba ocurriendo no saliera de casa, era a su padre. Solo así podría seguir dominando y sembrando su terror sin que nadie le opusiera resistencia. Porque por supuesto que aquello no era algo que sucediera en todas las casas.

—Hoy damos la bienvenida a Mari Feli —explica Marta—. Pero antes me gustaría que le contáramos de forma breve quiénes somos y por qué estamos aquí. Seguro que así se sentirá más segura a la hora de presentarse. —La psicóloga las recorre a todas con la mirada. Después se detiene en una chica que no pasa de los veinte años—. ¿Te importa ser la primera, Ariane?

La joven habla de un exnovio obsesionado con ella que no le permite iniciar una vida lejos de él. Salieron juntos seis meses, solo seis, pero él ha decidido que eso la convierte en su propiedad. A las pocas semanas empezó a controlar sus movimientos, su teléfono móvil y a deteriorar la confianza en sus amigas con comentarios maliciosos. Ariane derrama algunas lágrimas al recordarlo. Por suerte sus amigas permanecieron a su lado y la ayudaron a comprender que el amor no es eso. Desde que rompieron lidia con sus llamadas telefónicas, mensajes constantes, visitas a la facultad en la que ella estudia... y un miedo permanente a encontrarse con él. Jamás volverá a sentirse cómoda yendo sola.

Carolina es la siguiente. Se trata de una mujer de cincuenta años que continúa conviviendo con su maltratador. Explica que ha llegado a denunciarlo dos veces, cuando le rompió un brazo y aquel día que le arrancó un mechón de cabello. Sin embargo, en ambas ocasiones acabó retirando la denuncia. A Cestero le resulta una historia demasiado familiar. Antes de que la destinaran a las unidades de investigación, atendió en la comisaría de Errentería a mujeres que acudían a denunciar y después se arrepentían. La persuasión es el arma más dañina de los maltratadores. Se aprovechan de que para la mayoría de las víctimas el objetivo de conseguir que su agresor cambie se convierte en el principal motor de sus vidas.

—No va a cambiar. Si te quedas a su lado, lo volverá a hacer —interviene Cestero antes de que la moderadora la reprenda con la mirada.

—¿Y adónde voy? —se defiende Carolina—. Yo no trabajo, no tengo unos padres que puedan apoyarme… Es fácil decirlo. Además, bastante habla la gente ahora. Me siento señalada por mis vecinas. Mírala, ahí va la pobre a la que maltrata su marido… Si me separo, solo estaré añadiendo leña al fuego de las habladurías.

Marta se inclina hacia ella y la observa con el ceño fruncido.

—Carol, ¿te ha pasado algo en el ojo derecho?

Cestero se fija en la marca púrpura que el maquillaje pretende ocultar. Las gafas de sol también quieren disimularla.

—Es solo un golpe sin importancia —apunta la mujer apartando la mirada.

—¿Te lo ha hecho él? —insiste la moderadora. El silencio es la única respuesta—. Por favor, Carol, nosotras estamos de tu parte. ¿Ha vuelto a ocurrir?

—¡Me pidió perdón! Fue un manotazo sin querer. Yo estaba en medio. No tendría que haberme puesto ahí, siempre estoy estorbando…

Marta frunce los labios y niega ostensiblemente con la cabeza.

—La culpa no es tuya, Carol. Eso es lo primero que tienes que aprender para salir de esto.

Carolina resopla con gesto de fastidio.

—Me metes pájaros en la cabeza. Por eso le contesto mal y se enfada conmigo.

Cestero aprieta los puños con rabia, comprende que es su agresor quien está hablando por esa boca. La primera regla en el manual de instrucciones de todo maltratador es apartar a la víctima de su entorno. Tus amigas son malas porque te confunden, tu hermana está rompiendo nuestro matrimonio por meterse donde no la llaman... Es un clásico que no falla nunca.

—Yo soy ertzaina. —En cuanto lo anuncia siente que Carolina y las otras se ponen a la defensiva—. He visto demasiados casos de violencia machista y solo puedo deciros que aunque se disfracen tras promesas de cambio y arrepentimiento los maltratadores solo van a peor. Lo que hoy es un ojo morado mañana será un hueso roto y al día siguiente quizá...

—Al día siguiente quizá algo peor. Pero no queremos enfocarlo así, Ane. Ellas necesitan esperanza. Porque de esto se sale —la interrumpe la moderadora.

Durante unos instantes el aula se llena de silencio. Marta permite que las aguas se amansen. Cestero se promete a sí misma que no volverá a intervenir salvo que se lo pida la psicóloga. Tal vez sus palabras no sean la ayuda que necesita el grupo.

Un chirrido hace que se gire hacia la puerta.

—Mirad, Mari Feli, Ane. Os presento a Amalia —anuncia la moderadora saludando a la chica con coleta que acaba de entrar. Es algo más joven que Cestero, poco más de veinticinco pero menos de treinta. Su aspecto es frágil, aniñado a pesar de su edad. Sin embargo, es distinta a las otras mujeres y eso se nota a simple vista. Su mirada, su decisión, contradicen a su físico—. Hace unos años estaba sentada donde hoy estáis vosotras y ahora es una de las voluntarias que colaboran con nuestros grupos. Con ella aprendemos técnicas de relajación y vamos de ruta montañera. Del maltrato se sale. ¿Verdad, Amalia?

—Claro que se sale, pero hay que desearlo y trabajar por ello.

—Enseguida comenzamos con la meditación, pero antes ¿te importaría resumirles tu experiencia en un minuto? —le pide Marta—. El próximo domingo tendréis tiempo de profundizar en todo, pero me gustaría que Ane y Mari Feli sepan más de ti.

Cestero consigue a duras penas disimular su incomodidad creciente. Espera que a esas salidas dominicales se anime a ir su madre sola, porque no tiene intención de acudir a ninguna.

—A mi madre la mataron —comienza a explicar la voluntaria, que se retira las gafas para limpiarlas con la camiseta. La crudeza de lo vivido se refleja en su gesto, que pierde parte de su aura juvenil—. De adolescente cometió el error de coquetear con la droga, como otras muchas chicas de su edad. Lástima que ella no tenía cerca a nadie para recomendarle que no siguiera por ese camino. Al contrario, hubo quien la incitó a seguir consumiendo. Eso la convirtió en una cautiva, una dependiente. —El testimonio es tan duro que Ane se sorprende de la distancia con la que consigue explicarlo. Tiene que haber mucho trabajo ahí detrás—. La cosa es que nací. Nunca he sabido quién es mi padre y mi madre no era la mejor para criar a una niña. Asuntos Sociales asumió mi custodia. Crecí en un piso de acogida y solo me permitían verla un día a la semana. No sé cuántos hombres pasaron por su vida, ni cuántos le pegaron. Murió cuando yo tenía diecisiete años. La vi apagarse poco a poco, devorada por la droga y la tristeza, a menudo con un ojo morado o el labio roto por haberse caído en la bañera… Yo sabía lo que ocurría. Era una cría pero lo sabía todo. Y me culpé por no haber hecho nada para impedirlo.

Los suspiros que cierran su confesión llegan de diferentes extremos del corro. La mención a la culpa las ha hecho sentirse identificadas a todas. A Cestero también.

—Pero Amalia comprendió que la única culpa era de quienes se aprovechaban de ella, de quienes la maltrataban —apunta la moderadora recorriendo el grupo con la mirada—. Es normal que sintáis culpa, pero no la merecéis. En todo esto solo hay un culpable: el maltratador. Sé que lo repito muchas veces, pero es importante que lo recordemos.

Sus palabras hacen asentir a Carolina. Parece que ha conseguido dejar atrás el momento de debilidad que ha sufrido hace solo unos instantes.

El móvil de Cestero emite una vibración. Es un mensaje de Julia. Hay novedades importantes respecto al barco incendiado. La suboficial comprende que es lo que necesitaba para salir de ahí. Ese lugar la está ahogando por momentos.

—Si me perdonáis… Tengo que marcharme por un asunto de trabajo —dice poniéndose en pie. En realidad la disculpa va dirigida a su madre, que le contesta con una sonrisa forzada. No le hace ninguna gracia quedarse sola en la terapia. Al menos no hace amago de levantarse para irse con Ane. Es un pequeño primer triunfo.

16

Martes, 10 de septiembre de 2019

Varias aves zancudas alzan el vuelo al paso del coche de Cestero. Son grises y blancas, estilizadas y de voz ronca, quejosa. Tal vez protesten porque les molesta recibir intrusos en su territorio. La ertzaina las sigue con la mirada. No sabe identificarlas. Nunca le han interesado demasiado las aves. Le gusta verlas volar, saber que van y vienen, que tan pronto están en Escandinavia como en la costa africana, pero poco más.

—Así que sirvió de algo mi charla con Bergara —sonríe la suboficial mientras gira el mando de los limpiaparabrisas para pedirles mayor velocidad. La lluvia arrecia y la carretera es estrecha y sinuosa.

Un panel de madera indica el camino asfaltado que trepa hacia la bodega. Las marismas de Jaizubia, ese abrazo laberíntico entre el Bidasoa y el Cantábrico, quedan atrás, y con ellas su olor a hierba mojada y lodos salobres.

—Sí, no sé qué le dijiste, pero nos han preparado una sala bien grande. Tenemos cuatro mesas, cajoneras, pizarra... ¡Y hasta un perchero! —explica Julia, que consulta el mapa de su móvil cuando alcanzan un nuevo cruce—. Hacia la derecha.

—Bien —celebra la suboficial. El cambio anuncia que el comisario no quiere problemas.

El motor ruge, la cuesta se hace notar y exige marchas cortas. Las ovejas que pastan en las campas de alrededor alzan la cabeza para ver pasar ese coche que se atreve a importunarlas. Después son largas hileras de viñas las que se adueñan del paisaje. Los racimos de uvas se ven generosos. Blancos, verdes más bien, y colgados del habitual emparrado alto que huye del exceso de humedad de las comarcas costeras y busca aprovechar al máximo las escasas horas de sol.

—¿Sabemos algo de Etcheverry? —pregunta Julia sin soltar el teléfono.

—Nada. Está jugando con nosotros. Aitor ha probado a llamarle varias veces esta mañana y ni se molesta en contestar —explica la suboficial—. Habrá que hacer algo.

La bodega aparece en lo alto de una loma, un Falcon Crest al estilo vasco, con fachada de piedra y porte sobrio. La cubierta curva es el único guiño a la solemnidad que merece un templo del vino.

No hay coches en la explanada de aparcamiento. Un joven descarga cajas de plástico de un remolque y las apila en un cobertizo donde hay diferentes aperos para la vendimia. Muy pronto los viñedos, que caen en cascada hacia las marismas, serán un hervidero de temporeros.

—Joder, si es Didier —exclama Julia.

—¿Quién?

—Didier, el vecino de Madrazo. El surfista del que os hablé.

—Está cerrado —anuncia él, girándose hacia el coche. Su reacción al reconocer a Julia es de sorpresa.

—Hola, vecino… ¿Qué haces aquí? —pregunta la ertzaina.

—Trabajo aquí.

—Necesitamos hablar con Eusebio Ibargarai —interviene Cestero—. ¿Se encuentra en la bodega?

—Dadme un segundo y os acompañaré a la oficina. Podéis dejar el coche aquí mismo, no esperamos mucho movimiento —indica antes de dirigirse al cobertizo para depositar en él las últimas cajas.

Cestero lo observa alejarse. El cortavientos negro se le ciñe con gracia a la espalda, que se intuye bien cincelada. Y, más abajo, los pantalones también le quedan bien. Muy bien, mejor dicho.

—Está buenísimo. Ya puedes dejar de perder el tiempo y queda con él.

Antes de que Julia pueda responder, Didier está de vuelta. Las gotas de lluvia corren por su rostro; la melena, ajada por las horas de sol y salitre, también está empapada.

—Venid, es por aquí. ¿Tú también haces surf? —pregunta el francés dirigiéndose a Cestero.

—No —responde ella.

—Vaya. Tu compañera sí surfea, pero no hay manera de convencerla de que venga conmigo. —El bronceado realza la intensidad de esos ojos tan negros—. Yo creo que ha oído que se refieren a mí como el rey de las olas y le da cosa medirse conmigo.

Julia se ríe y finge cara de chasco.

—Pues parece que no se hablará tanto de ese rey si voy cada día a la playa y todavía no lo he oído mencionar.

—Qué extraño —comenta el surfista con expresión pensativa—. A ver si será que no te limpias bien las orejas por la mañana.

Julia vuelve a reírse.

—¿No será, más bien, que alguien se cree mejor *surfer* de lo que es en realidad? —se burla la agente.

Didier finge que sus palabras le hieren.

—Cuando quieras te lo demuestro. ¿Has surfeado alguna vez en las Landas?

—Claro —asegura Julia.

—¿Una nocturna en Hossegor? —propone el francés.

—Mira, eso sí que no lo he probado —admite la ertzaina.

—Bien. ¿A qué hora te recojo?

A Julia le cuesta mantenerle la mirada. Teme que se le note lo que está pensando, y por la expresión de Didier es evidente que está siendo demasiado transparente. En cualquier caso, la atracción es mutua.

—Ya veremos —decide Julia.

—Eso es un sí —celebra Didier antes de guiñarle el ojo. Se ha detenido ante una entrada lateral del edificio. Un rótulo advierte de que se trata de un espacio privado—. Dadme un minuto, avisaré a Ibargarai de vuestra visita.

En cuanto desaparece, Cestero sacude la cabeza, entre escéptica y divertida.

—Joder, cómo te lo montas… Si quieres, hoy no duermes sola. ¿Has visto qué culo tiene?

Julia asiente.

—¿Qué tiene mal puesto el tío? Aunque me quedo con esos labios…

—Y está en forma —añade Ane—. Le meterá horas al surf. Si quedas con él, me avisas y me acerco.

Julia deja escapar una risotada.

—No es ninguna broma, eh —le regaña Cestero, antes de reírse ella también.

Didier regresa al exterior.

—Eusebio Ibargarai está dentro ordenando papeles, por lo de ayer —explica, haciéndose a un lado para invitarlas a entrar.

—Joder, vaya manera de llover —protesta Julia retirándose la capucha.

—Se empieza a hacer pesado —reconoce Cestero.

—Pues seguirá así unos días más. Dan lluvia toda la semana —informa el francés mientras las guía hasta la oficina. Hay un par de mesas con papeles desordenados y un ordenador portátil tras el que se sienta un tipo que alza la mirada al verlos entrar. Las paredes están desnudas, salvo por un calendario que muestra una foto aérea de la bodega—. Os dejo con el señor Ibargarai.

Mientras Didier se aleja por donde han llegado, el propietario de la bodega baja la pantalla y se pone en pie para saludarlas.

—Buenos días —dice tendiéndoles la mano. Cestero calcula que estará entre la cincuentena y la sesentena; alto, de buena percha y cabello completamente blanco. El bronceado le brinda un aspecto saludable.

—Buenos días, lamento lo ocurrido ayer. Soy la suboficial Cestero. Ella es la agente Lizardi.

—Más lo lamento yo. ¿Sabe cuántos años tenía mi barco? —inquiere Ibargarai—. Lo heredé de mi padre. Ya no se hacen embarcaciones así. Hace solo dos años lo sometimos a una reforma integral y lo dotamos de los últimos avances en sondas y sistemas de navegación vía satélite. ¡Lo de anoche es un desastre! Y todo por una maldita confusión.

—¿Tiene la más mínima idea de quién ha podido hacerlo?

—¿Yo? La tele dice que fue un error. Pues habrá sido algún maldito loco que ni siquiera se ha parado a informarse bien de cuál es el barco de Miren. Pero a mí no me pregunten. Ese es su trabajo. Espero que lo detengan pronto y que pague por lo que ha hecho. —Ibargarai les pide que le sigan a la bodega y se detiene ante tres enormes tinas de acero inoxidable—. Esta es nuestra joya de la corona. Aquí duerme el txakoli. Fermenta en estas tinas y pasa directo a la botella. Nada de barricas de roble, como en otros vinos con más cuerpo y descanso. El txakoli ha de ser joven para poder disfrutar de todos sus matices.

Las ertzainas asienten sin mucho interés. No están allí para hacer una visita turística.

—Mis tíos también hacen txakoli. Soy de Urdaibai —comenta Julia. Quizá así se libren de más detalles.

Los labios de Ibargarai se curvan en una mueca de desprecio.

—Txakoli de Bizkaia… Mucho nombre pero poca enjundia. Donde esté el nuestro… —Han dejado atrás las cubas y lo que se extiende ante ellos es un amplio comedor de techos altos. Hay copas ordenadas sobre una de las numerosas mesas. Las demás están desnudas. De las paredes cuelgan pinturas que brindan al lugar la única nota de color. El armador se detiene ante una de ellas—. Miren. Este es nuestro *Gure Poza*. El barco que se ve detrás, a su izquierda, es el de Miren, el *Virgen de Guadalupe*. Yo los diferencio a simple vista, pero se ve que el imbécil ese no.

Cestero se acerca al cuadro. Julia también. Ambos barcos son verdes, el mismo color con el que se identifica la trainera de Hondarribia, y ambos cuentan con alguna que otra franja roja.

—Es verdad que muy diferentes no son —reconoce la suboficial.

—Pues hay diferencias. El óleo es bueno, lo pintó mi mujer. Es una pintora extraordinaria. El pesquero de Miren y el mío fueron construidos en la misma época y en el mismo astillero de Pasaia, pero si se fijan el *Gure Poza* cuenta con radar, sonda, navegación vía satélite... —Ibargarai acerca el dedo a la pintura—. Todas estas antenas y artilugios que ven sobre la cabina no las tiene el *Virgen de Guadalupe*. Mi barco cuenta, contaba, con un equipamiento mucho más moderno.

Cestero no se sorprende de que todavía hable en presente de una embarcación que descansa en el fondo del Bidasoa. Es algo habitual tras pérdidas materiales y humanas recientes.

—Las cañas —señala Julia—. Eso también es diferente. En uno las hay y en el otro no.

Ibargarai observa el cuadro.

—No, eso será porque cuando Loli lo pintó nosotros ya habríamos dado por cerrada la costera del bonito y Miren todavía no. Anoche en nuestro barco también habría cañas. No se fije en eso. —El armador aprieta los labios. Sus ojos brillan, pero está claro que no va a permitirse llorar—. Me va a costar acostumbrarme a que el *Gure Poza* solo exista en los cuadros y las fotos viejas. Todo esto que ven se lo debo a ese barco —añade dibujando con los brazos un arco que pretende abarcar toda la bodega—. Mi padre murió cuando yo tenía veinte años. Tuve que dejar los estudios y dedicarme a la mar. Aquel no era mi mundo. Tal vez por eso me atreví a cambiar los viejos modelos. La venta en la lonja no da dinero. Comencé a seleccionar las piezas más hermosas y fui personalmente a los mejores restaurantes a venderlas. Funcionó. Después muchos me copiaron, pero ya me había convertido en el proveedor de confianza de los grandes chefs. Eso me permitió ahorrar y cuando todos creían que el txakoli era propio de

Getaria y su zona, planté viñedos en estos terrenos que no quería nadie. Aquí pastaban cuatro burros viejos y un puñado de ovejas. Hoy nuestro vino es reconocido como uno de los mejores. Y aunque me sienta más bodeguero que armador, nunca olvidaré que se lo debo todo al *Gure Poza*. A ese barco y a mi tenacidad.

—¿Qué pasa, Eusebio? Ese cuadro no está en venta. —La nueva voz hace girarse a las ertzainas.

Se trata de una mujer. Alta, como Eusebio Ibargarai, y también con un bronceado perfecto que destaca bajo su melena rubia platino. Sus tacones resuenan en el espacio vacío.

—No, no vienen a comprar. Son policías. Vienen por lo de ayer. —El hombre se dirige ahora a las visitantes—. Ella es Loli, mi esposa, la artista que ha pintado todos estos cuadros y quien supo convertir un sencillo pesquero en un negocio boyante. Fue ella quien ideó la venta directa a restauradores y la que supo llevarla a cabo.

La mujer muestra una mueca de tristeza.

—Qué terrible confusión… Para nosotros el *Gure Poza* era nuestra vida. Nos va a costar recuperarnos del golpe. La compañía de seguros nos podrá dar dinero, pero la pérdida sentimental no nos la resarcirá nadie.

Cestero cruza una mirada con Julia.

—Quizá estén corriendo demasiado al dar por hecho que su barco no era el objetivo del ataque —apunta la suboficial.

—La televisión lo dijo bien claro anoche —comienza a decir la mujer del armador.

—Los periodistas hacen sus cábalas demasiado rápido —le interrumpe Cestero—. Tal vez tengan razón y todo se deba a un error, pero no podemos descartar que el objetivo real del sabotaje fuera el *Gure Poza*.

Eusebio Ibargarai encoge levemente los hombros.

—Imposible —zanja Loli en un tono categórico que resulta desconcertante—. ¿Quién iba a querer hacerle algo así a mi marido? Siempre se ha mantenido al margen de ese asunto del Alarde. Ni de un lado ni del otro, como debe ser.

Cestero suspira. Esa señora espigada y con clara conciencia de clase parece decidida a no entender.

—Lo que he querido decirle es que tal vez el Alarde no tenga nada que ver con lo del incendio.

¿Es una nube de inquietud lo que acaba de ensombrecer la cara de Loli o se ha tratado solo de un gesto de contrariedad? Sea lo que fuere, se recobra enseguida.

—Por supuesto que está todo relacionado —sentencia la señora—. Aquí nunca ocurre nada. Quien asesinó a esa chica y quien quemó el *Gure Poza* tenía los mismos motivos para hacerlo. Fue un acto machista. Si Miren no hubiera aparecido en el programa de Calleja… Que no tiene tanto mérito lo que hace, eh. ¿Gobernar un barco en el que solo enrola a chicos de color para que la obedezcan sin rechistar? ¿Eso merece el aplauso de la gente? —Su tono de voz es de absoluta indignación—. ¡Yo también ayudo a mi marido con el pesquero y no voy colgándome medallas todo el día! Ahora, por su culpa, hemos pagado justos por pecadores.

Cestero se muerde el labio. Tal vez sea mejor dejar ese tema.

—¿Conocían a Camila Etcheverry? —inquiere mientras Julia se aleja hacia el resto de las pinturas.

Es de nuevo Loli quien responde:

—Hondarribia es un pueblo. ¿Quién no se conoce en un lugar así? Pero si a lo que se refiere es a si teníamos relación con ella: no. Alguna vez le habremos comprado conservas para regalar a algún buen cliente de la bodega, pero nada más.

—¿Eran habituales de su negocio?

—No. Esa mujer no tenía buen género. Ya sabe lo que dicen… que compraba sus anchoas en otros puertos y las hacía pasar por capturas de los arrantzales de Hondarribia. Nos gusta la excelencia y trabajamos solo con los mejores proveedores —añade Ibargarai.

—Fuera de la tienda nunca tratamos con esa señora. ¿Dónde íbamos a coincidir? —indica Loli. Una mueca de lástima se abre paso—. Pobre mujer. Casi mil personas en ese desfile y le fue a tocar a ella. Eso sí que es mala suerte.

Su tono de superioridad irrita a Cestero, que la interrumpe malhumorada.

—No podemos afirmar todavía que el crimen fuera a ciegas, igual que no podemos confirmar a la ligera que su barco ardiera por error. Déjenos hacer nuestro trabajo.

La pintora la observa con falso asombro.

—Pues parece bastante evidente —apunta, condescendiente.

La suboficial se muerde la lengua para no decirle lo primero que se le pasa por la cabeza. No soporta a las personas como Loli.

—¿Han recibido algún tipo de amenaza en los últimos meses? ¿Alguien con quien hayan discutido o sufrido algún malentendido? —pregunta.

Ibargarai dirige la mirada hacia arriba, pensativo. Su esposa se le adelanta:

—Somos gente muy querida y apreciada por nuestros vecinos. Sin embargo, Miren…

—No tenemos enemigos —corrobora su marido.

—Todo el mundo tiene enemigos —le corrige Cestero—. Y más cuando se triunfa en los negocios.

—Mi marido da trabajo a mucha gente y colabora con todo el que se lo pide —aclara Loli.

La suboficial busca a Julia con la mirada. Comienza a perder la paciencia con esa pareja que se empeña en no responder a sus preguntas.

—A su compañera le gustan los cuadros de mi mujer —comenta Ibargarai con expresión satisfecha.

—Son bonitos —admite Julia sin volverse. Se encuentra unos metros más allá, contemplando los lienzos.

—Loli es una gran pintora —señala el armador—. Estamos preparando su primera exposición. Dentro de una semana celebraremos el inicio de la vendimia y abriremos la muestra al público.

—Es solo una afición —reconoce su mujer con una modestia que resulta forzada.

Cestero se acerca a su compañera. Los cuadros destacan sobre la pared negra de la que penden. Algunos cables desnudos asoman sobre ellos. Todavía no está instalada la iluminación que hará cobrar vida a las obras, pero no puede decirse que sean feas. La temática es algo repetitiva, eso por descontado, y el estilo, un tanto básico. Hay diferentes vistas del puerto de Hondarribia, con el *Gure Poza* a menudo como protagonista, y la pintora también tiene cierta fijación con las escenas de caseríos, prados y ovejas regordetas.

Ibargarai les tiende una invitación a cada una.

—Vengan a la inauguración de la retrospectiva. Nos encantará verlas por aquí. Daremos un ágape de los buenos. Habrá pintxos, música y, por supuesto, txakoli de casa. —Después las acompaña a la puerta de salida—. No hace falta que vengan de gala, con algo casual será suficiente.

Cestero se gira para despedirse de la pintora. Es inútil, ha desaparecido.

En el exterior la lluvia ha decidido dar una tregua. No hay rastro de Didier. Tampoco el remolque del que descargaba las cajas está ya allí. En su lugar no hay más que un penetrante aroma a hierba mojada que llena los pulmones de las policías.

Aún no se han sentado en el coche cuando unos pasos en la gravilla las hacen girarse.

Se trata de Loli. Su sonrisa se ve postiza, se echan de menos más marcas de expresión junto a sus ojos y sus labios.

—Tomen. —Tiende hacia ellas dos botellas cubiertas de algas y moluscos secos—. Es nuestro famoso vino submarino. Txakoli de estos viñedos, madurado durante seis meses bajo el mar entre las olas del cabo de Híguer. No está al alcance de cualquiera… Mi marido y yo les estamos muy agradecidos por lo que están haciendo por nosotros. Nos ha afectado mucho que quemaran nuestro barco por error.

Vaya, tenía que decir la última palabra, piensa Cestero molesta mientras repara de nuevo en el énfasis que pone en el «por error». Cuanto más intentan convencerla de que todo es casual en esa historia, menos segura está de ello.

—Gracias, pero no podemos aceptar regalos.

—Venga, por favor… No es ningún regalo. Es solo un detalle sin importancia. Se lo dejo aquí —anuncia depositando las botellas junto al coche y regresando a la bodega.

La suboficial abre la boca para quejarse, pero vuelve a cerrarla con expresión hastiada.

—¿Qué me dices? —le pregunta Julia.

—Que odio a la gente que se comporta de este modo.

—Sí, a mí tampoco me gusta nada esa fingida actitud amable y glacial, pero me refería a las botellas, Ane —ríe Julia.

—Deberíamos dejarlas aquí.

—Pero es un desprecio. Tampoco hagamos una declaración de guerra, no me extrañaría que tuviéramos que volver a interrogarla.

—Tienes razón —admite Cestero—. Cógelas. Llévaselas a Madrazo. Se las dejas en casa como agradecimiento por habértela prestado. Estará contento. No es algo al alcance de cualquiera, ya sabes…

17

Martes, 10 de septiembre de 2019

El puerto está dormido, no se percibe movimiento, tampoco sonidos. Solo el olor salitroso de las redes amontonadas en los muelles permite a Cestero saber que no ha entrado en una vieja fotografía. Las gaviotas están ahí, expectantes, sobre las bordas de los pesqueros y los cabos que los amarran. Una de ellas estira el cuello y comienza a graznar tímidamente. Las demás no la siguen y el animal se desanima pronto. Tampoco dice nada el cormorán que extiende sus alas al sol sobre una de las rocas de la escollera.

—No parece el mismo lugar de anoche —comenta Aitor en voz baja. También él se siente cohibido ante tanta quietud.

Acaban de aparcar junto a la lonja pesquera de Hondarribia. Esta vez han llegado en coche y sin discusiones por la velocidad. Entretanto Julia se ha acercado por el hotel en busca de noticias sobre las fotografías, y al cuarto integrante de la UHI Cestero lo ha dejado en comisaría, catalogando las imágenes que continúan llegando. Por ahora ninguna aporta pistas nuevas.

Los pasos de los dos ertzainas resuenan en el muelle vacío. Se les suma el chapoteo de un pez que se zambulle en la dársena. El motor lejano de un ciclomotor quiere romper la paz, pero su tentativa no se alarga más que el de la gaviota que lo ha intentado antes.

—Ese es el barco a por el que iban. —Aitor señala un pesquero de color verde que se ha sumado a los que ya estaban amarrados cuando comenzó el incendio.

—Sí, sí. Los Ibargarai me lo han dejado claro hace un par de horas.

—¿Y eso? —Aitor mira a Ane con extrañeza.

Cestero observa los círculos que comienzan a dibujarse en el agua. Parece que el cielo gris plomizo ha decidido romper su tregua. De momento son solo unas gotas dispersas, pero quizá no tarden en ser muchas más.

—Malas sensaciones —resume—. Ese matrimonio no habla claro. Equivocación o no, me alegro de que se haya salvado el barco de la patrona.

Han alcanzado la puerta de la lonja. Está abierta y dentro se ve vida. Mucha. Era de esperar tras contar varios coches y furgonetas estacionados en la zona, pero el contraste con el exterior resulta sorprendente.

—Huele a limpio —comenta Aitor en cuanto la luminosa nave los devora.

La suboficial le da la razón. No solo huele, sino que se ve limpio. Las paredes son blancas y muy altas, el suelo cuenta con un revestimiento antideslizante con sumideros por todas partes. Un joven vestido de blanco de las botas a la cabeza riega con una manguera a presión la zona más cercana a la entrada.

—Disculpen, no los había visto —dice dirigiendo el chorro de agua lejos de los pies de los ertzainas.

Cestero va a preguntarle por Miren, la patrona del *Virgen de Guadalupe*, cuando Aitor le tira del brazo.

—Ahí la tenemos —señala refiriéndose a una mujer menuda, de cabello rizado y teñido de azul. Se encuentra en un corro, charlando con varios hombres de diversas edades. La suboficial reconoce a algunos. Se trata de los patrones del resto de los pesqueros. Estaban allí la víspera, cuando se desató el incendio. Algunos de ellos van vestidos con camisa blanca y pañuelo de cuadros, como manda la tradición para el diez de septiembre. Este año, sin embargo, el festivo *Arrantzale eguna,* el día del pescador, no olerá tanto a sardinas a la brasa y sidra fresca como en otras ocasiones con menor tensión vecinal.

Más allá algunos operarios acarrean cajas repletas de pescado y las disponen en el suelo, formando lotes que después saldrán a subasta. Varios pescaderos y mayoristas deambulan entre el género y toman nota de sus observaciones. Notas que, probablemente, solo ellos serán capaces de descifrar. O ella, porque también hay una mujer. La única, junto con Miren, en toda la lonja.

—Un mundo de hombres —murmura Cestero mientras siente que todas las miradas van volviéndose hacia Aitor y ella.

—Nada que tú no conozcas, Ane —comenta su compañero.

El teléfono de Cestero suena en su bolsillo.

—Es Izaguirre —anuncia la suboficial tras consultar el número entrante—. Luego le devolveré la llamada.

Aitor la coge del brazo.

—Contesta. Igual es importante.

La suboficial resopla. No le apetece hablar con él. Querrá enterarse de las escasas novedades que haya para montar una rueda de prensa de esas que tanto le gustan.

—Cestero —se presenta sin ganas.

—¿Qué es eso de dejar a Iñaki todo el día en comisaría mientras te llevas a los otros dos de paseo? —truena la voz del oficial sin dedicar un solo segundo a los saludos de rigor—. El agente primero Sáez es un tipo brillante, no toleraré que su talento se desperdicie por los caprichos de una chica molesta porque ha llegado a su equipo en contra de su voluntad. ¿Entendido?

Los puños de Cestero se tensan. Le gustaría darle una mala respuesta. A él y a ese imbécil de Iñaki. Sin embargo, consigue contenerse.

—Entendido —mascula sin ganas.

Izaguirre no dice más. Se limita a cortar la comunicación.

—¿Iñaki? —inquiere Aitor.

Cestero asiente.

—No solo es idiota. También es un chivato asqueroso.

Su atención regresa a la lonja.

—Son los polis de ayer —oyen a uno de los tipos que hablan con la patrona.

—Buenos días —saluda la suboficial, tratando de que su enfado no impregne su tono—. Algunos ya nos conocemos. Tú debes de ser Miren.

La mujer asiente. Su gesto es de preocupación, como el de todos.

—No he pegado ojo —confiesa a modo de saludo—. ¿Tenéis alguna novedad?

Cestero arruga los labios antes de contestar. Le gustaría dar otras noticias a ese grupo de gentes de mar que la observa expectante.

—Por el momento, no. Tal vez tú puedas ayudarnos.

—¿Yo? —inquiere la patrona.

—Iban a por tu barco —le espeta el que ayudó la víspera a los bomberos—. Más que nosotros ya sabrás.

—No me jodas, Tato... Quemaron el *Gure Poza*, no el mío —discrepa Miren—. ¿Por qué dais todos por hecho que iban a por mí?

—No deberías haber salido en el programa ese —apunta el mayor de todos. La txapela con la que cubre su cabeza le da un toque entrañable, que completa su chaquetilla de punto y unas mejillas generosas y sonrosadas—. Es mejor pasar desapercibido en la vida. ¿De qué te sirvió tanto protagonismo? Mira ahora...

Miren dirige la mirada al techo y resopla lentamente.

—¿Queréis un café? —ofrece, girándose hacia los ertzainas—. Yo necesito uno.

—Yo también. Venga, seamos buenos anfitriones —se apresura a añadir el tal Tato.

—Hay licores, si prefieren —apunta el de la txapela.

Cestero y Aitor los siguen hasta una puerta lateral. Al otro lado se abre un bar que nadie atiende. Un ventanal permite contemplar las idas y venidas en el interior de la lonja. Miren entra en la barra y enciende la cafetera. Su mirada busca a la suboficial.

—Uno solo, por favor. Bien cargado —indica Cestero.

—Una chica dura —oye bromear a su espalda.

El comentario es correspondido con risitas que le hacen apretar los dientes. La mano de Aitor se apoya en su hombro. Cestero asiente casi imperceptiblemente. Va a contenerse.

—A mí ponme un orujito —pide el de la txapela dando una palmada en la barra.

La patrona ni siquiera se gira para mirarle.

—Ya sabes dónde está. Yo no soy criada de nadie.

El anciano se encoge de hombros y le guiña el ojo a Cestero.

—Había que intentarlo —dice entrando en la barra—. A ver, Tato, ¿qué te pongo? Yo soy más amable que nuestra querida Mirentxu... Estas chicas de hoy en día solo saben guerrear. Ni a un viejo le echan una mano con tal de no ceder ante un varón.

—Ya cambiará —contesta el tercero de los hombres de mar, que tiene más aspecto de ejecutivo que de patrón de barco. Esa camisa tan bien planchada y ese flequillo engominado no pueden ser a prueba de olas y temporales—. ¿Dónde habéis metido el mando de la tele? Seguro que están hablando de lo de anoche.

—¿De verdad no quieres azúcar? Es muy potente este café —advierte la patrona acercándole la taza a Cestero.

La suboficial niega con la cabeza y da un sorbo. No está tan fuerte.

—Para variar, Miren tuvo suerte —comenta Tato—. Si no le hubiera ido tan mal la pesca, habría regresado antes a puerto y los cabrones que quemaron el *Gure Poza* no se hubieran equivocado de barco.

El gesto de circunstancias de la patrona no pasa desapercibido para Cestero.

—¿A qué hora volviste a puerto?

—Poco después de las once de la noche. Teníamos previsto hacerlo antes, pero dimos con un banco de corvina y... —Miren señala las cajas repletas de pescado que se alinean al otro lado del cristal.

—Esta nació con una flor en el culo. Volver para casa de vacío y dar con eso —apunta el de la txapela—. Hay muy poca pesca.

Si nos dejaran salir de nuevo a por bonito, otro gallo nos cantaría. Las cuotas que nos permite pescar Europa nos están ahogando. El mejor mes ha sido siempre septiembre, y para finales de agosto habíamos capturado las escasas toneladas que nos correspondían este año… Eso del mercado común lo inventaron para hacernos la pascua.

—No tiene sentido, no —protesta el engominado—. Habrá que salir a por algas. Este año hay muchas.

El de la txapela sacude la cabeza.

—Bah, no compensa. Se te enganchan en las redes y te hacen más destrozo que lo que te pagan por ellas. ¿Quieres agua bendita? —ofrece el anciano, acercando hacia la taza de Cestero una botella de aguardiente.

—No, gracias —mascula la suboficial deteniéndole antes de que vierta un chorro en su café.

Cestero cruza una mirada con Aitor, que le contesta con una mueca de resignación. Así no hay quien pueda mantener una conversación.

—¿Nos permitís hablar con ella a solas? —pregunta a los demás. Tal vez el tono le haya salido más cortante de lo que pretendía.

—Miren no estaba cuando dieron fuego al *Gure Poza.* ¿De qué te sirve hablar con ella y no con nosotros? —se le encara Tato—. ¿No fui yo quien remolcó el barco en llamas jugándome la vida y mi propio pesquero?

—Nuestro héroe —bromea alguno.

Algunos se ríen, otros aplauden, pero comienzan a retirarse. Cestero respira hondo para tratar de contenerse. No quiere dar una mala respuesta a ese tipo que se niega a retirarse.

—¿Tienes algo que contarnos? —interviene Aitor, al rescate de su superiora—. No, ¿verdad? Lo que hiciste anoche estuvo muy bien, pero ahora apártate. Déjanos a nosotros decidir cómo hacemos nuestro trabajo o tendré que pedírtelo de otra forma.

El patrón lleva la mirada a las esposas que el ertzaina ha dejado entrever y da un paso atrás para irse con los demás.

Cestero reprime una carcajada. No es habitual que Aitor sea tan brusco. La impertinencia es capaz de despertar las peores reacciones, incluso en las personas de carácter más templado.

—Bien, cuéntanos... ¿Has sufrido algún tipo de amenaza en los últimos tiempos? —pregunta volviéndose hacia Miren.

La mujer no duda ni un segundo.

—Nunca. Al principio me costó hacerme con ellos, pero ya ves que soy una más.

—¿Algún tripulante con quien hayas discutido? ¿Recuerdas algún enfrentamiento con otros patrones, clientes...?

La mujer de mar se cruza de brazos y mira a la nada, rebuscando en sus recuerdos. Tiene unos bonitos ojos negros y unos labios muy finos, casi inexistentes. De manera poco perceptible, niega con su cabeza azul.

—No es mi barco el que incendiaron.

Su respuesta despierta el interés de Cestero.

—¿Crees que alguien podría tener algún motivo para quemar el pesquero de los Ibargarai?

Miren la observa fijamente. Por un momento parece a punto de decir algo, pero sacude la cabeza.

—Supongo que no —contesta apartando los ojos y encogiéndose de hombros.

Aitor y Cestero intercambian una mirada.

—¿Seguro? —insiste la suboficial.

La patrona toma aire lentamente y suspira. Es evidente que está incómoda.

—Seguro.

—Tú no piensas que haya sido un error, ¿verdad? —apunta Cestero.

La mirada de Miren vuelve a clavarse en la ertzaina, pero no tarda en apartarla otra vez.

—Solo he dicho que no fue el mío el que quemaron —aclara.

La suboficial asiente con gesto comprensivo y le tiende una tarjeta de visita.

—Si quieres que nos veamos en otro sitio, llámame.

Todavía no han salido de la lonja cuando el móvil de Cestero comienza a sonar de nuevo. Esta vez no reconoce el número fijo que muestra la pantalla, pero por sus primeras cifras proviene de la zona en la que se encuentran.

—Buenos días —la saluda una voz de mujer—. Aguarde un segundo, el señor Mikel Bergara, comisario de Irun, quiere hablar con usted.

Una música de xilófono toma el testigo a la secretaria.

—Es el comisario. A ver qué mosca le ha picado ahora —anuncia Cestero bajando la voz.

Apenas ha terminado la frase cuando el xilófono da paso a un tono de llamada que se repite solo dos veces.

—Buenos días, suboficial —saluda Bergara—. ¿Cómo les va la investigación? Los periódicos no nos están dejando en buen lugar.

—Lo sé —admite Cestero a regañadientes.

—No es fácil querer solucionar un caso como este sin conocer la comarca. La bahía de Txingudi tiene sus peculiaridades —apunta el comisario en tono condescendiente.

—¿Me llamaba para esto? —inquiere una cortante Cestero.

El comisario guarda silencio unos instantes. No está acostumbrado a los desplantes.

—Esta noche se ha producido otro incendio. He pensado que le gustaría saberlo —anuncia secamente.

—¿Otro? ¿Dónde?

Cestero siente que la mirada de Aitor se clava en ella.

—En Biriatu, una aldea de cuatro casas al otro lado de la frontera. Se trata de un caserío. En un principio, la Gendarmería lo ha tratado como un suceso fortuito, pero han decidido informarnos al comprobar a quién pertenecía.

—A los dueños de la bodega Ibargarai, igual que el barco quemado —aventura Cestero.

El comisario deja escapar una risita desdeñosa. Disfruta a todas luces del error de la suboficial.

—Pues no... A Camila, la víctima apuñalada en el Alarde. El fuego lo ha devorado por completo y ha estado a punto de desembocar en un incendio forestal.

Cestero siente algo parecido al vértigo. ¿Por qué se complica todo por momentos? Asesinatos, incendios y una alarma social cada vez mayor... ¿Cómo pretenden los de arriba que le haga frente con una unidad de solo cuatro integrantes en la que además uno solamente está pendiente de adularla a la cara y apuñalarla por detrás? Maldito Madrazo y maldito camino de Santiago.

—Quizá sea más lógico que se inhiba y nos deje el caso a los de aquí —sugiere Bergara.

—Sí, sí. Eso ya me lo ha dicho. ¿Algo más, comisario?

La pausa se hace larga y permite que la respiración de su interlocutor se cuele a través del auricular.

—Nada más, suboficial. Vaya con cuidado. Buenos días.

18

Martes, 10 de septiembre de 2019

Los girasoles muertos contagian su tristeza a esa tarde que se extingue. Negros, quemados por el sol, vencidos como almas en pena, se extienden a ambos lados del camino. El banco de niebla, que se aferra al cauce del río, se alía con ellos. Y también el silencio sepulcral que ni siquiera la corriente de agua se atreve a desafiar. Solo las botas de Madrazo hablan con la gravilla.

El ertzaina se detiene. Ha oído algo. Alguien anda cerca. Tal vez un campesino con quien intercambiar unas palabras.

—¿Hola? —Su mirada vuela por los campos de labor, pero apenas es capaz de ver más allá de un puñado de metros en ese mundo lechoso.

No hay respuesta. Aunque hay alguien ahí, en medio de los cultivos, no cabe duda.

—Buenas tardes. Menuda niebla, eh —insiste alzando la voz.

Nada. Quienquiera que se oculte entre los esqueletos de los girasoles no tiene ganas de hablar. No es la primera vez que le sucede en los últimos días. Hay quien agradece la compañía y quien se limita a saludar con un movimiento de cabeza. Tal vez para dedicarse al campo haya que amar la soledad, igual que les ocurre a esos pescadores de caña que pasan tantas horas frente al mar.

Sus piernas continúan el camino. Apenas unos pasos, porque el sonido se repite. Ahora más cerca.

—¿Hola?

Esta vez le responde un aleteo. Varias siluetas emergen de entre los girasoles y pasan sobre su cabeza para fundirse rápidamente con el velo blanco que oculta el sol.

Palomas.

Del otro lado del camino llegan más aleteos. Las aves están pegándose un buen festín a cuenta de las semillas de los girasoles.

La construcción circular que se recorta pronto junto al sendero le explica el porqué de tantas aves: un palomar. Enseguida dará con otros, figuras espectrales que salpican el paisaje, recuerdo mudo de un tiempo en que las deposiciones de las aves eran el mejor abono para los extensos campos de Castilla. Pero aquella tarde de final de verano no son más que fantasmas de ladrillo en mitad de la nada.

Una vibración en la mochila saca a Madrazo de aquellos campos de labor. Será Cestero, una vez más. Siente una punzada de culpa. Esos de Erandio han aprovechado para poner patas arriba la UHI. No podían soportar que una unidad tan importante la coordinara un oficial de Gipuzkoa, querían hacerlo desde Bizkaia. Y lo han conseguido. Con él en el Camino de Santiago han encontrado la vía libre para el asalto.

—Hola, Ane —saluda tras confirmar que es ella quien llama.

—¿Cómo van tus caminatas? —inquiere la suboficial.

Madrazo se mira las botas cubiertas de polvo. Sin embargo, sabe que es una simple fórmula de cortesía. Cestero no llama para saber si la peregrinación va bien.

—Empiezo a acostumbrarme a las ampollas.

—Qué bien te callaste la sorpresa que Don Medallas traía consigo… Quítame a Iñaki de encima, por favor —dispara la suboficial sin más preámbulos. — En cuanto me doy la vuelta está llamando a Izaguirre para tenerlo al día de cada uno de nuestros movimientos. Y después se dedica a colmarme de halagos como si no me diera cuenta de que es un chivato. No me gusta trabajar con él.

Madrazo comprende que lo que explica es real. Tal vez Cestero exagere, con ella nunca hay término medio, o le gustas o le disgustas profundamente, pero existen perfiles como el que describe en todas las comisarías.

—No puedo hacer nada, Ane. Ese tipo es un protegido de Izaguirre. Si lo ha puesto ahí, será por algo. Es imposible que yo desde aquí consiga que lo cambie por otro.

—Joder, Madrazo. ¡Es idiota! No tiene ni idea de investigación.

—Lo siento, de verdad.

—¡Vaya mierda, joder! ¿Y no piensas volver? ¿Sabes la que se ha montado en Hondarribia? Está el pueblo en pie de guerra. Todo esto ha reabierto unas heridas que estaban costando mucho de cicatrizar. Te necesitamos a ti, no a Izaguirre. Solo le interesan las fotos y las ruedas de prensa en las que lucirse.

El oficial respira hondo. Los reproches de Cestero se clavan como alfileres en su conciencia. Y, sin embargo, sabe que no puede regresar. Todavía no. Ha tardado demasiado en tomar la decisión de emprender este viaje y no puede tirar la toalla tan pronto. Además, una vuelta precipitada tampoco cambiaría mucho las cosas en la Unidad de Homicidios de Impacto. Los de Bizkaia no dejarán escapar fácilmente el mando en plena investigación.

—Ane, te acostumbrarás a Iñaki, y también a Izaguirre. Ya lo hiciste con Txema. Estoy seguro de que lo vas a hacer bien. Ten paciencia con ellos, anda. Seguro que no es para tanto.

No hay respuesta. Cestero le ha colgado el teléfono por segunda vez esta semana. Madrazo sacude la cabeza y vuelve a suspirar. ¿Cómo se le ha ocurrido pedirle paciencia? Eso con Cestero no ha funcionado nunca ni lo hará jamás.

19

Cestero lee el cartel que da la bienvenida a los dominios de Abadia. Está en francés, igual que la leyenda del mapa que ubica los diferentes espacios de la finca. Prados, bosques, calas de acceso restringido y un castillo con aires de fortaleza medieval como centro neurálgico. El recuadro donde se explica que aquel fue el retiro dorado de Antoine d'Abaddie, un naturalista del siglo XIX enamorado de la cultura vasca, no le interesa.

No esa tarde.

Lo que se dispone a hacer es una locura. O quizá no tanto, pero no es lo que se espera de una suboficial de la Ertzaintza. A Julia y Aitor los ha enviado a Biriatu a visitar el caserío incendiado, Iñaki se ha vuelto ya a Bilbao. No quiere exponerlos a una sanción ni que le impidan hacer lo que se ha propuesto. Sabe que si elige ceñirse a los protocolos tardará un tiempo precioso en tener noticias de Alain Etcheverry.

El timbre resuena con rabia en el interior del castillo. Es una de esas llamadas irritantes, un ring metálico que se alarga en el tiempo y que podrían oírlo desde el mismísimo Elíseo. Los graznidos de las gaviotas se suman desde el cielo. Hay muchas, planean en torno a la fortaleza, intrigadas seguramente ante esa visita fuera de horas.

La puerta se abre enseguida.

—*Est-ce que vous êtes perdue?* —pregunta el hombre que aparece al otro lado. Es alto y ancho de espaldas, aunque no tiene aspecto de deportista. Tal vez lo fuera en sus años jóvenes, pero la curva generosa de su abdomen deja claro que eso es agua pasada.

—¿Alain Etcheverry? —pregunta Cestero sin rodeos.

—*Oui.* Soy yo —dice su interlocutor tras deducir que no es francesa.

—Buenas tardes. Soy Ane Cestero, ertzaina. Investigo el caso del asesinato de su exmujer.

Etcheverry asoma la cabeza hacia el aparcamiento. No hay más coches que su Renault Koleos y el Clio de su visitante. La suboficial también lo ha comprobado. Para bien o para mal, están solos.

—Usted no puede estar aquí. Esto es Francia. —Su gesto es serio y lo acompaña con un paso atrás. Por un momento, Cestero teme que vaya a cerrarle la puerta en las narices.

—Sé muy bien dónde estoy. No me encuentro de servicio. He venido a hablar con usted de manera extraoficial. ¿Puedo pasar?

El francés tarda en responder.

—Hablemos aquí mismo. Dentro está todo patas arriba. Reformas. Estos edificios viejos... —Su mano derecha viaja al bolsillo del pantalón, activando todas las alertas en Cestero, que lamenta haber dejado su arma al otro lado de la muga. Falsa alarma, solo buscaba unas llaves. Tras comprobar que las tiene, Etcheverry tira del pomo y cierra el castillo—. Yo no la maté, no se ande con rodeos para preguntarlo. De hecho, le confesaré que he llorado su muerte —anuncia apoyando la espalda en la puerta.

—¿Por qué no quiere colaborar con nosotros?

—¿Quién ha dicho tal cosa? Tengo mucho trabajo. ¿Sabe cuánto patrimonio histórico existe en esta bahía? Los romanos...

Cestero levanta la mano para impedirle continuar.

—Los romanos pueden esperar. ¿Qué esconde, señor Etcheverry? ¿Por qué no viene conmigo a comisaría y charlamos tranquilamente?

—No escondo nada. Menuda ocurrencia... Soy el presidente de PatrimTX, una persona respetada en esta comunidad. Pero no cruzaré la frontera hasta que las aguas hayan vuelto a su cauce. Hay gente a la que le encantaría verme entre rejas. Demasiadas envidias. ¿Y me garantizaría usted que no tendría una nube de marimachos increpándome por la calle?

Cestero suspira. Se ahorra la respuesta.

—¿Dónde estaba el domingo a las ocho y media de la mañana? —le pregunta.

—El día del asesinato a la hora del asesinato —le corrige él—. No se ande con eufemismos... Ya se lo dije a su compañera por teléfono. No por venir aquí a importunarme le voy a contestar otra cosa... Estaba en el desfile de verdad, en el que pretenden reventar con ese Alarde falso que han inventado.

—¿Hay alguien que pueda corroborar lo que dice? ¿No se ausentó en ningún momento?

Ahora es Etcheverry quien suspira.

—Mire, bastante he sufrido con este tema. Mi ex lo hacía para humillarme. Nunca sintió la más mínima simpatía por el Alarde, y mucho menos por el feminismo. Fue todo a raíz del divorcio, por ir contra mí. Ahora viste mucho eso de participar en el desfile mixto y reclamar unos derechos que se han sacado de la manga. Lo difícil es defender la postura contraria, como hago yo.

La melodía del móvil de Cestero se mezcla con sus palabras, pero la ertzaina decide que no es momento de interrumpir la charla.

—Camila le denunció a usted por acoso —apunta Cestero—. ¿Qué me dice de sus intervenciones en redes sociales faltándole al respeto?

—¿Ha dicho algo el juez? —replica Etcheverry con una mueca burlona.

—El juicio estaba previsto para primeros de octubre. —El teléfono de la ertzaina continúa sonando. Quienquiera que sea tiene mucho interés en hablar con ella—. Disculpe un momento —dice sacando el aparato del bolsillo y llevándoselo a la cara para contestar—. Cestero.

—¿Podemos vernos? —La mujer que está al otro lado no se anda con rodeos.

La suboficial aparta el móvil de su oreja para comprobar si aparece algún nombre en la pantalla. Nada, solo hay una serie de números.

—¿Miren? —Le ha parecido reconocer la voz de la patrona del *Virgen de Guadalupe*.

—Sí, perdona, no me he presentado. ¿Estás en comisaría?

—¿Ha ocurrido algo? ¿Estás bien? ¿Tu barco...?

—Sí, sí. Todo en orden, pero necesito hablar contigo. Esta mañana no he podido hacerlo como me hubiera gustado, había demasiados oídos en la lonja.

Cestero asiente con gesto resignado. Sabe de qué le habla, ella misma ha notado la incomodidad desde el primer momento. Tampoco ahora siente que pueda hablar libremente. Se ha alejado unos pasos de Etcheverry, pero la mirada del francés continúa fija en ella.

—¿Quieres adelantarme algo? —pregunta mientras pulsa la tecla de bajar el volumen. No le apetece que el exmarido de Camila pueda escuchar a su interlocutora.

Miren duda unos instantes.

—Mejor en persona. Pero no quiero ir a comisaría.

—¿Qué te parece si nos vemos en una hora? —propone Cestero.

—¿En una hora? —Una nueva pausa. Estará consultando el reloj—. Imposible. Mi madre me ha pedido que la acompañe al médico. Tendremos que dejarlo para mañana.

La suboficial lleva la mirada hasta la serpiente de piedra que custodia el arco ojival que da entrada al castillo. Tal vez sea mejor esperar, como propone Miren. Sus planes de cara a Etcheverry no acaban con la visita y será necesario que anochezca antes de llevarlos a cabo.

—¿Te va bien a las nueve de la mañana en algún sitio discreto?

La patrona da una respuesta afirmativa antes de despedirse.

—Otra que tal baila —murmura Etcheverry en cuanto Cestero regresa junto a él.

—¿Cómo dice?

—La Miren esa. Era ella, ¿no? Ya me dirá qué necesidad tenía de airear su vida en el programa aquel. Hay gente que por salir en televisión mataría. A mí me parece muy bien que quiera ganarse la vida en el mar, pero que lo haga en silencio, sin buscar tanto protagonismo. Luego le sorprende que intenten quemarle el barco...

Cestero aprieta los puños hasta hacerse daño. No quiere dejarse arrastrar por sus provocaciones.

—Pues no fue precisamente su pesquero el que ardió...

—Peor me lo pone. Los Ibargarai han tenido la desgracia de que su barco se pareciera al de ella. Una maldita confusión, y todo por el afán de protagonismo de esa chica.

—¿Le parece justificable que ataquen a una mujer por ser patrona de barco? —inquiere sin poder impedir un cierto tono desafiante.

Etcheverry muestra una mueca de escepticismo.

—¿He dicho yo algo así? Además, si no fuera por esos negros que lo hacen todo... Solo esos pobres desgraciados, que no tienen dónde caerse muertos, trabajan con ella.

También es racista, naturalmente. El teléfono de Cestero vuelve a sonar.

—Dime —contesta tras comprobar que es Miren de nuevo.

—Perdona, vamos a tener que retrasar unas horas nuestro encuentro. He consultado el tiempo y entra un temporal fuerte que nos va a tener amarrados unos días. Aprovecharemos mañana para salir a faenar.

—¿Y si me acerco por el puerto a primera hora?

—No. Zarparemos muy temprano. Mejor nos vemos a la vuelta. Te llamaré en cuanto estemos de regreso, a eso de las cinco o seis de la tarde.

Cestero suspira. La paciencia no ha sido jamás su mayor virtud.

—Está bien. Que tengáis buena pesca. Nos vemos por la tarde.

Alain Etcheverry aguarda con gesto impertinente a que guarde el teléfono.

—¿Ya? ¿Piensa tenerme mucho tiempo aquí, viendo cómo atiende sus llamadas? —pregunta con los brazos cruzados.

Cestero sacude la cabeza.

—Creo que he terminado. Por hoy —decide girándose para dirigirse al aparcamiento.

—Señorita… ¿Cómo ha dicho que era su nombre?

—Cestero, suboficial Cestero.

—Cierto… Señorita Cestero, yo no maté a mi exmujer. Quizá mi relación con ella no fuera la mejor, pero no soy ningún asesino. No pierda el tiempo conmigo.

La suboficial asiente sin ganas. Será ella quien decida con quién pierde el tiempo. Continúa alejándose, pero antes de dar el segundo paso se detiene.

—Señor Etcheverry, una pregunta: ¿dónde estaba anoche cuando se desencadenó el incendio en el puerto?

El francés abre los ojos entre incrédulo y divertido.

—¿Eso también lo he hecho yo? ¿Y qué más? Ah, sí, ya sé. De camino a casa di una paliza a un mendigo que dormía en la estación y esta mañana me he comido un paquete de galletas en el súper y he abandonado el envoltorio sin pagarlo.

Cestero no hace ni siquiera amago de sonreír.

—¿Dónde estaba, señor Etcheverry? —insiste gélidamente.

—¡Aquí! ¿Dónde iba a estar? ¿No le he dicho antes que no me he movido de aquí desde el día del Alarde?

—Tampoco se acercaría a Biriatu, claro…

—Por supuesto que no. Tengo mejores cosas que hacer que ir a quemar el caserío de mi ex.

La suboficial le mantiene la mirada antes de retomar su camino. Su instinto le dice que Etcheverry oculta algo. Y se promete a sí misma que va a descubrirlo.

20

Martes, 10 de septiembre de 2019

De no ser por el camión de los bomberos y la furgoneta de la Gendarmería estacionados en pleno frontón de pelota vasca, Biriatu parecería tan dormido como cualquier otro día. Sus caseríos, blancos y de vigas y balcones rojos, se arraciman en torno a una iglesia a la que un campanario achaparrado salva de parecer una casa más. Una taberna desangelada completa la oferta social del lugar. No hay nada más, solo paz, mucha paz, en una aldea colgada de las primeras pendientes de los Pirineos, allí donde la cordillera hunde sus raíces en las aguas frías del Atlántico.

Esa tarde, sin embargo, todo es diferente. Hay periodistas por todos lados. Graban aquí, allá, interrogan a los escasos vecinos…

—Son de nuestro lado de la muga. Ni un francés —apunta Julia al comprobar los distintivos de sus cámaras y micrófonos.

El olor a quemado eclipsa los aromas del jazmín y la hierba fresca que se cuelan de manera sutil en un segundo plano.

—¿Preguntamos? —inquiere Aitor volviéndose a un lado y a otro en busca del caserío incendiado.

Julia sacude la cabeza. Le da pereza dirigirse a los reporteros. Seguro que de premio se lleva alguna pregunta ante la cámara. Mejor no hacerse notar. Su visita a Biriatu no es oficial.

—¿Y si subimos hasta la iglesia? Creo que desde arriba lo veremos —señala dirigiéndose a la escalera que une el frontón con el templo, dispuesto en lo alto de una colina.

Un atrio angosto los envuelve con su oscuridad en cuanto ponen el pie en el escalón superior. Del otro lado se abre el cementerio, una sucesión de tumbas en aparente desorden que ocupa un espacio privilegiado. En Biriatu, como en tantos otros lugares, los difuntos gozan de mejores panorámicas que los vivos.

—Míralo, ahí lo tenemos —anuncia Aitor con la vista clavada en un caserío algo apartado del núcleo urbano.

La visión de la fachada ennegrecida por el humo hace morderse el labio a Julia. El tejado también ha sufrido los estragos de las llamas y se ha hundido en parte. Su contraste con el verde brillante de los montes que se extienden detrás es evidente. El ganado pasta en libertad, inunda el ambiente con la música de sus esquilas, contrapunto grotesco al horror de la destrucción.

—Qué injusto que lo que cuesta tanto levantar pueda venirse abajo tan fácilmente —murmura la ertzaina tomando varias fotografías en las que se cuelan también algunas sepulturas.

Aitor ha tomado ya la senda que se dirige a la casa quemada. La espera a medio camino; en silencio, igual que la veintena de ovejas que pasta en el prado que rodea buena parte del camposanto. El olor a madera quemada lo impregna todo conforme se acercan.

—No se puede continuar más allá —les informa en castellano, pero con un marcado acento francés, el gendarme que custodia el cordón policial.

No hay curiosos, solo un cámara de televisión que graba unos recursos para el informativo.

Julia se lleva instintivamente la mano al bolsillo. No, claro, no está allí. Ha dejado la placa en comisaría, tal como les ha pedido Cestero.

—Somos los agentes Goenaga y Lizardi, de la Ertzaintza —apunta—. Trabajamos en el caso del crimen del Alarde. La víctima era la propietaria de…

El gendarme asiente y levanta la mano para interrumpirla.

—Voy a avisar al teniente.

Apenas ha pasado un minuto cuando un hombre de unos cincuenta años se acerca a ellos.

—Teniente Dalisson —saluda tendiéndoles la mano—. Vengan conmigo, por favor.

Los ertzainas pasan bajo la cinta de plástico y le siguen, esquivando charcos formados por el agua de las mangueras que reptan todavía por el suelo. El camión cisterna de los bomberos se encuentra un poco más allá, descansando pero alerta por si se reactivan las llamas.

—El incendio ha sido provocado —explica el teniente—. Según los bomberos ha comenzado pasada la una de la madrugada en dos focos diferentes. El primero en la sala de estar y el segundo en el corral. Han empleado gasolina para alimentarlo.

—Igual que en el puerto… ¿Podemos entrar? —pregunta Julia al ver que el gendarme se detiene ante la puerta.

—No. Los especialistas han indicado que existe riesgo de derrumbe. —El teniente Dalisson señala la cerradura—. Quería mostrarles esto. La han forzado. Quien esté detrás del incendio abrió de una patada. No tenía llaves.

La puerta está entornada. Su color sigue siendo rojo, a diferencia de los postigos del piso superior, que han ardido por completo. Uno de ellos todavía cuelga de las bisagras, negro y combado por el fuego. Los demás han desaparecido.

Un bombero que abandona el interior se detiene ante ellos.

—Pueden mirar dentro, si lo desean, pero no accedan. La estructura es de madera y ha quedado muy dañada. Habrá que derribarlo.

—¿Algo reseñable? —inquiere Aitor.

—Si se asoma, verá lo mismo que hemos podido intuir nosotros —apunta el bombero haciéndose a un lado para permitirles echar un vistazo.

El chasis metálico de un sofá es lo único que se reconoce. Hay también cientos de fragmentos de platos, caídos seguramente de algún armario que habrá quedado reducido a cenizas. Tras el hueco de una puerta se ven varios electrodomésticos parcialmente quemados. Es todo lo que queda de la cocina. El fuego y el agua con la que lo han extinguido han dejado un reguero de destrucción que no permite saber en qué estado se encontraba el caserío cuando se inició el incendio.

Julia siente que le cuesta tragar saliva. ¿Cuántos años tendría ese hogar? ¿Cien? ¿Doscientos? Tal vez incluso más. Sí, ahí está la inscripción sobre el dintel: mil setecientos ochenta y seis. Esas paredes habrán visto nacer y morir familias enteras, habrán escuchado ilusiones y tristezas, habrán sido testigos de guerras y tratados de paz. Y ahora, de repente, alguien ha puesto fin a sus historias.

—Hemos encontrado algo —anuncia Dalisson dirigiéndose al coche de policía y extrayendo del maletero dos bolsas de pruebas.

—¿Drogas? —se extraña Julia.

—A falta de confirmación del laboratorio, apostaría por cocaína y anfetaminas. Se encontraban en una caja metálica que las ha librado de las llamas. No se trata de cantidades enormes, aunque muy superiores en cualquier caso a las que podríamos considerar para el consumo propio.

—¿Dónde estaban? —pregunta Aitor.

—En el establo. Su puerta ha corrido la misma suerte que la cerradura principal. El candado ha sido reventado con un buen golpe.

Julia trata de asimilar la información. La víctima del Alarde guardaba drogas en ese caserío. Incluso traficaba con ellas, probablemente.

—Eso explicaría el desfase entre las ventas, aparentemente bajas, de su tienda de conservas y sus altos ingresos. No olvidemos que esa mujer vivía en una de las zonas más exclusivas de Hondarribia —deduce en voz alta.

Aitor asiente. Él ha llegado a la misma conclusión.

—Habrá que echar un vistazo a ese cuaderno. Tal vez ahora les veamos cierta lógica a las tablas que contiene.

—*Bonjour! Un petit morceau de gâteau?* —ofrece una voz aguda que los obliga a girarse hacia el cordón policial. Se trata de una anciana que llega con una tarta en las manos.

—Madame Iribarren fue quien alertó a los bomberos —les informa el teniente indicando a su compañero que permita pasar a la vecina—. Oyó ruido y al asomarse a la ventana encontró el caserío en llamas.

La anciana señala una casa cercana a la iglesia. No es tan grande como la que ha ardido, pero se ve cuidada. El blanco de la fachada está radiante y el verde que da un toque de color a vigas y contraventanas no está todavía ajado por el sol.

—Vivo allí. Otros días a esas horas todavía estoy despierta. Siempre me ha costado dormir y leo mucho por las noches. Ayer no. Me pasé el día sacando trastos de los armarios. Hay que ver lo que se puede llegar a acumular en una casa… Creo que estaba cansada, por eso cedí rápido al sueño. Recuerdo que mi pequeña Constance no paraba de ladrar. La pobre notaría el humo —explica mirando de reojo al caniche blanco que se ha adelantado y olisquea un pedazo de madera calcinada que se ha desprendido del alero—. Menudo susto me di al abrir la ventana. Parecía el infierno. Las llamas salían por encima del tejado y…

—¿Recuerda usted algo extraño estos últimos días? ¿Alguna visita que llamara su atención? ¿Movimientos sospechosos?

La señora Iribarren niega con la cabeza. Sus ojos muestran el cansancio de la larga noche en vela, igual que los mechones de cabello blanco que se escapan del moño que recoge su melena. Julia decide que debió de ser una mujer atractiva. En realidad, aún lo es a sus setenta y muchos años. O tal vez pase de los ochenta. En cualquier caso, esos hoyuelos junto a la comisura de los labios, enmarcados hoy por incontables arrugas, le granjearían en su día muchas invitaciones a bailar los días de verbena.

—Yo no he visto nada raro —señala la mujer—. Este es un pueblo muy tranquilo. Por algo Jorge Semprún decidió exiliarse entre nosotros. ¿Han visitado la estela en su honor que instalamos hace unos años?

—No. Quizá en otro momento —se disculpa Julia.

—¿Conocía usted a Camila? —inquiere su compañero.

La anciana se vuelve con ojos desorientados hacia el teniente de la Gendarmería.

—Que si conocía a la propietaria del caserío incendiado —le aclara Dalisson.

—Ah, esa mujer. La que asesinaron el domingo. Sí, ya se lo he dicho antes al teniente —admite la señora Iribarren dirigiéndose a los ertzainas—. Era una chica amable. No venía mucho por aquí. Esta casa era de mi querida Emmanuelle, pero los hijos la llevaron a una residencia de Biarritz y se la malvendieron a esa mujer. Yo pensaba que vendría aquí a vivir. Si quieres estar tranquila, Biriatu es el mejor lugar. No era eso lo que ella buscaba, por lo visto. Al principio aparecía más, pero después apenas la utilizaba. —La anciana baja la voz como quien cuenta un secreto inconfesable—. La alquilaba a veraneantes.

—¿Cómo lo sabe? —se interesa Dalisson.

—Porque el caserío pasaba temporadas cerrado, después se veía movimiento durante unas semanas y de nuevo nada.

—¿No era Camila quien lo ocupaba en esos períodos? —inquiere Julia.

—No. Ella venía a veces, pero se veía otra gente. Esa mujer lo compró para hacer negocio con el alquiler. Una especuladora... ¿Se dice así? Algunos ponían la música demasiado alta, pero aparte de eso no daban grandes problemas, solía tratarse de gente discreta, con buenos coches y aspecto formal. —Sus manos arrugadas tienden hacia ellos la bandeja—. ¿No quieren un poco de pastel vasco? Acabo de prepararlo. Es de cereza negra de Itxasu, mi especialidad. Lleva mucho trabajo, pero esos hombres la merecen. Han estado toda la noche luchando contra las llamas —explica señalando a los bomberos que han quedado de retén—. De no haber sido por ellos se hubiera quemado el pueblo entero.

Los ertzainas rechazan la invitación. El gendarme, no. Coge un pedazo y le da un bocado.

—Ni sé las horas que llevo aquí —confiesa Dalisson con gesto de placer—. Mmm, deliciosa. Madame Iribarren, es usted una repostera excelente.

La anciana sonríe, agradecida.

—Solo soy una vieja con mucho tiempo. Cuando se hace con paciencia todo está rico. —Su mirada recala en los ertzainas—. Venga, no tengáis vergüenza. A una anciana no se le rechaza su pastel.

—Está bien —admite Julia cogiendo un trozo. La masa se quiebra en su boca y la confitura de cereza se mezcla con los matices de la mantequilla fresca—. Espectacular —dice girándose hacia Aitor para animarle a imitarla.

—Ostras, sí que está rica —celebra su compañero.

La señora Iribarren asiente, orgullosa. Después se aleja hacia los bomberos. Ellos merecen más que nadie su recompensa.

21

Martes, 10 de septiembre de 2019

El canto de los grillos oculta en parte el ruido de la depuradora de aguas residuales. Lo que desgraciadamente no logran enmascarar es el mal olor que emana de sus instalaciones. Cestero arruga la nariz. Está deseando perder de vista esa entrada trasera a los antiguos dominios de Antoine d'Abaddie.

Su mirada vuela hacia el horizonte. La oscuridad ha ganado por fin la partida a un día que se resistía a morir. El faro de Híguer lanza un destello que la ertzaina asume como un permiso.

Es la hora.

La suboficial toma el sendero de tierra que se adentra en el bosque. Es estrecho y la lluvia de los últimos días lo embarra en algunos tramos, pero no hay piedras que intenten zancadillearla. La luz de las farolas queda pronto atrás, la noche engulle sus pasos. Las notas refrescantes de la vegetación son pronto la única compañía. Ellas y los grillos, claro. Un ave nocturna se suma de vez en cuando con su ulular.

Tras un par de minutos, el arbolado se abre. La panorámica también. El Atlántico está enfadado; la luna, que asoma tímidamente entre las nubes, se refleja en sus olas. El hormigón de un viejo búnker despunta sobre las zarzas que se empeñan en ocultarlo. Cestero se gira en busca del castillo. Todavía no está a la vista. Lo que sí hay cerca es un caserío en el que no se detecta movimiento alguno. Sus pasos la llevan hasta la puerta. No hay luz tras las ventanas, parece deshabitado. Un arroyo salta entre manzanos y se pierde ladera abajo, en busca del mar.

—Ahí lo tienes —se susurra al descubrir las formas altivas del castillo en lo alto de una colina. Se recortan contra unas nubes a las que la contaminación lumínica regala un tono anaranjado.

A partir de ahora todo se complicará. Ya no hay senderos que seguir, solo una pradera desnuda de árboles. Si Etcheverry la descubre acercándose a hurtadillas, tendrá problemas. Cestero se imagina a todo un destacamento de la Gendarmería francesa esperándola junto al castillo y tuerce el gesto.

Hay luz tras una de las ventanas. Tal vez sea mejor esperar un poco más, hasta que el presidente de PatrimTX se retire a dormir. No, no puede hacerlo. Lleva horas aguardando el momento. Además, está comenzando a llover.

Sus botas mancillan la hierba. Se mueve deprisa, sin detenerse a recuperar el resuello. Cuanto menos tarde en subir hasta el castillo, menores riesgos correrá.

Enseguida descubre que no está sola. Hay bolitas blancas dispersas por la pradera. Ovejas. La observan con curiosidad. Algunas deciden que no merece su atención y vuelven a hundir el hocico en la hierba. Otras la siguen con la mirada.

Beee. Beee.

—Callad, tontas —ordena Cestero en voz baja.

Sus palabras logran el efecto contrario. Ninguno de los animales come ya. Solo tienen ojos para la intrusa que pisotea su mullida comida. Más balidos.

—¡Maldita sea! ¡Callad! —insiste la ertzaina haciendo aspavientos.

La primera reacción de las ovejas es recular unos pasos y agruparse. Juntas se sienten más seguras. Pero agitando los brazos Cestero ha hecho alzar el vuelo a las gaviotas que descansaban en el esqueleto de un árbol quemado por algún rayo.

Graznidos.

Las ovejas se suman con sus balidos.

—¡Mierda!

Cestero duda entre agacharse y tratar de salvar los escasos cien metros que la separan del castillo o retroceder. Su mirada vuela hasta las ventanas del piso superior. Ya no hay solo luz tras ellas.

—Mierda, mierda, ¡mierda!

Hay alguien asomado a la del medio. La silueta se recorta sobre el fondo iluminado. Está observándola, no se ven sus ojos, pero la ertzaina los siente clavados en ella. O por lo menos en la campa que la rodea.

Durante unos minutos se obliga a permanecer agazapada, una oveja más si es que Etcheverry alcanza a verla. Los animales no tardan en perder el interés en la intrusa para regresar a sus quehaceres. Los grillos, la lluvia, el crujido de la hierba cuando los incisivos de los rumiantes la arrancan… Ah, y ahí está otra vez el búho. También el aleteo de algún que otro murciélago. Lentamente, la noche recupera la calma.

Cuando las piernas de Cestero comienzan a protestar por la postura, llega por fin el sonido que esperaba. El francés acaba de cerrar la ventana.

—Ni se os ocurra abrir la boca —masculla la suboficial mientras se incorpora.

La luz tras la ventana sigue ahí, pero ya no hay nadie husmeando. En cualquier caso, la ertzaina prefiere no confiarse, camina encorvada, tratando de fundirse con la oscuridad. Ahora no hay luna, las nubes la ocultan. Eso ayuda.

Por fin ha llegado a la altura del castillo. Se enfrenta al momento más complicado. La puerta junto a la que hace un par de horas hablaba con Etcheverry se encuentra a apenas media docena de pasos. Cualquier ruido podría echarlo todo al traste. Si el francés abriera la ventana o saliera al exterior, la encontraría allí en medio.

El coche del sospechoso continúa en el aparcamiento. Cestero lo observa fijamente mientras se pide un último esfuerzo para llegar hasta él. Se trata de una carrera corta, especialmente si se compara con el trecho que ha recorrido por la pradera, pero aquí no hay nada que le permita ocultarse. Ni siquiera una miserable papelera. Una vez que decida lanzarse hacia el vehículo no podrá detenerse hasta llegar a él.

Uno, dos… La ertzaina toma aire antes de encaminarse hacia el Renault Koleos. La gravilla del aparcamiento cruje bajo sus pies. Parece que todo se alía para ponérselo difícil esa noche. Por si fuera poco, la luna vuelve a asomar entre las nubes y baña todo con su luz plateada.

Cestero ha alcanzado el vehículo. Sin perder un segundo, se tumba en el suelo y se impulsa debajo, perdiéndose entre las ruedas. Sus manos buscan la mochila. Solo le falta llevar a cabo su plan y regresar por donde ha venido.

Todavía no ha terminado de abrir la cremallera cuando un ruido la pone alerta. ¿Una puerta? Sí, Etcheverry ha salido del castillo. El haz de una linterna va a parar al coche y de él a los árboles que rodean el aparcamiento.

—*Bonsoir?* —se oye al francés.

Alguna oveja bala en la distancia.

Pasos. Etcheverry está bajando las escaleras.

Cestero contiene la respiración cuando siente las pisadas en la gravilla. El instinto dirige su mano derecha al lugar donde acostumbra a llevar el arma. No hay nada, por supuesto. Está desarmada.

Las pisadas se sienten cada vez más cerca. La linterna enfoca aquí y allá y se cuela en ocasiones bajo el vehículo que sirve de escondite a la ertzaina.

La imagen de Camila, su rostro blanco como la nieve sobre los adoquines ensangrentados de la calle, se presenta en la mente de Cestero. Ese hombre que viene hacia ella podría ser un asesino. Ha sido una incauta arriesgándose tanto.

—*Bonsoir? Qui est là?* —insiste la voz de Etcheverry.

Cestero ve sus pies junto al vehículo. Podría tocarlos con solo estirar la mano. Si el francés se agacha para comprobar si alguien se oculta bajo el coche, está perdida. No puede hacer mucho, solo contener la respiración, hacerse tan invisible como pueda y rezar para que se marche.

Los segundos se hacen horas, parecen decididos a no discurrir, pero finalmente los crujidos en la gravilla comienzan a alejarse. Cestero se asoma. El francés le da la espalda. En su mano izquierda lleva la linterna. En la derecha, algo que le cuesta identificar: un martillo de tamaño generoso.

El haz de luz continúa bailando unos instantes, cada vez más lejos. Después se apaga. La gravilla da paso al ruido sordo de las escaleras. Etcheverry está regresando al castillo.

Ahora es la puerta la que llena el silencio. La ha cerrado tras él. El crujido metálico de los cerrojos es lo último que se oye. Después la noche vuelve a ser el reino de los grillos.

22

Miércoles, 11 de septiembre de 2019

En cuanto Cestero detiene el coche ante la verja de la comisaría de Irun, comprende que algo no va bien. Y no es solo la lluvia, que cae pertinaz desde que la ertzaina ha abierto el ojo hace poco más de una hora. No, no es eso. Es Aitor, que no debería estar bajo ese paraguas rojo esperándola en plena calle.

—No aparques. Nos vamos al puerto —dice su compañero sentándose en el asiento del copiloto—. Te he estado llamando.

—Estoy sin batería en el móvil. Pensaba cargarlo ahora.

—Miren ha desaparecido.

La noticia hace despertar de golpe a Cestero. Ni todos los cafés del mundo hubieran tenido el mismo efecto. El Clio derrapa en el asfalto mojado y sale disparado hacia la carretera nacional. El arranque de la mañana, con las familias empeñadas en llevar en coche a sus hijos hasta la puerta del colegio, complica el tráfico entre Irun y Hondarribia. Los atascos convertirán un paseo de apenas cinco minutos en un tedioso recorrido de un mínimo de un cuarto de hora. Lástima no acudir en un vehículo con distintivo de la Ertzaintza y luces azules en el techo.

—Cuéntame todo lo que sepas.

Aitor le explica que hace treinta minutos se ha recibido en comisaría una llamada alertando de la desaparición de la patrona del *Virgen de Guadalupe*. La ha realizado uno de sus tripulantes tras aguardar en el puerto a que Miren apareciera. Tenían previsto hacerse a la mar a las siete de la mañana.

—Lo sé. Íbamos a vernos esta tarde cuando regresara de faenar.

—No me habías dicho nada.

—Me llamó ayer por la tarde. Dijo que quería contarme algo. No me gusta nada esta desaparición, Aitor.

—Y te gustará menos cuando sepas que ha aparecido una pintada despidiéndola.

Cestero siente un escalofrío.

—¿Dónde?

—En el exterior de la lonja.

—Hay que enviar a alguien a su domicilio.

—Ha ido una patrulla, pero no se encuentra allí. El camerunés que ha denunciado la desaparición lo ha hecho desde el piso de Miren. Como no contestaba a las llamadas de sus tripulantes, se ha acercado uno de ellos a comprobar si estaba bien. No había nadie.

—¿Tienen llave?

—Parece que sí. Déjame terminar. Todavía no te he contado todo… La última pista que tenemos de Miren la sitúa en el puerto esta misma mañana. La cámara de seguridad la ha grabado llegando a pie poco después de las seis de la mañana.

Cestero consulta la hora en la radio del coche. Acaban de dar las nueve.

—¿Tenemos todos estos datos de una desaparición que hace solo media hora que se ha denunciado?

—La gente del puerto lo ha comprobado todo antes de llamarnos. Los sucesos de los últimos días han disparado todas las alarmas en cuanto Miren se retrasaba. Y más aún cuando han visto en las grabaciones que ha accedido al recinto portuario y no lo ha abandonado. Al menos por su propio pie.

La suboficial tuerce el gesto. Miren quería contarle algo que había calificado de importante. Debería haber madrugado para encontrarse con la patrona antes de que zarpara. Ahora estaría a salvo.

Su mano derecha hace girar el mando del limpiaparabrisas. Ni siquiera a la máxima velocidad es capaz de limpiar el campo de visión. Llueve cada vez con más fuerza.

—¿Qué les pasa ahora? ¿Es la primera vez que ven llover? —se indigna Cestero cuando los coches que los preceden reducen la velocidad hasta llegar a detenerse.

—Ane…

—Joder, que tenemos una mujer desaparecida —exclama la suboficial.

Aitor le apoya una mano en el hombro.

—No por enfadarte vamos a llegar antes.

—¿No te aburres de tener tan buen carácter?

—No digas tonterías. Mira, ya avanzan.

El aeropuerto queda atrás en medio del aguacero. Las murallas de Hondarribia toman forma al fondo de una larga recta. Una vez allí, el tráfico se vuelve más fluido. Varias rotondas y apenas un par de minutos después el Clio llega a su destino. Dos coches patrulla estacionados de manera apresurada en el acceso al puerto delatan que no es un día cualquiera.

Cestero tampoco pierde el tiempo en aparcar. La lluvia ya no es tan intensa, pero el viento que llega del mar agrava la sensación. Ni todos los chubasqueros del mundo impedirían que el agua se colara por los resquicios más inimaginables.

—Ahí está la pintada —señala Aitor cuando pasan junto a la pared lateral de la lonja.

LA MAR ES COSA DE HOMBRES. AGUR, MIREN

—Es repugnante —escupe Cestero mientras Aitor se detiene a tomar una foto.

—Anoche no estaba —apunta una voz que llega desde la puerta de la lonja. Es uno de los ertzainas que se han adelantado—. El chico que limpia por la tarde asegura que cuando se fue a casa la pared estaba inmaculada. Había aparcado su moto justo ahí y esas letras le hubieran llamado la atención.

—¿Alguna novedad? ¿Se sabe algo de la desaparecida? —inquiere Cestero siguiéndolo al interior de la lonja.

—Poca cosa. Hemos estado visionando las imágenes de la cámara y sabemos que ha llegado minutos después de las seis de la mañana. No ha abandonado el recinto en ningún momento.

—¿Ha venido sola?

El ertzaina asiente.

—Sola. Y ha encendido las luces. Ha sido la primera en llegar, como de costumbre. Mira, él es tripulante del *Virgen de Guadalupe* —añade señalando a un hombre de tez oscura que se dirige hacia la puerta con un cigarrillo en la mano—. ¿Cómo se llamaba usted?

—Karim, señor.

Cestero saluda al joven. No debe de tener más de treinta años. Después la suboficial se gira hacia Aitor y le da instrucciones:

—Vamos a acordonar la zona. Que no entre ni salga nadie de las instalaciones portuarias. Necesitamos más efectivos. Hay que inspeccionar cada centímetro de la lonja. Los barcos fondeados, también. Miren tiene que estar aquí y vamos a encontrarla.

—A no ser… —Aitor señala la dársena a través de la puerta abierta—. Que haya salido por mar.

Cestero asiente. Ella también cuenta con eso. Todo apunta a que la patrona no ha desaparecido por iniciativa propia.

—¿No hay cámaras que controlen la entrada y salida de embarcaciones? —inquiere, dirigiéndose al otro agente.

—La única que funciona es la que graba el acceso por tierra.

Cestero arruga los labios.

—Cuando has llegado ¿no estaba Miren? —pregunta dirigiéndose al africano.

El chico niega con la cabeza. Su mirada se clava en el suelo, está asustado.

—No, señora. No había nadie aquí. Tampoco en el barco.

—¿Seguro que no había nadie?

—No, señora. Cuando yo he llegado todo estaba vacío.

—¿Qué has hecho al comprobar que tu jefa no estaba?

—Esperar. Luego aparecieron los demás y la llamamos por teléfono. Al ver que no contestaba decidimos ir a su casa por si le había ocurrido algo. Eso que han pintado en la pared nos ha preocupado mucho.

—Háblame de vuestra relación con ella —le pide Cestero. No quiere descartar ninguna hipótesis.

Karim la observa extrañado.

—¿Relación? Yo solo trabajo para ella. No soy su pareja.

—Claro, me refiero a vuestra relación laboral. ¿Tú o alguno de tus compañeros ha tenido algún problema con Miren últimamente? ¿Alguna discusión?

—No. —La respuesta es inmediata.

—Si no me estás diciendo la verdad, lo sabré —le advierte Cestero.

—Con Miren nunca hay problemas. Ninguno de sus tripulantes los tenemos. Nos trata con mucho respeto, nos paga al día. Es la mejor patrona de este puerto.

—¡Cestero! —llama Aitor. Llega a paso rápido desde los muelles—. Hay un rastro de sangre.

23

Miércoles, 11 de septiembre de 2019

Julia sacude las piernas para impulsarse a través de la dársena. El agua no está fría, al menos no para alguien acostumbrada a nadar sea cual sea el día del año y la climatología. Lo malo es la visibilidad. Septiembre no es el mejor mes para atisbar algo bajo el mar. La llegada a la costa de las algas rojas enturbia las aguas menos profundas y las tiñe del color de la sangre.

Cada pocos minutos, Julia se ve obligada a emerger para retirar los filamentos rojos que se enredan en su máscara y le dificultan la visión.

A veces al hacerlo se encuentra con Iker Mendiola, el propietario de Bidasoa Scuba, que se ha ofrecido voluntario en cuanto ha conocido la noticia. De momento son los únicos buzos trabajando en la búsqueda de la patrona desaparecida. A Julia el traje de neopreno que le ha prestado le va demasiado ajustado, pero no quiere ni plantearse perder tiempo en cambiarlo por otro de su talla.

—¿Nada? —inquiere la ertzaina una de las veces que emergen al mismo tiempo.

—Nada.

Julia se retira la máscara y saluda a otros dos hombres rana que están sobre el pantalán más cercano. Son los agentes de la Unidad de Vigilancia y Rescate. Acaban de llegar de Bizkaia y se están terminando de colocar las botellas de aire a la espalda.

—Hay muy mala visibilidad —les informa.

—Cuando bajes al fondo ten cuidado de no impulsarte demasiado con las aletas, o levantarás el lodo y todavía veremos peor —le indica uno de ellos. Julia lo conoce. La capucha roja de neopreno le cubre la cabeza rapada al cero, pero esos ojos azules son inconfundibles. A veces coincide con él cogiendo olas en Mundaka, pero nunca han trabajado juntos en un operativo.

—Él es Iker. La tienda de buceo del puerto deportivo es suya. Se ha ofrecido para colaborar en la búsqueda —señala la ertzaina.

El de los ojos azules asiente. ¿Cómo se llamaba? Julia lo tiene en la punta de la lengua… ¿Beñat?

—Gracias. Ahora que somos cuatro dividiremos la rada en cuatro zonas. Cada uno de nosotros peinará a fondo la suya —comienza a explicar.

—¿Y si salgo yo del puerto para inspeccionar las aguas cercanas? —le interrumpe Iker.

—Me parece correcto —admite el que dirige el equipo de rescate—. La dársena será cosa de tres entonces.

Un minuto después los cuatro están ya bajo el agua. Todos con sus botellas de aire y sus equipos de buceo. Y todos con el cosquilleo en la barriga de saber que en cualquier momento podrían descubrir entre las algas el rostro de una mujer que no debería estar allí abajo.

Julia nada hacia la zona que le han asignado. Una vez allí, sacude las aletas y se impulsa hacia el fondo. Las panzas de los pesqueros y otras embarcaciones de menor entidad parecen ballenas durmientes vistas bajo el agua. El mar filtra la luz hasta homogeneizar los colores. Los rojos, amarillos y verdes que dan una pincelada de alegría a la rada se muestran apagados, como si no quisieran contagiar su optimismo a los peces que ansían pescar.

Un bulto extraño llama su atención unos metros más allá. Pende, a unos tres metros de profundidad, de una de las cadenas que anclan las boyas a las que se amarran los pesqueros.

El tamaño y la forma no le gustan nada.

Julia bucea hacia allí con la congoja estrujándole el pecho. A pesar de que la cantidad de sangre que han encontrado en el muelle no apunte en la mejor dirección, no ha perdido todavía la esperanza de que Miren siga con vida.

De pronto algo la ciega, unas manos tratan de aferrarla.

Julia bracea angustiada para liberarse de su captor. Las aletas la impulsan con fuerza hacia la superficie. Nunca imaginó que los escasos metros que la separan del aire libre pudieran hacérsele tan largos.

—¿Todo bien? —se interesa desde el muelle uno de los agentes que buscan a Miren en tierra.

Julia va a contestar que no, se dispone a pedir auxilio, cuando repara en el pedazo de plástico negro que flota junto a ella. De modo que ese era el monstruo que la ha atacado bajo el mar. Se siente ridícula.

—Sí. Un percance con una bolsa de basura… —apunta fingiendo estar más tranquila de lo que está.

Después vuelve a colocarse el equipo y se lanza de nuevo hacia las profundidades. Los sonidos del exterior mueren bajo el agua. Son otros, apagados, metálicos, quienes toman el relevo para realzar la sensación de irrealidad en la que la cortina infinita de algas rojas sume a Julia.

Ahí está el bulto sospechoso. La ertzaina respira hondo.

Conforme la cercanía disipa la niebla rojiza, las formas se vuelven más evidentes. Una cabeza, un torso, piernas… Tiene que tratarse de Miren, no puede ser de otra manera.

Julia traga saliva y estira el brazo para girar el cuerpo hacia ella. Quiere verle el rostro y, al mismo tiempo, teme hacerlo. Sabe que la mirada de la patrona ahogada la perseguirá para siempre. Ni siquiera todos los baños nocturnos del mundo le permitirán conciliar el sueño esa noche en el apartamento de Hendaia.

El pulso se le dispara mientras el bulto gira a cámara lenta. El charco escarlata que ensucia el muelle vuelve a su mente. Toda esa sangre derramada es incompatible con la vida.

Sin embargo, no hay allí ojos que la observen.

Tampoco nariz, ni boca…

Nada.

Es solo otro plástico. Lo que parecía una cabeza no es más que una boya rota. El cuerpo lo forman un cúmulo de algas, percebes y fragmentos de basura que su mente ha agrupado para gastarle una broma de mal gusto.

Regresa más calmada a la superficie, pero en cuanto emerge desearía no haberlo hecho. Los gritos y las órdenes inconexas que llegan de pronto de la zona de los diques no presagian nada bueno.

—Ha aparecido —le explica el agente que está en el muelle. Su mueca lo dice todo. No hace falta que especifique que se trata de Miren y tampoco que está muerta.

—¿Dónde? —inquiere Julia, zarandeada por la desesperanza.

—Ahí fuera. La ha encontrado el chico de la tienda. Tiene la cabeza destrozada. Posiblemente a martillazos.

24

Miércoles, 11 de septiembre de 2019

Cestero se obliga a parpadear de nuevo. El mapa sigue ahí, ocupando toda la pantalla de su teléfono. El trazo azul, que forma algo parecido a la silueta de una gaviota, tampoco ha desaparecido. Es real, no fruto de su imaginación. Por un momento, la visión del cadáver de Miren flotando en el mar con el cráneo desfigurado a golpes, pasa a un segundo plano.

—¿Qué haces ahí, agachada junto a la pared? Se diría que te han castigado —comenta Aitor, acercándose hacia ella, casi oculta entre redes apiladas a la espera de ser remendadas. Huele a esa penetrante mezcla de salitre, algas y pescado seco que solo es posible en los aparejos de pesca que ansían regresar al mar—. Ah, que has encontrado un enchufe donde cargar el móvil.

La suboficial se gira hacia él con gesto de circunstancias.

—Echa un vistazo a esto.

—¿Qué es ese mapa? —pregunta Aitor acuclillándose junto a ella.

—Alain Etcheverry ha cruzado la frontera esta noche. No solo eso… Ha estado aquí.

Su compañero sacude la cabeza. No entiende nada.

—¿Cómo sabes el recorrido que ha hecho?

—Le instalé una baliza de geolocalización en el coche.

El gesto de Aitor es de confusión.

—No sabía que tuviéramos permiso.

—No lo tenemos.

El agente deja caer las nalgas al suelo y se lleva las manos a la cara.

—Estás loca, Ane. Eres ertzaina… No puedes hacer lo que te dé la gana.

—Olvida eso por ahora —le ruega Cestero—. Lo importante es la información que hemos obtenido gracias a la baliza… Joder, el tío ha salido de su fortaleza para venir al lugar donde han asesinado a Miren. ¿Sabes lo que significa eso?

—¿Y de qué nos sirve saberlo si no podemos utilizarlo? ¿Qué pretendes hacer ahora, llamar a los de arriba y contarles que la divina providencia nos ha hecho saber que Etcheverry ha estado aquí y se la ha cargado?

La suboficial sabe que Aitor tiene razón, aunque solo en parte.

—Prefiero saber que ha estado aquí que no saberlo.

—¿Y por qué no aparece su coche en las grabaciones de la cámara de seguridad?

Cestero amplía el mapa para ver con claridad la zona del puerto.

—Porque no ha accedido al recinto. Ha pasado de largo y ha aparcado a doscientos metros de aquí, en una curva de la carretera que sube al faro.

—Para evitar las cámaras —deduce Aitor—. Pero tampoco hay imágenes de él entrando a pie. Si hubiera sido Etcheverry quien ha asesinado a Miren, tendría que haber accedido al puerto en algún momento.

El dedo de Cestero despliega un menú en la pantalla. El horario aparece como no disponible. Es extraño. Algo ha fallado. Tal vez al tener el teléfono apagado no se ha registrado correctamente.

—¿Ni siquiera sabemos cuánto tiempo ha estado detenido en esa curva?

Cestero arrastra el índice por la pantalla. El mapa va y viene, los datos también.

—Nada. Ha estado aquí y se ha vuelto al castillo sin dar rodeos. Lo mismo ha estado tres horas en ese lugar que se ha limitado a girar y regresar a Francia.

Aitor frunce los labios.

—Podríamos recurrir a las cámaras de tráfico. Hay una en el puente internacional y otra en la recta del aeropuerto. Quizá alguna más en las calles de Hondarribia. Tenemos que conseguir situarlo aquí de alguna forma. ¿Sabes? Con todo este lío no te he contado que esta noche he estado haciendo más averiguaciones sobre Alain Etcheverry.

—Pero ¿tú duermes? Deberían pagarte el doble.

El rostro aniñado de su compañero se ruboriza.

—Ese tío no tiene oficio ni beneficio. Lleva ocho años dedicándose exclusivamente a la presidencia de la asociación por el patrimonio de la bahía de Txingudi. Ya sabes que se trata de un cargo voluntario, viste mucho trabajar en ese castillo, pero no cuenta con retribución alguna. De hecho, te diría que el acoso a su exmujer comenzó cuando el juez desestimó la petición de Etcheverry de que Camila le pasara una pensión. El tío alegaba que ella era el sostén económico de la pareja y que con el divorcio quedaba desprotegido.

—Se vengó atacándola en las redes sociales —resume Cestero. Todo eso ya lo han hablado.

—Pero su tren de vida contrasta totalmente con esa aparente falta de recursos —continúa Aitor. Consulta una nota en su móvil—. En el último año, Etcheverry ha compartido en Instagram sus viajes a Bahamas, París, Roma y Cuba.

Cestero pierde la mirada en la nada, pensativa.

—Ayer, cuando Miren me llamó para decirme que tenía algo que contarme, yo estaba con él.

Aitor no oculta su incredulidad.

—¿Con Etcheverry? Dime que no es verdad. Creía que te habías limitado a instalarle una baliza. ¿Pasaste a Francia a interrogar a un sospechoso?

—No es para tanto, Aitor. Crucé la muga sin arma, como una turista más. Él no se negó a hablar conmigo.

Su compañero sacude la cabeza.

—Es increíble que te pusieras en peligro de esa manera. Si ese tipo fuera el asesino que buscamos, podría haber acabado contigo fácilmente.

Las palabras de Aitor le recuerdan a Cestero otro detalle.

—¡El martillo! —exclama antes de explicar a su compañero la aparición del francés cuando estaba instalando la baliza de seguimiento bajo su vehículo.

—Qué casualidad... Un martillo para hacer frente a un posible intruso, una mujer asesinada a martillazos... Hay que solicitar ayuda a los de Tráfico inmediatamente —apunta Aitor.

—Sí, y también a la policía local de Hondarribia. Que revisen todas las cámaras. Nosotros subiremos a esa curva a echar un vistazo.

—Es aquí —anuncia Cestero cuando llegan a la curva donde la baliza ha registrado la presencia del coche de Etcheverry.

Se trata de un atajo asfaltado que trepa en escasos metros desde el puerto hasta la carretera principal del faro, que parte del centro del pueblo. El lugar elegido por el francés es el único ensanchamiento donde podría estacionarse un vehículo.

—¿Cuánto hemos tardado a pie desde el puerto? ¿Dos minutos? ¿Tres a lo sumo? Hay huellas de neumáticos en la gravilla —señala Aitor agachándose—. Con suerte podremos demostrar que su coche ha estado aquí.

—¿Adónde llevará? —inquiere la suboficial dirigiéndose a un sendero que nace en plena curva y se adentra entre árboles.

A pesar de que los helechos y las zarzas se empeñan en ocultarla en algunos tramos, la senda es evidente. Pierde rápidamente altura en dirección al mar. Después, cuando Cestero fantasea ya con un acceso no oficial al puerto, algo que hubiera permitido a Etcheverry asesinar a Miren esquivando la cámara de seguridad, recupera la altura sin titubeos.

—Le tendrías que haber instalado la baliza en el cogote. Así sabríamos adónde fue —comenta Aitor tras ella.

La suboficial estalla en una carcajada que alivia parte de la tensión acumulada.

El sendero traza algunas eses más, siempre entre árboles y maleza, y desemboca finalmente en un paraje que Cestero reconoce al instante: la cala de los Frailes.

Aitor se detiene a su lado.

—Es espectacular. Me dices que estamos en una isla griega y me lo creo. Salvo por el clima, claro —admite su compañero señalando la escala completa de grises que se despliega por el cielo, tan hermosa para una pintura como incómoda para la vida—. ¿Crees que Etcheverry ha venido aquí?

La suboficial arruga la nariz.

—¿Para qué? —inquiere más para sí misma que para su compañero. Sus ojos recorren la ensenada. Aparte de una piragüista y dos pescadores de caña en la punta que protege la cala de los embates del mar, no hay nadie.

—Yo tampoco lo veo claro —apunta Aitor—. Apostaría más por el puerto. El arranque del sendero en la curva podría no ser más que una casualidad. Quizá saltó la verja, tampoco se trata de una prisión de alta seguridad…

La mirada de Cestero sigue la piragua. Su color amarillo destaca sobre los tonos apagados de esa mañana. La remera no se da tregua; completa el giro a la punta, saluda con la mano a los pescadores y se pierde en dirección a Pasaia.

—No lo sé —reconoce—. Lo único que está claro es que en ese puerto han matado a martillazos a una mujer.

Un escalofrío recorre la espina dorsal de la suboficial. Eso es lo peor de todo. Miren ha sido asesinada. ¿Qué secreto se ha llevado consigo?

25

Miércoles, 11 de septiembre de 2019

Miren la observa desde el agua. Lo hace con esos ojos sangrientos que emergen de un cráneo desfigurado a martillazos. Las gaviotas se han abalanzado sobre ella. La sangre las ha atraído a ese inesperado despojo humano que alguien ha regalado al Cantábrico. El oleaje la mece con suavidad, una cunita infantil para un último descanso que ha llegado demasiado pronto.

Julia intenta apartar la vista de ese espectáculo grotesco. Sabe que la perseguirá durante varios días con sus noches. En momentos así siente que su trabajo carece de sentido. ¿Qué están haciendo tan mal para que se haya producido un nuevo crimen?

El neopreno todavía gotea. Julia lleva las manos a la espalda hasta dar con la cremallera. Le cuesta bajarla, como siempre. Quien decidió que los trajes de submarinismo se abrieran por detrás sería contorsionista.

—Una señora pregunta por vosotros —anuncia el ertzaina que custodia el cordón policial para que los curiosos no accedan a la zona portuaria—. Dice que trae unas fotos que estáis esperando.

Julia comprende que se trata de la propietaria del hotel. Esas fotos podrían suponer un importante impulso a la investigación.

—¿Te importaría pedírselas?

—Ya lo he hecho. Pero insiste en que solo se las entregará a la policía con la que habló —se excusa el uniformado.

—Pues déjale pasar. Yo ahora no puedo acompañarte —indica Julia mientras lucha para arrancarse esa segunda piel negra que la protegía bajo el agua.

El agente abandona la lonja y regresa acompañado instantes después. Los tacones de la visitante resuenan entre las paredes.

—Sí, era ella —anuncia al reconocer a Julia.

—Gracias por venir —le agradece la agente. Ha logrado desenfundarse el traje y atiende a la recién llegada en bañador y toalla.

—¿Es cierto lo que dicen de Miren? —inquiere Mari Carmen, la hotelera, mirando a su alrededor.

Julia no responde a su pregunta.

—Ha llegado la tarjeta de memoria, ¿verdad? —pregunta en su lugar.

—Sí. Acaba de traerla un mensajero —confirma entregándole un sobre—. He imaginado que os encontraría aquí, todo el pueblo habla de lo de Miren. Pobre mujer… ¿Cómo ha sido?

Cestero y Aitor aparecen por la puerta.

—¿Dónde estabais? —los saluda Julia, entregándoles el paquete. Ella necesita continuar vistiéndose—. Han llegado las fotos del hotel. Mari Carmen es…

—Su propietaria —se presenta la señora tendiéndoles la mano.

Aitor extrae de su mochila el ordenador y lo acomoda sobre unas redes. Cestero se apresura a retirar el precinto y le entrega la pequeña tarjeta a su compañero. Ninguno habla, los nervios son evidentes, tal vez ahí se encuentre la clave que permita resolver el caso.

De pronto un sinfín de imágenes se despliega en la pantalla, pequeñas ventanas asomadas a una vida ajena para los policías. Una mujer de pelo blanco y perpetuas gafas de sol es protagonista en muchas de ellas. Posando ante una playa, sonriendo junto a un cañón en el castillo donostiarra de Urgull, escanciando torpemente un vaso de sidra…

—¿No os sentís unos intrusos en sus vacaciones? —comenta Julia.

—Son unos clientes magníficos. Tratan muy bien al personal del hotel y regresan cada año. Buena gente —explica Mari Carmen.

Los ertzainas se giran hacia ella. Con las prisas han olvidado que seguía allí, ninguno se había molestado en despedirla. Cestero abre la boca. Va a pedirle que se vaya, pero en el último momento sacude la cabeza.

—Quédese ahí, por favor —indica haciéndole un gesto para que mire hacia el exterior—. Podríamos necesitarla.

—Aquí las tenemos —señala Aitor. Ha reconocido en las miniaturas las escenas del Alarde. Arrastra el cursor hasta ellas para ampliarlas—. Hay unas cuantas.

La primera de las imágenes no es una vista frontal, como esperaban, sino una toma de la parte más alta de la calle Mayor. La cabecera del desfile se aproxima desde la plaza de Armas. No contaban con eso y, sin embargo, saben que es completamente lógico. El fotógrafo no es una cámara estática, como la instalada en la tienda de enfrente, sino que puede dirigir el objetivo hacia uno u otro lugar. Tal vez no haya ninguna perspectiva que permita ver el rostro de quienes se encontraban justo frente a él.

—¡Ahí están! —exclama Julia cuando Aitor se detiene en la cuarta imagen.

Un hombre y algunas mujeres, los mismos a los que han visto de espaldas una y otra vez, sostienen la barrera de plástico negro. La siguiente instantánea no aporta nada. Recuerda a las que realizó la cámara de la tienda de productos selectos. Gente de espaldas con las manos alzadas y un fondo negro de intolerancia y odio. Han izado el plástico y no hay quien vea nada más allá. A partir de ahí, el caos.

No hay ni rastro de Etcheverry.

—Vuelve a la anterior —le pide la suboficial. El hombre tiene cara simpática, pero su boca abierta dice que grita. Increpa, seguramente. La mujer de su izquierda no separa los labios, aunque su gesto es de profundo desprecio. La tercera sostiene uno de esos carteles con el NO HEMOS VENIDO A VEROS que Cestero tanto ha leído en los últimos días. Pero ella no les interesa tanto. El agujero a través del que se asesinó a Camila fue realizado entre los dos primeros. La lógica apunta a que fue alguno de ellos dos quien no se conformó con insultarlas y fue mucho más lejos.

—Se los reconoce perfectamente —indica Aitor antes de dirigirse a Cestero—. ¿Qué quieres hacer? ¿Pedimos a la prensa que difunda la foto?

—No. En realidad no hay pruebas consistentes que los incriminen, solo su ubicación. No podemos señalarlos y convertirlos en culpables a ojos de la sociedad. —La suboficial se gira hacia la señora del hotel—. Mari Carmen, ¿sería tan amable de acercarse, por favor? Estamos buscando a estas personas como testigos, no como sospechosos. ¿Entendido? Lo que va a ver es confidencial. No quiero...

—Recuerde que soy propietaria de un hotel. Sé que ciertas cosas no deben salir de las cuatro paredes en que han sucedido... —la interrumpe secamente la mujer.

—¿Reconoce a alguna de estas personas? —inquiere Cestero.

Mari Carmen extrae del bolso una funda de pedrería de la que emergen unas gafas para ver de cerca. Estudia la pantalla durante unos segundos. Finalmente dirige el dedo hacia la mujer más cercana al orificio en el plástico.

—Ella es Arantxa. Arantxa Barriuso. Trabaja en la caja de ahorros. Es algo arisca, pero si le coges el punto se puede tratar con ella.

Julia intercambia una mirada con sus compañeros.

—¿Los demás no le suenan ni siquiera de vista? ¿Qué me dice del hombre?

La mujer observa la pantalla unos instantes. Después niega con la cabeza y devuelve las gafas a su funda.

—Lo siento.

—Muchas gracias. Ha sido usted de gran utilidad —indica Cestero—. Ni una palabra, por favor.

—Por supuesto —asegura Mari Carmen antes de despedirse.

La suboficial sabe que no será así. La experiencia le dice que ese tipo de noticias corre como la pólvora de una oreja a otra. En cuestión de minutos medio Hondarribia sabrá que Arantxa, la arisca de la caja de ahorros, es sospechosa de asesinato.

—Hay que hablar con ella antes de que le llegue por otro lado —les dice a sus compañeros—. Llamaré a Iñaki para que se acerque por el banco. A Izaguirre le gustará que lo saquemos de comisaría. —Después señala a Julia—. ¿Sabes algo de Iker, el de la tienda? ¿Adónde ha ido?

—A ningún sitio —responde Julia—. Me parece que le costará bucear durante una buena temporada. Lo he dejado con los de Vigilancia y Rescate. Estaban intentando animarlo. El pobre no había visto nunca un cadáver, y menos en un estado como el que ha aparecido Miren.

Minutos después Cestero está sentada en el muelle junto a Iker Mendiola. Las piernas de ambos cuelgan sobre la lámina de agua. Unos metros más allá, los ertzainas que han trabajado en el operativo de búsqueda recogen sus trastos y se cambian de ropa. Una furgoneta de la funeraria aguarda junto a la triste bolsa negra que protege el cadáver de la patrona asesinada. El juez llegará de un momento a otro para proceder a su levantamiento.

—¿Conoces a estas personas? —inquiere Cestero mostrándole su teléfono móvil.

El buzo entrecierra los párpados para tratar de vislumbrar algo a pesar de los brillos que la luz del día despierta en la pantalla.

—A él sí. Como para no conocerlo. Pregúntales a los del txakoli… Es Edorta Baroja. Menuda la que lio el año pasado. Destrozó a martillazos las botellas de la bodega submarina que los Ibargarai tienen en la bahía de los Frailes. Se montó una buena.

Cestero siente que se le acelera el pulso. Por fin tiene a su submarinista.

—No es lo que estás pensando —añade Iker. Sus ojos llorosos están clavados en el agua, turbia y rojiza a causa de las algas—.

Edorta Baroja no bucea. Aquello fue algo puntual. Una máscara, un tubo y el martillo. No precisó nada más. Con marea baja la jaula queda a solo un par de metros de la superficie. Cualquiera podría haberlo hecho.

—¿Nunca te ha comprado un cuchillo?

—Ese tío no ha entrado en mi tienda.

El optimismo de la suboficial se escurre a la misma velocidad que las gotas que se desprenden del cabello mojado del submarinista y empapan su camiseta.

—¿Y por qué realizó aquel sabotaje?

—Protestaba por la privatización del fondo marino. Asuntos de ecología. —Iker niega con gesto incrédulo—. Quizá no lo tenga claro ni él. Si hay alguna protesta en el pueblo, Edorta nunca anda lejos. No creo ni siquiera que le importe mucho el Alarde, pero si hay bulla…

—¿Es un movimiento popular o es cosa suya?

—¿Cuál?

—El contrario a la bodega bajo el agua —matiza Cestero.

—Cuatro gatos. Edorta y algún que otro envidioso. Yo no creo que algo así haga ningún mal. Tal vez la que instalaron en la desembocadura del río altere corrientes y sedimentos, pero en el cabo de Híguer no le veo problema. Al principio me opuse, pero a los aficionados al buceo nos ha regalado un nuevo hábitat para los peces. Se esconden en los laberintos de agua que se forman entre las botellas, es una nueva escollera. Hay más vida ahí abajo desde que instalaron las jaulas.

Cestero extrae una libreta del bolsillo.

—¿Edorta Baroja, has dicho? —pregunta retirando el tapón del bolígrafo.

—Sí. Trabaja en las marismas de Plaiaundi. Es ornitólogo.

La ertzaina asiente, satisfecha. La mañana ha comenzado de la peor manera posible, pero empieza a intuir avances en el caso.

—¿Y las mujeres? ¿Seguro que no te suena ninguna?

Iker devuelve la mirada a la foto. Por un momento, Cestero tiene la impresión de que se dispone a darle una respuesta positiva.

—Lo siento —dice en cambio—. Ni siquiera de vista. Por Bidasoa Scuba no han pasado, eso seguro.

—¿Seguro? ¿No me dijiste que eras incapaz de recordar a todos los clientes?

El buzo se encoge de hombros. Su mirada triste ha regresado a las aguas del puerto.

—Tienes buena memoria, ¿eh? —apunta—. Dejémoslo en que no se me hacen conocidas.

—Está bien. Si recuerdas algo, házmelo saber —indica Cestero antes de apoyarle una mano en el hombro—. Muchas gracias, Iker. Esta mañana has llevado a cabo una gran labor. Es complicado lo que has vivido, pero sin tu colaboración tal vez Miren siguiera ahí fuera, a merced de las gaviotas.

26

Miércoles, 11 de septiembre de 2019

—¿Por qué estaba usted allí?

Arantxa Barriuso observa a Iñaki con gesto escéptico.

—¿Porque me daba la gana? ¿Porque creo que es mi deber defender las tradiciones de mi pueblo? ¿Porque estoy harta de que la gente de fuera venga a decirme lo que tengo que hacer?

—Su tono es hiriente, su gesto, desafiante.

—¿Y cree que la forma de hacerlo es insultar a quienes desfilan en el Alarde Mixto?

—No te metas en eso… —protesta Cestero entre dientes.

—¿No piensas entrar? —le pregunta Julia.

Las dos ertzainas asisten a la conversación desde el otro lado del falso espejo.

—Quería ver cómo lo hace —explica Cestero— ¿No dice Izaguirre que es tan brillante? Pues se está luciendo, vaya un interrogatorio.

—¿Qué esperabas? Lleva toda su vida acompañando a políticos. No tiene ninguna experiencia en investigación.

—Justo lo que necesitábamos en un caso como el que nos ocupa… —lamenta Cestero.

Al otro lado del cristal, Iñaki ha comenzado a sudar. Se mira las manos, agita constantemente una pierna… Está más nervioso que la sospechosa.

—Entre la última foto sin agujero en el plástico y la primera tras el navajazo discurrieron treinta segundos —apunta el agente primero. Lo hace titubeante, como si no tuviera claro por dónde seguir—. Quizá viera usted a alguien acercándose a realizar el ataque para esfumarse a continuación.

—Eso, regálale tú la respuesta… —se queja Cestero. Ha visto suficiente—. Ven conmigo, Julia. Si dejamos esto en sus manos, lo echará a perder.

Las ertzainas abren la puerta de la sala de interrogatorios.

—Seguiremos nosotras —le indica Cestero a Iñaki, que abandona el lugar con gesto contrariado. Seguro que en un par de horas Izaguirre estará llamando para quejarse de que no permiten mostrar su potencial a su pupilo.

—¿Qué pretenden, volverme loca, igual que hacen en las series de polis? Primero uno, luego otras y así hasta que me derrumbe y confiese que maté a Kennedy —comenta la sospechosa con sarcasmo—. Pueden ahorrárselo, no soy ninguna asesina. Y todo esto se veía venir. Era cuestión de tiempo que sucediera. Quien juega con fuego acaba abrasándose.

—¿Tengo que interpretar eso como una justificación? —escupe la suboficial.

—Solo he dicho que se lo andaban buscando. No puedes estar provocando constantemente y esperar que eso no tenga consecuencias. Por mucho que mareen con sus estrategias de poli, no voy a confesar un asesinato.

La suboficial se gira hacia Julia invitándola a continuar con el interrogatorio. No merece la pena dedicar tiempo a contestar a esta mujer tan malcarada e impertinente. Su tono de voz es irritante. Le recuerda a aquel loro gris y rojo que llegó un día volando a casa de sus padres para huir meses después, cuando ella y su hermano ya se habían encariñado de él.

—La suboficial Cestero le ha preguntado por qué huyó usted cuando Camila fue apuñalada.

Arantxa abre las manos y muestra una mueca de condescendencia.

—¿Qué hubieran hecho ustedes? ¡Lo mismo! Era evidente que iban a culparnos a quienes estábamos viendo el desfile.

—Ocultándolo, más bien —corrige Cestero, consciente de que sus palabras no van a conseguir que cambie su opinión sobre el Alarde Mixto.

—¿Lo ve? —inquiere Arantxa dirigiéndose a Julia—. Para ustedes somos culpables. Solo defendemos la tradición... Ni siquiera están dispuestas a dejarme hablar. ¿Entienden ahora por qué salí corriendo cuando comprendí que algo iba mal?

Julia vuelve a señalar las instantáneas colocadas sobre la mesa de la sala de interrogatorios.

—En los treinta segundos que pasaron entre la primera y la segunda foto alguien asestó una puñalada mortal a través del plástico. Casualmente usted es la persona más cercana al agujero...

—Si en esas fotos no estoy apuñalando a nadie, ustedes no tienen ninguna prueba —sentencia la interrogada antes de señalar a Edorta Baroja—. ¿Y él, qué?

—¿Lo conoce? —pregunta Julia.

—Es ese de los pájaros, ¿no? Guarda forestal o algo parecido. No habré cruzado con él más de dos o tres palabras. Vive cerca del aeropuerto, no es de mi barrio.

Cestero y Julia intercambian una mirada. Demasiada presteza en negar cualquier relación con el ornitólogo.

—¿Qué ocurrió en ese medio minuto que no vemos? —Cestero ha retomado el interrogatorio.

—Pues que alguien se acercó adonde yo estaba y clavó un cuchillo a quienes desfilaban. Sin que yo pudiera verlo, claro.

—Y se esfumó antes de que la cámara volviera a disparar —apunta la suboficial con sarcasmo.

—Eso parece según esas fotos. No me lo estoy inventando yo —se defiende la mujer—. Su compañero también lo ha sugerido.

—Sí, sí, ya lo sé... ¿Y usted no vio nada?

—No.

—Tampoco oyó nada.

—Claro que oí. Los gritos que llegaron de repente del otro lado del plástico. Comprendí inmediatamente que algo iba muy mal. Fue espantoso.

—Tan espantoso que decidió huir de allí en lugar de prestar auxilio a quienes rogaban ayuda.

Arantxa baja la mirada.

—Los de fuera nunca podréis entenderlo.

La suboficial se pregunta quién habrá aleccionado a todo un pueblo para responder de la misma manera.

—¿Conocía a la fallecida? —pregunta, regresando al caso.

La mueca de desagrado de la interrogada no le pasa desapercibida.

—Poco. Tenía una tienda cerca de mi banco. No merecía morir, nadie lo merece, pero no seré yo quien la defienda. Todo el mundo en Hondarribia sabe que las anchoas en aceite que vendía a precio de oro ni siquiera eran del pueblo. Las compraba a una conservera de Santoña y las vendía como locales. Hay que tener muy poca vergüenza para hacer algo así. Por eso solo le compraban los turistas. Para mí que ese fue el motivo por el que se sumó al rollo del Alarde Mixto... Ya sabemos que esa pantomima entre la gente de fuera vende mucho.

—No le caía muy simpática —apunta Cestero.

—Yo no he dicho eso. Pero me alegro de que no le pasase nada a Maitane. Es muy buena chica y sus padres están sufriendo mucho por su culpa. Ojalá entre en razón y se deje de tonterías. Eso de andar todo el día concediendo entrevistas está haciendo mucho daño a la imagen de nuestro pueblo y acabará por pasarle factura. Que la gente tiene memoria...

La suboficial suspira. Están perdiendo el tiempo. No hay nada sólido que la incrimine, aparte de su proximidad al lugar del crimen.

—¿Dónde estaba esta mañana a eso de las seis? —interviene Julia.

—Pues en la cama. Puede preguntar a mi marido —replica

antes de torcer los labios—. Esto no tiene ningún sentido. Me parece increíble que se les pueda pasar por la cabeza que yo haya podido hacer algo así. ¿Qué pruebas tienen? ¿Que aparezco en una foto? —Su mirada viaja de una ertzaina a la otra con gesto incrédulo—. ¿Y a esto le llaman investigar?

Julia alza la mano para interrumpirla.

—Nadie le ha faltado al respeto. Haga el favor de…

—Esto es absurdo. ¿Puedo irme? Yo sí tengo un trabajo que atender y ustedes me están entreteniendo con sus fantasías.

—Ahí tiene la salida. —La suboficial señala la puerta con el mentón. Después se fuerza a no despedirla como le gustaría—. Gracias por habernos dedicado unos minutos.

27

Miércoles, 11 de septiembre de 2019

El centro de recepción de visitantes de las marismas de Plaiaundi está atestado de estudiantes. Son franceses y arman un revuelo considerable. Cada vez que alguno de ellos avista un ave a través de los prismáticos llama la atención del resto con aspavientos y gritos, muchos gritos. Y son constantes, porque el enorme ventanal está abierto a la laguna de agua dulce, la más poblada del espacio natural. Fochas, ánades y hasta algún cisne nadan en ella, y eso sin sumar a las gaviotas que se lanzan a robar los huevos de las demás especies aladas.

—Ahora voy. Un momento... —les ruega la mujer de rizos que atiende a los visitantes.

Cestero comienza a impacientarse. Es la tercera vez que se dirige a ellos y les pide paciencia.

—*Encore une mouette!*

—Sí, sí, otra gaviota... —responde la mujer—. Pero lo más interesante no son las gaviotas, sino el martín pescador que podréis ver en aquella rama.

El profesor que acompaña a los franceses les traduce lo que acaba de decir la empleada del centro, que continúa dando explicaciones a los adolescentes.

—Es increíble. Ni puñetero caso… —protesta Cestero dirigiéndose a Aitor, que asiente con gesto contrariado.

—Ya voy, ya voy. Un momento —insiste la otra, que ahora muestra a los estudiantes el funcionamiento de la cámara digital instalada en el centro de la laguna.

La suboficial no puede más.

—Es urgente —anuncia mientras le enseña la identificación policial igual que haría un árbitro con una tarjeta roja.

La mujer da un respingo.

—Disculpad. No sabía que erais policías. Pensaba que veníais a ver aves.

—Es culpa nuestra por no llevar uniforme —admite Cestero.

—¿Qué han hecho? —inquiere señalando a los estudiantes—. Lo siento, yo sola no puedo controlarlos a todos. Si sus profesores no…

La suboficial levanta la mano para interrumpirla.

—No es por ellos.

El gesto de alivio de la mujer es tan exagerado que resulta cómico.

—Menos mal. Es que ya no sé qué hacer… La semana pasada vinieron unos de San Sebastián y algunos se dedicaron a hacer el gamberro en el aparcamiento. Yo no puedo estar a todo. Los chavales ya no son como antes.

La suboficial vuelve a verse obligada a interrumpirla.

—Estamos buscando a Edorta Baroja.

—¡Ay, madre! ¿Qué le ha pasado? ¿Ha desaparecido? —De nuevo esa gesticulación tan teatral.

—Señora, la cámara no funciona —anuncia un muchacho que se ha acercado hasta ellos.

—Ahora voy. Explícaselo a tu profesor.

—Ya lo sabe. Dice que la avise a usted —insiste el estudiante.

—Enseguida voy.

—Pero no podemos ver la laguna…

Cestero se adelanta y apoya una mano en el hombro del chico.

—Te ha dicho que ahora irá.

—Sí, pero…

La suboficial suspira mientras intenta calmarse. De buena gana mandaría a la mierda a ese muchacho repeinado y lleno de granos, pero sabe que después llegaría la reprimenda de Aitor. Lo que no imagina es lo que está a punto de ocurrir:

—Fuera de aquí. Eres idiota, ¿o qué? —oye a su derecha. Es su compañero, rojo de ira y enseguida de vergüenza ante lo que acaba de hacer.

El joven recula. Cestero tarda unos instantes en recomponerse, no está acostumbrada a esas reacciones de Aitor, siempre tan sereno como un instructor de yoga. No sabe si reírse o preocuparse.

—¿Qué sabe de Edorta Baroja? ¿No trabaja aquí? —pregunta cuando logra centrarse en lo que los ha llevado a la reserva natural.

—Estaba aquí, conmigo, hace media hora —indica la mujer consultando el reloj que cuelga sobre el mostrador de recepción—. En cuanto ha visto en el aparcamiento el autocar de los franceses, se ha marchado. Siempre lo hace. Detesta los grupos de estudiantes.

—¿Sabe dónde podríamos encontrarlo?

—Estará de conteo.

—¿De qué?

—Contando aves. Es uno de nuestros cometidos y Edorta suele ocuparse casi a diario. Aquí se detienen muchas aves que después continúan su camino migratorio. Hay que apuntar cada pernocta, como si se tratara del registro de un hotel. Ayer, por ejemplo, tuvimos cuatro garzas reales y dos espátulas. Los petirrojos también han comenzado a regresar del norte.

—Señora, por favor. Los muchachos no pueden mover la cámara. Parece que no hay conexión. —Ahora es el profesor quien se ha acercado.

La mujer se gira hacia allí, después mira a los policías. Está claramente sobrepasada.

—Nosotros nos vamos —anuncia Cestero. También ella comienza a estar harta de la situación—. ¿Alguna pista de dónde podemos encontrar a Edorta?

—Mirad en el observatorio de la marisma de Txoritegi. Es su preferido.

—Me ha encantado tu reacción —se burla Cestero—. ¿Qué mosca te ha picado ahí dentro?

Aitor niega con la cabeza. No quiere hablar del tema.

—Casi te lo comes de un bocado —continúa la suboficial entre risas—. He llegado a pensar que era yo quien le había gritado.

—¿Quieres parar? —protesta su compañero sin dejar de avanzar por el sendero. El rubor de sus mejillas hace reír a Cestero. No lo había visto tan avergonzado desde el día que descubrió que estaba enamorado de Leire Altuna—. De tanto trabajar contigo se me está pegando tu mala leche.

—¿Mala leche? Ahora será culpa mía que el señor casi arranque la cabeza a un pobre chaval francés...

Avanzan por una senda de tierra encajonada entre dos marismas. Los gorjeos y reclamos de las aves se cuelan entre la vegetación para sumarse a la conversación. Tal vez se burlen también de Aitor o quizá solo protesten ante la profanación de su reino de agua y carrizos.

—Shhh. Por favor... Esto es una reserva natural —los regaña un hombre que se asoma de una caseta de madera.

—¿Edorta Baroja? —inquiere Cestero al reconocer al tipo de la fotografía del Alarde. Los prismáticos colgando de su cuello y la libreta que lleva en una mano tampoco dejan mucho lugar a dudas.

—Soy yo, sí. Pero baja la voz, por favor. Ahí mismo hay un nido de mosquitero musical con polluelos muy jóvenes.

La suboficial dirige la mirada a los fresnos que flanquean el camino, pero no alcanza a ver nada más que ramas y hojas que comienzan a amarillear. Parece que no ha nacido para ornitóloga.

—Somos ertzainas. ¿Podemos hablar con usted?

El rostro luminoso de Edorta, con sus ojillos pequeños y alegres, como los de un pájaro, se nubla. Sin embargo, antes de que se den cuenta se ha recuperado. Su sonrisa vuelve a parecer sincera.

—Por supuesto, y no se os ocurra tratarme de usted. Pasad aquí, por favor. No molestemos a las aves —indica entrando en la caseta de madera.

Cestero y Aitor le siguen. Se trata de un observatorio colgado sobre la marisma para poder espiar a las aves sin interferir en su hábitat. Un banco de madera junto a la ventana alargada permite a los ornitólogos sentarse a observar las idas y venidas de los animales.

—Aquí me paso las horas —confiesa Edorta invitándolos a tomar asiento. La lámina de agua, salpicada de pequeñas islas de vegetación y carrizales, se extiende frente a ellos—. Mirad qué maravilla. Está iniciándose la migración de otoño. Empieza la fiesta. Cada día recibimos visitas sorprendentes. Hoy tenemos un alcaudón dorsirrojo. A ver si puedo mostrároslo. —El ornitólogo se lleva los prismáticos a la cara y se asoma al ventanuco. Un canto suave y de tono descendente se cuela de pronto en la caseta. Edorta se gira hacia ellos y se lleva un dedo a la oreja. El murmullo que brota de un pequeño transistor apoyado en un extremo del banco ofrece su contrapunto al canto de las aves—. ¿Lo habéis oído? Es el mosquitero del que os hablaba. Es un pajarillo migratorio que rara vez anida por aquí. Por eso no quiero molestarlo.

—Nosotros tampoco queremos molestarte —se disculpa Cestero tendiendo hacia él la fotografía que tomó el turista francés—. Pero necesitamos que nos expliques esto.

El ornitólogo contempla la imagen. Al principio arruga la frente, como si no comprendiera. Después asiente.

—Soy yo en la calle Mayor durante el Alarde.

Lo dice tranquilo, sin titubeos ni justificaciones.

—¿Y qué ocurrió allí? —continúa Cestero.

—Que murió una mujer.

—Camila Etcheverry. Te voy a enseñar otra foto. ¿Qué ves ahora? —inquiere Cestero.

Edorta la toma en su mano y la observa. Después alza la mirada hacia la suboficial y se encoge de hombros.

—Es evidente, ¿no? Soy yo en el mismo lugar pero visto desde atrás.

Su tono comienza a ser menos amistoso.

—¡Bien! ¿Y ahora? —continúa Cestero.

La tercera foto hace apartar la vista al ornitólogo. La barrera de plástico negro ha caído al suelo. En el centro de la calle solo se ve confusión y caras de horror. No hay rastro de Edorta.

—¿Nos cuentas qué pasó entre una y otras? ¿Por qué saliste corriendo? —interviene Aitor.

El rostro afable de Edorta demuda en una mueca de preocupación. Una de sus manos viaja hasta su nuca para rascarla mientras exhala un suspiro.

—No sabía lo que ocurría. Oí gritos, vi sangre... Joder, me asusté y salí corriendo. Pensé que era un atentado yihadista. Se oyen tantas cosas últimamente...

—Hay algunas fotos más —anuncia Cestero tendiéndole una de ellas—. En esta acaba de producirse el ataque. ¿Qué me dices de este agujero que ha aparecido junto a ti en el plástico negro? ¿Sabes que coincide exactamente con la altura de la cadera de Camila? ¿Qué tienes que contarnos, Edorta?

El ornitólogo contempla la foto unos instantes.

Aitor no le deja tiempo a decir nada. Antes de que pueda defenderse le muestra la instantánea anterior.

—Tus manos ya no sostienen el plástico por el mismo lugar. Entre estas dos capturas han pasado treinta segundos, y en ese espacio de tiempo tus manos han cambiado de posición. No sé qué explicación vas a darnos, pero no lo tienes fácil para convencernos de tu inocencia.

—¡Sí! Acabo de recordarlo... —exclama de repente el ornitólogo—. ¿Veis ese pañuelo de papel en el suelo en la segunda foto? —Cestero asiente. No se había fijado hasta ese momento—. Es mío. Estornudé. ¡Solté el plástico para sonarme la nariz! Esa mujer que está a mi lado me ofreció el pañuelo —añade refiriéndose a Arantxa—. Después agarraría la barrera por otro lugar.

Cestero y Aitor cruzan una mirada de contrariedad. Edorta ha sido astuto. Tal vez haya visto el papel en el suelo y se haya inventado la excusa, pero ha contestado muy rápido.

—Debería pedirte que me expliques por qué un amante de la naturaleza y los animales se dedica a tirar basura en medio de la calle... —apunta Cestero mientras piensa por dónde seguir.

—Se me cayó. No era el mejor momento para recogerlo, pero no pensaba dejarlo ahí.

—Ya —comenta la suboficial con tono descreído—. Olvidemos esta parte. Lo que me preocupa es ese agujero. Lo abrió el arma que acabó con la vida de Camila y, casualmente, está a tu izquierda, al alcance de tu mano. Lástima que las fotos que tenemos no nos permitan ver el momento mismo del ataque. De lo contrario estoy segura de que te veríamos blandiendo el cuchillo que la mató.

—Ane... —le llama la atención Aitor.

—Te estás equivocando —apunta Edorta curvando los labios hacia abajo en un nuevo alarde de expresividad facial—. Solo participé en la protesta.

—¿Qué tienes en contra de que desfilen las mujeres?

—¡Nada! Pero estoy a favor de que los problemas del pueblo se diriman en el pueblo. Al Alarde Mixto llegan cada año autobuses repletos de gente de fuera que quiere imponernos sus reglas. Y eso por no hablar de los periodistas, que disfrutan echando mierda sobre nosotros cada septiembre... Ya es hora de que nos dejen gestionar nuestras cuitas.

—Hemos consultado tu ficha judicial. Tienes dos juicios pendientes. ¿Quieres contarnos tú mismo a qué se deben o prefieres que lo haga yo?

El ornitólogo se pone a la defensiva por primera vez desde que han entrado en el observatorio.

—¿Y eso qué tiene que ver con el crimen del Alarde? Son problemas de otro tipo.

—Eso tendremos que decidirlo nosotros —interviene Cestero—. ¿Por qué te denunció Ibargarai?

La mueca de asco que se adelanta a su respuesta anticipa por dónde irán sus palabras.

—Ese matrimonio es pura mafia. ¿Sabéis que hace años desecaron una marisma de gran valor ecológico para extender su viñedo? ¿Y cuál fue la multa? —inquiere golpeando su libreta con el dedo índice—. Ninguna. ¿Y ahora se atreven a denunciarme por el asunto de la bodega submarina? Son unos sinvergüenzas. La bahía de Txingudi es un espacio natural delicado. Esas jaulas de botellas cambian las corrientes. Son escolleras artificiales.

—¿Y se arregla a golpe de martillo?

—Eso es lo que dicen los Ibargarai. No tienen prueba alguna de que fuera yo quien rompió todas aquellas botellas —sentencia Edorta—. De lo que sí existen pruebas es de los cambios en la sedimentación que se están produciendo en nuestras marismas por culpa de sus vinos submarinos. Están destruyendo el equilibrio biológico de la zona. ¿Y quién lo pagará? Las aves, como siempre.

A Cestero no le sorprende ver a Aitor asintiendo lentamente. La naturaleza es siempre una de sus mayores preocupaciones. Y luego, en una de esas contradicciones inexplicables, lleva a su perro a desfilar en concursos de belleza de los que el animal difícilmente disfrutará. ¿Y esas locas coartadas de todo tipo que se inventa para que Leire no se entere de que está martirizando al pobre Antonius una vez más?

—¿No hubiera sido mejor denunciar la bodega submarina que emprenderla a martillazos contra el txakoli?

Edorta deja escapar una amarga risita nasal.

—¿Para qué? Eso es lo que hice con ellos cuando desecaron la marisma —explica señalando un caserío que se yergue en el extremo más alejado de la zona inundada—. ¿De qué me ha servido? Llevo tres años a la espera de que los juzguen. Mientras tanto continúan extendiendo sus viñedos. Los jueces van a un ritmo que no hay quien lo soporte.

Cestero solo puede darle la razón. A ella también le horroriza la lentitud de los procesos judiciales. Sin embargo no está allí para aplaudir las opiniones de un sospechoso.

—Quizá esa frustración te llevó a quemarles el barco —sugiere.

—No fui yo, pero no esperéis que sienta tristeza por ellos. Los Ibargarai no son buena gente. Se creen que por tener dinero y estar bien relacionados pueden saltarse las leyes que les venga en gana.

—¿Dónde te encontrabas cuando se produjo el sabotaje? —interviene Aitor.

—Aquí… O de camino a casa, probablemente. ¿A qué hora fue?

—Y hoy a primera hora de la mañana ¿dónde estabas? —le interrumpe Cestero.

—¿Cuando mataron a Miren?

—Sí, cuando alguien le destrozó la cabeza a martillazos, igual que hiciste tú con aquellas botellas de txakoli —matiza la suboficial.

—Estáis locos si creéis que soy capaz de algo así —lamenta Edorta con la mirada herida—. Estaba en las marismas de Jaizubia, sacando fotos de una espátula que paró anoche a descansar en nuestra zona. No es una visita muy frecuente… Fue a las siete de la mañana, ¿no?

—A las seis —le corrige Aitor—. ¿Hay alguien que pueda corroborarlo?

El ornitólogo se encoge de hombros mientras niega con la cabeza.

—Solo mi cámara. Joder, preguntad a la gente. No soy ningún machista y mucho menos un asesino. Colaboro en las fiestas del pueblo y echo una mano donde haga falta. He perdido ya la cuenta de todas las comidas populares que he organizado.

Cestero frunce el ceño.

—¿Qué tiene que ver una cosa con otra?

—Pues que a mí me duele más que a nadie lo que está ocurriendo. Hondarribia es mi pueblo y lo defenderé siempre. Es terrible toda esta locura. Me duele como si me hubiera ocurrido a mí mismo lo que les hicieron a Camila y a Miren. Y también lo de esta tarde. Nos estamos volviendo locos. Tantos periodistas criticándonos día y noche…

—¿Lo de esta tarde? —pregunta la suboficial, mirando a Aitor por si él sabe de qué está hablando.

Su compañero niega con un gesto.

—Sí, lo de esa mujer a la que ha matado su marido —aclara Edorta—. Y parece que lo había denunciado alguna vez. Ya veis… Las denuncias… Lo que os decía antes.

—¿Dónde ha sido eso? —interviene Aitor.

—Aquí. El tío la debe de haber matado y después se ha fugado. El cuerpo de la mujer no ha aparecido. Tampoco se sabe dónde está él. Vaya, eso es lo que ha dicho la radio —resume Edorta señalando el transistor. Después frunce el ceño—. Pero vosotros sois ertzainas, deberíais saberlo.

—Nosotros llevamos el caso del Alarde —aclara Cestero antes de volverse hacia Aitor—. ¿Tienes alguna otra pregunta?

Su compañero niega con la cabeza. Edorta sonríe, claramente aliviado.

—¿Os apetece echar un vistazo antes de iros? —les ofrece tendiendo hacia ellos los prismáticos.

—No —se adelanta Cestero. Teme que Aitor acepte la invitación—. Y no te vayas muy lejos. Me temo que tendremos que volver a hablar contigo.

—No pretendo irme de aquí. Esto es mi vida —sentencia Edorta señalando la marisma con la cabeza—. De todos modos, os he dicho todo lo que sé.

Cestero cruza una mirada con Aitor y le hace un gesto con la cabeza. Es hora de irse. Los trinos y gorjeos envuelven sus pasos conforme se alejan de la caseta de madera. También se oye el chapoteo de algún pez que salta al otro lado de los carrizales.

—¿Qué me dices? —pregunta la suboficial en cuanto se han alejado lo suficiente.

—Que no parece un mal tipo —reconoce Aitor.

—Estoy de acuerdo. Y por eso mismo vamos a ponerle seguimiento —anuncia Cestero—. Ese tío estaba allí cuando acuchillaron a Camila y parece que también le van los martillos. No tiene una coartada clara para ninguno de los sucesos de los últimos días y sí unos antecedentes dudosos. No, Aitor, no vamos a permitirle que nos confunda con sus pajaritos.

28

Miércoles, 11 de septiembre de 2019

Parece una estatua a la orilla del canal. De cuando en cuando da algunos pasos sigilosos, pero enseguida vuelve a detenerse agazapado. Las plantas que crecen en la orilla le permiten esconderse para espiar sin ser visto. El silencio en el que está sumido el barrio de Amute, a las afueras de Hondarribia, no le ayuda en su misión, pero será igual cada noche. Es el tiempo de las sombras silenciosas y la soledad del cazador. Solo el último avión del día, procedente de Madrid, ha quebrado la paz con el estruendo de su frenada. De eso hace ya varias horas y, poco a poco, las luces tras las ventanas se van extinguiendo.

Aitor consulta el reloj del salpicadero del coche. Las doce menos cuarto. Se le va a hacer larga la noche. Hasta las seis de la mañana, cuando llegará Julia a tomarle el relevo, tiene que intentar no dormirse. Su mirada recala en la ventana del comedor de Edorta Baroja. Es la última tras la que se ve luz en el edificio de cuatro alturas que flanquea el canal de Amute. El viejo Ford Fiesta del ornitólogo está aparcado junto al portal, a escasos diez metros del apostadero elegido por Aitor.

El móvil emite una vibración. Es un mensaje de Cestero. Quiere saber si hay novedades.

No, claro que no las hay. Y no las habrá, el ertzaina está seguro de que ese tipo tan apasionado de los pájaros no es culpable de lo sucedido en el Alarde. No parece que alguien con tanta sensibilidad hacia la naturaleza pueda esconder a un descerebrado capaz de liarse a cuchilladas. Aunque, pensándolo bien, tampoco parece compatible con estar detrás de los plásticos de la vergüenza... Tal vez tenga razón Cestero y tras su máscara de normalidad se oculte un personaje más siniestro.

El gato ha reanudado su camino. Da solo unos pasos antes de volver a detenerse junto al cauce. Parece que ha oído algo. Se agazapa en posición de ataque. Se hace un silencio que en un circo se llenaría con un redoble de tambores.

¡Zas!

El salto ha sido fugaz, pero no ha obrado el resultado esperado. El ratón ha pegado un respingo a ciegas y ahora lucha en el agua por mantenerse a flote. Aitor lleva la mano a la maneta de la puerta. No, no es buena idea. Edorta podría descubrirlo en plena operación de rescate.

La naturaleza es cruel. No hay nada que hacer.

El gato también lo siente así. Observa frustrado la que podría haber sido su cena. Tal vez tenga suerte y el angustiado animal consiga salir del canal para terminar en su barriga.

Sí, está claro que la naturaleza es cruel. Aunque el ser humano no se queda corto. Hace ya un buen rato que Aitor ha apagado la radio. La desaparición de esa mujer a manos, presuntamente, de su marido ha hecho aumentar la presión social en Hondarribia. Las críticas a la actuación policial son injustas, y más cuando la comisaría de Irun ha puesto a todos los agentes disponibles a peinar la comarca. ¿Que ahora ya es tarde? Probablemente, pero sin denuncia previa poco podrían haber hecho, y las dos que llegó a interponer la víctima fueron retiradas pocos días después.

Cuando el ertzaina alza de nuevo la vista, la última luz del edificio se ha apagado. Edorta Baroja se ha retirado a dormir. Ahora es cuando vendría bien la maldita baliza de seguimiento de

Cestero. En mala hora la regañó por haberla empleado. Tal vez los métodos de la responsable de la UHI no sean los más ortodoxos, pero evitan pérdidas de tiempo como la de esta noche.

La mirada de Aitor busca el ratón. El agua ya no se ve agitada. La pobre bestia habrá muerto ahogada. Los reproches por no haberlo salvado comienzan a torturarle cuando percibe movimiento con el rabillo del ojo.

—¿Adónde vas, Edorta? —masculla sintiendo que se despierta de repente.

El ornitólogo está junto a su portal. El pulso de Aitor se acelera al verlo girarse a ambos lados para comprobar si alguien anda cerca. Edorta extiende el brazo derecho. Su Ford le contesta guiñando los intermitentes. Después entra en el portal y regresa con algo que carga en el maletero, unos bultos que la distancia y la falta de luz impiden identificar.

Aitor marca el teléfono de Cestero.

—Joder, Ane… El tipo se mueve. Ha cogido el coche —anuncia en cuanto ella contesta al teléfono.

—Lo sabía. Síguele. Mantente lejos y con los faros apagados. Voy para allí. Envíame tu localización en tiempo real.

El Ford se interna entre los edificios del barrio. Aitor le deja margen. Entre esas casas durmientes podría despertar las sospechas del ornitólogo. Una vez en una vía principal habrá más vehículos entre los que pasar desapercibido.

—Vamos allá —se dice arrancando el motor.

Edorta conduce rápido. Su coche se incorpora a la carretera general en dirección a Donostia. Las luces de Hondarribia quedan inmediatamente atrás. No hay mucho tráfico en la recta del campo de golf, pero sí el suficiente para que el coche de Aitor no llame la atención del ornitólogo.

Solo han pasado unos minutos cuando el ertzaina pisa el freno. Edorta ha tomado un desvío. La señal junto a la carretera indica hacia Zaldunborda, una zona de colinas y caseríos en las faldas del monte Jaizkibel. No es el mejor lugar para seguir a alguien. A esas horas de la noche no habrá un alma por los caminos y la presencia de un coche detrás despertará las sospechas del ornitólogo. Tendrá que dejarle más ventaja.

Lo primero que aparece es un cementerio de coches, con sus esqueletos metálicos formando pilas que desafían la gravedad. La pista asfaltada discurre junto al muro que lo rodea. Del otro lado se intuye un arroyo, oculto en parte entre árboles de ribera. No hay rastro de Edorta. Aitor acelera. Tal vez le haya dejado demasiado margen. Sin embargo, no ha encontrado todavía ninguna bifurcación, solo puede haber seguido por ese camino.

No ha avanzado mucho más cuando reconoce las luces de posición del Fiesta al fondo de una recta. Son apenas unos instantes, porque el arbolado las devora enseguida. De pronto aparecen unos nuevos faros en escena. Es un vehículo que se dirige de frente hacia Aitor.

—¡Mierda! —protesta el ertzaina al reconocer el camión de la basura. Se ha detenido a recoger un contenedor y ocupa por completo la estrecha calzada.

Con un despliegue de luces y sonidos que se burlan de la noche, un mecanismo lateral eleva el contenedor por encima del remolque y lo vuelca con estrépito en su interior. Decenas de bolsas negras, azules y verdes caen en las fauces del monstruo rodado que las devora con fruición.

—Venga, hombre… —mascula Aitor golpeando el volante.

La maniobra todavía se dilata un tiempo, hasta que el conductor del camión se asegura de haber dejado todo en su sitio. Después arranca y continúa su camino sin girarse siquiera a saludar a Aitor cuando pasa junto a él.

—De nada —exclama el ertzaina pisando el acelerador.

Poco después sucede lo que se temía: el camino se bifurca. La decisión no es fácil. No se aprecia movimiento en ninguna de las dos alternativas y ambas parecen igual de válidas. Una corazonada le hace inclinarse por la vía de la izquierda. No existe ningún motivo de peso para decantarse por ella, pero tampoco para no hacerlo.

—Vamos, vamos… —se ruega en voz alta mientras gana velocidad entre prados protegidos por alambres de espino.

Un caserío dormido le sale al paso. El camino continúa más allá, ahora con peor firme: baches y más baches. Un paso por un puente estrecho y sin protección y vuelta a subir entre castaños. Al llegar al alto, la pista vuelve a dividirse. Esta vez es aún peor: las opciones entre las que elegir son tres. Aitor frena en seco y se lleva las manos a la cabeza. No hay rastro del ornitólogo. El maldito camión de la basura le ha hecho perderle la pista.

La melodía instrumental del Mediterráneo de Serrat se abre paso desde el asiento del copiloto. El ertzaina estira la mano y coge el móvil. Es Cestero.

—Lo he perdido —anuncia bajándose del coche. El frescor de la noche se agradece tras horas sin apearse del vehículo. Los músculos entumecidos protestan conforme van despertándose.

—No me jodas, Aitor... Estoy llegando. Acabo de pasar el desguace, pero un camión de basura me corta el paso. Tendría que haber venido en moto. Para una vez que cojo el coche... —protesta la suboficial—. Bueno, en cuanto el tío termine voy para allá. Juntos lo encontraremos.

—Esto es un laberinto. Puede haberse metido en cualquier sitio. Hay un montón de caseríos diseminados y cada cual tiene su propio camino... Va a ser difícil.

—Quizá haya descubierto que lo seguías y esté jugando contigo. ¿Sabes si existe alguna otra salida hacia la carretera general más adelante?

Aitor niega con un gesto. No lo sabe. También él se ha planteado esa posibilidad. ¿Y si esas colinas no fueran el destino de Edorta Baroja sino un mero punto de paso para despistar a un posible perseguidor? Tal vez ahora se encuentre de vuelta en la carretera y de camino a su destino real.

—Es imposible que supiera que iba tras él. Le he dado mucho margen. No puede haberme visto —apunta, aunque le hubiera gustado oírse a sí mismo más convencido.

El ruido del camión se cuela por el auricular.

—Ya está —celebra Cestero—. Voy para allá, Aitor. Llego en un minuto y nos dividimos. ¡Vamos a encontrar a ese cabrón!

El ertzaina deja caer el teléfono en el bolsillo. No guarda ninguna esperanza. Haría falta una comisaría entera para poder desplegarse por todos los caminos de ese laberinto de prados y bosques. Su mirada recorre la noche. La falta de luna impide vislumbrar gran cosa, pero se intuyen las formas de las colinas más cercanas. La oscuridad solo se ve rota por los destellos rojos que emiten las antenas de televisión, allá en las alturas del monte Jaizkibel. Ni siquiera los caseríos están dispuestos a colaborar para humanizar el paisaje. Duermen a la espera de que el gallo cante para inaugurar un nuevo día de vida campestre a las puertas mismas de la ciudad.

Aitor casi ha tirado la toalla cuando el ruido lejano de un motor hace renacer su esperanza. Es un coche, eso seguro, y se diría que llega desde el camino de la izquierda. ¿O viene de la colina de enfrente? Tal vez debería llevarse a Antonius a esas labores de vigilancia. Su perro labrador identificaría en el acto la procedencia del sonido. Y además le haría compañía.

Lejos de disminuir, la intensidad del motor aumenta. Conforme lo hace, Aitor comprende que no se trata del ornitólogo. Viene de su espalda.

Cestero frena en seco al llegar junto a él. El derrape dispara algunas piedrecillas hacia la pradera más cercana.

—¿Novedades? —pregunta apeándose del Clio.

—Qué va. Ni una luz, ni un puñetero ruido. O está agazapado en su coche por aquí cerca o circula ya demasiado lejos.

—¿Adónde se dirigirá a estas horas? Nadie sale de casa a las doce de la noche para ir de paseo —comenta con la mirada perdida en la oscuridad.

—¿Ni siquiera un ornitólogo? Vete a saber… Quizá estemos aquí volviéndonos locos y el tío esté sacando fotos a los cárabos de no sé qué hayedo perdido —aventura Aitor.

—Quizá —reconoce Cestero sin ningún énfasis.

Un silencio derrotado se instala en el cruce de caminos. Los grillos cantan en un intento vano por llenarlo. Apagado por la distancia, el traqueteo de un tren de mercancías que se encamina a la frontera completa la banda sonora de la noche. No hay nada más, solo la respiración de los dos ertzainas que aguardan alguna señal envueltos en la oscuridad.

—¿Qué hacemos? —La pregunta de Aitor queda flotando en el aire. Es difícil rendirse en un momento así, pero tampoco parece que puedan hacer mucho más. Sin embargo, una violenta llamarada les ofrece de pronto la respuesta. Hay algo ardiendo en la colina de enfrente.

29

Madrugada del jueves, 12 de septiembre de 2019

Los pinchazos son cada vez menos frecuentes. Si cuando despertó se trataba de un dolor continuo, como si un puñal le atravesara el cráneo de lado a lado, ahora es mayor el tiempo de tregua que el de sufrimiento. Llegan de repente, comienzan por el temporal derecho, justo encima de la oreja, y se extienden en forma de estremecimiento por toda la cabeza. Son apenas unos instantes, pero suficientes para hacerle desear la muerte. Después se extingue, de nuevo por la zona que ha comenzado, hasta regalarle un silencio que ahora se acerca al minuto. Lo mejor es que siguen un patrón reconocible y puede anticipar su llegada con escasos segundos de margen. Lo peor, en cambio, es la ansiedad que le genera la espera. Saber que el horror regresará en cuanto comience a agradecer el período de calma le resulta terrorífico.

Jamás pensó que se pudiera sentir tanto daño. Debe de haberle roto el cráneo con el golpe. ¿Con qué le pegaría? Solo recuerda que sufrió una explosión de dolor y todo se volvió negro.

Tiene sed. No sabe cuánto tiempo lleva ahí. ¿Días? ¿Horas? Suficiente en todo caso para notar la boca pastosa. A veces cree reconocer el sabor de la sangre en la poca saliva que brota bajo su lengua. Abre los ojos. La luz que se cuela por la pequeña ventana es escasa, casi inexistente. Es de noche. Por si fuera poco, todo está envuelto en una neblina. Las gafas se le caerían durante el ataque y sin ellas su sentido de la vista no vale mucho.

Tampoco lo necesita para saber dónde está. Con el olor es suficiente. Y sabe también, demasiado bien, el final que le espera. Los pinchazos de su cabeza no serán nada comparado con lo que tendrá que soportar.

30

Madrugada del jueves, 12 de septiembre de 2019

El coche de Cestero derrapa en cada curva. La gravilla suelta y el firme mojado no ayudan en absoluto al agarre de los neumáticos. Tampoco la certeza de que puede tener la resolución del caso del Alarde al alcance de los dedos. No piensa permitir que Edorta Baroja se le escape esa noche. Lo han pillado con las manos en la masa y ahora no habrá pajaritos que puedan disfrazarlo de inocente.

Una recta de apenas cien metros, aunque más larga que cualquiera de las anteriores, le permite marcar el teléfono de la comisaría. La señal de llamada le llega entrecortada. La cobertura en parajes tan accidentados acostumbra a jugar malas pasadas.

—Soy la suboficial Cestero —anuncia en cuanto una voz masculina le contesta al otro lado de la línea—. Se acaba de producir un sabotaje con fuego en el entorno de Zaldunborda. Enviad todas las unidades disponibles. Hay que cerrar las salidas de la zona. Operación jaula. ¡Podría tener relación con el asesino del Alarde!

El agente comienza a responderle algo, pero la llamada se corta. Cestero no tiene tiempo de repetirla. La siguiente curva está ya ahí. Si no llegan los refuerzos, tendrán que apañárselas solos. Porque lo que no piensa hacer es frenar y regalarle a Edorta tiempo de escapar.

Lástima no llevar encima su radio. En operativos como el que les ocupa permite una comunicación ágil y fluida. Con el teléfono, en cambio, todo es más complicado.

—¡Ya estás! —se anima a sí misma al ver que las llamas se encuentran muy cerca.

El bosque que cubre el fondo de la vaguada las oculta por un momento. El olor a quemado, sin embargo, es evidente. Y lo es aún más cuando el camino vuelve a trepar. Enfila la que parece la última rampa antes del incendio.

Cestero acelera aprovechando que las curvas no son tan cerradas. Su mirada recala de cuando en cuando en el espejo retrovisor. Los faros del coche de Aitor han dejado de colarse en él. Su compañero no conduce tan rápido como ella. Tal vez sea cosa de la edad, de esos más de diez años que le saca a la suboficial, pero no arriesga tanto en las curvas. En todo caso, Cestero está segura de que la decisión de acudir en dos vehículos es acertada. Así podrán desdoblarse si es necesario.

El bosque se abre sin previo aviso, el collado toma forma y el fuego se adueña del campo de visión. La suboficial no pierde ni un instante. Arrima el Clio al borde del camino y sale corriendo hacia las llamas. Se trata de una caseta de obra. Las ventanas vomitan lenguas de fuego que lamen la noche con la furia de un dragón. El olor a gasolina es evidente. Edorta la ha empleado para azuzar el incendio.

—¿Hola? —exclama formando una bocina con las manos. Lo más urgente es descartar que haya personas atrapadas—. ¿Hay alguien aquí?

La única respuesta que le llega es el crepitar de las llamas y los chasquidos que emite la estructura de metal al dilatarse. El calor es infernal, obliga a mantenerse a cierta distancia. El humo tampoco ayuda, es negro, pesado, y rasca en la garganta. Tiene que haber un montón de plástico ahí dentro.

—¿Dónde está? —oye a su espalda. Es Aitor. Trae consigo un pequeño extintor de mano que ni siquiera llega a emplear contra el fuego. Sería una hormiga contra un oso hormiguero.

Cestero sacude la cabeza. Allí no hay rastro del ornitólogo ni de su Ford Fiesta. Se ha escapado.

—Voy tras él. Tú asegúrate de que no haya víctimas —le ordena a Aitor.

—Toma —dice su compañero entregándole unas llaves—. Llévate mi coche. Lo he dejado detrás del tuyo y no podrás sacarlo.

La ertzaina arranca el Seat León de Aitor y acelera por el único camino que el sospechoso ha podido seguir. Ya están de nuevo aquí las curvas, los árboles y la oscuridad absoluta. El cuentakilómetros se aproxima a los ochenta por hora y el mal firme hace vibrar el volante.

—Suave… Aitor no te lo perdonaría —se ruega Cestero a sí misma.

Es inútil. Se conoce lo suficientemente bien para saber que con el sospechoso de dos crímenes al alcance del pedal no va a permitirse aflojar. Es una temeridad, por descontado, pero si fuera más prudente no sería ella.

El premio a su inconsciencia se dibuja enseguida entre los árboles. Son los pilotos traseros del coche de Edorta, no hay duda. No parece probable que haya nadie más circulando por esos caminos vecinales y a tales horas.

Las lucecitas rojas se encuentran cada vez más cerca. Cestero le pide un poco más al acelerador. El León salta al toparse con un badén, derrapa en una curva… Está ahí mismo. Cuarenta metros. ¿Treinta, quizá?

—¡Venga, venga! —masculla entre dientes.

Las ramas son más bajas ahora. Los faros del coche les hacen cobrar vida, igual que a los troncos nudosos cuyas sombras bailan al toparse con el haz de luz. Es una sensación extraña, como atravesar un túnel animado que marea y desorienta. No importa, solo un poco más.

¿Veinte metros? ¿Veinticinco? No habrá mucho más entre su coche y el de Edorta.

Una curva cerrada le roba por un instante la visión de los pilotos rojos. Cuando vuelve a verlos están aún más cerca, pero un halo los envuelve de pronto y termina por devorarlos.

Cestero resopla. Solo faltaba la niebla. En un primer momento trata de mantener la velocidad, pero el manto lechoso que se ha instalado en el fondo de esa vaguada le obliga a frenar. Apenas logra atisbar el trazado de la curva que salva un arroyo para volver a ascender. Los faros del coche que conduce se han convertido en su peor aliado. El haz de luz choca contra las partículas de agua en suspensión y las convierte en un muro blanco que no permite ver en la distancia.

—¡Mierda! —exclama probando a cambiar de largas a cortas y después a apagarlas por completo.

No hay manera de ver en condiciones. Tras varias pruebas con la manecilla, decide que las de cruce le brindan un resultado ligeramente más aceptable. Del ornitólogo ni rastro, por supuesto. Cestero acelera, pero la aguja del cuentakilómetros ha caído hasta los veinte por hora. Esto no es una persecución.

Conforme la carretera vecinal gana altura, la niebla comienza a disiparse. Unos pequeños puntos rojos toman forma pronto entre los árboles. La esperanza regresa al Seat de Aitor. Apenas unos segundos, porque la suboficial enseguida comprende que se trata de las antenas que coronan el monte Jaizkibel. La impotencia se traduce en una mayor velocidad, el acelerador se hunde bajo el peso de su pie.

Tiene que estar cerca. No puede haberlo perdido. Lo tenía a solo unos metros. Cestero le pide más al coche, la aguja traza un rápido arco ascendente, el motor ruge…

Y entonces ocurre el desastre. El socavón que sale a su encuentro no le permite reaccionar. Sin control, el coche choca contra uno de los árboles que jalonan el camino.

El crujido de la chapa y el sonido de los vidrios rotos llegan acompañados del bofetón que el airbag le propina a Cestero. De pronto todo es oscuridad. Oscuridad y lamentos del vehículo en forma de pérdidas de presión y goteos de líquidos varios.

La mano izquierda de la ertzaina palpa la puerta hasta que consigue tirar de la manecilla que la abre. El aire fresco de la noche le regala un soplo de vida. Liberarse del cinturón de seguridad le cuesta más, pero finalmente logra salir del coche.

—Sigues viva —se anima a sí misma tras un examen rápido. Se siente agarrotada, con todos los músculos en tensión y el cuello dolorido, pero nada que parezca grave. El coche de Aitor, en cambio, está destrozado.

Su mirada tarda todavía unos segundos en acostumbrarse a la falta de luz. La franja libre de árboles que ocupa el camino comienza a tomar forma. También la bifurcación a la que el León no ha conseguido llegar. Adivinar cuál de las dos opciones ha elegido Edorta no es fácil. Cestero se detiene en pleno cruce y trata de aguzar el oído.

Nada.

Los sonidos del accidente y el rumor del arroyo que salta cerca lo ocultan todo. Tal vez lo mejor sea olvidarse de la persecución por hoy. Poco puede hacer ella a pie contra alguien que se mueve en coche. Sus manos palpan los bolsillos. No, su teléfono no está ahí. Recuerda haberlo dejado sobre el asiento del copiloto. A saber adónde ha ido a parar con el choque. Necesita recuperarlo para informar a sus compañeros de su posición. Si no han llegado a bloquear todas las salidas de la zona, que centren sus esfuerzos en las más cercanas. No pueden permitir que el sospechoso escape.

Se dispone a regresar sobre sus pasos cuando un ruido llama su atención hacia el camino de la izquierda. Sus ojos tratan de vislumbrar algo en la negrura. Apenas logra identificar los troncos blancos de algunas hayas, pero la distancia los disuelve en la nada.

De pronto se hace de día. Una luz cegadora le golpea la cara y la obliga a cubrirse los ojos. Son los faros de un coche. Está muy cerca, a no más de cinco o seis pasos de ella. Las manos de Cestero vuelven a palpar su cuerpo. En esta ocasión lo que buscan es su arma reglamentaria. Sabe que no la lleva encima, pero el gesto brota de manera casi innata.

Retrocede. Una silueta negra se dibuja entre ella y la fuente de luz. Se está acercando.

—¿Estás herida? —Es la voz de Edorta Baroja.

Cestero da un paso atrás. El ornitólogo juega con ventaja dando la espalda a la luz.

—¡Atrás! ¡No te acerques!

Su orden no surte efecto. La silueta continúa aproximándose. Sus pasos resuenan en la gravilla como si fueran las cadenas que arrastra un fantasma.

—¿Te encuentras bien?

La ertzaina continúa reculando. Con tanta luz de cara no puede ver si se encuentra armado.

—Mis compañeros están en camino. Estás jodido, Edorta. Será mejor que te entregues.

El ornitólogo une ambas muñecas y tiende las manos hacia Cestero.

—No voy a matarte, joder. No soy un asesino.

La suboficial logra por fin salir del foco de luz y ver la escena con claridad.

Edorta Baroja no está armado. La expresión de su rostro es la de un hombre derrotado. Ya no es el ornitólogo que catalogaba aves hace unas horas en las marismas del Bidasoa.

No, solo es un hombre que acaba de comprender que el juego ha terminado.

Se está entregando.

31

Jueves, 12 de septiembre de 2019

En cuanto Cestero y su madre empujan la puerta del aula comprenden que la angustia que flota en el ambiente es distinta a la de la última vez. Las mujeres que hace unos días formaban un círculo ordenado en torno a Marta, la psicóloga que dirige el grupo de terapia, se encuentran hoy de pie junto a la ventana. No es que se asomen, no, solo están ahí. Algunas con las manos en la cara, otras con los hombros doblados hacia abajo, pero todas con el rostro arrasado por el dolor. En muchas miradas la ertzaina lee algo más: miedo. Y no uno cualquiera, sino ese terror paralizante que solo quien ha padecido maltrato por parte de un ser querido puede alcanzar a comprender.

—¿Os habéis enterado de lo de Carolina? —les pregunta Marta acercándose a recibirlas. Las lágrimas han extendido la sombra de ojos por sus mejillas.

Cestero contiene la respiración. Edorta, el transistor, la mujer asesinada por su marido... A pesar del cansancio de haber pasado buena parte de la noche en vela, su mente liga los cabos sin gran esfuerzo. La víspera, en las marismas, prefirió no profundizar en el tema para no permitir que sus sentimientos se desbordasen, pero ahora la realidad acude a golpearla con saña.

—¡La ha matado! —llora una de las mujeres, una pelirroja que en la anterior sesión no llegó a abrir la boca.

—No digas eso. Carolina ha desaparecido y su marido también. —La explicación de la psicóloga ratifica los temores de la ertzaina—. Me llamó ayer para decirme que temía por su vida. No pude contestar al teléfono porque me encontraba con una paciente. Me dejó un mensaje en el buzón de voz. No sé por qué me llamó a mí y no al cero dieciséis o a la policía...

—La mató y después él se borró del mapa. El muy cobarde se habrá suicidado —clama la misma mujer de antes. Su gesto es de furia, pero sobre todo de temor.

—Pobre Carolina. Tendría que haberse divorciado. No puedes seguir viviendo con alguien que te maltrata —replica Ariane, la joven del grupo—. Yo lo dejé con mi novio. Ahora intenta hacerme la vida imposible, pero al menos en mi casa estoy segura.

Cestero sabe que ha dado en el clavo. Lo peor de que su padre maltratara a su madre era la sensación de que su propia casa, el lugar donde tendría que haberse sabido segura, era el rincón más hostil de su mundo. Y no se trata de una percepción personal, sino de algo común en todas las víctimas de violencia machista.

—No os derrumbéis. Debemos tener esperanza. —Es Amalia. Su clase de meditación no se celebrará hoy. Su rostro también trasluce tristeza, pero parece creer en lo que dice: no todo está perdido—. Ninguna agresión debería quedar impune jamás. Ojalá Carolina hubiera plantado cara. Nosotras la habríamos ayudado. ¿Verdad, Ane?

La suboficial asiente. Le gusta el mensaje.

—Está muerta. Otra más —le reprocha la del pelo rojo—. A nadie le importa lo que nos suceda, no os engañéis. Somos números que engordan las estadísticas. Solo hay que ver lo que está ocurriendo en la zona: Camila, Miren, ahora nuestra Carolina... ¿De qué sirve denunciar si después nadie te ayuda?

—Ese es precisamente el mensaje que interesa a los maltratadores —interviene la moderadora—. Si creemos que nadie va a ayudarnos, jamás levantaremos el teléfono para pedir socorro. Y eso solo se traduce en mayor ventaja para ellos.

—Así es. Decenas de compañeros y compañeras míos están destinados a labores de protección de víctimas de violencia machista, dando lo mejor de sí mismos. No denunciar solo beneficia a quien maltrata, que puede seguir haciéndolo con total impunidad.

Amalia toma la palabra:

—No permitáis que esto os robe las ganas de luchar. No tiréis nunca la toalla. Y confiad en las instituciones, en la policía. Aunque a veces nos fallen.

—Siempre nos fallan —sentencia ahora Mari Feli—. Estamos solas en esto. Carolina lo sabía.

Ane apenas puede creer lo que está escuchando. Las duras palabras de su madre le han dolido como los peores desprecios de él, su padre. Traga saliva, le sabe amarga. La culpabilidad sacude sus cimientos igual que cuando era niña y no sabía cómo ayudarla.

—Eso no es así —la regaña Cestero. No puede permitir que sea su propia madre quien ponga palos en las ruedas de un mensaje tan importante—. La policía tiene que mejorar. Necesitamos medios y también formación, pero estamos avanzando mucho.

Marta, la psicóloga, abraza a las mujeres que la rodean, hoy más indefensas que de costumbre. También Amalia las reconforta como puede. Ane se fija en su mano apoyada suavemente sobre la espalda de Mari Feli, que rehúye la mirada de su hija. La terapia se ha convertido en la sala de duelos de un tanatorio.

La rabia inunda el pecho de Ane. Rabia contra sí misma. Todas vieron el ojo morado de Carolina y todas se limitaron a darle consejos que no la protegieron de su marido. Pero las demás no son policías como ella. Debería haber tomado medidas. Sin embargo, optó por respetar su decisión de no denunciar a su agresor, igual que hizo durante años con su madre. ¿Y si le hubiera sucedido algo así a ella? Sus mecanismos de autodefensa tratan de convencerla de que hizo lo que estaba en su mano. Insistió a la víctima en la necesidad de alejarse de su agresor, de no retirar las denuncias interpuestas contra él.

—Hice todo lo que pude —se repite una vez más en un susurro.

Pero sabe que no es así. Podría haberlo denunciado y ahora, tal vez, la mujer desaparecida siguiera allí con ellas.

32

Jueves, 12 de septiembre de 2019

El viñedo de los Ibargarai se ve radiante esa mañana. Las nubes, que llevan semanas de visita diaria a la bahía de Txingudi, se han decidido a dejar paso al sol. Las previsiones anuncian que solo serán unas horas de tregua y cuando sus noticias no son halagüeñas no acostumbran a equivocarse. Las hileras de viñas caen en cascada hacia las marismas de Jaizubia y Plaiaundi, espejos acuáticos de forma irregular que ocupan el fondo del valle. Desde las alturas las aves que Edorta Baroja suele catalogar no son más que puntitos blancos irreconocibles. El Bidasoa se abre camino allí abajo para formar la bahía de Txingudi, rodeada por los núcleos urbanos de Irun, Hendaia y Hondarribia. El efecto de la frontera es evidente. Del lado francés los edificios son de menor tamaño y no están tan amontonados, un urbanismo que, al menos desde arriba, resulta más amable.

Sin necesidad de que la vista vuele tan lejos, ocultos prácticamente por el emparrado que trepa hacia el cielo en busca de insolación para sus uvas, los vendimiadores van y vienen. Acarrean cestos repletos de fruta que vuelcan en grandes cajas que aguardan en el margen superior del viñedo. Allí, en medio del trajín propio del arranque de la vendimia, una mujer de aspecto hierático contempla el panorama y lo traslada a un lienzo con pinceladas cortas y precisas.

Julia se dirige a ella.

—Hay unos colores bonitos hoy —dice a modo de saludo.

Loli asiente sin soltar el pincel. El racimo de uvas que ocupa el primer plano continúa tomando vida con los movimientos de su mano.

—El inicio de la vendimia siempre es algo especial. Hay mucho trabajo para que este momento pueda llegar a darse. Hoy recogemos el fruto de muchos meses de paciencia. El sol es lo de menos, es mi mano la que homenajea el esfuerzo de una familia. Si yo no pongo amor en lo que estoy haciendo, poco importa que haga sol o llueva.

Eusebio Ibargarai se ha acercado al ver a la ertzaina junto a su mujer.

—Cuando Loli está creando no le gusta que la importunen. Seguro que yo puedo ayudarle. —El tono del empresario suena más a imposición que a oferta.

Su mujer no aguarda la respuesta de Julia.

—Tiene razón Eusebio. El tono de este racimo, los matices de estas hojas no serán iguales mañana. Ni siquiera dentro de unas horas. Por eso es importante que pueda plasmarlos ahora.

El pincel recala en la paleta para tomar un poco de verde. Después vuela de regreso al lienzo.

—Vengo a comunicarles la detención de un sospechoso: Edorta Baroja, me temo que su nombre les resultará familiar —anuncia Julia—. Tenemos motivos para creer que él incendió su pesquero.

Loli se vuelve hacia ella.

—Otra vez él…

—Ese tipo está loco, vive obsesionado con nosotros —lamenta su marido—. ¿Ha sido él también quien ha saboteado las obras de Zaldunborda?

Julia responde que sí.

—Madre mía… Primero nuestra bodega submarina, después el *Gure Poza* y ahora Zaldunborda —apunta Loli dejando el pincel y la paleta—. A ver si esta vez lo meten entre rejas una buena temporada y nos deja vivir. ¿También mató ese loco a Camila y Miren?

La ertzaina tiene la sensación de que se ha perdido algo.

—¿Tiene algo que ver Zaldunborda con ustedes?

—¿Zaldunborda? —inquiere el empresario alzando las cejas—. Es un secreto a voces que estoy metido en ese proyecto. No solo habrá tiendas en ese centro comercial. Los Ibargarai abriremos en él la mayor txakolindegi de esta zona. La mayor del mundo, en realidad. Es de locos oponerse a todo eso. ¿Se imagina cuánto trabajo y prosperidad traerá al municipio una instalación así? Pero claro, ya están los de siempre… Que si la ecología, que si el comercio local… Y Edorta Baroja con ellos, por supuesto. Si hay algo en lo que se pueda llevar la contraria a los Ibargarai, descuide, que ahí estará él, siempre en primera fila.

—Y ahora, por si fuera poco, ha pasado de los ataques materiales a los asesinatos —anuncia su mujer—. Si le digo la verdad, temo por mi vida. Ese loco está demostrando ser capaz de cualquier cosa.

—Hay algo que no encaja en ese razonamiento —señala Julia—. Quienes más han perdido estos días no han sido ustedes. ¿También ha asesinado a Camila y Miren para ir en su contra?

Eusebio Ibargarai guarda silencio. La ertzaina los ha desarmado con ese giro. Su mujer tampoco contesta. Recupera el pincel y regresa a su cuadro exhalando un profundo suspiro. Julia la estudia con el rabillo del ojo. La preocupación es evidente en ese rostro tan poco expresivo.

El empresario también ha reparado en ello.

—Iremos dentro. Aquí hace mucho calor —decide Ibargarai señalando la bodega—. Tú quédate pintando, amor. Que esto no te altere, bastante tienes con la inauguración.

Julia sigue al empresario. El portón que da paso a la zona donde la uva será prensada está abierto. Hay movimiento al otro lado, los operarios se afanan en prepararlo todo para recibir la fruta y comenzar a transformarla en mosto.

—Le agradezco el detalle de haber venido a comunicarnos lo de Edorta. Disculpe que no podamos atenderla como se merece, pero no son los días más sencillos en una bodega. La vendimia es un momento extremadamente delicado. Si algo saliera mal, el trabajo de todo el año podría echarse a perder. Y además están los preparativos de la fiesta que daremos el sábado…

Julia no entiende adónde quiere llegar con ese cambio de tono. Ibargarai no acostumbra a mostrarse tan atento con ellas.

La sala central del edificio los recibe con las luces apagadas. Las mesas se encuentran repartidas por todo el espacio. Copas, vasos, pilas de platos y cubiteras aguardan en perfecto orden a que dé comienzo la inauguración. Una larga cortina negra oculta las paredes de las que días atrás pendían los cuadros. Ibargarai se dirige a uno de los extremos y la retira en un movimiento solemne que habrán ensayado una y otra vez de cara a la fiesta del sábado. Después pulsa un interruptor y una luz cálida baña las obras, resaltando la sensación de profundidad. El encargado de la iluminación ha hecho un buen trabajo.

—El *Gure Poza* —señala el empresario deteniéndose ante los cuadros que muestran el pesquero que fue pasto de las llamas. Julia todavía no comprende adónde quiere llegar Ibargarai—. Me gustaría aclarar algo, agente… No queremos remover el asunto del incendio del barco. El seguro nos ha comunicado que se hará cargo. Cuanto menos ruido hagamos con este asunto creo que será mejor para todos. Si Edorta es acusado del incendio, será condenado a indemnizarnos. ¿Sabe qué sucederá? —Julia no responde. Cree que comienza a entender lo que le está pidiendo, pero jamás le ha ocurrido algo así—. Ese miserable se declarará insolvente y jamás veremos un euro. Si, en cambio, lo dejamos así, la aseguradora nos resarcirá por la pérdida. Sentimentalmente ha sido un golpe durísimo. Intentemos que al menos económicamente no resulte tan doloso para nosotros.

Julia lo observa con incredulidad.

—Nosotras nos limitamos a hacer bien nuestro trabajo —sentencia sin ofrecer opción a réplica—. Hay algo en lo que quizá pueda ayudarme: Biriatu.

—¿Qué pasa con Biriatu? —se oye a su espalda. Es Loli, se ha acercado sin que la oyeran.

—Amor… No hace falta… Me ocupo yo. Tú descansa, pinta, no te preocupes por estos temas.

—¿Cómo pretendes que me inspire en estas condiciones? —protesta con expresión lastimera. El papel de víctima se le da bien, decide Julia. Ya puede haber dos mujeres muertas, que quien merece todas las atenciones es ella porque no puede pintar.

—Se han producido tres sabotajes en los últimos días —explica la ertzaina—. Dos de ellos, el barco y Zaldunborda, podrían tenerlos a ustedes como objetivo. ¿Y el tercero? ¿Guardan algún tipo de relación con el caserío incendiado?

—¿Nosotros? No, por supuesto que no —zanja Loli categóricamente—. ¿No pertenecía a Camila Etcheverry? ¿Cómo pretende que tengamos algo que ver con él si esa mujer y nosotros pertenecemos prácticamente a mundos diferentes?

Julia se sorprende de la presteza con que ha respondido. Se diría que tiene un interés especial en desvincularse bien de la víctima del Alarde, bien de Biriatu. O quizá de ambos.

—Pues resulta extraño ese incendio sin conexión con los otros dos. ¿No les parece? —sugiere. Quiere volver a poner a prueba la reacción de la pintora.

—¿Hay algo que no lo sea cuando un loco anda haciendo la vida imposible a un matrimonio indefenso? —le discute Loli—. Edorta será el responsable de los fuegos que nos afectan a nosotros, pero no de ese otro.

—Podría ser —admite Julia.

—Podría ser, podría ser… —repite con desprecio la pintora antes de darle la espalda para regresar al viñedo—. Hagan de una vez su trabajo y protejan a la gente como nosotros en lugar de sembrar sospechas absurdas sobre nuestra honorabilidad. Y salga de aquí, por favor, no me gusta que nadie se pasee ante mis obras antes de la inauguración.

Julia se gira hacia su marido con gesto incrédulo. ¿Qué mosca le ha picado a esa mujer?

—Le ruego que no la presione más. Para ella el *Gure Poza* era muy importante. La pérdida la ha dejado muy tocada. No ha vuelto a ser la misma —la disculpa Ibargarai bajando la voz.

—Me da la impresión de que se trata de algo más que tristeza —señala Julia.

—No es fácil asumir que hay alguien capaz de destruir lo que más quieres solo por hacerte daño. ¿Hasta dónde va a llegar ese psicópata con tal de arruinarnos la vida? ¿Qué le hemos hecho nosotros? Podrá disfrazarlo de activismo ecológico, pero lo único que le mueve es la envidia porque nos va bien —dice Ibargarai con tono hastiado. Después señala la puerta con un movimiento de cabeza—. Me temo que voy a tener que disculparme, no puedo dedicarle más tiempo. Debería dejarme ver por el viñedo. Hay catorce personas trabajando ahí fuera para que la vendimia sea un éxito. Un rebaño sin pastor…

—Claro —admite Julia acompañándolo al exterior.

Los rayos de sol la fuerzan a entrecerrar los ojos al traspasar el umbral.

—¡Cuidado! —le advierte un hombre que empuja una carretilla cargada de uva.

La ertzaina da un salto atrás justo a tiempo de evitar que le pase por encima de los pies.

—No es el mejor día para andar de paseo por aquí —comenta el bodeguero.

Julia frena en el último momento el impulso de replicarle de malas maneras. ¿De verdad llama paseo a investigar los crímenes que han sacudido Hondarribia en la última semana?

—¿Qué hace por aquí la ertzaina surfista? —oye a su derecha. Se trata de Didier, claro. Llega con unos racimos de uvas para analizar el contenido de azúcar—. Huy, vaya cara… ¿Estás enfadada?

—No.

—Pues menos mal —se burla el francés—. Te he visto esta mañana desde la ventana. No lo haces mal del todo, has cogido un par de olas de las buenas.

—Oh, gracias, qué honor viniendo del mejor surfista de Hendaia —bromea Julia.

—Lo sé, lo sé —reconoce Didier con falso boato—. ¿Qué? ¿Cuándo salimos juntos a coger unas olas? A este paso te volverás a Mundaka y…

La ertzaina reprime el impulso de decirle que ahora mismo, que envía a la mierda a esos estirados de los Ibargarai y se van a surfear. A surfear y a lo que caiga después.

—Mañana es viernes —comenta en cambio fingiendo un desinterés que hace reír a Didier—. Teníamos pendiente una nocturna en Hossegor, ¿no?

El francés aprieta el puño en un gesto de victoria.

—¿Mañana, entonces? Te recojo en casa de Madrazo por la tarde. Dormiremos en mi furgoneta.

Julia lo observa alejarse y sonríe por un momento al pensar en Cestero. Si estuviera allí, comentaría lo bueno que está. La verdad es que no es para menos. Después busca a Eusebio Ibargarai. Está dando órdenes a unos temporeros. Algo más allá, de vuelta en su caballete, Loli continúa con su pintura.

Nada parece diferente de cuando ha llegado hace apenas treinta minutos. Sin embargo, tiene la impresión de que todo ha cambiado.

33

Jueves, 12 de septiembre de 2019

La caseta de obra está completamente calcinada. Tal vez la estructura haya aguantado las llamas, pero la chapa está negra y deformada en algunos puntos. El vidrio de las ventanas tampoco se encuentra en su sitio. El calor lo haría estallar y aparece disperso por el suelo en muchos metros a la redonda. Algunos fragmentos salpican la maquinaria que descansa cerca y que también parece haber sufrido daños, aunque serán los peritos quienes determinen su alcance. A Cestero poco le importa. Con dos mujeres asesinadas las pérdidas económicas que puedan estar causando los sabotajes de los últimos días pasan a un segundo o tercer plano.

ZALDUNBORDA EZ

La pintada cubre por completo un panel con el logotipo de una empresa constructora. Es de un furioso color rojo, igual que la aparecida en el puerto reivindicando el asesinato de Miren.

Algunas personas que viven en los caseríos cercanos se han acercado a curiosear. El perímetro policial, establecido a un centenar de metros del lugar del incendio, las retiene a una distancia que la suboficial agradece especialmente esa mañana. La prensa también queda tras la línea que han trazado, aunque la abundancia de caminos y la orografía ondulada se alían con los cámaras de televisión para ofrecerles perspectivas lejanas de lo sucedido.

Cestero recorre cabizbaja el lugar arrasado por el sabotaje de Edorta Baroja. El barro, fruto de litros y litros de agua empleados por los bomberos para sofocar el fuego, se le aferra a las suelas. No puede dejar de pensar en Carolina. Su nombre se perderá, absorbido por la monstruosa cifra de mujeres asesinadas cada año. Sin embargo, para Ane, será siempre la dolorosa constatación de un error imperdonable.

El sonido de un coche que se aproxima la lleva de vuelta a las colinas de Zaldunborda. Se trata del Audi de Iñaki Sáez. Se ha detenido en el acceso a la obra, junto al Clio de la suboficial. No llega solo; Aitor se apea también del vehículo.

—Así que solo reconoce la autoría de este incendio —apunta la suboficial en cuanto llegan junto a ella.

Aitor asiente. Las ojeras le otorgan un aspecto cansado. Tampoco él habrá dormido más de dos o tres horas esa noche. Los trámites de la detención de Edorta se alargaron hasta bien entrada la madrugada. Además, se ha despertado a primera hora para tomar declaración al ornitólogo mientras Cestero acompañaba a su madre a terapia.

—Insiste en que él no es ningún asesino. Está hundido, no parece el hombre que conocimos ayer en las marismas. Confiesa el sabotaje de anoche y dice luchar en defensa del medio ambiente, pero ser incapaz de hacer daño a una mosca.

—A una mosca tal vez no, pero sí a una mujer. Aunque regresó anoche para ayudarme después del accidente en lugar de aprovechar la ocasión para huir... No obstante, lo tenemos en la escena del crimen del Alarde y ahora incendiando todo esto —resume Cestero con un gesto que abarca la caseta y la herramienta pesada—. Demasiadas casualidades teniendo en cuenta que son varios los incendios relacionados con el caso.

—Eso es innegable —reconoce Aitor—. Y, sin embargo, no podemos acusarle de la muerte de Miren. Su compañera, esa a la que estresaban los estudiantes franceses, corrobora su coartada: Edorta Baroja estuvo desde antes de las seis de la mañana en las marismas. Las fotos de su cámara muestran a la espátula desde antes de que el amanecer tiñera de rojo el horizonte.

—Nadie nos asegura que no alterase el registro de la tarjeta para que esas fotografías parecieran tomadas ayer —objeta Cestero.

—Lo he pensado —confiesa Aitor—. Pero parece que la espátula estaba anillada y solo pernoctó en la zona entre el martes y el miércoles.

La suboficial comprende lo que eso significa.

—Es evidente que hay elementos que no encajan —reconoce—. También tenemos unos incendios difíciles de relacionar entre sí. Si admitimos las sospechas de los Ibargarai de que Edorta va a por ellos, no veo encaje al incendio de Biriatu. Si, por el contrario, buscamos la relación con las víctimas mortales, se nos queda suelto el de esta noche. El caserío y Camila están obviamente conectados, el barco pudo ser confundido con el de Miren... Pero ¿esta obra? ¿Con quién podemos relacionarla?

—¿Y si está tratando de despistarnos? —propone Iñaki.

Cestero tuerce el gesto. No le convence.

Aitor tiene algún dato más:

—He hecho algunas consultas para descartar que estemos ante un nuevo ataque machista. Tanto el jefe de obra como el gerente de la empresa promotora son hombres. No hay mujeres en planos destacados del proyecto... Aquí se va a construir un inmenso centro comercial destinado especialmente al público francés. Este paraje natural va a ser convertido en un falso pueblo de cartón piedra donde cada marca tendrá su propia casita. —Su mano señala las colinas de alrededor, del color verde vivo de la hierba fresca. Hay ovejas aquí y allá. Sus esquilas tratan sin éxito de alegrar la mañana. El cencerro de alguna vaca oculta tras un bosquete de castaños introduce una nota grave, discordante—. Edorta Baroja asegura que su única motivación ha sido la ecología, la intención de salvar lo que para muchos es un pequeño paraíso.

Cestero recuerda los carteles contrarios al proyecto de Zaldunborda que ha visto en numerosos comercios de Hondarribia. Hasta esa mañana no ha comprendido a qué se referían.

—¿Y por qué justo ahora?

—Se lo hemos preguntado, ¿verdad? —Aitor cede la palabra a Iñaki.

—Sí, jefa. Bien visto. El detenido reconoce que ha querido resucitar el movimiento contrario al centro comercial.

—Acusa a la promotora de haber comenzado a talar árboles aprovechando que la alarma social ha desviado el foco hacia los crímenes del Alarde —añade Aitor.

Cestero se fija en las decenas de troncos apilados junto a la maquinaria pesada. Parece que el detenido lleva razón en ese punto.

—¿Cómo lo ves? —inquiere mirando a Aitor—. ¿Crees que dice la verdad?

Su compañero asiente con la mirada fija en la caseta quemada.

—Encaja con el tipo de ataque que realizó contra la bodega submarina y por el que los Ibargarai lo denunciaron.

—Eso lo hemos deducido los dos juntos mientras veníamos en coche —añade Iñaki en un intento de no quedarse fuera de la conversación.

Cestero suspira. Si es así, vuelven a estar en un punto muerto.

—¿Descartamos que sea el asesino que buscamos?

—Si no lo tuviéramos en la foto del Alarde, lo descartaría por completo —reconoce Aitor.

Iñaki opta por no abrir la boca. A cambio se aleja unos pasos para atender una llamada.

—Es el oficial Izaguirre —anuncia antes de irse.

—Que pase a disposición judicial —decide la suboficial sin prestarle atención—. Ya puede ir preparando un buen puñado de euros para la fianza si no quiere acabar en prisión provisional. Dos mil o tres mil ya le caerán por este sabotaje. Y no creo que desde la celda pueda ver a sus queridas cotorritas patilargas. Las cosas no se solucionan ni reventando botellas a martillazos ni prendiendo fuego al trabajo de otros.

—¿No quieres interrogarlo personalmente? —Aitor parece extrañado.

—Estoy segura de que lo has hecho perfectamente —apunta Cestero. Esa mañana no se siente con fuerzas para sentarse frente al ornitólogo. En ningún caso lograría hacerlo mejor que su compañero.

—Gracias —dice Aitor antes de dirigir una mirada entristecida al entorno idílico que los rodea—. ¿A quién se le ocurre cubrir todo esto de hormigón para convertirlo en superficie comercial?

Cestero suspira con la mirada fija en un arroyo que se abre camino entre rocas cubiertas de musgo.

Su compañero la observa con el ceño fruncido.

—Ane... ¿Estás bien? Te veo extraña.

Cestero se muerde el labio.

—Solo es cansancio. Tú también debes de estar hecho polvo. ¿Has dormido algo?

—Sé que evitas contarme algo —apunta Aitor—. ¿Va todo bien con tu madre?

La suboficial toma aire. El olor a quemado alcanza todos los rincones de sus pulmones. Las leves pinceladas a hierba fresca no logran contagiarle su vitalidad.

—Estoy decepcionada conmigo misma.

—¿Por lo del coche? ¡Venga ya! No te preocupes. El seguro se hará cargo. No es nada. Aunque tendrás que hacerme de chófer unos días.

—Cuenta con ello, aunque prepárate para ir en moto... Pero sí, hay algo más —confiesa antes de explicarle lo sucedido con Carolina.

—Ane, la culpa no es tuya. Ni de ella. Es de ese tipo —trata de consolarla Aitor.

—No es verdad. Nos pasamos el día pidiendo a todo el mundo que llamen al cero dieciséis si sospechan de algún maltrato. Yo vi ese ojo morado, Aitor. ¡Lo tuve delante! ¿Y qué hice? Optar por creerme su versión. Pero no me la creí, por supuesto que no. Sin embargo, salí de aquel instituto y lo borré de mi mente.

—Es normal, Ane. ¿Sabes a cuánta presión estamos sometidos estos días? Joder, que somos cuatro y llevamos un caso con dos asesinatos y un montón de periodistas dando por saco día y noche.

—Tres y medio —le corrige Cestero.

—¿Cómo?

—Que somos tres y medio —repite dirigiendo la mirada a Iñaki, que continúa con su teléfono junto a la pila de árboles talados.

Aitor se encoge de hombros.

—Pues más a mi favor. Deja de fustigarte, anda.

—Lo intentaré.

Iñaki ha terminado. Regresa hacia ellos con la cabeza muy alta y expresión misteriosa. Cestero comprende que espera que le pregunten por el oficial. No piensa hacerlo, se la trae al pairo lo que quiera su superior esa mañana.

—Era Izaguirre —explica Iñaki al ver que no se interesan por sus noticias.

—Ya lo has dicho antes —responde Cestero.

El bilbaíno no se viene abajo por el desprecio. Hace como que no lo ha captado. O quizá no lo haya hecho. Trata de mantener la tensión unos instantes. Silencio, miradas intensas a sus compañeros, la sonrisa de quien guarda un secreto que le brinda un poder incontestable… Finalmente el patético repicar de tambores cesa.

—Nos felicita. Ha convocado una rueda de prensa para comunicar la detención de Edorta Baroja, el asesino del Alarde.

34

Jueves, 12 de septiembre de 2019

La mano de Madrazo remolonea sobre el cuaderno. Las ideas se agolpan, luchan por encontrar su espacio en el papel, pero se atragantan a la altura de su muñeca. Su mirada abandona las hojas repletas de letras tachadas una y otra vez para recalar de nuevo en la peregrina que apoya su espalda en la pared de enfrente. La joven parece gozar de mayor inspiración que él. Ajena a todo, continúa con su acuarela. Sus ojos azules bailan del papel al campanario de la iglesia que reproduce su pincel. Hay entusiasmo en ellos, como siempre que se pone a dibujar al terminar la etapa.

Madrazo lleva varios días coincidiendo con ella. Es de California. Sus pinturas son hermosas. Ojalá él pudiera pintar solo la mitad de bien. Aunque ahora lo que necesita es escribir, expresar con palabras la emoción que ella dibuja con sus pinceles.

Tal vez todo eso no sea sino una locura, un sinsentido al que lo ha arrastrado su sentimentalismo. El banco de hierro con publicidad de la caja de ahorros se le clava en la espalda, como si pretendiera amplificar su sensación de encontrarse en plena penitencia. Y probablemente para nada. Si por lo menos se sintiera mejor escribiendo esas líneas… Cuantas más letras plasma en el papel, mayor es su temor a que las cosas no salgan como a él le gustaría.

—¿Qué hago aquí? Debería regresar —lamenta dejando el cuaderno en el banco. Con todo lo que está ocurriendo en Hondarribia no debería seguir perdiendo el tiempo a cientos de kilómetros de distancia.

—*Sorry?* —se interesa la pintora.

Madrazo sacude la cabeza y esboza una sonrisa de circunstancias.

—*Nothing...* Hablaba solo.

—¡Ay, hijo! Yo hablo sola tantas veces... —No es la americana quien lo dice. No, ella ha regresado a su arte. Es una anciana que está unos metros más allá, sentada en una silla de madera a la puerta de su casa. Sus manos sostienen una aguja de ganchillo y una labor de la que pende un ovillo de lana.

El ertzaina abre la boca para contestar algo de cortesía, pero vuelve a cerrarla. Intuye que cualquier palabra podría ser interpretada como una invitación a conversar, y eso es lo último que precisa en ese momento.

La carta, tiene que centrarse en la carta:

> Aquello que nos unió para siempre parece un recuerdo borroso del que solo quedan algunas fotografías envejecidas, sepultadas por los años. Ha pasado mucho tiempo, pero no he conseguido olvidarlo. Sé que tú tampoco. ¿Cómo dejar atrás algo así? Dar este paso ha sido muy difícil para mí, pero siento que ha llegado el momento de hacerlo. Y aunque temo que mis palabras no sean bien recibidas, no puedo seguir guardándolas solo para mí.

Madrazo relee lo que acaba de escribir antes de tacharlo todo. Comienza a ser consciente de que por mucho que lo intente jamás logrará expresar lo que siente.

—Hola —saluda con acento anglosajón un tercer peregrino. Llega con su mochila a la espalda, sudado y con los calcetines cubiertos de polvo tras horas de caminata por pistas agrarias. Cojea ligeramente. Las ampollas o alguna leve tendinitis, como casi todos.

—Hola —le corresponde Madrazo antes de señalarle la puerta entreabierta del albergue, un edificio sencillo de dos alturas que se asoma a la plazuela—. Todavía quedan camas.

El caminante le da las gracias y se dirige hacia allí, no sin antes asomarse a la acuarela de la californiana y felicitarla por su trabajo. El bolígrafo del ertzaina vuelve a garabatear algunas palabras sobre el cuaderno. Las lee. No le convencen, está a punto de tacharlas pero en el último momento las indulta.

—Hace calor hoy —saluda una nueva voz. Esta vez es un viejo con los pantalones hasta los sobacos. Llega a la plazuela apoyado en un bastón. Sus pasitos son cortos, pero eficaces. Para cuando Madrazo quiere darse cuenta lo tiene sentado en el banco, a su lado—. ¿Qué se cuentan hoy los peregrinos?

—Que hablan solos —apunta la mujer de la silla.

El ganchillo es claramente un señuelo, todavía no ha dado ni una puntada.

El hombre suelta algo parecido a una risotada. Las lentes de sus gafas son tan gruesas que se le ven unos ojillos ridículamente pequeños.

—¿Y quién no? Así nadie te discute.

Madrazo cruza una mirada con la pintora, que se encoge de hombros con una mueca simpática. No debe de estar entendiendo nada.

—«Y aunque temo que mis palabras no sean bien recibidas»… —lee en voz alta el viejo husmeando en el cuaderno del policía—. ¿Me permite darle un consejo?

—¿Cómo? Eh… Bueno, sí, usted dirá —responde el ertzaina, apartando incómodo su escrito.

—Déjelo. No se vuelva loco. Si no tiene valor para disculparse a la cara, no se ande con historias. Por escrito jamás conseguirá que ella le perdone.

La vergüenza toma forma de calor en las mejillas del policía. Se siente desnudo. ¿Quién le ha dado permiso a ese hombre para meter sus narices en sus apuntes? El anciano, sin embargo, no se siente desautorizado por la decisión de Madrazo de cerrar el cuaderno.

—Además, las mujeres no perdonan. De nada sirve que se disculpe usted mil veces. Si ella ha decidido dejarlo, no volverá con usted —añade con esa seguridad en las palabras propias que solo otorga la edad.

El policía duda. ¿Qué se supone que tiene que hacer ahora, darle la razón o sacarle de su error? Cualquiera de las dos opciones parece mala. El viejo no se moverá de su lado. Adiós a la carta, ha elegido el lugar y el momento equivocados.

La mujer del ganchillo rezonga algo incomprensible.

—No te quejes, no, que bien sabes que tengo razón —se le encara el compañero de banco de Madrazo.

—Dios me libre a mí de abrir la boca —protesta la anciana—. Y no seas tan exagerado, si el perdón es sincero claro que perdonamos.

El ertzaina suspira y se recuesta en el respaldo. El reloj del campanario marca una hora demasiado temprana. Ojalá fuera ya hora de retirarse a dormir.

35

Jueves, 12 de septiembre de 2019

El sirimiri convierte los torreones del castillo de Abadia en espejos que reflejan las luces azules de los coches patrulla. Una gaviota ha encontrado un otero privilegiado en lo alto de uno de los tejados cónicos que los coronan. Otras muchas vuelan en un cielo negro donde, a pesar de la lluvia, brillan algunas estrellas. De no ser por el baile de gendarmes arriba y abajo, se diría que se trata de la representación de un cuento infantil de princesas.

El juez de guardia en el lado francés ha accedido a emitir una orden urgente de registro tras comprobar que varias cámaras de tráfico sitúan a Etcheverry muy cerca del lugar del crimen de Miren Sagardi. Su vehículo circuló por la larga recta que une la playa de Hondarribia con el puerto pesquero a las cinco y diecisiete minutos de la mañana en sentido ida, y una hora y cuarenta minutos después en dirección opuesta. El horario coincide con el momento del asesinato, que todo indica que se produjo entre las seis y cinco minutos, cuando la patrona accedió al puerto, y las siete menos cuarto, cuando arribaron los primeros tripulantes del *Virgen de Guadalupe*.

Julia asiste como espectadora. Iñaki también, ha insistido tanto que Cestero no ha sido capaz de impedírselo. Menos aún cuando ella se ha excusado para no estar presente. Apoyados en uno de los coches policiales con distintivos en francés, contemplan el ir y venir de los agentes. Hay luz tras todas las ventanas del edificio. Luz y sombras que husmean por los rincones en busca de alguna prueba que vincule al sospechoso con los sucesos de los últimos días.

La mirada de Julia está más pendiente, sin embargo, de ese Renault Koleos estacionado a una docena de pasos. Es allí donde Cestero se está jugando su futuro. Si los gendarmes dan con la baliza de geolocalización y tiran del hilo, llegarán al teléfono móvil de la suboficial. Algo así podría suponer fácilmente el final de sus días como ertzaina.

—Vamos, Ane... —mascula Julia, fijándose angustiada en el bulto que se mueve bajo el coche.

—¿Qué dices? —se interesa Iñaki.

—Nada.

La suboficial ha abandonado a hurtadillas los arbustos que rodean el aparcamiento para colarse bajo el vehículo y retirar el aparato.

—No creo que demos con nada —anuncia el teniente que comanda la operación en cuanto abandona el castillo.

—¿De verdad? —pregunta Julia, incapaz de ocultar su decepción. Las noticias que le llegan del otro lado de la muga no son mejores. Aitor ha entrado en el domicilio de Etcheverry y no ha hallado nada que pueda incriminarlo.

—Nos llevamos esto para analizarlo, pero a simple vista no se aprecia rastro de sangre —explica el gendarme mostrándole una maza que ha introducido en una bolsa de pruebas—. Está sucia de tierra seca y pintura. No parece que haya sido limpiada últimamente.

Julia comprende lo que eso significa. Esa no es el arma homicida con la que se arrebató la vida a Miren.

—Si ni siquiera conocía a la patrona esa. Esto no tiene ningún sentido —se lamenta Alain Etcheverry saliendo por la puerta. Un gendarme lo escolta. Su mirada recala en Julia. Ya no es el hombre amedrentado tras leer la orden de registro una hora atrás—. ¿Dónde está la otra?

—¿Quién? —pregunta Iñaki mientras Julia traga saliva. Su compañero no sabe, ni debe hacerlo, que Cestero estuvo allí hace unos días. Eso también podría suponerle problemas.

—La de los piercings. La que vino a verme el otro día —explica

—¿La suboficial Cestero? —inquiere Iñaki.

Etcheverry asiente.

—Esa. ¿Es vuestra jefa? Decidle que deje de perder el tiempo. Está molestando a alguien que lo único que hace son cosas a favor de la comunidad. ¿Sabéis cuántas horas invierto en defender el patrimonio histórico de esta comarca? ¿Sabéis cuánto me pagan por ello? ¡Nada! Lo hago por amor a mi tierra.

—¿Y si ese amor hubiera ido demasiado lejos? —sugiere Julia dando un paso para interponerse entre el sospechoso y el Renault bajo el que se oculta la suboficial. Le ha dado la impresión de que Etcheverry miraba demasiado hacia allí. Tal vez haya percibido algún movimiento extraño—. ¿Por qué cruzó la frontera de madrugada?

—No voy a contestar. ¿Quién se cree usted para interrogarme en suelo francés?

—¿Por qué lo hizo? —interviene el teniente mientras echa un vistazo al documento judicial—. Inspeccionaremos también su coche. El juez lo ha incluido en la orden.

Julia traga saliva. Cestero continúa bajo el vehículo. No podrá escabullirse si no logra apartarlos de allí... Si se acercan ahora, la descubrirán.

—No le siga el juego —objeta Etcheverry—. Ellos no tendrían por qué estar en territorio francés. Y deje tranquilo mi coche. Ya ve que son todo fabulaciones de esa ertzaina loca.

—No me ha respondido —insiste el gendarme—. ¿Por qué pasó a Hondarribia a esas horas?

El sospechoso muestra un mohín de tristeza que a Julia se le antoja demasiado teatral.

—No podía dormir. Echaba de menos el pueblo. Es duro estar aquí exiliado para evitar que me linchen si cruzo al otro lado. Muy duro.

El gendarme se vuelve hacia Julia. ¿Es cierto lo que argumenta el presidente de PatrimTX?

—Es absurdo. Nadie va a linchar a nadie —defiende la ertzaina.

—¿Cómo que no? Ustedes mismas, para empezar. Se han ocupado de sembrar en Hondarribia las dudas sobre mi honorabilidad. Ahora me dirá que no están deseando que cruce la muga para meterme en la cárcel. ¿Por qué todo este circo? —inquiere señalando los coches patrulla que rodean el castillo—. ¿Se lo digo yo? Porque su jefa no puede soportar que le haya metido un tanto paseando por allí sin que pudiera echarme el guante.

—No se equivoque, señor Etcheverry. Esto no es ninguna guerra personal. Solo le hemos pedido que pase a testificar por comisaría. Es lo mínimo cuando su exmujer ha muerto asesinada. ¿No le parece?

—¡Ja! No es más que una treta para detenerme y culparme de lo de Camila —objeta el francés—. Pero ya ve, aquí no hay nada. Sé que sus compañeros están registrando el piso que me prestó mi hermano. Tampoco van a encontrar ninguna prueba allí. ¿Le digo por qué? Porque soy inocente. Estoy limpio y lo único que están haciendo es un ridículo espantoso.

—La única treta aquí es mentir sobre los motivos que le llevaron ayer a Hondarribia —discrepa Julia.

—¿No le parece suficiente el amor de un hombre por un pueblo que lo acogió con cariño y respeto a pesar de haber nacido en Francia? —insiste Etcheverry.

—¿Por qué cruzó la frontera? —repite el teniente. A él tampoco le convencen sus argumentos lacrimógenos.

—¿Otra vez? Ya se lo he dicho. Mil veces me preguntarán y mil responderé lo mismo. No voy a inventarme algo para contentarlos cuando puedo decir la verdad.

—Pero ¿la suboficial estuvo aquí? —Iñaki continúa en ese punto. Su interés ha quedado varado en él.

Los últimos gendarmes abandonan el edificio. Uno de ellos niega con un gesto cuando su mirada se topa con la del teniente. No han hallado prueba alguna.

—Echad un vistazo al coche —les ordena su superior.

El pulso de Julia se dispara. Los agentes se dirigen hacia el Koleos de Etcheverry. ¿De verdad no ven el bulto que forma Cestero bajo su chasis? La suboficial no ha podido abandonar el escondrijo con ellos a tan escasa distancia.

—Este señor está limpio —comenta Iñaki junto a ella—. Estamos perdiendo el tiempo aquí.

Julia no le escucha. Solo tiene ojos para esos gendarmes que han alcanzado el vehículo y tratan sin éxito de abrirlo. Imagina la tensión que estará sacudiendo a Ane en esos momentos.

—C'est fermé —indica uno de los agentes volviéndose hacia su superior.

—Cerrado —traduce el teniente para Julia e Iñaki. Después señala a Etcheverry—. ¿Dónde están las llaves?

—En el castillo.

—Tráigalas, por favor.

—Perdemos el tiempo —insiste Iñaki por lo bajo.

La mente de Julia corre a toda velocidad, busca la manera de alejar a esos gendarmes del Koleos. Necesita dar tiempo a Cestero a salir de allí…

—¿Y el cobertizo? —exclama de repente—. Vengan, por favor, no dejen esto sin registrar…

El teniente la observa moverse hacia el lado opuesto del castillo. Julia siente su mirada clavada en la espalda. Contiene la respiración. Sabe que es el único cartucho que puede disparar. O la siguen o Cestero está perdida.

Y no parece que vayan a hacerlo.

De pronto oye una orden en francés. Los gendarmes van tras ella. Ahora solo falta que Iñaki también lo haga. Sigue adelante, sin girarse a comprobarlo.

—¿De qué cobertizo habla? —le pregunta el teniente llegando hasta ella.

Julia continúa avanzando. Un flautista de Hamelin en la noche de la costa vasca.

Lo está consiguiendo.

Solo un poco más, algo más de margen para que su compañera pueda huir.

—Pues del que está tras el castillo —anuncia señalando hacia un lugar indeterminado.

—Allí no hay nada —indica alguien tras ella.

Apenas unos pasos más allá la ertzaina se detiene y se rasca la cabeza.

—Qué extraño… —comenta con gesto confundido. Sabe que la tomarán por imbécil, pero habrá logrado salvar a Cestero—. Me había parecido ver aquí una caseta de esas que se emplean para guardar herramientas.

El teniente niega incrédulo con la cabeza mientras sus agentes se ríen del desvarío de la ertzaina.

—Si es que todo esto es una locura —protesta Etcheverry, que ha regresado del interior—. No saben ni qué hacer para acusarme.

—Me temo que hemos terminado aquí —se disculpa el teniente dirigiéndose a Julia.

Iñaki asiente. Ya lo decía él.

La ertzaina no soporta el gesto altivo, burlón, que le dedica el presidente de PatrimTX. Son ya muchos años persiguiendo criminales como para saber que ese hombre oculta algo.

—¿Quién es usted, señor Etcheverry? ¿Qué esconde tras esa máscara de ciudadano honorable? —pregunta en un intento desesperado por encontrar respuestas. El teléfono vibra en la mano de la ertzaina. Es Cestero. Tal vez necesite su ayuda.

Julia da un paso atrás para contestar.

—Dime, Ane.

—¡Tiene un doble fondo! —exclama la suboficial.

—¿Cómo dices?

—El Koleos de Etcheverry, Julia… Tiene los bajos manipulados. No dejes que se marchen hasta que lo encuentren. ¡Lo sabía! Ese tío no es trigo limpio.

La agente regresa junto a los demás.

—¡El coche! —exclama—. Al final no lo han registrado.

—Han dicho que han terminado —se interpone Etcheverry. Por un momento Julia cree que va a empujarla.

—La orden judicial incluye el vehículo.

El teniente la observa desganado, pero finalmente indica a sus hombres que echen un vistazo.

—Es lamentable que un policía francés permita que una del otro lado le dé órdenes en su propio país —espeta Etcheverry.

Los gendarmes regresan junto al Koleos. Esta vez no hay nadie debajo. Tampoco estará la baliza que delataría a Cestero. Sus linternas barren el interior, abren la guantera, miran en el maletero...

—Aquí no hay nada —indica el teniente.

Julia se siente impotente. ¿Es que no piensan mirar debajo?

—¿Lo han registrado bien? ¿Y los bajos?

—No hay nada —insiste el gendarme. Su tono es cortante. Comienza a estar harto de ella—. Nos vamos. Muchas gracias por su colaboración, señor Etcheverry.

Los franceses le dan ya la espalda. Han dado por terminado el registro. Julia comprende que todo depende de ella, o mueve un peón inmediatamente o el jaque al rey no habrá servido de nada.

La tensión en el rostro de Etcheverry empieza a convertirse en alivio, aunque vuelve a dispararse cuando la ertzaina se deja caer de rodillas junto a una de las ruedas traseras.

—¿Qué hace esa mujer? ¡Está loca! Esto es Francia... ¡Es un atropello a mis derechos!

Julia se apresura a golpear con los nudillos bajo el maletero. No nota nada extraño, pero si ese movimiento no funciona estará todo perdido.

—¡Hay un doble fondo! —exclama antes de que Etcheverry tire de sus hombros para apartarla del Koleos.

—¡Atrás! —ordena el teniente.

A Julia le cuesta descifrar si la orden va a dirigida a ella o al dueño del vehículo. Probablemente a los dos.

—Están obsesionadas conmigo… —lamenta Etcheverry mientras el gendarme se agacha para echar un vistazo bajo el coche—. Soy una persona respetada en nuestra comunidad. ¿Cómo es posible este atropello?

—Enfocad aquí —ordena el teniente a sus agentes. Las linternas obedecen y bañan de luz los golpecitos que propina aquí y allá.

—Todo esto se va a saber —advierte el sospechoso—. Mañana mismo esta humillación será denunciada por todos los medios de la comarca.

El gendarme no contesta, continúa con su inspección.

Julia siente miradas que se clavan en ella. La más evidente es la de Etcheverry. La ira y el terror se funden a partes iguales en su rostro. Desde algún otro lugar sumido en las sombras, sabe que observa Cestero. La imagina tensa y esperanzada, igual que ella.

—Soy una persona respetada, un ciudadano apreciado —balbucea el sospechoso cuando el teniente se yergue para abrir el maletero. ¿Qué ha sido de la actitud desafiante y altanera que mantenía hasta hace unos minutos?

—Aquí está —anuncia de pronto el gendarme. Ha encontrado el acceso oculto al doble fondo.

Las linternas de sus compañeros se vuelven hacia allí. Los haces de luz bailan de un lado para otro, enfocan una decena de paquetes precintados a conciencia. El teniente clava una navaja en uno de ellos y extrae un pedazo del interior.

—Parece que no es usted tan honorable —sentencia liberando las esposas que cuelgan de su cinturón—. Alain Etcheverry, queda usted detenido por tráfico de estupefacientes.

36

Viernes, 13 de septiembre de 2019

Ha llovido durante la noche. El asfalto y los coches estacionados en el puerto deportivo de Hendaia están mojados. También hay algún charco en las esquinas y se respira la humedad. Sin embargo, el cielo no amenaza lluvia. Es uno de esos días grises, un tanto tristes, pero en los que no parece a punto de descargar agua.

Julia busca el transbordador con la mirada. Su color amarillo destaca entre el blanco de los veleros amarrados. Todavía no ha cruzado ningún día a Hondarribia en ese servicio público que une los dos países en apenas cinco minutos. Esta mañana es diferente. La agente ha querido introducir ese pequeño cambio en sus rutinas para que su cerebro pueda recargarse.

—*Egun on.* —El patrón le da la bienvenida a bordo en euskera, la lengua común a ambos lados de la frontera que se dispone a cruzar.

Julia le devuelve el saludo y le entrega unas monedas. Después se apoya en la borda. Hay bancos libres, todos, pero prefiere no sentarse.

El hombre saca un cigarrillo del bolsillo de la camisa y se lo lleva a los labios. Él también se apoya, pero en su caso elige la barandilla del muelle y lo hace de espaldas al mar. Tras varias caladas rápidas, ansiosas, consulta el reloj y recoge la pasarela. Es hora de zarpar.

Las palmeras que dan un aire mediterráneo al puerto francés ceden el testigo al Bidasoa. Enfrente se yergue el castillo de Carlos V, que corona el casco antiguo de Hondarribia. No hay recuerdo más evidente de que ese río que hoy se cruza entre saludos amables no siempre fue símbolo de unión. El propio Alarde no es sino la conmemoración del fin del asedio al que las tropas francesas sometieron a la localidad fronteriza en 1638.

El transbordador arriba a su destino antes de que Julia haya podido disfrutar de la brisa que llega del Cantábrico. Comienza a echar de menos una buena singladura marítima. Ella no tiene barco, pero en Mundaka, el pueblo en el que creció y en el que habita, es rara la cuadrilla de amigos en la que no haya más de uno. Suerte que en Hendaia no falta el mar. Mientras pueda nadar en él y coger unas olas, como hace cada mañana al alba, podrá resistir el tiempo que sea necesario.

—*Eskerrik asko* —agradece la ertzaina bajando a tierra.

El patrón la despide con un gesto mientras asegura el pontón.

La cafetería donde acostumbran a comenzar la jornada se encuentra solo dos calles más allá. Es temprano, pero ya hay personas con bolsas de la compra de un lado para otro. En una esquina, la dueña de una ferretería de las de antes, con suelo de madera ajada por los años y mostrador de mármol, cuelga boyas de la fachada. Boyas y otros aperos de pesca. Otra mujer, con el carrito de la compra todavía vacío, se detiene a saludarla e intercambian unas palabras sobre el tiempo.

A pesar de los horrores de la última semana, la vida continúa en Hondarribia.

El olor a pan tostado recibe a la ertzaina en cuanto empuja la puerta de vidrio. Iñaki y Aitor ocupan ya la mesa del fondo. Cestero está en la barra, esperando su café.

—Hola —la saluda Julia—. ¿Me pides un zumo, por favor?

La suboficial asiente con un gesto.

—Ya os lo llevo a la mesa —les indica la camarera por encima del ruido del exprimidor.

—¿Qué tal has dormido? —le pregunta Cestero.

—Regular.

—Te debo una muy gorda por lo de anoche.

Julia le quita importancia con un gesto.

—¿Sabes si podremos interrogar a Etcheverry?

Cestero responde que sí. Al menos eso parece. La Gendarmería y el propio juez le han adelantado que podrán tomar declaración al sospechoso en relación al caso que les ocupa.

—¿Cómo te fue ayer por la mañana en la bodega? ¿Saliste con buenas sensaciones? —pregunta la suboficial.

Julia dice que no. Otra vez esa Loli… En lugar de estar aliviada por la detención del pirómano, parecía más inquieta que la vez anterior. Cuanta mayor es la distancia temporal con su visita, más segura está de que la pintora tenía miedo.

—Pero ¿miedo de que descubrieras algo o miedo a algo?

—Miedo. Estaba asustada. Y su marido era consciente de ello. Por eso trató de protegerla mandándola a pintar.

—Quizá intentaba protegerse a sí mismo —aclara Cestero—. Tal vez temiera que su mujer se viniera abajo y confesara algún secreto que puedan estar ocultando.

Julia se encoge de hombros. Cualquiera de las hipótesis es válida.

—A ver cómo nos va con Etcheverry. Si no sacamos nada en claro, habrá que volver a hablar con ellos —reconoce—. Quizá mañana, en la inauguración de la muestra, podamos descubrir algo más de los bodegueros y sus relaciones.

Cestero se muestra de acuerdo. Después se dirige a la mesa.

—Ya estamos todos —anuncia mientras Julia y ella toman asiento—. Veamos qué tenemos… Por un lado, Edorta ha quedado esta noche en libertad bajo fianza. Tiene coartada para el asesinato de Miren y la grafía de la pintada del puerto no tiene nada que ver con la aparecida en Zaldunborda. Solo esta última ha podido achacársele al ornitólogo. El juez le imputa únicamente daños a propiedad privada. No tenemos nada que permita acusarle de los crímenes. En cuanto a Etcheverry, podemos situarle cerca de los dos asesinatos. Parece que él y Camila jugaban a los narcos. Quizá Miren descubrió algo y por eso nuestro honorable presidente de PatrimTX se arriesgó a cruzar la frontera. La investigación de los del lado francés se centra en el tráfico ilegal de sustancias estupefacientes. Espero que hoy mismo tengamos permiso para hablar con él y esclarecer si tuvo que ver algo con los asesinatos. En este momento es nuestro principal sospechoso.

—El zumo y el café —anuncia la camarera dejando sobre la mesa las consumiciones—. ¿Alguno más me ha pedido zumo de naranja? ¿Ninguno?

Tras comprobar que Cestero solo toma café, Iñaki levanta la mano.

—¿Podrías traerme un café?

—¿Solo? —pregunta la chica.

—Como una noche sin luna —concreta con tono serio. A continuación se gira hacia Julia y señala su zumo—. ¿Sabes que no es tan bueno para la salud como nos han hecho creer? Es una bomba de azúcar con un puñado de vitaminas. Si el gremio de agricultores de Florida no hubiera ideado hace cien años una campaña de publicidad que vendía como saludable exprimirse unas naranjas para desayunar, hoy nadie lo tomaría. Lograron disparar el consumo de cítricos y cambiar los hábitos de medio mundo.

Julia pone cara de sorpresa, aunque sigue tomándoselo.

A su lado, Aitor carraspea para reconducir la conversación.

—He estado trabajando con el cuaderno de Camila. Creo que se trata de algún tipo de registro del negocio de narcotráfico en el que presumiblemente estarían involucrados tanto ella como su exmarido. No me extrañaría que esa ruptura matrimonial sea el origen del conflicto que ha desembocado en las muertes de estos días.

—Pero ¿Miren qué tendría que ver ahí? —interviene Cestero.

—No tiene ningún sentido —comenta Iñaki buscando en Cestero una complicidad que no llega.

—Tal vez viera algo indebido y quiso contártelo —sugiere Julia—. Él se apresuró a borrarla del mapa.

Cestero asiente. Tiene sentido. Escuchó cómo hablaba con ella y quizá eso precipitó todo.

—¿Cómo dices? ¿Otro café? —se oye a la mujer que atiende la barra, que alza la voz para hacerse oír por encima del runrún del exprimidor. Algún otro incauto, ajeno a las conspiraciones de los agricultores de Florida, ha pedido zumo de naranja.

Las sirenas de un coche policial se cuelan desde la distancia.

—Menuda movida tienen montada en el río —anuncia un chico que saluda con un beso a la camarera—. Ha venido hasta el helicóptero de la Ertzaintza.

Julia cruza una mirada con sus compañeros. Sí, ellos también lo han oído. Cestero no pierde un segundo. Se pone en pie y se dirige a la barra.

—¿Dónde es eso?

El joven la observa sin entender a qué viene esa brusquedad, pero su novia interviene para apaciguar los ánimos.

—Son polis —le indica.

—Ah. Pues ahí mismo. Bueno, cerca, en el Puntal.

—Cinco minutos río arriba, hacia el aeropuerto —aclara la camarera.

Julia no espera a que la suboficial dé por terminada la reunión matinal. Sus compañeros tampoco. Para cuando los tres llegan a la barra, Cestero ha pagado.

—Vamos. Me temo cualquier cosa —apunta la suboficial dirigiéndose a la calle. Antes de salir se gira hacia Julia y señala el diario que lee un señor tocado con una txapela negra—. ¿Has visto a tu amiga?

Se trata de una entrevista a Loli con motivo de la inauguración de su exposición. El titular dice algo de ilusión y vértigo, pero Julia no llega a leerlo completo. Las prisas apenas le permiten ver la foto principal, que muestra a la pintora ante un cuadro a medio terminar, y otra secundaria junto a su marido en medio del viñedo.

—¿Tan buena es para que le dediquen una doble página? Cuando hablabais de ella pensaba que lo de pintar lo hacía por pasar el rato —comenta Aitor mientras aprietan el paso de camino al río.

—Y es exactamente lo que hace —resume Cestero—. Pero esa gente tiene dinero. Habrán pagado por la entrevista.

—O les deberán algún favor —añade Julia.

El despliegue policial es realmente importante. El helicóptero sobrevuela el Bidasoa a escasa altura. En cuanto observa sus idas y venidas, Cestero comprende que se trata de una operación de búsqueda. No falta una lancha neumática con varios buzos a bordo. En el paseo, dos coches patrulla y una furgoneta permanecen con las luces azules encendidas. Hay ertzainas por todas partes. También curiosos grabando el operativo con sus teléfonos móviles.

Las cámaras de televisión forman un enjambre alrededor de alguien.

Cestero suelta un bufido al reconocer al comisario Bergara. Él es la miel que atrae a las abejas. Por fin tiene el protagonismo que ansiaba.

—Voy a enterarme de qué es todo esto —anuncia apartándose de sus compañeros. Se abre paso a duras penas entre los reporteros—. Comisario, ¿podríamos hablar un momento?

—Por supuesto —admite Bergara. Antes de alejarse con ella, se dirige a los periodistas—. Les ruego me permitan retirarme unos instantes. La suboficial me reclama.

Los reporteros aprovechan la presencia de Cestero para acercarle sus micrófonos.

—¿Hay novedades en el caso del Alarde?

—Parece que Edorta Baroja era inocente. ¿Reconoce precipitación a la hora de relacionarlo con el caso?

—El ornitólogo se encuentra en libertad provisional bajo fianza, acusado de incendiar unos bienes privados. Eso no es ser inocente —corrige a regañadientes. Odia tener que ser ella quien aplaque los fuegos que prende Izaguirre.

—Pero el juez no le imputa cargos relacionados con el caso del Alarde —insiste la misma voz.

Cestero levanta ambas manos para sacudírselos de encima.

—No tengo nada que anunciar. Como sabéis, necesitamos discreción. En cuanto haya novedades seréis los primeros en saberlas —miente tratando de ocultar su ira. Por lo menos no hay preguntas sobre Alain Etcheverry. Su detención en territorio francés no ha trascendido todavía. En esta ocasión el oficial no se ha precipitado tanto. Tras el fiasco de anunciar a bombo y platillo que el asesino del Alarde estaba entre rejas se le han pasado las ganas de señalar a otro asesino. Al menos por el momento—. Por favor, atrás. No obstruyáis nuestro trabajo.

—No son más que el espejo de una sociedad que exige respuestas —apunta el comisario, apartándose con ella.

La ertzaina no le responde. No merece la pena.

—¿Saben algo de Carolina Sasiain? —le pregunta en cuanto se quedan solos.

—Ahora resultará que un comisario tiene que rendir cuentas a una suboficial.

—Solo se trata de una pregunta. Me ha sorprendido el dispositivo de búsqueda y he imaginado que es por ese caso de violencia de género.

—Ya ve, no todo se reduce al caso del Alarde, suboficial. Mi comisaría continúa trabajando por la seguridad de esta comarca. —El tono que emplea es vanidoso. Está disfrutando con el tirón de orejas—. Su unidad va a comprobar cómo se resuelve con celeridad un caso así.

Cestero traga saliva. La imagen derrotada de Carolina tratando de ocultar el maltrato bajo el maquillaje le pellizca la garganta.

—Solo quería ofrecer mi colaboración a título personal…

Bergara la observa con sorna.

—¿La ayuda de quién? ¿De una forastera a quien se le acumulan los crímenes y que no para de dar palos de ciego mientras mi pueblo exige respuestas? Gracias, pero aquí nos bastamos solitos.

Cestero aprieta los maxilares y lo fulmina con la mirada. Sin embargo, consigue darse la vuelta sin escupirle una sola mala palabra.

—Es imbécil —explota volviendo junto a su equipo.

Julia regresa también. Ha estado hablando con quien comanda la Unidad de Vigilancia y Rescate.

—Han localizado el teléfono de la desaparecida —explica—. Los repetidores captaron la última señal de los móviles de ella y su marido, Alberto Ranero, en medio del río.

—Ese tipo arrojó el cadáver de su mujer al Bidasoa y después se suicidó. Seguro que lo encuentran con una piedra atada al cuello —aventura Iñaki.

Aitor arruga la nariz. No le convence.

—¿Y si el Ranero ese ha tirado su propio teléfono al río para despistar? Quizá mientras estamos aquí hablando el tío está paseando a cientos de kilómetros de aquí.

Cestero no abre la boca. Escucha la conversación con la mirada fija en las algas rojas que flotan en el agua.

—Enseguida lo sabremos —apunta Iñaki—. Con semejante despliegue no tardarán en dar con los cuerpos.

—No corras tanto —le corrige Aitor—. ¿Sabes cuántos islotes, canales y marismas hay en este estuario? ¿Y la influencia de las mareas? Dos veces al día la corriente se invierte y el mar remonta muchos kilómetros río adentro. Por no hablar de los lodos que cubren los fondos... Encontrar un cadáver aquí es una misión casi imposible.

Cestero asiente. La fuerza del agua podría arrastrar un cuerpo hacia alta mar, llevarlo río arriba o enterrarlo para siempre en una tumba de fangos y carrizos.

—Sigamos con nuestro caso, por favor —pide la suboficial con un suspiro—. Necesitamos pruebas que inculpen a Etcheverry en los crímenes.

Julia apoya las nalgas en el murete, dando la espalda al río.

—Ese tío es un maldito traficante. Pero seguimos sin tener claro qué sabía Miren para asesinarla de esa forma. No tenemos arma homicida y nos faltan pruebas que le incriminen. Con estos indicios no conseguiremos que lo condenen por asesinato jamás.

—De nada sirve continuar haciendo castillos en el aire que quizá se desmoronen a la primera palabra del detenido. —La notificación de un correo electrónico entrante parpadea en la pantalla del móvil de Cestero. Es de los franceses—. ¡Premio! Nos invitan a su comisaría. El interrogatorio será clave.

37

Viernes, 13 de septiembre de 2019

El pasillo de calabozos de la comisaría de Hendaia no difiere mucho de los que Cestero está acostumbrada a visitar a su lado de la frontera. Seis celdas protegidas por sus respectivas puertas metálicas con ventanucos para la entrega de alimentos, una luz de esas tan blancas que despojan de toda calidez al ambiente… De no ser por el color azul claro del uniforme de los agentes que deambulan por allí, y por la bandera francesa bordada en sus mangas, claro está, la suboficial podría encontrarse en Gernika, Irun o Llodio.

Pero no, está en Hendaia y se dispone a interrogar a Alain Etcheverry. El juez de guardia ha emitido un permiso para que la UHI de la Ertzaintza pueda tomarle declaración esa misma tarde.

—Ya estoy aquí —anuncia Aitor tras ella. Se ha quedado en la entrada rellenando unos formularios.

—Llegas a tiempo —celebra Cestero—. Todavía no lo han sacado.

En ese momento dos gendarmes abandonan uno de los calabozos. Escoltan al presidente de PatrimTX, que clava una mirada furiosa en la suboficial antes de perderse en el interior de una sala lateral.

—Pueden pasar —les indica uno de los agentes una vez que el detenido ocupa la silla que le corresponde.

—*Eskerrik asko* —agradece Cestero mientras Aitor y ella toman asiento frente a Etcheverry—. Buenas tardes, Alain. Hay que ver lo que es capaz de hacer con tal de no dejarse interrogar en nuestra comisaría…

—Buenas tardes serán las suyas —replica el francés haciendo sonar las esposas que ligan sus manos. Poco queda de la altivez con que la atendió aquel día a la puerta de su castillo, aunque tampoco puede hablarse de un tipo vencido. El presidente de PatrimTX lleva una camisa bien planchada y se ve aseado. Otros detenidos, tras pasar una noche en el calabozo, no acostumbran a lucir tan enteros.

—Treinta y dos kilos de hachís en su coche, restos de droga en un falso techo de un torreón del castillo… Eso es mucho para fumárselo usted solo. ¿Es así como se gana la vida? —dispara Cestero.

El detenido guarda silencio.

—Me temo que se trata de un negocio familiar —apunta Aitor dejando sobre la mesa el cuaderno que ocultaba Camila—. Tal vez nos pueda explicar qué son todas estas anotaciones… Muchas son anteriores a su divorcio.

—No lo había visto nunca —señala Etcheverry sin dedicarle medio segundo.

—¿Seguro? —inquiere Aitor—. Yo creo que se trata de la prueba de que su exmujer traficaba también con drogas.

—Deberían preguntárselo a ella. ¿No creen?

—Está muerta.

—Mala suerte entonces.

—¿La mató por esto? ¿Se habían casado sin hacer separación de bienes y aun así ella se negó a compartir el negocio con usted tras el divorcio? —pregunta Cestero.

—Jamás trabajé con Camila. Y, por supuesto que no la he matado. Si ahora me dedico a esto es precisamente por su culpa. Se negó a pasarme una pensión, me dejó en la ruina, me obligó a buscarme una forma de seguir adelante.

—Podría haber buscado un trabajo legal —señala Cestero.

—Podría —reconoce Etcheverry.

—¿Qué hacía en el puerto el día que fue asesinada Miren? —interviene Aitor.

—No estuve en el puerto. No digan tonterías.

—¿No? ¿Dónde estuvo?

—De paseo.

—Eso ya nos lo dijo —espeta Cestero—. ¿Dónde estuvo? Va a ser condenado por tráfico de estupefacientes. No nos temblará el pulso para añadir a ese cargo el de asesinato.

Etcheverry se observa las esposas. Después alza la mirada hacia los ertzainas con gesto de fastidio.

—Siento comunicarle que precisamente lo que me llevará a la cárcel es la coartada que me absuelve del asesinato de la patrona esa. Veo que no han hablado con sus amigos de este otro lado... Un crimen descarta a otro crimen. ¿O se creen que ustedes son los únicos que me han interrogado?

—Cuéntenoslo usted —indica Aitor.

Etcheverry alza la vista al techo y suspira.

—Fui al cabo. Es allí donde me entregan la droga. Después la paso a Francia y la oculto hasta que vienen a buscarla —resume desganado.

Cestero traza un rápido mapa mental. Hay algo que no entiende.

—¿Por qué no se la entregan directamente en Hendaia?

El presidente de PatrimTX sonríe condescendiente.

—En el cabo Híguer es más sencilla la descarga. Me ayudo de un mecanismo que emplean para elevar algas y salvar así el acantilado. Además, los de Aduanas acostumbran a patrullar la desembocadura del Bidasoa para evitar entradas ilegales por mar. Es más fiable que la transporte yo en mi propio coche. —El tono que impregna sus palabras, el mismo que un profesor sin vocación emplearía para solventar por enésima vez las dudas de un alumno, irrita a Cestero.

—Un hombre honorable, presidente de una entidad respetada, a quien los guardias de frontera ni siquiera darán el alto —resume Aitor—. ¿Qué función tenía en todo esto la tienda de conservas de Camila? ¿La empleaban para blanquear el dinero?

Etcheverry niega con la cabeza.

—No sé de qué me habla. La vida profesional de Camila era cosa suya. Yo la conocí cuando era una empresaria de éxito que había convertido una pequeña tienda de conservas en una máquina de hacer dinero. —Hace una pausa—. O eso creía yo. Me engañó, como a todos.

—¿Quién era su exmujer en realidad? —se interesa Cestero.

—Eso es su trabajo. ¿No son tan listas ustedes? Descubran entonces quién era la verdadera Camila, que para eso les pagan. ¿O acaso me está ofreciendo un trato?

—No —responde categóricamente Cestero.

Etcheverry se ríe sin ganas.

—Tampoco lo aceptaría, no se haga ilusiones. Jamás colaboraría con quien está deseando complicarme la vida.

—El único que se la ha complicado es usted, Alain —continúa Cestero—. No soy yo a quien han detenido con drogas en el maletero.

38

Viernes, 13 de septiembre de 2019

Piedra suelta, raíces desnudas y hasta zarzas se alían para zancadillearla sin compasión. La senda que se adentra en el cabo de
Híguer se le antoja más accidentada esa noche que ningún otro
día. Cestero comprende que se trata solo de una impresión, un
espejo del desánimo que la ha invadido tras la toma de declaración al que se había convertido en su principal sospechoso.

La confesión de Etcheverry echa por tierra su teoría de que fue
él quien mató a Miren en el puerto. La droga oculta en el maletero del Koleos es la mejor prueba de que no miente. Sin embargo,
la suboficial no está dispuesta a tirar tan fácilmente la toalla. Quizá un paseo vespertino por el paraje donde el francés dice que
estuvo mientras se producía el crimen la ayude a dar con algún
hilo del que tirar. Tal vez exista un camino oculto que conecte con
el puerto.

Una fuerte subida busca ahora la punta más oriental del cabo.
El arbolado queda atrás cuando llega al alto. La panorámica se
abre y la luna llena dibuja las formas de un paisaje que en condiciones normales invitaría a la contemplación. Las calas se suceden, los faros de la costa francesa titilan en cabos y bocanas, algún
carguero que no duerme avanza rumbo a un horizonte todavía

rojizo... Y todo bañado por un mar que el satélite convierte en una balsa de mercurio.

Esa noche, sin embargo, no hay espacio para disfrutar de la belleza. Ha detenido a un saboteador y a un narcotraficante. No es un mal resumen para una semana de trabajo, pero resulta descorazonador cuando lo que buscas es un sanguinario asesino de mujeres.

Cestero ha llegado a escasos metros del mecanismo del que se valió Etcheverry para su trabajo ilegal. Su estructura precaria vibra y riega la noche con los chirridos de sus poleas. El olor a tubo de escape enmascara el aroma a hierba fresca y salitre que flota en el cabo. Un tractor tiene la culpa. Aguarda, con el motor encendido, a que los recolectores de algas terminen la carga del último fardo que han izado hasta la estación superior.

Un perro es el primero en percatarse de la presencia de la extraña. Corre ladrando hacia la ertzaina y le enseña los dientes para defender su territorio.

—¡Basta ya, Arturo! —lo regaña una voz femenina que a Cestero le resulta familiar. No parece que el chucho esté dispuesto a obedecer. Tras insistir un par de veces, la joven se encoge de hombros y se dirige a Cestero—. No te preocupes, solo ladra.

La ertzaina tarda unos segundos en reconocerla...

—Amalia... —Se trata de la voluntaria que colabora con sus técnicas de relajación en la terapia a la que acompaña a su madre—. No sabía que trabajaras en esto.

—¡Ane! ¿Qué haces por aquí? ¿No vendrás a detenernos? —saluda la joven uniendo ambas muñecas con una mueca divertida—. Es un poco tarde, pero no hacemos daño a nadie... Con esta luna tenemos que aprovechar la bajamar.

Cestero observa que sus compañeros, tres hombres que el satélite convierte en siluetas plateadas, se han girado con curiosidad al comprender que es policía. Son apenas unos instantes, enseguida reanudan sus quehaceres.

—En realidad estaba dando una vuelta —confiesa la ertzaina señalando el mar—. Necesitaba pensar. ¿No sabrás si existe algún camino que permita alcanzar el puerto desde aquí?

—Acabas de llegar por él.

—No, me refiero a alguno que ataje directamente, sin dar el rodeo por la carretera.

—Evitando el acceso principal y las cámaras, vaya —deduce Amalia—. No, no hay manera de llegar así. O sales al asfalto o no entras en el puerto. ¿Por qué quieres saberlo? ¿Tiene que ver con el asesinato de Miren?

—Nada, cosas mías.

El perro vuelve a la carga. Gruñe a un par de pasos de Cestero. Es evidente que no le agrada la visita.

—¡Arturo! —lo regaña Amalia, espantándolo con el pie.

—¿Es tuyo?

—¿Arturo? Qué va. Es de Zigor, mi compañero de piso. Me tiene muy harta. Se pasa el día ladrando. Ya podría habérselo llevado con él. Tú no le hagas caso, todavía no lo he visto acercarse a menos de un metro de alguien. Ladra y ladra, puede ser terriblemente pesado, pero nada más.

El tractor está ya cargado. Uno de los recolectores de algas abre una nevera de plástico y reparte unas latas de cerveza entre sus compañeros.

—Ofrécele una a tu amiga —dice entregándole dos a Amalia.

—¿Quieres? —pregunta la joven.

Cestero duda, pero finalmente acepta.

—¿Adónde las lleváis? —pregunta refiriéndose a las algas.

—A secar —responde el que se ha acercado con la bebida. No dice más, es hombre de pocas palabras.

—Las extendemos en prados hasta que pierden buena parte del agua —explica Amalia—. De cuatro toneladas solo queda una cuando se secan. Entonces vienen en camiones a llevárselas.

—¿Y para qué sirven?

Amalia se gira hacia sus compañeros por si alguno se anima a contestar, pero se limitan a dar tragos de sus latas y consultar sus teléfonos móviles o contemplar el mar.

—Del gelidium se obtiene el agar, la mejor gelatina natural —resume—. Todo esto que ves aquí acaba en las industrias alimentaria y farmacéutica.

—Pero a este paso dejará de merecer la pena que sigamos re-colectando —se anima por fin uno de los hombres que están jun-to al tractor, encantado de que haya alguien dispuesto a escuchar sus lamentos—. Es una vergüenza. Hace años nos pagaban bien. Ahora, en cambio, es una miseria. De las algas vivíamos familias enteras. Te asomabas al acantilado, veías que habían arribado a la costa, y sabías que eras rico. De eso ya no queda nada. Ni llega tanta alga ni la pagan bien. Los barcos nos están jodiendo. En lugar de esperar a que los temporales las arranquen y las arrastren a la costa, fondean en los campos de algas y las cortan de raíz.

—Pan para hoy y hambre para mañana —protesta el que habla poco. Se ha encendido un cigarrillo y fuma, apoyado en el remolque.

—Vaya —murmura Cestero. No sabe qué más puede añadir. Tampoco está allí para dilatarse más tiempo en conversaciones de cortesía—. ¿Sabéis si esta polea se emplea para algo más que algas?

Ahora los hombres se miran. Sonrisas socarronas.

—Por aquí ha entrado todo el tabaco de contrabando del mundo.

—Y más que tabaco. Hace años esta polea funcionaba más de noche que de día. Los de Aduanas pasaban más tiempo por aquí que en la frontera. Cada dos por tres abortaban algún desembarco.

—¿Ya no es así? —inquiere Cestero.

—Eso pregúntaselo a esta —dice el más hablador dando una palmada a Amalia—. Desde ahí arriba lo ve todo.

La suboficial sigue la mirada del hombre hacia el faro de Hí-guer. Sus haces de luz giran silenciosos en la noche.

—¿Eres farera?

La joven se ríe.

—No hay farero. Está automatizado. Solo vivimos en él. Zigor fue el primero que vino a vivir. Lleva ya más de diez años aquí. Después llegué yo. Tenía una habitación libre y me la ofreció.

—¿Okupas?

—Yo no lo llamo así. Cuidamos de un edificio que el gobierno tiene abandonado. De no ser por nosotros se caería.

Cestero no quiere seguir por ahí. No es su guerra.

—¿Y sueles ver movimiento de noche?

Amalia se encoge de hombros para quitarle importancia.

—Alguna vez. Pero nada comparable a lo que cuentan ellos. A veces veo algún fardo colgando de la polea, alguna silueta… Antes me fijaba más. Ahora ya ni me llama la atención.

—¿Y no sabréis quién está detrás de esos movimientos? —Cestero se dirige a todos.

El gesto de Amalia es de respeto.

—¡No! Ni se me ocurre acercarme.

Los demás o niegan con un movimiento de cabeza o ni se inmutan. Si saben algo, no se lo van a decir a una policía.

—¿No recordarás cuándo fue la última vez que viste funcionar la polea de noche? —plantea Cestero.

—Qué va… —De pronto Amalia parece recordar algo—. Espera. El otro día me levanté a beber agua y había alguien ahí. No vi nada, pero oí los chirridos. Hay que engrasarla cada dos por tres, tanto salitre…

—¿Cuándo fue eso?

—No sé… Esta semana. Era tarde… O temprano, vaya. Comenzaba a amanecer.

Cestero comprende que puede encajar con la confesión de Etcheverry.

—Sería importante que pudieras recordar cuándo fue.

Amalia la observa extrañada.

—Pensaba que dirigías el caso del Alarde. Te he visto en la tele y…

—Trata de recordar, por favor.

—Fue el miércoles —anuncia, convencida—. Lo sé porque al comprobar que comenzaba a amanecer dudé si volverme a la cama. Finalmente me acosté de nuevo. Anunciaban temporal para el jueves y eso siempre significa mayor arribada de algas. Podía permitirme un día libre antes de que el trabajo se intensificara.

—¿El miércoles? ¿Estás segura?

—Segura.

La suboficial siente que la resaca de la decepción la arrastra de nuevo mar adentro. Alain Etcheverry no les ha mentido. El francés se encontraba en el cabo mientras Miren era asesinada en el puerto.

—Pareces disgustada —indica Amalia.

Los otros han regresado al trabajo. Están cubriendo las algas con una lona que fijan al remolque con ayuda de unos elásticos.

—No es nada. —Cestero trata de esbozar una sonrisa con la que poder quitarle importancia, pero no lo logra.

—Te entiendo —le dice la voluntaria con un gesto de lástima—. Yo también me sentiría frustrada. Estáis tan atados de pies y manos… Los malos siempre van por delante. Es terrible que la vocación de policías como tú quede tan eclipsada por un sistema lento e incompetente.

Cestero siente que ha dado en el clavo. Pero si lo que pretende es animarla no lo está consiguiendo. Ojalá con su madre y las otras mujeres lo haga mejor.

—Gracias por la cerveza —dice a modo de despedida. No tiene ganas de que nadie siga escarbando en sus heridas.

—¿Vendrás el domingo a la excursión con las chicas? —se interesa Amalia—. Voy a llevarlas a los bosques de Artikutza. Subiremos también a Bianditz. Es un monte sencillo. Me gusta hacer cima con ellas para que vean que con esfuerzo siempre se llega, por inalcanzable que parezca la meta. Van a necesitar un empujón fuerte tras lo de Carolina. ¿Se sabe algo de ella?

Cestero piensa en ese helicóptero volando bajo sobre el Bidasoa. El rugido de su rotor hiere su orgullo y le clava las garras de la culpa.

—No hay novedades todavía, aunque el dispositivo de búsqueda es importante, no tardarán en dar con algo.

—Si hubieran puesto una décima parte de esos agentes que ahora la buscan a protegerla, hoy estaría viva.

Cestero abre la boca pero vuelve a cerrarla.

—No tiene que ser nada fácil devolver el ánimo a mujeres como mi madre, y menos cuando suceden cosas como lo de Carolina —apunta recordando la última sesión de terapia.

—Es duro, sí, pero también agradecido. Ves cómo van recuperando la fuerza y las ganas de vivir y te sientes muy útil. Precisan su tiempo, por supuesto. Mari Feli, tu madre, también lo necesitará, pero saldrá. —Amalia se detiene para rematar su cerveza—. Me encantaría poder dedicarme exclusivamente a ayudarlas. Llegará. Estudié psicología y estoy con un máster de violencia intrafamiliar.

El motor del tractor silencia sus últimas palabras.

—Vamos, Amalia... —llama uno de sus compañeros.

—Y entretanto te dedicas a las algas —señala Cestero.

—A lo que puedo —confiesa Amalia—. Ahora mismo a las algas. No es mal curro. Estás al lado del mar y no puedes trabajar demasiadas horas seguidas porque dependes de las mareas. Y me cae en la puerta de casa, que tampoco está mal. Otras veces hago de camarera, doy clases particulares... Lo que salga.

—Venga, tía. Queremos llegar algún día a casa... —insiste el recolector. El que está al volante refuerza sus palabras tocando el claxon.

—¡Ya voy! —exclama Amalia sin girarse hacia él. Su mirada sigue fija en Cestero, a la que da un afectuoso apretón en el hombro—. Tú no te vengas abajo. Haces lo que puedes. Lo que te permiten, mejor dicho... Algún día las mujeres nos cansaremos y plantaremos cara a este maldito sistema patriarcal. O lo hacemos nosotras o nadie lo hará.

Después le da la espalda y trepa a lo alto del remolque. Durante unos minutos, Cestero observa el tractor perderse colina arriba. El traqueteo y el runrún del motor se van extinguiendo, y el mar, que golpea con fuerza contra el acantilado, gana finalmente la partida. El olor del gasóleo quemado todavía se aferra unos instantes a la postal nocturna, pero acaba también por ceder el paso al salitre.

Lo que no se disolverá tan fácilmente es la impotencia de una ertzaina que tiene la sensación de que todo en lo que cree se derrumba por momentos.

39

Viernes, 13 de septiembre de 2019

Las olas atacan la costa con una cadencia perfecta, un ejército acuático entrenado para golpear la playa una y otra vez. Sin descanso, con la perseverancia de quien sabe que el tiempo está de su lado y que nada detendrá su avance. Ni siquiera esos infinitos pinares de las Landas francesas lograrán oponerles resistencia.

Apoyada en su tabla de surf, Julia observa los embates del mar. Le falta el resuello. Las series se suceden sin apenas descanso. Ahora, sin embargo, se deja mecer por las corrientes. Es una noche hermosa. La luna llena hace del Atlántico una luminosa superficie de plata fundida. La espuma blanca que corona las olas refleja la luz del satélite, al que apenas falta un insignificante mordisco para ser un círculo perfecto. Y las nubes, por si aún fuera poco, parecen dispuestas a ofrecer una débil tregua.

Unos metros más allá, Didier ha cogido un tubo. El agua va cerrándose sobre él mientras avanza a toda velocidad ganándole el pulso al Atlántico. Es solo un espejismo. Cuando la ertzaina está a punto de comenzar a aplaudir ante la proeza, el mar lo derriba y el francés se pierde bajo la espuma.

Le toca a Julia. Tumbada en su tabla rema océano adentro una vez más. Las olas rotas la obligan a clavar la tabla en el agua para pasarlas por debajo. Tienen fuerza. Mucha. Las Landas no son la cuna europea del surf por casualidad.

Ha alcanzado el lugar donde rompen. Deja pasar una, dos… La tercera va irguiéndose conforme se aproxima. Tiene el tamaño perfecto y se estira en paralelo a la playa, contundente pero fiable.

Es su ola.

—¡Tuya! —indica Didier por si quedara alguna duda. Él todavía no está preparado para surfearla.

La ertzaina bracea con fuerza para impulsarse y acompasar su velocidad con la rompiente. Después se pone en pie sobre la tabla para comenzar a deslizarse sobre la cresta. El ritmo aumenta a medida que va ganando altura. El pico de la ola comienza a adelantarse para trazar una parábola perfecta. Julia realiza un quiebro en busca del tubo y para cuando quiere darse cuenta se encuentra de lleno en su interior. La luz de la luna se cuela a través de la cubierta de agua bajo la que se desliza y brinda una hermosa tonalidad turquesa al túnel efímero. Es el momento de absorber cada detalle, el instante fugaz en que se siente parte del mar.

La magia termina cuando la ola comienza a volverse inestable por la cercanía de la orilla y Julia se ve obligada a buscar la salida. La adrenalina y la serotonina todavía corren con fuerza por sus venas mientras se sienta en la tabla. Está exultante. Tiene ganas de aplaudir. No sabe si a sí misma o al Atlántico por regalarle esos momentos.

—¿Qué tal? —se interesa Didier nadando hasta ella.

—Pocas veces he disfrutado tanto. Me alegro de haber aceptado tu invitación.

El francés la coge del hombro entre risas. Es un achuchón fugaz, pero suficiente para despertar en Julia el deseo de algo más.

Las miradas de ambos se pierden de nuevo en el horizonte, buscando descifrar los impulsos del mar que se renuevan sin pausa en estos días de mareas vivas.

—Parece que la cosa se va poniendo seria, eh —comenta Didier—. Las Landas son un lugar maravilloso para el surf, pero también peligroso. Aunque la costa vasca no se queda corta. ¿Has visto alguna vez la ola de Belharra?

—Me han hablado de ella, pero eso son palabras mayores —contesta Julia.

—Es poco frecuente e impredecible, como casi todo lo que tiene que ver con el mar. Puede alcanzar los quince metros de altura. Antes de la construcción del muelle de Sokoa, se llevaba por delante todas las embarcaciones. Solo los temerarios se miden con ella.

—No es mi estilo... La vida ya es bastante complicada como para buscarse enemigos —bromea Julia.

Ella nunca ha entendido esa forma de vivir el surf. Le gusta disfrutar del mar, no enfrentarse a él. Observarlo y leer las páginas que va arrastrando a la orilla. Hay que tener paciencia para descifrarlo, escuchar sus ritmos y entenderlos. En Mundaka, como en todo el Cantábrico, las olas suelen agruparse en series de tres. La tercera, casi siempre la más grande y rápida, es la más difícil de domar. Se pregunta si en Hondarribia sucederá lo mismo: Camila, Miren... Confía en que esa tercera ola no sea la temible Belharra y acabe destruyendo todo a su paso.

—¿Cogemos alguna otra? —pregunta Didier señalando mar adentro.

—Qué va. Estoy agotada. ¿Qué hora es?

El surfista mira al cielo, extiende un brazo y gira la mano a un lado y a otro. Está midiendo la distancia entre la luna y alguna estrella. Después ladea la cabeza con aire interesante.

—Ni idea —reconoce guiñándole un ojo—. ¿La hora de irnos a dormir?

Julia se echa a reír. Por un momento lo ha creído capaz de calcular la hora por la posición de los astros.

—¿Cómo que a dormir? ¿No nos tomaremos una de esas cervezas frías que tienes en la nevera?

—O dos. Vamos —la invita el francés echando a nadar en dirección a la orilla—. ¿La próxima vez te harás de rogar tanto? Eres dura, eh...

—¡No tanto! Solo hace unos días que te conozco y ya voy a dormir en tu furgoneta en medio de la nada —protesta la ertzaina.

La playa se ve tan desierta como cuando han llegado. La vieja furgoneta California de Didier sigue siendo la única que descansa en la minúscula explanada donde la arena se encuentra con los pinares de las Landas.

Después de apoyar las tablas contra el tronco de un árbol, Didier hace una incursión en el interior en busca de dos latas. Julia le espera sentada en la arena y agradece el calor que le brinda la cercanía del francés cuando regresa con ellas.

—¿Cuántos hay? —inquiere señalando los búnkeres que la Segunda Guerra Mundial dejó sembrados en la playa. La luz de la luna realza sus formas cúbicas en el límite entre la arena y el bosque.

—Un montón. Solo en los veinte kilómetros que hay desde Baiona hasta aquí podrías contar más de cien. Los nazis temían que el desembarco aliado se produjera en estas playas y se prepararon en balde.

La ertzaina trata sin éxito de imaginar esa larga franja de arena convertida en terreno de batalla. No tiene sentido. Nada lo tiene en una guerra, claro.

Un trago de cerveza destierra esa imagen.

—¿Mañana irás a la inauguración de la retrospectiva? —se interesa Didier.

Julia responde que sí y se burla del título que le han puesto en las invitaciones. Tampoco tiene muy claro qué es una retrospectiva, pero en cualquier caso parece mucho decir para una muestra de pinturas de una aficionada.

—Todo en Loli es un tanto pomposo —confiesa el francés—. No sé cómo lo consigue, pero cada vez que habla con los trabajadores nos hace sentir que pertenecemos a clases sociales diferentes. Eusebio es mucho más normal. Es el jefe, eso queda claro, pero es más cercano.

—¿Tú estarás por allí? —pregunta Julia.

—No. Por la mañana bajaré a por unas botellas de txakoli submarino y ayudaré en algunos preparativos. Pero la fiesta es para familias destacadas de Hondarribia, no para trabajadores.

Una lucecita de alerta parpadea en el interior de la ertzaina.

—¿Adónde irás a por las botellas?

—Bajo el mar. Soy yo quien me ocupo de las jaulas donde madura el vino. Por eso me contrataron. Estudiantes de enología que sepan de buceo no habrá muchos… Ahora me permiten hacer más cosas, y estoy aprendiendo un montón con los Ibargarai. Hacen bien las cosas. Algún día tendré mi propio viñedo. Tampoco quiero mucho, pero me encantaría hacer mi propio vino. Supongo que es el sueño de todos los que estudiamos enología…

Una sombra cruza fugaz por la mente de la ertzaina. El cuchillo del Alarde… No, son tonterías. Didier no es ningún asesino.

—¿La has visto? —exclama el francés estirando el dedo hacia el cielo.

—¿Una estrella fugaz?

—Era muy chula —anuncia Didier dando un trago de la lata—. ¡Otra!

Julia dirige la mirada al firmamento y sacude la cabeza.

—Te lo inventas.

—¡Qué va!

La mano que el francés apoya en su espalda cae hacia la cadera de la ertzaina.

—¿Te he dicho que me ha impresionado verte surfear? Eres muy buena.

—Pues tú de rey de la playa no tienes mucho —bromea Julia.

El francés protesta. ¿Cómo que no? ¿Acaso no ha visto el primer tubo que ha cogido?

—No era para tanto. Los he visto mejores.

—Eso es porque la falta de luz te ha robado la parte más espectacular. La cresta estaba aquí y ha estado a punto de derribarme, pero yo… —explica Didier gesticulando mucho.

Julia estalla en una carcajada.

El silencio se hace incómodo y la ertzaina se decide. No quiere perder el tiempo. Lo coge de las mejillas y lo atrae hacia su cara. Sus labios se encuentran y bailan una lenta melodía a la luz de la luna. Sus manos, sus dedos, son los siguientes en saltar a la pista. Las caricias dan paso a la búsqueda de las cremalleras. Julia desea sentir el calor de la piel que se encuentra bajo el neopreno húmedo y frío.

Didier le muerde suavemente el lóbulo de la oreja y desciende exhalando hacia el cuello, se lo lame, se lo mordisquea. Julia busca su boca. Saborea el salitre en sus labios.

Se ayudan, impacientes, a desprenderse de los trajes negros, que caen enmarañados a sus pies. El frescor de la noche eriza la piel de la ertzaina, pero ya no importa. Nada importa, solo las manos de Didier, que acarician su espalda provocándole un estremecimiento que gana en intensidad cuando continúan su camino para recalar en sus pechos.

Julia ahoga un gemido al sentir la presión de sus dedos en los pezones. Los pellizca suavemente, los redondea… Después son los labios de Didier quienes se acercan a ellos. Los sorben, los muerden mientras despoja a la ertzaina de la escasa ropa que le queda. La derriba sobre la arena y su boca continúa el descenso. Se detiene en su tripa, comienza a besarla, a lamerla, mientras baja muy despacio. Demasiado despacio.

La ertzaina le acaricia el pelo, le empuja con suavidad hacia sus piernas, donde la humedad va creciendo al ritmo que se dispara la excitación. Didier lame su ombligo y continúa su viaje hacia abajo, pero de repente regresa hacia su vientre. Julia le responde con una mirada anhelante, sobrecargada de deseo. De nuevo el aliento en la barriga, de nuevo las cosquillas de su flequillo en la piel y por fin esa boca que llega adonde la ertzaina estaba pidiendo a gritos.

Julia gime, hunde las manos en su cabello y se abandona al placer. Cuando ha perdido la cuenta de las estrellas fugaces que ha visto caer, tira de Didier hacia arriba. Necesita saborear sus labios una vez más, y necesita, por encima de todo, sentirlo dentro de ella.

40

Los árboles que flanquean la carretera cobran vida al paso del Clio de Cestero. Los faros los despiertan solo unos instantes, los mismos que tardan en quedar atrás y volver a sumirse en el mundo de las sombras. Apenas hay movimiento en la carretera. Se ha hecho tarde, como cada día desde que la suboficial comanda el caso del Alarde. Su mano derecha se aparta del volante para ir en busca de la radio. Pulsa algunos botones, gira una ruedecilla y los acordes de Belako inundan de inmediato el vehículo.

La mano regresa al volante, lo convierte en una improvisada batería que golpea al ritmo de la música. ¿Cuántos días hace que no toca? Muchos. Demasiados. Su mirada abandona por un momento la carretera y recala en el reloj. La prudencia apunta que es hora de llenar el estómago con cualquier cosa y acostarse. Pero esa noche necesita descargar sus emociones con crudeza para que no se queden flotando dentro de ella. La noche se presenta ideal para encerrarse en el local de ensayo y aporrear a gusto los platillos y el bombo.

—Llama a Nagore —le pide al dispositivo manos libres.

Los tonos de llamada silencian la música. El golpeteo rítmico del limpiaparabrisas se suma a la espera.

—¡Ane! —responde su amiga. Se la oye tan bien como si estuviera dentro del coche—. ¿Qué tal estás? Vaya movida lo de Hondarribia… Todas esas mujeres muertas… Da mal rollo.

—Sí, tía. Oye, ¿te apetece ensayar un rato? Ya sé que es tarde, pero…

La mirada de Cestero recala en el espejo retrovisor. El coche que va por detrás está tuerto, solo funciona uno de sus faros. Si no estuviera al teléfono, se detendría para avisarle, aunque seguramente ya se haya dado cuenta.

—¿Ahora? —Nagore hace una pausa, supone que para consultar la hora—. Estoy en pijama, pero si me das un cuarto de hora me visto y bajo.

—Genial. ¿Avisas tú a Olaia? —le pide Cestero.

—Sí. Acabo de dejarla en la plaza. Hemos tomado unos pintxos. ¿Tú has cenado?

—No. Si puedes pasar por el Talaipe y cogerme un bocata y un botellín de Keler, me haces un favor.

—Claro. Espero que no hayan cerrado la cocina todavía.

La lluvia arrecia por momentos. La falta de visibilidad obliga a Cestero a reducir la velocidad. El coche que la sigue frena también. La suboficial vuelve a plantearse si no debería avisarle de su faro fundido, pero no parece el mejor momento. Además, solo conseguiría darle un buen susto ordenándole detenerse en pleno chaparrón.

Los polígonos industriales de Lezo le abren la puerta al entorno portuario. Después se asoman los muelles. Cientos de coches recién salidos de sus fábricas aguardan ordenados al barco que los llevará lejos. Cargueros amarrados, grúas silenciosas, trenes de mercancías varados en la noche… El puerto duerme.

Cestero bosteza. Ella también tiene sueño. Sabe que en el momento que toque la cama caerá rendida. Pero después de esta semana horrible necesita desfogarse con la batería.

La música de Belako cesa por un momento. Tonos de llamada y un nombre en la pantalla. La ertzaina suspira antes de responder.

—Hola, *ama*.

—¿Dónde estás? ¿Todavía trabajando?

—Estoy llegando a casa.

—¿A estas horas? No deberías permitir que te exploten así. Y ten mucho cuidado, cariño. Me da miedo todo lo que dicen en la tele que está pasando en Hondarribia. ¿Por qué no pides que te cambien de caso?

Las primeras viviendas de Pasai San Juan salen al encuentro de la ertzaina, igual que la chimenea de la vieja fábrica de porcelanas donde comienza el distrito marinero.

—Me gusta mi trabajo, no quiero renunciar a él. Y menos por miedo —objeta a sabiendas de que no será suficiente para calmar a su madre.

—Pero es peligroso. Están matando a mujeres que destacan y tú apareces todos los días en los diarios. No me gusta nada.

Cestero vuelve a suspirar. Y para colmo no hay plazas libres en el aparcamiento. Es lo que tiene regresar cuando todos los vecinos ya lo han hecho. Ahora tendrá que empezar a dar vueltas por las calles cercanas.

—¿Me llamabas solo para asustarme? No es lo que necesito.

—Solo quería recordarte que el domingo tenemos excursión con las chicas de la terapia. ¿A qué hora me pasas a buscar?

Ane maldice para sus adentros. Sigue dolida por lo que sucedió el día que desapareció Carolina. Irse de caminata con esas mujeres es quizá lo último que le apetece en ese momento. Además, ya ha tenido suficiente con la conversación de hoy con esa chica. Amalia ha despertado en ella un incendio que debe apagar. No puede permitirse dudar. Su labor es importante: con cada maltratador que detiene, con cada asesino que mete entre rejas ayuda a que el mundo sea mejor.

—¿Y si le pides a Andoni que te acompañe?

Cestero conoce la respuesta: a sus veinte años, su hermano sigue siendo el niño de Mari Feli, el pequeño al que proteger y mimar. Él ni siquiera movió el más mínimo dedo cuando su padre maltrataba a su madre. Mientras Ane lo denunciaba, Andoni se limitó a ver pasar el tren igual que haría una vaca. Para él las series de Netflix y los videojuegos son más importantes que lo que suceda en su propia familia.

—Vaya, que no quieres venir... Pues te recuerdo que fuiste tú quien insistió para que me apuntara —le reprocha Mari Feli.

Ane suspira. Se encuentra demasiado cansada para discutir.

—Está bien. Mañana lo hablamos. ¿Te parece?

—He pensado que podrías venir un poco antes y desayunamos juntas —continúa su madre.

La ertzaina se imagina sentada ante un bol de cereales y soportando la reprimenda por no querer dejar el caso, igual que cuando llegaba del instituto con peores notas de las que deseaba su madre.

Sacude la cabeza para deshacerse de la imagen.

—Mañana te llamo, *ama*. Hoy estoy agotada.

—Está bien. Pero deberías cuidarte más.

Las campanas de la basílica del Santo Cristo están tocando las dos de la madrugada cuando Cestero y sus amigas abandonan el sótano donde ensayan. La única calle de San Juan duerme. Ya no llueve, pero algunas gotas se desprenden de los aleros de los tejados para buscar la compañía de los charcos.

—Se nos ha ido la olla. Verás mañana para levantarnos. Menos mal que es sábado —comenta Olaia, encendiéndose un cigarrillo de liar.

—No os hacéis una idea de cuánto lo necesitaba. Gracias, chicas —dice Cestero, apoyando el pie en el pretil tras el que se abre la bocana. No se aprecia más movimiento que el baile de luces de faros y balizas de enfilación—. Mañana, más café y listo. Cuando detengamos al cabrón de Hondarribia os invitaré a una juerga de las buenas.

—¿Cómo lo lleváis? —le pregunta Nagore.

Cestero se lo piensa unos instantes. ¿Qué puede responder a eso?

—Mal —reconoce finalmente.

Sus amigas no insisten. Saben que no puede hablarles de los casos en curso.

Un ruido extraño pone alerta a Cestero. Viene de una esquina sumida en las sombras.

Olaia y Nagore ni se inmutan, les falta ese sexto sentido que solo desarrolla quien alguna vez ha estado en peligro. El de la suboficial nació mucho antes de hacerse policía, en esas interminables noches en duermevela a la espera de oír regresar a su padre. La llave en la cerradura la despertaba de golpe para sumirla en una angustia demoledora. ¿Continuarían los insultos de esa tarde antes del portazo o en esa ocasión llegaría dispuesto a ofrecer un alto el fuego?

El sonido se repite. Esta vez, la ertzaina pide a sus amigas que no se muevan. No va armada, pero si actúa con sigilo cuenta con la ventaja de la sorpresa. Conforme se acerca, comprueba que se trata de un paquete de patatas fritas que la brisa marina arrastra a su capricho.

—¡Guau, Ane! Nos has salvado la vida —bromea Olaia.

—Estoy fatal —reconoce Cestero.

—Deberías descansar más. Llegas a casa a las mil y vuelves a Hondarribia a primera hora —le reprocha Olaia.

La ertzaina comprende que tiene razón, pero comandar un caso como el del Alarde requiere que sea así.

—Solo serán unos días —dice a modo de defensa, aunque es consciente de que puede tratarse más de un deseo que de una realidad. Confiaba en la culpabilidad de Etcheverry. Ahora, en cambio, tiene la sensación de haber perdido el tiempo con él.

—¿Cómo lo ves para comprometernos a tres conciertos el mes que viene? —le pregunta Nagore.

—¿Qué dices? ¿Y eso? —se extraña la ertzaina.

—Nos han escrito de Puebla, Veracruz y Tabasco... —Las risas de sus amigas obligan a Nagore a dejar de bromear—. No, en realidad tenemos propuestas de Oñati, Oiartzun y Lesaka. Y en Durango quieren que toquemos en diciembre, en plena feria del libro.

Ane no da crédito. Cuando las tres amigas formaron The Lamiak lo hicieron como un juego, algo para pasar el rato y estar juntas. Los primeros ensayos del grupo tuvieron lugar en el salón de Cestero. Pero eso era cuando la ertzaina vivía sola en el piso que su abuela tenía en la plaza del pueblo, antes de que su padre se mudara allí y la echara de casa. Para entonces, afortunadamente, habían comenzado a reunirse en el viejo sótano que les prestó un vecino. Las redes y aperos de pesca que se amontonaban allí desde la noche de los tiempos fueron fáciles de sacar. Lo que jamás lograrán desterrar es la humedad que le regala el encontrarse bajo el nivel del mar y a apenas unos metros de él.

—Quién iba a decirnos hace año y pico que nos llamarían para contratarnos para dar bolos —celebra Olaia.

—Quizá debiéramos empezar a componer nuestras propias canciones —sugiere Nagore.

—¡Qué dices! —se burla Cestero—. Yo no me veo capaz. Una cosa son las versiones y otra crear algo nuevo.

Olaia está de acuerdo con ella.

—Eso requiere mucho tiempo. Las tres tenemos nuestros trabajos. Esto lo hacemos para pasarlo bien.

—Por eso funciona —añade Cestero.

Nagore asiente.

—Tenéis razón. Me he dejado llevar por el subidón. Bueno, ¿qué decís a los conciertos? ¿Les contesto que sí?

La ertzaina se lo piensa unos instantes. Todavía puede contar con los dedos de una mano las veces que han actuado en público. El primer momento es siempre de cierto pánico, pero después lo acaba disfrutando.

—Por mí sí.

—Sí, diles que sí —decide Olaia, que reanuda la marcha hacia la plaza—. Venga, vamos para casa. Son las mil. ¿No estáis cansadas? Yo hoy he tenido el test de Cooper con los de bachiller a primera hora.

Cestero suelta un bufido.

—Mi madre quiere que el domingo la acompañe de ruta con la gente de la terapia...

—¿Qué tal lo lleva? —se interesa Nagore.

—Mejor que yo.

—Eso está bien.

—Sí, pero ya podría ir sola —protesta la ertzaina.

—O con tu hermano —sugiere Olaia.

—¡Ja! Mi madre no le pedirá ayuda nunca. Ya estoy yo para eso. Y, en cierto modo, también es culpa mía. Con lo distorsionada que estaba en mi casa la figura de un padre, asumí yo ese rol con Andoni. Al final le saco un montón de años... Él siempre será el protegido, no sea que algo le afecte y no pueda ser feliz...

Olaia se detiene de golpe en cuanto ponen el primer pie en la plaza. Su rostro refleja el horror más absoluto.

Cestero dirige la mirada hacia el mismo lugar: la pared donde una vieja inscripción prohíbe jugar al balón y anuncia para los infractores una multa de unas pesetas. Esta noche, en cambio, ese mensaje pasa completamente desapercibido. No es capaz de ver su propia cara, pero sabe que de poder hacerlo no sería muy diferente a la expresión de su amiga.

—¡Joder! —exclama Nagore.

La ertzaina se obliga a leerlo de nuevo. La letra le resulta familiar. Tanto como el mensaje que le acompaña y que consigue helarle la sangre.

LA POLICÍA ES COSA DE HOMBRES. AGUR, CESTERO

41

Sábado, 14 de septiembre de 2019

Madrazo contempla el pueblo desde la distancia. Está ahí, al alcance de la mano, al final de una corta rampa entre castaños. ¿Cuándo han tomado los bosques el testigo de los infinitos campos de Castilla? El paisaje ha cambiado sin darle tiempo a percatarse. Ha tenido que ser al dejar atrás Astorga, allí donde han comenzado las primeras cuestas. O tal vez más adelante. ¿Cómo se llamaba ese pueblo donde la piedra de las fachadas y el pavimento de las calles se fundían en tanta armonía?

—Castrillo de los Polvazares —se recuerda a sí mismo.

La americana de las acuarelas habrá disfrutado allí. No le cuesta imaginarla en una de aquellas plazas empedradas trasladando al papel una puerta pintoresca o un viejo crucero. Madrazo la echa de menos. No es que tuvieran mucha conversación, pero era agradable coincidir con una cara conocida al terminar la etapa. Hace dos días que no la ve. Estará unos kilómetros más allá, con sus dibujos hermosos y su sonrisa serena. Le hubiera gustado despedirse. El oficial sabe que no volverán a encontrarse.

El momento se acerca y tiene la certeza de que no está preparado. Creyó que las largas jornadas de camino le ayudarían a aclarar su confusión, a serenar su estado de ánimo, a encontrar esas palabras que se resisten a salir a pesar de que le devoran por dentro.

—Venga —dice, obligándose a reemprender el paso. El nudo en el estómago es insoportable, la crispación de sus manos y maxilares, angustiosa. Ha llegado el momento con el que lleva fantaseando desde que hace semanas se decidió a emprender este camino. Ahora sabrá por fin cómo reacciona ella a su visita. Le costaría recibir un portazo y el desprecio como única respuesta, pero está preparado para ello. Sabe que no va a ser fácil.

Un panel metálico junto a una casa silenciosa le da la bienvenida al pueblo. Son apenas un puñado de casas arracimadas en torno a una iglesia. La calle principal está flanqueada por edificios de dos alturas con cubierta de pizarra. La arquitectura delata la cercanía de los montes de León. No hay mucho movimiento, más bien ninguno.

Un perro negro que dormita junto a una puerta entreabierta levanta la cabeza y observa sin interés al viajero.

—¿Hola? —saluda Madrazo acercándose a la puerta.

El perro gruñe levemente, pero vuelve a recostarse. Ve demasiados peregrinos al cabo del año como para perder el tiempo con ellos.

—El albergue está más adelante, enfrente de la iglesia —le replica desde dentro una voz de mujer.

—No es eso. ¿Podría salir un momento, por favor?

—Un minuto, tengo la olla al fuego.

Huele bien, a guiso aderezado con hierbas aromáticas y pimentón. Es casi hora de comer, pero el olor, que resultaría embriagador para cualquier mortal, no logra abrir el apetito de Madrazo. Su estómago está más preocupado por recordarle que está demasiado nervioso.

—El albergue se encuentra ahí arriba. Si está cerrado, pida la llave en el bar —dice la mujer mientras se seca las manos con un trapo de cocina.

El ertzaina niega con un gesto.

—Estoy buscando a una persona. Vive aquí. —Hace una pausa para tomar aire—. María Victoria Marchena.

La señora se guarda el paño en un bolsillo del delantal de flores. Sus ojos están cansados, igual que un rostro donde las arrugas han creado un auténtico laberinto.

—¿Mariví? ¿Por qué la busca?

—Soy… —Madrazo se regaña a sí mismo por no haber preparado una respuesta a la curiosidad comprensible y natural de una vecina—. Soy… un viejo amigo. —Lo está haciendo muy mal, está dudando demasiado, la mujer sospechará si continúa así—. Soy… fuimos compañeros de universidad.

La señora lo observa unos segundos sin mostrar reacción alguna.

—Ay, hijo… Hace tiempo que no vive aquí —anuncia finalmente.

El oficial siente sus palabras como una puñalada. Nota cómo el valor que ha reunido se repliega dentro de sí. Hasta este momento había tenido miedo de la respuesta que iba a encontrar, pero no imaginaba que pudiera no encontrar respuesta alguna.

—¿Qué pasa, Carmen? ¿Por quién pregunta? —La nueva voz obliga a girarse a Madrazo. Es una vecina. Parece más joven que la primera, aunque solo se debe al tinte rubio con el que cubre sus canas.

—Este peregrino, que estudió con la cría de Celia y esperaba encontrarla en el pueblo.

La recién llegada sacude la cabeza.

—Ya no quedamos más que viejos. ¿Qué iba a hacer aquí una chica joven con lo que le pasó? Hace tiempo que se fue. Al principio venía varias veces al año, a votar y eso. La casa de su familia es una de puerta verde que hay frente a la iglesia. Que yo sepa sigue empadronada allí. —Su mirada interroga a la otra—. ¿Cuánto hará que apareció por aquí por última vez? ¿Dos años?

—Más. Fue el invierno que murió Manolín. Vino al entierro, y de eso hace ya cuatro años.

—¿Cuatro ya?

—Cuatro, cuatro —asegura su vecina.

Madrazo asiste a la conversación sin escucharla. Poco le importan los muertos del pueblo, ni Manolín ni el Antoñín del que hablan ahora. Todo acaba de venirse abajo. ¿De qué han servido tantos días de angustia, tantos meses de dudas? Se siente ridículo por haber fallado en algo tan básico... El padrón municipal ha conseguido engañarle.

—Buen camino —le desea un peregrino que pasa a su lado. Una vez más el acento delata que es extranjero, alemán probablemente.

El oficial de la Ertzaintza le devuelve el saludo.

—Menudas mochilas llevan algunos. Están locos —comenta la del delantal floreado viendo cómo el hombre se aleja cuesta arriba.

—Son jóvenes. Yo a su edad... —replica la otra.

—Si ahora hay quien te lleva el equipaje por cuatro duros. Cuando Pilar, la del panadero, hizo el Camino de Santiago no cargaba con la mochila. Se la llevaba una furgoneta de albergue en albergue. ¿Para qué vas a andar cargada?

La mirada de la anciana busca la aprobación de Madrazo, que se limita a apretar los labios.

—Pues yo creo que para hacerlo bien hay que ir con la mochila a cuestas. Si no, vaya un mérito... —discrepa su vecina.

—Tonterías.

El teléfono del ertzaina comienza a sonar, le brinda la escapatoria perfecta de esa disputa vecinal. Antes de responder se aleja unos pasos en busca de un poco de intimidad. Es Cestero, le devuelve la llamada que él mismo le ha hecho en cuanto la noticia de la aparición de unas pintadas contra la suboficial ha llegado al Camino de Santiago.

—¡Hola, Ane! ¿Cómo te encuentras? ¿Has visto mi llamada?

—Muy harta de Iñaki Sáez. Es un maldito chivato.

—¿Qué ha pasado ahora? —Madrazo no entiende a qué se refiere.

—Me acaba de llamar Izaguirre para amenazarme con abrirme un expediente disciplinario por haber cruzado a Francia para interrogar a un sospechoso.

—Pero tenías permiso. ¿No fue en la comisaría de Hendaia?

—No, no estamos hablando de esa vez. Unos días antes pasé al castillo donde estaba enrocado Etcheverry.

Madrazo suspira. Una de esas clásicas salidas de pista que hacen tan efectiva como problemática la forma de trabajar de Cestero. ¿Y ahora qué? Podría regañarla, y de nada serviría, porque volverá a hacerlo en cuanto tenga oportunidad.

—¿Se lo ha contado Iñaki? —pregunta en su lugar.

—Claro. En cuanto lo supo le faltó tiempo para delatarme. Así gana los puntos ese maldito trepa. No lo quiero en mi equipo.

—Lo sé, lo sé. No me hablas de otra cosa estos días, pero si alguien está a un paso de que la aparten del caso, esa eres tú. Hablaré con Izaguirre y le pediré que olvide lo del expediente. Pero prométeme que vas a ser más cauta de ahora en adelante.

—Oye, que el imbécil es él, no yo.

Madrazo pega una patada a una piedra, que sale disparada y va a dar contra la puerta de una casa que se ve deshabitada. Cestero es buena, la mejor, pero tiene un carácter incompatible con la obediencia a sus superiores.

—Ane, me preocupa mucho esa pintada —dice regresando al motivo por el que la ha llamado a primera hora—. Sal de Pasaia. Quédate en mi piso con Julia. Cabéis las dos. Así os protegeréis una a la otra.

—No voy a darle ese gusto a quien haya querido asustarme —protesta la suboficial.

—Quien ha querido asustarte es un asesino, Ane. Vete a Hendaia, no seas cabezota.

Cestero tarda unos segundos en responder y cuando lo hace es para soltar que se lo pensará. El tono con el que lo hace, en todo caso, anuncia que la decisión está tomada y que no piensa moverse de su pueblo.

Cuando Madrazo regresa junto a las vecinas, todavía hierve a borbotones la discusión sobre la manera más correcta de realizar el Camino de Santiago.

—Disculpen —dice estirando las manos como haría un árbitro de boxeo tratando de apartar a las contrincantes—. María Victoria… Mariví. Tengo una carta para ella. ¿Saben adónde podría enviársela?

Tal vez no esté todo perdido. Quizá se marchó a Astorga o a cualquier otro pueblo grande de los alrededores.

Las ancianas se interrogan con la mirada.

—¿No se fue a León?

—Sí. Sacó una plaza de funcionaria. Es muy inteligente, yo ya le decía a su difunta madre que llegaría lejos.

El oficial siente que las nubes se disipan. No está todo perdido. León se encuentra a tres días de caminata, pero a poco más de una hora en autobús.

—¿Funcionaria? ¿Saben dónde trabaja?

—Pues en León. Trabaja para el gobierno. Funcionaria —replica la del pelo teñido.

Madrazo asiente con desgana. Eso ya se lo han dicho. Abre la boca para explicarle que existen funcionarios municipales, provinciales, autonómicos, estatales, de educación, de sanidad, de… Es absurdo. Mejor no añadir nada. No está en ese pueblo perdido en los Montes de León para aclarar cómo se organiza la administración pública.

—Venga conmigo. Tinín sabrá algo. Eran amigos. Él lo pasó mal cuando Mariví se marchó —dice la que parece más joven cogiéndolo por el brazo—. Siempre creímos que acabarían casándose. ¿Y sabe qué? Yo creo que él también se lo esperaba.

—Yo me quedo con mi guiso. Buen camino, chico. Pide al apóstol por nosotras —se despide la otra.

El bar huele a queso y pimentón. Hay chorizos y cecina en un extremo de la barra y algunos botillos colgados de unas perchas junto a la cafetera. El televisor a todo volumen muestra un plató de tonos rojos en el que varios tertulianos discuten acaloradamente. Un hombre vestido de negro y amigo de gesticular en exceso trata de que la sangre no llegue al río. No hay clientes, solo un tabernero con la espalda apoyada en la barra y la mirada fija en la pantalla. Su coronilla desnuda recuerda a esos frailes de las películas medievales.

—Tinín, hijo… Mira lo que dice este guaje… Pregunta por Mariví —anuncia la mujer que acompaña a Madrazo.

El tal Tinín se gira con los brazos cruzados. Es todo barriga. Madrazo lo había imaginado más apuesto, más joven incluso. Aunque tiene menos años de los que aparenta, seguramente no pasará de los cuarenta. El mondadientes que pende de la comisura de sus labios refuerza el mensaje anticuado. La camiseta negra de Extremoduro pretende llevarle la contraria, pero la tensión que amenaza con reventarla resulta demoledora.

—¿Para qué? —pregunta sin retirarse el palillo.

El ertzaina repite la historia de los viejos compañeros de universidad. Esta vez más elaborada, con detalles que a él mismo le sorprenden. La idea de mencionar que celebraban juntos el cumpleaños no ha sido la mejor. Demasiado arriesgada. ¿Qué responderá si Tinín le pregunta por la fecha de su cumpleaños? Ni siquiera recuerda en qué mes nació la mujer a la que está buscando.

—¿Y por qué crees que a ella le interesará saber de ti? De nosotros, que estuvimos a su lado, ni se acuerda.

El gesto inquisitivo del tabernero resulta ridículo. Definitivamente ha visto demasiadas películas americanas en ese televisor de cincuenta pulgadas.

—Ya… ya. Tienes razón. No sé qué pretendo. Aun así me gustaría saludarla. Quizá le haga ilusión verme.

Tinín deja escapar una risa nasal.

—Pues perdiste tu oportunidad.

Madrazo trata de disimular su incomodidad. No le gusta su interlocutor. Odia que ese tipo lleno de rencor sea la llave que necesita. ¿Quién es él para decidir si ha perdido o no la oportunidad? Ni que la capital de provincia estuviera a miles de kilómetros de distancia. Por un momento se imagina a Cestero interrogándolo y sonríe para sus adentros. Seguro que la suboficial acabaría perdiendo los nervios y cogiéndolo del cuello.

—Ya le hemos dicho que se mudó a León. —La vecina que le ha acompañado al bar sale al rescate de Madrazo—. Solo quiere saber dónde vive.

El tabernero se apoya en la barra con ambas manos. Madrazo centra la atención en el palillo que la lengua arrastra de un extremo al otro de la boca. Ese hombre es un auténtico prestidigitador de los mondadientes.

—No tengo ni idea —sentencia.

Su expresión socarrona dice que miente.

—Venga, hombre. No seas así. Solo quiere saludarla —le interpela la vecina.

Tinín arruga los labios y niega con la cabeza. La sonrisa que traslucen sus ojos resulta ofensiva. Está disfrutando del momento. Es su particular venganza por haber sido abandonado por Mariví Marchena.

—Ven, hijo —le pide la vecina tomándolo del brazo—. Tinín está tonto. Preguntaremos a mi hermana. También vive en León. Seguro que sabe algo de ella.

El oficial se resiste unos instantes, hasta que un nuevo tirón de la mujer le hace avergonzarse del duelo de miradas en el que se está midiendo con el viejo pretendiente de Mariví Marchena.

—Buen Camino —mascula con sorna el tabernero mientras los ve abandonar su establecimiento—. Recuerdos al apóstol.

Madrazo mastica lentamente la derrota. Es una impotencia agria. Su autoridad, su placa, no sirven de nada en ese pueblo a cientos de kilómetros de su casa.

42

Sábado, 14 de septiembre de 2019

El salón principal de la bodega Ibargarai se encuentra a rebosar. Hay corrillos aquí y allá, charlas informales de vecinos de la comarca invitados a la inauguración de la muestra pictórica. Con las luces encendidas y las mesas engalanadas con ramos de hojas de viña y velas, el lugar no parece el mismo que las ertzainas visitaron días atrás. Una melodía ligera a manos de un pianista envuelve las conversaciones y otorga un toque distinguido a la espera.

—¿Un txakoli? —les ofrece un camarero.

Julia y Cestero cruzan una mirada y asienten. Es sábado, están fuera de su horario laboral y oficialmente no se encuentran de servicio.

—Solo un poco, por favor. Para probarlo, que después tenemos que conducir —le indica Cestero.

El hombre alza la botella por encima de su cabeza y escancia el vino en sendos vasos, anchos y finos, igual que los empleados habitualmente para servir la sidra.

—Vale, vale —le detiene Julia al comprobar que el contenido comienza a ser generoso.

—Esto pasa fácil —apunta el camarero guiñándoles un ojo—. Y luego os serviré un poco de txakoli submarino que hemos sacado hoy mismo de debajo del mar. Ese sí que os sorprenderá.

En cuanto se aleja con su botella, Julia se lleva el vaso a los labios y finge desagrado.

—¡Qué pena de txakoli! Con lo rico que está el de Bizkaia.

—¡Ya estamos! —protesta Cestero.

La de Mundaka se ríe.

—Es broma. No son comparables. Allí ni siquiera lo escanciamos. Se sirve en copa. Y el de aquí solo lleva una variedad de uva, mientras que en el nuestro se admiten algunas más. Es como comparar un café y un té.

—No sabía que fueras tan experta.

Julia resopla.

—Si vinieras a las cenas de Navidad de mi familia, lo entenderías. ¿Sabes lo que es tener un tío bodeguero?

—Me lo puedo imaginar… —El rostro de Cestero abandona de pronto la sonrisa para volverse severo—. ¿Has visto quién está ahí? A que consiguen darle la vuelta a la noticia.

Julia sigue su mirada hasta recalar en un equipo de televisión.

—No lo dudes. Y no les costará mucho. Con destacar la frivolidad de una sociedad que celebra fiestas regadas de vino mientras un asesino se dedica a cargarse a mujeres a un par de metros de sus casas…

—Tampoco es así —discrepa la suboficial—. No tienes más que acercarte a cualquiera de los grupos que ves aquí para saber que los crímenes que investigamos ocupan todas las conversaciones.

—Pero aquí están. No me digas que es el mejor momento para celebrar una fiesta. Los Ibargarai deberían haberla pospuesto. ¿Qué menos que un mínimo luto?

Cestero se lo piensa unos instantes.

—No sé qué decirte. Por un lado, lo vería lógico; por el otro, sería permitir que el asesino logre su propósito de marcar el paso. Si esta gente comienza a cambiar su vida, habrá ganado.

Julia sacude la cabeza. No está de acuerdo.

—Ya ha ganado, Ane. El miedo está ahí. Nadie habla de otro tema estos días. Estoy segura de que incluso habrá mujeres que se estén arrepintiendo de destacar, de ser brillantes, porque eso podría colocarlas en la diana de ese cabrón.

—Hombre… La flamante Unidad Especial de Homicidios de Impacto —saluda una voz que a Julia se le hace ligeramente conocida. Al girarse se encuentra a Bergara, el comisario de la Ertzaintza en la comarca. Llega con una mujer cogida de su brazo—. Cómo se cuidan… Está rico el txakoli de los Ibargarai, ¿verdad?

—Bastante —responde secamente Cestero.

—Yo me quedaré con las ganas. He venido en coche… —anuncia Bergara. Un gesto forzado de confusión acompaña al dedo que señala los vasos de ambas policías—. ¿Ustedes no?

La suboficial le mantiene la mirada. Julia teme que le dé una mala respuesta. Sin embargo, lo único que le lanza Cestero es una pregunta:

—¿Cómo va el caso de la desaparición de Carolina Sasiain? ¿Hay alguna novedad?

Su preocupación es sincera, pero Bergara responde a la defensiva:

—¿Y el caso del crimen del Alarde? ¿O debería decir de los crímenes del Alarde y el puerto? ¿Sigue tan enquistado?

—Señor comisario, mi interés es real —aclara Cestero—. Conozco personalmente a Carolina y me gustaría saber si ha aparecido algo más que su teléfono móvil.

La mujer de Bergara da un pequeño tirón del brazo de su marido. Tal vez intentara que fuera imperceptible, pero se le ha ido de las manos.

—No hay novedades por el momento. Pero estoy seguro de que no tardaremos en saber algo —reconoce el comisario en un tono más humilde. Después se despide con una sonrisa de circunstancias y se aleja con su pareja hacia el grupo donde charlan algunos miembros de la corporación municipal.

—Las élites de Hondarribia —comenta Julia cuando los ve recibir al responsable policial con efusividad.

Cestero asiente. El resto de los corrillos parecen menos formales, aunque la mayoría de los asistentes llevan indumentaria de domingo. Muchas camisas y jerséis atados sobre los hombros en el caso de ellos y vestidos lucidos en las mujeres. No llega a ser una boda, pero se asemeja bastante. Las dos ertzainas, con sus vaqueros ajados, desentonan un poco.

—Mira, hay movimiento —anuncia la suboficial.

Todas las miradas se han vuelto hacia la puerta del fondo. Eusebio Ibargarai acaba de entrar. Las personas que va encontrando en su camino hacia el centro del salón le saludan y le hacen comentarios que él recibe con sonrisas de cortesía. Su rostro es serio, circunspecto. Tampoco es que en visitas anteriores haya sido un tipo dicharachero y jovial, pero desentona con el ambiente de celebración de este día. El vértigo de tener en su casa a un centenar de invitados a los que agasajar pasará factura, claro.

Cuando Julia vuelve a buscar a Ibargarai con la mirada lo encuentra a apenas unos pasos de ellas. Se ha detenido junto a Bergara y parece estar contándole algo grave.

—Vamos —indica la suboficial. También ha reparado en ello.

Al verlas llegar, Eusebio Ibargarai tuerce el gesto y baja la voz:

—Loli no aparece por ningún lado. La he llamado varias veces y no responde al teléfono, quizá no lo llevara con ella. Hace días que está muy nerviosa por esto de la exposición, pero con todo lo que ha sucedido últimamente, reconozco que yo también estoy intranquilo.

Cestero y Julia intercambian una mirada de preocupación.

—¿Cuándo la ha visto por última vez? —inquiere la suboficial.

—A mediodía. Ha salido a pintar para intentar calmarse.

—¿Adónde? ¿Ha cogido el coche? —pregunta Julia.

—Eso ya se lo he preguntado yo —interviene el comisario con expresión severa.

Ibargarai sacude la cabeza.

—No, qué va. Estos últimos días no ha salido de aquí. El viñedo en época de vendimia le resultaba muy inspirador.

—Hay que peinar la finca inmediatamente —señala Cestero.

—Voy a dar aviso a mi equipo. Seguro que se trata de un momento de pánico escénico y dentro de un rato estamos riéndonos del susto —anuncia Bergara. Después se aparta unos pasos con el teléfono en la mano.

—Habrá que informar a todas estas personas de que la inauguración se pospone —apunta Julia recorriendo el gentío con la mirada.

—Sí —se suma Cestero—. Aprovecharemos que hay tantos invitados para organizar patrullas de búsqueda por el entorno de la bodega.

—Ni mucho menos —se opone Ibargarai—. Loli no nos perdonaría arruinar su fiesta.

—Pero ahora lo único importante es dar con ella —objeta Julia. Le resulta absolutamente incomprensible lo que está escuchando.

—No vamos a cancelar la inauguración —zanja el empresario—. Hay mucho sudor y grandes ilusiones detrás de esta retrospectiva. Seguiremos con lo previsto.

Julia lee la tensión en la mirada de Cestero, que, sin embargo, logra contenerse.

—Enseguida llegarán agentes para inspeccionar a fondo el viñedo —indica la suboficial dirigiendo la mirada al comisario, que dicta órdenes a través del teléfono—. ¿Algún lugar en especial al que Loli suela acudir? Tendremos que reconstruir las últimas horas de su mujer. ¿Ha habido algo en su actitud que le llamara la atención?

Ibargarai niega con la cabeza.

—Nada. Solo llevaba unos días muy inquieta, pero ¿quién no lo estaría cuando te dispones a estrenar la primera exposición de tu vida?

Julia mira a su alrededor. Las conversaciones han ido cesando conforme se ha ido corriendo la voz de que algo ha ocurrido. El pianista recupera el protagonismo que le habían robado. Toca una melodía triste, de notas largas y lloronas, que encaja bien con el momento.

—¿Quién se encontraba en el viñedo esta tarde? —inquiere Cestero. En su mano sostiene ya la libreta para tomar notas.

—Nadie. Hemos vendimiado por la mañana —señala Ibargarai—. He dado la tarde libre a todos para poder rematar los preparativos en condiciones. No puedes tener todo en orden mientras los temporeros andan de un lado para otro con cestos y cajas de uva.

—¿Alguien externo a la bodega ha podido tener acceso a la finca? —interviene Julia.

El empresario adquiere la expresión de quien va a decir algo evidente.

—El viñedo está abierto siempre. Ustedes mismas lo han comprobado. ¿Cuántas veces han venido en la última semana? ¿Se dan cuenta ahora de que estaban hurgando en el lugar equivocado? —Ibargarai señala a Julia con el dedo—. El jueves sin ir más lejos. Trató a mi esposa como si fuera sospechosa de algo. ¿Y ahora qué? ¿Qué hacemos con el tiempo que han perdido? Si hubieran hecho bien su trabajo, Loli estaría hoy celebrando que sus vecinos por fin la llaman pintora… Así que ahora, si me lo permiten, voy a inaugurar la muestra.

El silencio es sepulcral. Nadie habla ya, solo las manos del músico. Todas las miradas están puestas en esa conversación. Solo quienes son incapaces de refrenarse ante la magia de lo gratuito estiran las manos hacia las bandejas repletas de pintxos que continúan ofreciendo los camareros.

—¿Está seguro de que no sería mejor posponer el acto? —insiste Cestero.

—Déjeme hacer a mí —zanja el empresario.

La suboficial se gira hacia Julia, que no sabe qué añadir. Al fin y al cabo, tal vez Ibargarai tenga razón. Cuanto menos se contribuya a alimentar la alarma social será mejor. Si se opta por la suspensión, la mala noticia correrá como la pólvora. Antes o después ocurrirá, pero mejor ganar algo de tiempo para poder hacer las cosas con tranquilidad.

—Está bien. Diga que se encuentra indispuesta… No sé, algo que no genere alarma —le ruega Cestero.

—Sé lo que tengo que decir. Uno ya tiene sus años y no ha llegado tan lejos porque sí —replica con desgana el bodeguero.

—Media comisaría está en camino —anuncia Bergara, regresando junto a ellos. Su mano se posa en la espalda de Ibargarai—. Voy a encontrarla, Eusebio.

Uno de los concejales se acerca al grupo.

—Hay algo que no va bien, ¿verdad?

—Mi mujer ha desaparecido —explica el bodeguero.

El político resopla mientras sacude la cabeza.

—¿Qué coño estáis haciendo, Bergara? ¿Otra más?

El comisario señala a Cestero con ambos índices.

—Pídele cuentas a ella. Mi comisaría está fuera de la investigación. Otro gallo nos cantaría si lleváramos el caso desde aquí.

—¿Y a qué jugáis? —le lanza el concejal a la suboficial—. ¿Sabéis el daño que está ocasionando esto a la imagen de nuestro pueblo?

Julia observa a su superiora. Es evidente que se está pidiendo calma antes de responder.

—Hemos detenido a un saboteador y a un narco. No está mal en una semana —le reprocha Cestero.

—¿Y el asesino? ¿Pensáis encontrarlo en esta fiesta, mientras os dedicáis a beber txakoli?

Si fuera posible matar a alguien solo con la mirada, el concejal habría caído fulminado. Julia comprende por el gesto de su compañera que se ha terminado el tiempo de la contención.

—No soy yo quien permite una fiesta machista que ha prendido la mecha que nos ha metido en este embrollo —escupe la suboficial.

Las cámaras de televisión, que son ya tres, han ido acercándose sin levantar polvo. No pierden detalle de la discusión. Con un poco de suerte sus micrófonos no estarán siendo capaces de captar las palabras. De lo contrario, la imagen en los informativos será aún más demoledora.

Eusebio Ibargarai decide que ha tenido suficiente.

—Voy a dar inicio al acto —anuncia señalando el atril.

—¿Necesitas que te arrope? —se ofrece el concejal. Su pregunta ha sonado más bien a súplica. Está deseando tener su minuto de gloria.

Eusebio Ibargarai no se detiene hasta alcanzar el altillo que han dispuesto ante la cortina que oculta los cuadros.

—Buenas tardes —saluda mientras deposita en el atril unos folios con el discurso que ha preparado—. Me gustaría agradeceros vuestra asistencia, un año más, a la fiesta de la vendimia de Txakoli Ibargarai. Hace diez años ya que emprendimos este sueño de establecer una txakolindegi en nuestra comarca. Al principio pocos apostaban un duro por unos locos que se atrevían a cultivar viña lejos de Getaria o de Urdaibai, las cunas de este vino. Y, sin embargo, aquí estamos ahora. Pocas bodegas habrán llegado tan lejos en tan poco tiempo. Hoy podréis degustar nuestro vino submarino. Seguro que lo disfrutaréis. —Hace una pausa para señalar la larga cortina que pende tras él—. Este año no es uno más para mi familia. Quienes conocéis a Loli sabéis que es una apasionada de la pintura. El pincel es su vida. Ya me gustaría que me dedicara tanto tiempo como les dedica a sus lienzos… —Se oyen algunas risitas de cortesía—. Algunos habéis tenido la fortuna de admirar ya su obra, para otros, en cambio, será la primera vez.

Las miradas de los asistentes se vuelven a un lado y a otro. Buscan a la pintora con interés. Se oyen algunos cuchicheos por lo bajo, los rumores se han extendido rápidamente. Tal vez incluso hayan tenido tiempo de salir de la bodega a través de las redes sociales.

—Os preguntaréis dónde se encuentra la artista y por qué no ha subido aún al escenario —continúa Ibargarai—. Pues bien, no lo sé. Loli ha desaparecido. Es una noticia terrible, sobre todo teniendo en cuenta lo que ha sucedido en este pueblo en los últimos días. Si hay una mujer destacada en nuestra comarca, una personalidad dispuesta a desafiar las reglas, esa es Loli. Pionera en los negocios, ahora artista puntera… Solo espero que el asesino del Alarde no haya puesto su objetivo en ella. Y pido a la policía, aquí presente, que nos defienda, que para eso pagamos nuestros impuestos.

—Menos mal que tenía que calmarlos —lamenta Julia llevándose la mano a la cara.

—Joder, la madre que lo parió —protesta Cestero.

Las sirenas policiales que llegan del exterior se cuelan en la bodega y brindan un envoltorio dramático al discurso del empresario.

—Pero ¿sabéis qué? Ni la mezquindad de uno ni la inutilidad de otros van a lograr acallar nuestras ilusiones. Loli vivía para el arte. —La mano de Ibargarai señala la muestra, todavía oculta, que tiene detrás—. Hoy era el día más importante de su vida y no voy a permitir que se lo roben. Por favor, brindemos por ella y disfrutemos de su obra. Ah, y tened en cuenta que podríais estar ante las únicas muestras del arte de una genial pintora. Si el asesino del Alarde... —La voz se le quiebra, el gesto también y el discurso inaugural queda finiquitado por el abrazo que corre a darle el concejal.

Un aplauso atronador enmarca los pasos del bodeguero hacia la cortina, que aparta con expresión solemne. Los cuadros se despliegan detrás y los asistentes viven un momento de exaltación. Se abalanzan sobre las obras, se hacen fotos que después servirán para contar a todo el mundo que ellos estaban allí... Y lo más importante para las arcas de los Ibargarai: se desata una auténtica carrera por hacerse con los lienzos expuestos. Junto a cada uno de ellos ha sido colocada una tarjeta con el título y el precio de venta. Los importes parecen a todas luces desorbitados para tratarse de las obras de una mera aficionada. Dos mil euros por los más baratos y hasta siete mil por algunos de formato mayor.

Sin embargo, el interés desborda cualquier previsión. Entre quienes se acercan a ofrecerle su hombro para que se desahogue y los que desean reservar alguna de las pinturas, Ibargarai no da abasto. En unos minutos no quedará una sola obra sin vender.

—Si no llega a ser por la desaparición, no coloca ni uno —masculla Cestero.

—Somos así —lamenta Julia—. Coge un poco de lástima y mézclala con la posibilidad de perder una oportunidad que solo pasa una vez en la vida y aquí tienes el cóctel resultante.

—Ay, qué bonito es este. No me digáis que no da sensación de frescor —comenta junto a ellas una mujer acompañada de otras dos amigas. El cuadro al que se refieren representa una de las muchas calas de Jaizkibel—. ¿Quién lo ha comprado? —añade consultando la etiqueta—. Lorena Carreras... ¿Esa no es la farmacéutica de la Alameda?

—No, esa es Arrieta, Lorena Arrieta —aclara otra.

—¿Y quién es Lorena Carreras? Cuatro mil quinientos euros se ha gastado...

—Tiene que ser la nuera de los del camping, esa de Tolosa que se casó con el hijo pequeño.

—¿El que mandaron fuera a estudiar?

Julia observa que no son las únicas que se dedican a curiosear los nombres garabateados junto a los lienzos. De hecho, se diría que pasado el primer momento despierta mayor interés saber quiénes se han gastado semejante dineral que las obras en sí mismas.

Bergara se acerca por detrás. Unos golpecitos de su dedo índice en el hombro de Cestero hacen girarse a la suboficial. La expresión del comisario es de preocupación, aunque no falta el matiz de la burla.

—Hemos encontrado el cuadro que estaba pintando. Estaba derribado en uno de los extremos del viñedo y con signos de forcejeo. Sus objetos: paleta, pinceles, teléfono móvil... han aparecido desparramados por el suelo.

Cestero y Julia intercambian una mirada. Se confirma el peor de sus temores: la desaparición no ha sido voluntaria.

—Deberíamos registrar todos los vehículos. Es posible que ya sea tarde, pero no podemos arriesgarnos —decide la suboficial.

Bergara la observa como si hubiera visto un burro con alas.

—Qué tonterías dice. Los invitados son lo más de la sociedad de esta comarca. Hay empresarios, políticos, armadores, deportistas... Gente respetada a la que no pienso abrir el maletero para ver si llevan oculta a una mujer. Pensar que alguno de ellos ha podido tener algo que ver con la desaparición es absurdo.

—Como si ser empresario o político fuera una garantía de honradez —explota Julia.

—¿Y la bodega? ¿Tampoco piensa registrarla? —añade Cestero.

—Por favor… —se defiende con rictus de desprecio el comisario—. Bastante desgracia le ha caído encima a esta familia como para hurgar más en la herida. ¿Qué quiere que haga? ¿Que me meta en la cama de Eusebio Ibargarai para ver si la tiene escondida bajo el edredón?

Julia busca al bodeguero con la mirada. Se encuentra con aquellas mujeres de los cuadros. Le dan abrazos entre gestos apesadumbrados. Después comentarán lo desmejorado que está y se perderán otra vez en las etiquetas con los precios.

Cestero va detrás del comisario, que se aleja ya hacia la puerta, y le coge por el brazo.

—Si no registra cada vehículo, estará cometiendo una negligencia.

—No pienso insultar a mis vecinos de ese modo.

La ertzaina da un paso atrás.

—Si usted no lo hace, lo haré yo. De aquí no saldrá nadie sin que echemos un vistazo a su coche.

—¿Y piensa hacerlo usted sola? No cuente con ningún efectivo de mi comisaría —apunta Bergara con un mohín de desprecio—. Mejor tómese otro vino y déjenos a los profesionales hacer nuestro trabajo sin ofender al resto. Desde que están aquí solo han creado problemas y enfrentamientos en el pueblo. ¿No le parece que ha llegado la hora de dejar de humillar a esta comarca?

43

Sábado, 14 de septiembre de 2019

La chimenea de la vieja fábrica de porcelanas despunta sobre el aparcamiento, que las farolas bañan con su cálida luz naranja. Una gaviota vigila la noche desde lo más alto del cilindro de ladrillo. Otras lo hacen desde la cubierta de la biblioteca, un sobrio edificio de hormigón levantado hace escasos años. Las aves apenas dejan escapar algún tímido graznido cuando Cestero cierra el coche con llave.

La ertzaina las mira de reojo. Es extraño que no protesten con más fuerza, con lo susceptibles que son con los ruidos. Hay un pescador amarrando su chipironera en el pantalán. Raro también que no estén revoloteando a su alrededor, a la espera de que les lance algún resto de cebo o vientres de pescado. Nunca entenderá a esas aves, que a veces parecen tan previsibles. Ahora bien, sabe que si una de ellas se animara a volar hacia el pescador las demás irían detrás. Y no es por un comportamiento gregario. Al contrario, es la envidia, el miedo a perderse algo interesante, como ha sucedido entre quienes se han lanzado como locos a por los cuadros de Loli.

Tras asegurarse de que no hay nadie más a la vista, Cestero se adentra en la única calle de San Juan. El piso que comparte con

274

Olaia se encuentra al final del pueblo, junto a la plaza principal. Son apenas cinco minutos de caminata entre casas de fuerte sabor marinero, pero esa noche no se siente segura. La pintada aparecida la víspera no ayuda a regresar tranquila a casa. La desaparición de la pintora, tampoco.

La situación en Hondarribia está descontrolada. Después de casi una semana de trabajo sobre el terreno, ella y su equipo no han conseguido poner freno al asesino del Alarde. A la vista de las detenciones, nadie podrá negarles que están dejando un pueblo más seguro, pero no han movilizado a la UHI para eso, sino para dar caza a un psicópata que no parece dispuesto a parar.

El regusto de la frustración todavía amarga en su boca. No tiene sentido haber permitido que todos esos invitados abandonaran la fiesta sin responder la más mínima pregunta, sin abrir los maleteros de sus vehículos de alta gama. Ha resultado imposible doblegar a un Bergara más preocupado por no perder su reputación y buenas relaciones que por resolver la desaparición. Y eso por no hablar de Ibargarai. El bodeguero parecía más interesado en hacer caja con la venta de los cuadros que en encontrar a su mujer. Mucha palabrería lastimera pero pocas acciones.

Las pisadas de la ertzaina resuenan sobre los adoquines, acallan las voces furiosas de su mente. Del interior de algunas casas le llegan palabras apagadas y el sonido grave de los televisores. El llanto de algún bebé y los ladridos de un perro que le gruñe cada noche tras una puerta verde se suman a la banda sonora.

Nada parece diferente a otros días. Tal vez pudiera esperarse algo más de vida en la calle tratándose de un sábado, pero la lluvia intermitente y el viento de mar no invitan a salir. En realidad todo ha cambiado. Esa pintada amenazante pesa sobre sus hombros. Más de lo que Cestero esperaba. Mucho más. No quiere pedir escolta a Bergara, algo así sería humillante. Además, ella sabe cuidarse sola.

Un momento… Graznidos. Son las gaviotas del aparcamiento. Algo las ha molestado.

Quizá solo se trate de una disputa entre ellas por algún despojo que el pescador les haya tirado al agua.

Cestero se gira para comprobar que nadie la sigue. Su mano derecha viaja a la empuñadura del arma reglamentaria. No piensa separarse de ella hasta que detengan al asesino.

Tras unos instantes tan quieta como una pantera acechando a su presa, la ertzaina reanuda su camino. No ha avanzado mucho cuando un sonido la hace detenerse en seco.

Pasos.

Llegan desde uno de los callejones que caen hacia el mar. La pintada, la maldita pintada, regresa a su mente. Se sabe en peligro. Todo el pueblo la sabe en peligro. ¿Cuántas veces la ha llamado ya su madre para preguntarle si está bien? Esa mañana nadie habrá hablado de otra cosa en las pescaderías de San Juan.

Mari Feli no ha perdido la ocasión de insistirle en lo de la excursión con las mujeres de la terapia. Sin embargo, ella misma le ha brindado la excusa perfecta para librarse de acompañarla. Un periodista francés ha llamado a su casa para citar a Cestero a una hora incompatible con ir de salida dominical. Al parecer quiere darle una información que asegura que podría ser importante para el caso.

Ane retira el seguro de la pistola y escucha en silencio. Las pisadas se han extinguido. Quienquiera que esté ahí se ha detenido antes de dejarse ver.

La suboficial aguanta la respiración y continúa avanzando sin hacer ruido, tratando de no regalarle a quien se oculte ahí la más mínima ventaja.

Un paso, dos… El callejón comienza a mostrarse en su campo visual. No hay farolas que brinden claridad a ese espacio de apenas dos metros de ancho.

Tres, cuatro… Uno más y lo tendrá todo a la vista.

Y él también la verá a ella, por supuesto. Los dedos se tensan en la empuñadura.

Cinco… El mar se recorta al fondo del callejón, oscuro y silencioso. En los seis o siete metros que la separan de él no hay más que fachadas durmientes y un cubo de basura.

La suboficial oye de nuevo las pisadas. Esta vez, sin embargo, siente vergüenza. Solo son las olas. La marea alta las hace golpear contra la base del pavimento, allá donde la callejuela se encuentra con el mar.

—Joder, Ane… —se reprocha mientras deja tranquila la pistola. No puede permitir que el miedo la condicione de ese modo.

Su propia llamada de atención surte efecto durante los siguientes minutos. Avanza por el centro de la calle y con la mano derecha rozando el arma, sí, pero se concentra en los olores que flotan en la noche. El olfato siempre ha sido su sentido predilecto y tiene comprobado que la ayuda a evadirse.

En esa casa están cenando pescado frito. Fresco, del día, de lo contrario se sumarían los tonos acres del amoniaco. Y en la de enfrente han abusado del comino. La humedad del ambiente despierta al jazmín que trepa por una reja metálica. Su aroma es empalagoso pero casa muy bien con la noche. Lástima de la peste a basura que llega desde ese cubo de la esquina contraria. El salitre también está presente, claro, y más ahora que los edificios de la izquierda han cedido el testigo al mar.

La motora, el pequeño transbordador que une los distritos de San Juan y San Pedro, se dirige hacia la orilla de enfrente. El petardeo de su motor es inconfundible. Cestero pasa junto al embarcadero desierto. La lluvia que lleva cayendo todo el día mantiene alejados a los turistas que se acercan habitualmente a cenar en los restaurantes marineros.

De pronto el juego de los olores pasa a un segundo plano. Alguien ha abierto un portal algo más allá. De nuevo la tensión a la espera de ver una silueta lanzándose hacia ella. Pero tampoco esta vez. Es solo una adolescente que baja la basura y que aprovecha para hablar por teléfono en la intimidad que le brinda la calle.

Cestero suspira. Odia sentirse así. No se reconoce en esa ertzaina amedrentada. Se siente de regreso a su infancia para volver a ser la Ane que dormía con un cuchillo bajo la almohada por si su padre trataba de matarla en plena noche. Hacía tiempo que no se sentía tan desvalida. El miedo es tramposo en su búsqueda de un camino para hacerse fuerte y parece que ha encontrado la manera de regresar.

—No puedes seguir así —se dice en voz alta.

Será mejor que haga caso a Madrazo y se vaya a Hendaia con Julia. Mientras el asesino del Alarde siga suelto no tiene sentido que regrese a Pasaia cada noche. Si lo hace, no solo pondrá en peligro su propia vida sino también la de las personas a las que quiere.

La decisión aligera en parte el peso sobre sus hombros. La plaza está muy cerca. Una vez en ella vuelve la vida. Tal vez no la habitual para el fin de semana, pero suficiente para no estar sola. Del bar más cercano brota la música de la que acostumbran a quejarse los vecinos del primero. Hay un grupo de jóvenes charlando con sus vasos en la mano. Han salido a fumar. Y algo más allá una pareja se besa a orillas del mar. Es lo que tiene la plaza de San Juan, que solo cuenta con tres fachadas y una cuarta abierta a la bocana. Un lujo que se traga los balones de los niños, pero que permite disfrutar de las idas y venidas de los barcos mientras una se toma una cerveza con las amigas.

Esa noche, sin embargo, Cestero no está para irse de cañas.

Un paso estrecho bajo las casas le hace aguantar la respiración. Se encuentra cerca de su meta, pero aún queda esa escalera trasera, encajada entre la ladera de la montaña y los edificios que se asoman a la plaza.

Su piso se halla en una tercera altura, pero a diferencia de los dos inferiores, cuyo acceso se realiza por un portal en la propia plaza, se llega a él por esa subida que Olaia y ella suelen llamar secreta. El foco que hay a medio camino está fundido. Lleva así varias semanas, meses quizá, pero ni Cestero ni su amiga han tenido la menor prisa en cambiar la bombilla. Ahora, sin embargo, echa de menos la luz. Se trata de un acceso demasiado lúgubre y apartado cuando estás en el punto de mira de un psicópata.

Son apenas unos segundos de tensión. Cuando por fin empuja la puerta de casa, se siente a salvo. El olor a ropa limpia la reconforta en el acto y supone la mejor alfombra de bienvenida. Olaia ha hecho la colada.

—¡Ane! —la saluda su compañera de piso acercándose a recibirla. Todavía lleva en la mano algunos calcetines que le faltan por tender—. ¿Qué tal el día?

La ertzaina se encoge de hombros. ¿Qué puede responder a eso?

—Bastante bien —miente.

—He visto en la tele lo de esa mujer, la pintora.

Cestero asiente.

—Pues ya ves que no tan bien... Ha sido todo una mierda —reconoce—. A Loli se la han llevado en su propio viñedo la misma tarde en que inauguraba su exposición. Es terrible. Y a Carolina, la mujer de la terapia, siguen sin encontrarla. Ni a ella ni al cabrón de su marido...

—Estoy preocupada por ti —confiesa Olaia—. ¿Por qué no pides protección?

—Ni de coña. Soy ertzaina. Voy armada. —Olvida mencionar que no piensa regalarle a Bergara la satisfacción de pedirle escolta.

—Si te ataca por sorpresa, de poco te servirá tener una pistola —discrepa su amiga.

Cestero sabe que tiene razón. Ese es precisamente el motivo por el que el trayecto a pie desde el aparcamiento se le ha hecho tan cuesta arriba.

—He pensado que me iré a casa de Madrazo unos días —explica con un nudo en la garganta. No le gusta esa sensación de estar tirando la toalla—. Creo que será lo mejor mientras no resolvamos el caso. Así tú podrás estar tranquila y Julia y yo sabremos defendernos si hay problemas.

—Yo estoy tranquila contigo aquí —protesta su amiga.

—Lo sé, pero me refiero a... Tengo miedo de que te pase algo por mi culpa.

—No es tu culpa que un psicópata haya puesto tu nombre en una diana.

—Pero lo será si no hago lo posible por protegerte. Creo que es mejor si me voy a Hendaia. Por ti y por mí. Incluso por Julia. Juntas haremos del piso de Madrazo un castillo inexpugnable.

Olaia asiente con expresión sombría.

—Me parece una decisión correcta, aunque te voy a echar de menos.

—¡Yo sí que te voy a echar de menos a ti! —exclama Cestero—. Este piso ha sido lo más parecido a un hogar que he tenido jamás.

Su amiga la observa con una mezcla de extrañeza y ternura. No es habitual que la ertzaina muestre tan abiertamente sus sentimientos.

—Exageras —le dice en tono de broma.

—Claro que no —aclara Cestero—. He llegado a casa por las noches y he encontrado risas en lugar de lágrimas y desesperación. Estos meses han sido reparadores, maravillosos, me has hecho sentir bien cada día. Contigo he comprendido el concepto de familia, la importancia de que tu hogar sea ese sitio donde te sientes segura y tranquila, ese lugar al que regresar cuando todo va mal. Eres una buena amiga, Olaia.

—Harás que me ponga roja.

Cestero se ríe. Le gustaría recordarle que su vida estaba patas arriba cuando le abrió las puertas de su casa. Su madre, Mari Feli, había dado por fin el paso de divorciarse y su padre había reaccionado expulsando a la ertzaina del piso de la abuela, al que ella se había mudado años atrás. El heredero de ese inmueble era él y no iba a permitir que una hija a la que culpaba de haber incitado a su madre a divorciarse continuara disfrutándolo. Y entonces Olaia la acogió.

—Solo serán unos días —dice tratando de quitar hierro a su marcha. Tiene la sensación de que el mensaje va más dirigido a sí misma que a su amiga. Necesita creérselo.

—Sí, ya puedes darte prisa en regresar. No pienso permitir que se alargue tu estancia en Hendaia. Como no detengas rápido a ese cabrón, iré yo en persona a por él —bromea Olaia acercándose a la nevera a por un par de cervezas.

—Hoy me he sentido un poco tonta volviendo a casa. Cualquier ruido me parecía la mayor amenaza —confiesa Cestero.

—Es normal que tengas miedo. Yo también lo tendría. Un asesino te ha amenazado públicamente con una pintada en la puerta de tu casa. Lo extraño sería ser capaz de andar tranquila por la calle.

La ertzaina sacude la cabeza.

—Pero no era un miedo normal. Era irracional, me bloqueaba. Exactamente igual que cuando de cría temía que mi padre nos pudiera hacer algo.

—Tiene que ser horrible no sentirte segura en tu propia casa —dice su amiga.

—Es una mierda. La primera vez que fui consciente debía de tener siete años. Llegó a casa en mitad de la noche y despertó a mi madre culpándola de hacerle infeliz. Supongo que vendría del bingo o de alguna tragaperras y necesitaba culpar a alguien por haberlo perdido todo, como siempre. Me recuerdo sentada en mi cama, sola, hiperventilando. Ahora comprendo que se trataba de un ataque de ansiedad, el primero de los muchos que he sufrido en mi vida. —La ertzaina se detiene unos instantes. Un trago de cerveza mientras asimila sus propias palabras—. No sé qué le contestó mi madre, pero solo consiguió que él se enfureciera aún más. La culpé para mis adentros, quería que se callara, que asumiera su error para que cesaran los gritos y los desprecios. La he culpado tantas veces sin razón…

—No te fustigues —interviene Olaia acariciándole el brazo—. Es una reacción normal. El niño lo que quiere es que esa tormenta que no puede controlar pase cuanto antes y sabe que su madre tiene la llave para hacerlo. Solo tiene que dar la razón a quien grita para que todo cese.

Cestero comprende que lo que dice su amiga es cierto, pero no por ello deja de parecerle terriblemente injusto.

—Entre la terapia de mi madre y los asesinatos machistas de estos días me siento muy vulnerable. No creía que fuera a afectarme tanto. Todo esto me está removiendo mucho. Es como si volviera atrás en el tiempo. Y no me gusta nada esta Ane.

—Ánimo, tía. Eres fuerte y puedes con ello. En unos días estaremos riéndonos de todo mientras nos tomamos unas margaritas a la sombra de las palmeras.

Cestero esboza una sonrisa tímida. Ojalá tenga razón. Olaia, entretanto, continúa recorriendo su brazo con las yemas de los dedos. Es un gesto delicado, sutil, que la inunda de calor. La piel de la ertzaina despierta bajo la mano de su amiga. Ha olvidado cuándo fue la última vez que una caricia la hizo sentir de ese modo. Debería resultarle incómodo, Olaia es su mejor amiga, pero sucede lo contrario, hace que se sienta muy bien. Lo que piensa a continuación es una locura que debería silenciar cuanto antes, abrazar a Olaia e irse a dormir, pero entonces sus miradas se cruzan y comprende que no es solo ella quien se siente así. Los leves dedos de su amiga han recorrido el camino desde el brazo hasta su cuello con una suavidad tal que provoca un estremecimiento en la ertzaina. Sus ojos se encuentran nuevamente y Ane mide qué podría decir, pero el momento de las palabras ha pasado. El pulgar de Olaia ha alcanzado su labio inferior y Cestero responde entreabriéndolos en una exhalación anhelante. Estira la mano hacia el cuello de su amiga y la atrae hacia ella.

Olaia no se hace de rogar. De pronto no hay espacio entre ambas. Sus labios se encuentran y caen algunos leves mordiscos aquí y allá. El deseo cabalga ya desbocado. Sus lenguas comienzan un baile húmedo y apasionado.

—Joder, Ane… Estamos locas —apunta Olaia, jadeante. Sin embargo, no da un paso atrás y Cestero lo agradece.

Los besos ganan intensidad, la respiración de ambas se vuelve entrecortada. Sus manos responden encaminándose rumbo al sur. Los jadeos de Ane aumentan cuando los dedos hábiles de Olaia retuercen con contundente suavidad los piercings que coronan sus pechos. La ertzaina responde mordiéndole el cuello y arrancando sin compasión alguna el botón de sus vaqueros. Su mano busca la humedad ahí abajo. Más jadeos, más calor… Los dedos de Ane han encontrado el camino al placer. Olaia se arquea hacia atrás, le coge la cabeza con las dos manos, la atrae más y más, quiere sentir su boca, quiere que el piercing de su lengua también participe. Sus ojos arden de un deseo que confirman sus gemidos.

Ane comprende que es un espejo de su propia mirada felina. Ella también quiere más, mucho más, y no está dispuesta a tirar de la palanca del freno.

44

Domingo, 15 de septiembre de 2019

El Café de la Bidassoa se encuentra casi vacío esa tarde de domingo. No hay bollería ni raciones de tortilla sobre la barra, solo algunos vasos por limpiar y una máquina validadora de apuestas hípicas. El camarero dirige una mirada fugaz a Cestero antes de continuar hablando en francés con dos clientes que observan una carrera de caballos. El televisor está colgado de la pared, junto a la publicidad descolorida de un aperitivo a base de menta. La ertzaina se gira hacia las mesas dispuestas en un lateral. El reportero con el que ha acordado verse debe de ser el tipo de gafas redondas y pelo cortado a cuchillo que esboza una ligera sonrisa cuando sus miradas se encuentran.

Solo hay otra mesa ocupada, la de una mujer de cabello gris y boina de lana al estilo parisino con aspecto de pintora bohemia. Quizá no lo sea, solo lee un diario en francés.

—*Oh, merde!* —protesta uno de los que asisten al hipódromo televisivo. La carrera ha terminado y el caballo que ha llegado primero no debe de ser por el que se ha jugado el dinero.

La apuesta que sostenía en la mano cae al suelo en mil pedazos. Después agita ante el barman otra igual y le asegura que en la siguiente carrera lo conseguirá. Cestero no le ha entendido bien, pero conoce esa mirada febril de los apostadores.

El camarero le replica algo en tono socarrón antes de plantarse ante la ertzaina y alzar levemente las cejas a modo de saludo. No hay palabras. Tal vez sea su modo de acertar siempre en un pueblo que el mapa sitúa en Francia, pero en el que los residentes procedentes del otro lado de la frontera son ya la mitad del censo. Una situación anómala, ocasionada por la burbuja inmobiliaria de las últimas décadas en el entorno de San Sebastián, que ha convertido el paso de la muga en la única manera de poder permitirse una vivienda para muchos trabajadores.

—Un café solo, por favor.

—¿De filtro o pequeño negro? —pregunta el francés. El delantal blanco a la cintura le otorga un aire de tabernero de los de antes.

Cestero frunce los labios mientras valora la respuesta.

—Pequeño negro. —No sabe qué está pidiendo, pero el café de filtro le horroriza, no es más que agua manchada. Ese otro solo puede ser mejor.

—A vuestro café solo aquí lo llamamos *petit noir*, «pequeño negro» —aclara el periodista acercándose a ella. Después le tiende la mano—. Ane Cestero, ¿verdad? Soy Jean Paul Garçon, del *Sud Ouest*.

La suboficial corresponde al saludo y le acompaña a la mesa en la que el hombre que la ha citado tiene su propio café. También hay un ejemplar abierto del diario para el que trabaja.

—Gracias por aceptar mi invitación a reunirnos. Sé que es un día muy complicado. La desaparición de esa pintora... —comienza el periodista. Su acento es marcadamente francés, aunque habla un castellano perfecto.

Cestero esboza un gesto de compromiso mientras da un sorbo al café. Está muy caliente, aunque en su punto de acidez y amargor. Los reporteros le producen cierto rechazo, fruto de las ocasiones en que se han entrometido en su trabajo, llegando a poner en peligro investigaciones en curso con tal de apuntarse una exclusiva. Sin embargo, ha aceptado la reunión porque Jean Paul dice contar con información sobre Miren.

—Usted dirá —señala la ertzaina para dirigirle hacia el tema. No quiere perderse en prolegómenos ni está dispuesta a facilitarle ningún dato sobre el secuestro de la pintora.

El periodista añade tres terrones de azúcar a su cortado. Cestero evita torcer el gesto, aunque nunca entenderá que alguien pueda llegar a beberse algo tan empalagoso.

—Le costará creerme, y quizá no sirva de nada todo esto, pero la memoria de Miren merece que lo intente —asegura sin dejar de remover con la cucharilla. Observa a la ertzaina por encima de unas gafas para ver de cerca llenas de huellas dactilares. Después se gira para comprobar que no hay oídos indiscretos. La señora del diario sigue a lo suyo y el camarero ha regresado junto a los de las apuestas hípicas. La televisión muestra ahora estadísticas y estudios genealógicos sobre los purasangre participantes en la siguiente carrera—. Hace meses la patrona asesinada me habló de un asunto muy grave.

—¿De qué se trata? —Cestero está impaciente. No quiere rodeos. La llamada de Miren mientras visitaba a Etcheverry reverbera de nuevo en su mente. Tal vez ahora pueda saber qué quería contarle cuando la mataron.

—Se había enterado de que el barco de los Ibargarai era empleado para algo más lucrativo que la pesca —apunta el periodista bajando la voz.

Cestero no se sorprende. La desaparición de Loli apunta en esa dirección. Primero el barco, ahora ella. No puede ser casual.

—¿De qué hablamos? ¿Drogas?

Jean Paul sacude la cabeza.

—Tal vez también, pero ella me habló de mujeres. Según sus pesquisas, el *Gure Poza* serviría para trasladar a víctimas de una red de explotación sexual.

Ahora la suboficial no oculta su asombro. Algo así ni siquiera entraba en el radar de sus hipótesis.

—¿Trasladarlas adónde?

—Entre Santander y un destino del sudoeste francés, probablemente Arcachón, o tal vez recalen en Royan, al norte del Garona. No sé, ese detalle es algo que Miren no pudo averiguar. Se trata de subsaharianas, cuatro por viaje. Llegarían a la capital cántabra en un carguero que transporta regularmente madera desde el golfo de Guinea.

—Es una acusación muy grave. Supongo que se fundamentará en algo.

Jean Paul respira hondo y encoge los hombros.

—Miren me habló de salidas a faenar que se dilataban más de un día, siempre con regresos a puerto entrada la noche, sin testigos y sin apenas descarga de capturas. —La cucharilla de Jean Paul choca una y otra vez con la cerámica de la taza. No hay manera de que el café logre absorber tal concentración de azúcar—. Y lo más llamativo no es eso. Cuando se producían esas extrañas salidas el geolocalizador del *Gure Poza* permanecía desactivado. Lo comprobé personalmente. La señal se extingue en medio del mar y no regresa hasta varias horas después. Puede comprobarlo usted misma en internet. ¿Qué le sugiere eso?

—¿Que alguien lo desconecta para que no quede constancia del recorrido que han seguido? —plantea Cestero.

El periodista asiente.

—En efecto. Otro factor que movió a Miren a hacer preguntas es que para esas supuestas salidas a faenar del barco de los Ibargarai su tripulación se reducía al máximo. Si normalmente se emplean diez o doce pescadores, en el *Gure Poza* con el patrón y otros dos hombres de confianza tenían suficiente. Muy extraño, y más cuando en lugar de regresar a puerto en el mismo día te dispones a alargar la faena más allá de la noche. ¿No le parece?

La ertzaina intuye que lo que está escuchando puede ser cierto. Hay algo, sin embargo, que no comprende.

—¿Y por qué Miren no lo denunció? ¿No sería más lógico ir a la Ertzaintza que contárselo a un periodista francés?

Jean Paul dibuja una mueca escéptica.

—Lo hizo. Si acudió a mí fue porque comprobó que hacían oídos sordos a lo que ella denunciaba. Sospechaba que no les interesaba investigarlo.

Cestero arruga los labios. Otra vez ese silencio cobarde, interesado, cómplice.

—Si interpuso alguna denuncia, constará en los registros. Lo consultaré.

—No encontrará nada. Miren trabajaba en la mar, no quería enemistarse con nadie en el puerto. No puso ninguna denuncia formal. Solo habló con alguien de la comisaría. —El periodista suelta la cucharilla y muestra los dedos índice y corazón—. Dos veces. La segunda vez que acudió con esta historia le dijo que había realizado comprobaciones y que solo eran imaginaciones suyas. Esos días yo trabajaba en un reportaje sobre la costera de la anchoa y pasé muchas horas en alta mar con ella y sus hombres. En una ocasión, cuando regresábamos a puerto me lo explicó todo. Tenía la esperanza de que yo hiciera lo que la policía no hacía: investigar.

—¿Le dijo con quién habló?

—No, pero mencionó a alguien de arriba.

—¿Ertzaina?

Jean Paul mueve afirmativamente la cabeza.

—¿Por qué me cuenta esto? —inquiere Cestero.

—Porque usted no es de aquí y porque creo que está hecha de otra pasta. Usted habría investigado. He seguido su trabajo, suboficial. De hecho, he sido yo quien ha cubierto la información para mi periódico —explica mostrando la doble página en la que se da cuenta de la desaparición de Loli.

—Miren lleva varios días muerta. ¿Por qué ahora y no entonces? Ha tardado mucho en decidirse a compartir todo esto conmigo…

El periodista la observa con gravedad.

—Lo he intentado, pero veo que mis mensajes no le han llegado.

—Explíquese.

—Telefoneé a comisaría en cuanto supe del crimen en el puerto. No le pasaron el aviso, ¿verdad?

—¿Con quién habló?

—Con quien me atendió al teléfono.

—¿Le adelantó algo? —pregunta la ertzaina.

—La tercera vez que lo intenté le expliqué que contaba con información importante sobre Miren. Tal vez así actuara con mayor celeridad.

—Pues nunca llegó a mí el aviso —lamenta Cestero, que se gira hacia la barra para evitar que su gesto trasluzca su propia contrariedad.

El tabernero seca a mano unas copas que deposita en una balda sobre la barra. Junto a ellas se despliega una batería de botellas invertidas en las que no falta el dosificador para que la cantidad de licor que el cliente reciba en su vaso sea exactamente la que pague, ni un solo mililitro de menos. Pero tampoco de más. En Francia no vale eso de rogarle al camarero que cargue un poco más el cubata. Si ese trasto no da el visto bueno, no hay nada que rascar.

—Por eso he recurrido a llamar a su madre. Siento haberla asustado, pero el teléfono fijo de su familia ha sido la única manera que he encontrado de contactar con usted —se disculpa el periodista.

Cestero le pide que no se preocupe. Después vierte sobre él algunas de las muchas preguntas que acuden a su cabeza.

—¿Cuál sería el papel de Loli en esto? ¿Y su marido? ¿Qué más le explicó Miren? No se deje nada, por favor.

Jean Paul regresa a su libreta. Se detiene en una página repleta de garabatos y flechas. A la ertzaina le recuerda sus propios croquis en la pizarra que emplean en comisaría.

—Miren creía haber dado con el modo de funcionamiento de la red —explica el reportero señalando sus apuntes—. Las víctimas de trata harían escala en Hondarribia, donde permanecerían durante algunas semanas antes de seguir hasta su destino francés.

—¿Las retenían en el barco durante ese tiempo?

—Todo apunta a que no. El *Gure Poza* continuaba faenando con normalidad durante esos períodos. Hasta que llegaba un día en que volvían a emplearlo para mover a las mujeres. En este caso hacia el norte. Como adivinará, todo se repetía: tripulación insuficiente, más tiempo de lo habitual lejos de su puerto y posicionamiento por satélite desactivado. Una vez que alcanza las Landas la señal deja de emitir. El *Gure Poza* se convierte en un pesquero fantasma durante unas quince o veinte horas.

—Habría que comprobar hasta dónde se puede navegar en ese tiempo —se plantea Cestero en voz alta.

—Miren no tuvo problemas para sacar los cálculos. A la velocidad de un pesquero y con el mar en calma daría tiempo a ir, regresar y permanecer varias horas en Arcachón. Si el puerto de destino fuera Burdeos o La Rochelle, sería algo así como atracar y volver a zarpar de inmediato —apunta Jean Paul.

Hay algo que Cestero todavía no logra comprender.

—Puedo estar de acuerdo en que hay algo extraño en esos movimientos del barco de los Ibargarai, pero podrían deberse a motivos muy diferentes, que ni siquiera tendrían por qué ser ilegales. ¿De dónde sacó Miren la idea de que responden a un asunto de trata de mujeres?

—Se lo confesó un tripulante de Camerún que había trabajado para los Ibargarai —explica el periodista—. Tuvo algún problema con ellos y se enroló en el pesquero de Miren. Probablemente recibió algún tipo de amenaza, porque de la noche a la mañana decidió dejar Hondarribia y regresar a África. Más o menos al mismo tiempo que nuestra patrona valiente comenzó a hacer preguntas. He tratado de localizarlo, pero es imposible.

Cestero suspira.

—¿Tiene alguna prueba para corroborar esta historia? —inquiere haciéndole un gesto al camarero para que le sirva un segundo café.

—*Petit noir?* —se interesa aquel.

—*Petit noir* —confirma la suboficial.

El periodista niega con un gesto al tiempo que se lleva una cucharadita de café a la boca. Los gránulos de azúcar asoman sobre el líquido.

—Las únicas pruebas de que algo extraño ocurre son las del GPS, pero entiendo que no es suficiente. Por eso no he publicado nada todavía.

Cestero intenta ordenar la información. Hay cabos sueltos. Lástima no haber podido hablar con Miren. Tal vez ella hubiera averiguado algo más que no llegara a compartir con Jean Paul.

—¿Cuánto tiempo dice que pasa entre que las traen y se las vuelven a llevar?

—Yo tengo documentados tres viajes sospechosos hacia el oeste, a los que siguen sus correspondientes traslados hacia territorio francés alrededor de tres semanas después. —El periodista le muestra sus apuntes—. El primero tuvo lugar en febrero. El segundo, en abril y el tercero, en junio. La página web no conserva resultados anteriores, aunque podríamos estar hablando de años de negocio clandestino. La supuesta estancia de las víctimas de trata en nuestra zona fue de diecinueve, veintitrés y veinte días respectivamente.

—Así que cuentan con algún lugar donde las esconden —aventura Cestero—. El riesgo de desembarcarlas, llevarlas hasta algún enclave fuera del puerto y repetir la operación en sentido opuesto apenas veinte días después es alto. Si lo hacen será porque obtienen un provecho interesante con la operación. Deben de explotarlas sexualmente por esta zona antes de enviarlas a Francia.

—Eso es lo que dedujo Miren pocos días antes de ser asesinada.

La suboficial apura de un trago el café.

—Tendremos que dar con ese lugar —decide mientras se pone en pie.

45

Domingo, 15 de septiembre de 2019

Los carrizos se abren al paso de la barca, una senda de agua que vuelve a cerrarse segundos después, sin dejar más testigos que las aves que alzan el vuelo, contrariadas. No les gusta el trajín que se ha adueñado de su mundo, gentes que hurgan aquí y allá en busca del fruto de una maldad que ellas jamás comprenderán.

—Sin rastro por el tercer cuadrante —anuncia una voz que llega de una de las embarcaciones cercanas. La lluvia atenúa las palabras, el viento que acaricia los plumeros de los carrizos tampoco ayuda a que su mensaje se oiga con claridad.

Julia no se gira hacia sus vecinos de búsqueda, continúa apartando cañas con una vara, que clava de tanto en tanto en el fondo en busca de algo que no sea solo lodo y piedras.

—Nosotros enseguida terminaremos el nuestro y esto no pinta mejor —apunta Didier. Ha izado la hélice para liberarla de algas y raíces. La ertzaina ha perdido la cuenta de las veces que lo ha hecho ya. Las marismas de Jaizubia no son el mejor lugar para navegar. Pero la de esa tarde no es una singladura de recreo. No, la de ese domingo de septiembre es una búsqueda contra el reloj. Hondarribia entera, o buena parte de ella, se ha lanzado a peinar la zona para intentar dar con Loli Sánchez.

El comisario Bergara dirige la búsqueda. De pronto Carolina Sasiain y su marido, Alberto Ranero, no son los únicos a quienes urge localizar. La desaparición de la pintora se ha sumado con la contundencia de un caso sobre el que están puestas las miradas de todos. La UHI de Ane Cestero continúa encargándose de la investigación, pero de las labores de rastreo se ocupan los agentes de Bergara. No están solos: hay efectivos llegados de otras comisarías y también voluntarios, muchos voluntarios.

Didier es uno de ellos. Pilota la embarcación de los Ibargarai, la misma con la que realiza las aproximaciones a la bodega submarina. A bordo solo viajan Julia y él. El marido de la desaparecida ha preferido quedarse en tierra con su dolor.

Julia odia la sensación de que son más los que se han movilizado tras la desaparición de Loli que quienes lo hicieron cuando trascendió lo de Carolina. Mientras palpa una vez más el fondo con la vara, trata de convencerse de que la posición social destacada de la pintora no es el motivo. Quizá sea la suma de ambas desapariciones la que ha animado a los vecinos a sumarse al dispositivo de búsqueda, o tal vez que hoy sea domingo ayude a que más personas puedan regalar su tiempo. Aunque no hay más que ver la cobertura que los medios de comunicación están dedicando a una y otra desaparición para comprender que no es así.

—Es lógico —apunta Didier cuando logra que la barca reanude su marcha. Después se retira la gorra para escurrirla—. Una de ellas es víctima de violencia machista, la otra parece serlo del asesino del Alarde.

—¿Y qué diferencia le ves?

El francés se encoge de hombros.

—Carolina es una más de las muchas mujeres que sufren violencia año tras año a manos de sus parejas. Loli, en cambio, es la demostración de que el psicópata que campa a sus anchas por el pueblo puede elegir a cualquiera. Hoy es ella, mañana podrías ser tú.

Una garza real levanta el vuelo a escasa distancia. Gana altura con un aleteo elegante y planea en busca de un lugar tranquilo donde posarse. No lo tendrá fácil en una tarde tan ajetreada. Finalmente opta por volar lejos y remontar el Bidasoa, probablemente hacia la isla de los Faisanes y las vegas de Biriatu.

—No estoy de acuerdo. Ambos son criminales —protesta Julia.

—Yo tampoco digo que lo esté. Pero ¿no crees que es así? Un asesino en serie no es algo a lo que la sociedad se enfrente todos los días. El miedo que produce en la población es mucho mayor que aquel que despierta un maltratador. Este último solo siembra el terror en su casa. Fuera de ella podrá generar rechazo, asco, rabia, odio… Muchos sentimientos, pero ninguno con tanta fuerza como el miedo.

—Es una visión egoísta y estúpida —discrepa la ertzaina—. Como el maltratador a mí no me hace nada, no me preocupa tanto como un psicópata que también podría venir a por mí… Pero las probabilidades de cruzarte con un maltratador son mucho más altas que con un psicópata.

Didier extrae del agua una camiseta que chorrea sobre la borda. Después de observarla unos instantes la tira al cubo de la basura. Las algas se han adueñado demasiado de ella para ser reciente. Llevará semanas, si no meses, dentro del agua.

—Claro que es egoísta. Mucho —admite el francés—. Pero por desgracia el mundo funciona de este modo. La gente reacciona ante el repetidor de telefonía que quieren instalar en el colegio de sus hijos, no ante los miles y miles de niños que mueren de hambre cada día…

Julia solo puede reconocer que tiene razón, aunque le duele pensar que vive en un mundo así.

—Es horrible —comenta recorriendo las marismas con la mirada. Hay decenas de hombres y mujeres, algunos con uniforme y otros sin él, peinando todos los rincones. La lluvia otorga tintes épicos a una escena en la que se echa en falta más color. Incluso el rojo de los chubasqueros de los ertzainas se las ve y se las desea para plantar cara al gris del cielo y el silencio tenso que gobierna en el humedal.

—La verdad es que su capacidad de generar pánico es impresionante. Será muy mala persona, un asesino despiadado, pero inteligencia no se le puede negar —comenta Didier mientras Julia saca el teléfono de la mochila.

Es Cestero. ¿Cómo le habrá ido en su cita a ciegas con ese periodista francés?

—Hola, Ane.

—¿Cómo va la búsqueda? ¿Hay novedades?

—Ninguna. Hemos rastreado ya buena parte de las marismas. Por el momento sin éxito.

—Es una buena noticia —celebra Cestero. Julia sabe que es así. Si Loli apareciera entre esos humedales que se extienden al pie de su bodega, se confirmaría el peor de los presagios. No dar con ella, en cambio, significa que podría seguir con vida—. Yo sí tengo novedades —anuncia la suboficial.

—¿El periodista? —se interesa Julia. Didier continúa pilotando lentamente la barca, le devuelve una sonrisa cuando ve que la agente se gira hacia él—. ¿Te ha contado algo importante?

Cestero le resume lo que ha podido averiguar, todo un terremoto que obligará a replantear el caso desde el comienzo. Por lo menos en lo referido a los Ibargarai.

—¿Estaría involucrada en lo del barco? —pregunta Julia refiriéndose al supuesto tráfico de mujeres que acaba de mencionar la suboficial.

—Es muy probable —reconoce Cestero—, recuerda que el marido siempre dijo que el barco era la pasión de Loli. Mañana a primera hora recapitularemos todo con estos nuevos indicios. Me parece que hay demasiados elementos que se nos escapan en este caso.

Apenas tiene tiempo de terminar la frase cuando la llamada se interrumpe sin despedidas.

—¿Qué sabes del *Gure Poza*? —pregunta Julia volviéndose hacia Didier.

El francés la observa con gesto de no comprender.

—Era el barco de mis jefes, al que dieron fuego.

—Eso ya lo sé. ¿Qué hacían con él?

Su amigo insiste en su expresión descolocada.

—Pues pescar. Era un pesquero, ¿no?

—¿Y de Loli qué me dices?

—Ya te comenté que no era... No es, perdón —se disculpa llevándose la mano a la boca—. No es tan abierta. Eusebio es un tío normal. Se enrolla mucho con los empleados. Yo lo conocí mientras buceaba en la bahía de los Frailes, imagínate. Era cuando comenzaba con eso de la bodega submarina y se ocupaba él mismo de cuidar de ella. Yo había ido a verla, no se hablaba de otra cosa aquellos días, y nos encontramos allá abajo. Cuando supo que iba para enólogo me propuso trabajar para él. Es un buen tío... Loli, es más fría, su relación con los empleados es más distante. —Didier observa pensativo la bodega de los Ibargarai, que se recorta sobre la colina más cercana—. A ella lo del vino no la motiva especialmente, pero le va bien porque es algo que otorga cierta posición social. No es lo mismo ser la dueña de un barco que de una bodega, no sé si me explico.

—Perfectamente —reconoce Julia. Coincide con la sensación que la pintora le ha dado cada vez que la ha visto.

El teléfono vuelve a sonar. Es Cestero, de nuevo.

—Perdona, Julia. La cobertura... Te estaba preguntando si me necesitáis en Jaizubia.

La ertzaina recorre las marismas con la mirada. Barcas a motor, piraguas, vecinos a pie en las zonas menos inundadas...

—No, puedes estar tranquila. Aquí somos suficientes.

—De acuerdo. Estoy en el puente internacional. Por aquí no hay tantos voluntarios —anuncia Cestero. Es normal, los esfuerzos se centran en la zona más cercana a la bodega. Hasta el momento el asesino del Alarde no ha desplazado a sus víctimas del lugar del crimen—. Voy a sumarme a la búsqueda hasta que se haga de noche. Bergara dice que en una hora interrumpirá el peinado de la zona. Después me acercaré por Pasaia a recoger mis cosas y cenaré con Olaia. ¿Te importa que llegue tarde a casa de Madrazo?

Julia se ríe.

—Claro que no. Haz lo que quieras. Solo faltaría que yo te controlara como haría un mal novio. —La ertzaina cambia el tono. El tiempo de las bromas ha sido fugaz—. Pero, eso sí…, Ane…

—Dime.

—Cuídate mucho. Y no te separes de tu arma ni un instante.

46

Domingo, 15 de septiembre de 2019

La mirada de Cestero recala una vez más en el espejo retrovisor. Nada. Todo sigue en orden. Los pilotos rojos de un camión que circula en dirección opuesta son su única compañía en la carretera.

Ellos y la lluvia, que mantiene los limpiaparabrisas del coche a la máxima velocidad.

La suboficial estira la mano y conecta la radio. Las voces llenan el Clio. De repente no se encuentra sola, pero ya están otra vez con el caso del Alarde. Qué manía de sacar el micrófono a la calle para preguntar a las vecinas de Hondarribia. Claro que están asustadas, qué esperan los periodistas. Y más miedo tendrán cuantas más veces les repitan que hay un psicópata dispuesto a acabar con las mujeres que logren destacar en la sociedad.

El presentador del informativo recupera la palabra para trazar un perfil lacrimógeno de Loli Sánchez. La desaparecida estaría encantada de escucharlo: una gran mujer de corazón noble y origen humilde que se convirtió en el pilar sobre el que se creó la única bodega de txakoli de la comarca…

Cestero da un manotazo a la radio y busca otra emisora. Más voces, más Hondarribia. Ahora critican a la UHI. Un tertuliano bromea con que no hay como llamarlos para que los crímenes se multipliquen.

—¡Hijos de…!

La suboficial pulsa el botón que da paso a la música y activa la reproducción aleatoria: Belako, Berri Txarrak… No quiere nada en especial, solo poner los altavoces a tope y olvidarse de todo durante unos minutos.

Un relámpago ilumina el panel viario que identifica el alto de Gaintxurizketa. El pequeño collado, ese que tantos sudores le costaba cuando corría la Behobia-San Sebastián y que apenas supone un minuto en coche, le ofrece dos opciones. Ambas son buenas a esas horas en las que apenas hay tráfico, pero elige la carretera de Lezo. Es algo más corta, aunque discurre entre polígonos industriales que en hora punta la obligan a desecharla.

A la derecha quedan, sumidas en la oscuridad, las colinas de Zaldunborda y, más allá, las antenas de Jaizkibel. Las nubes, bajas y lloronas, apenas dejan intuir las luces rojas que las coronan.

Su mirada regresa al retrovisor. Esta vez viene alguien por detrás. Un cosquilleo desagradable se abre paso en su estómago.

—Te estás obsesionando —se regaña en voz alta.

Son las diez de la noche y circula por una carretera de cierta entidad, lo extraño sería no encontrarse con ningún coche. Pero cuando vuelve a mirar atrás, la tensión en el abdomen se convierte en un vuelco en el corazón. El vehículo que la sigue tiene un faro fundido, exactamente igual que aquel que circulaba tras ella cuando apareció garabateada la amenaza en la plaza.

Y en esta ocasión se trata también del faro derecho.

Es el juego del gato y el ratón…

Los altavoces escupen una canción de Barricada mientras Cestero acelera para ampliar la distancia. El coche tuerto cede terreno unos instantes, aunque lo recupera de inmediato.

La zona de caseríos dispersos por la que transita entrega el testigo a los pabellones, desiertos a esas horas. Sin apenas tiempo para planteárselo, la suboficial abandona la carretera en el desvío hacia una fábrica de sopas deshidratadas.

Ahora sí que el corazón le late deprisa, un caballo encabritado en su pecho. Su mano derecha busca la pistola, su mirada no se separa del retrovisor.

Estás asustado, tu vida va en ello...

La música continúa a todo volumen a pesar de que el tiempo se ha detenido a la espera de comprobar la reacción del otro vehículo. La melodía del teléfono interrumpe a Barricada y se adueña de los altavoces. Un trueno se suma desde el exterior.

Cestero rechaza la llamada. Se trata de Olaia y no es el mejor momento para responder.

El coche tuerto alcanza el desvío. Redoble de tambores en el pecho de la suboficial. Un clic acompaña al seguro de la pistola cuando lo retira. Todo listo para disparar si se da el caso. No piensa permitirse titubear.

Sin embargo, el conductor no hace el más mínimo amago de ir tras ella. Continúa de frente por la carretera.

Cestero suspira. El arma regresa a su funda.

—Se te está yendo la cabeza —se regaña. Este tío vive por aquí y punto. La próxima vez que se cruce con él le pedirá que arregle el dichoso faro. Menos mal que ese trayecto no volverá a realizarlo una vez que se instale en Hendaia con Julia.

El teléfono vuelve a sonar. Es Olaia de nuevo.

—Dime —responde la ertzaina.

—¿Estás bien, Ane? ¿No me has dicho que pasarías a cenar conmigo y a recoger algunas cosas?

—Sí, perdona. Se me ha hecho tarde. Estoy de camino.

—Bien. Me estaba empezando a preocupar.

—Tranquila. Llego en diez minutos.

—No corras. Aquí está todo listo. Y ten cuidado, por favor.

La ertzaina arranca el motor y regresa a la carretera. La lluvia no da tregua, pero las farolas de la travesía urbana de Lezo brindan cierta calidez a este tramo. Hay incluso algún que otro vecino sacando la basura y se ve gente en los escasos bares abiertos. Darán fútbol en televisión.

El camino hacia San Juan bordea después el puerto de Pasaia.

Algunos trenes de mercancías aguardan en vía muerta a que la llegada del lunes reactive la estiba. Las inmensas mantis religiosas de acero que cargarán sus vagones duermen también a orillas de la dársena. Hay algunos mercantes amarrados. No muchos. Cestero supone que habrá algunos más en mar abierto, anclados frente a la bocana. Es una maniobra habitual en fin de semana, cuando los estibadores descansan y las tarifas portuarias animan a muchos buques a retrasar su atraque.

La chimenea del aparcamiento la recibe un día más en su pueblo. Hoy no hay gaviotas. El chaparrón las habrá obligado a guarecerse. Tampoco hay pescadores a la vista. Un poco de sirimiri es tolerable, pero una tormenta como la que lleva un buen rato cayendo no invita a lanzar la caña y dejar volar las horas.

Cestero busca sin éxito el paraguas en el maletero. A saber dónde lo habrá perdido. Ni siquiera es capaz de recordar cuál fue el último lugar donde lo abrió. Tendrá que mojarse, no queda otra opción, porque la capucha es traicionera; reduce el campo de visión y enmascara los sonidos, algo muy poco recomendable cuando hay alguien dispuesto a acabar contigo.

Apenas se ha alejado unos metros del coche cuando su teléfono móvil comienza a sonar. Es Olaia, otra vez. Quizá haya ocurrido algo.

Cestero responde con la mano izquierda. La otra debe estar libre por si necesita desenfundar el arma.

—¿Dónde estás? ¿Has aparcado ya? —pregunta su amiga.

—Sí. Ahora mismo. ¿Pasa algo?

—Genial. He salido a tu encuentro. Así no vienes sola hasta casa.

Cestero se gira hacia el aparcamiento. Sigue sin haber nadie a la vista.

—No es necesario, Olaia. Vuelve a casa. Voy armada, no te preocupes.

—Si estoy cerca ya. Acabo de pasar la casa de Victor Hugo y estoy llegando a la iglesia.

La suboficial tiene un mal presentimiento. ¿Y si el coche tuerto perteneciera realmente a quien realizó la pintada amenazante bajo su casa? ¿Y si su propietario aguarda escondido en una esquina para lanzarse sobre ella? Lástima no haber podido ver qué clase de vehículo era. La lluvia y la falta de luz en la carretera han jugado en su contra. De haberlo identificado, tal vez hubiera podido reconocerlo en el aparcamiento. Aunque eso tampoco significaría nada definitivo. Al fin y al cabo, podría tratarse de un simple vecino que regresara tarde a casa.

—Date la vuelta —ordena en un tono que no admite réplica—. Es peligroso que vengas conmigo. Mientras no lo detengamos, será mejor que no estéis muy cerca de mí.

—Más peligroso será que te enfrentes a él tú sola —insiste su amiga.

—Soy ertzaina, Olaia —apunta sin entrar en detalles, aunque en su mente se cuela un hipotético tiroteo. Una persona desarmada no saldría bien parada—. Venga, vete a casa. Nos vemos en cinco minutos.

—Está bien —admite su amiga a regañadientes.

Cestero dibuja un mohín de tristeza mientras guarda el teléfono. Sabe que Olaia lo hace con la mejor de las intenciones y no se siente bien habiéndole ordenado recular. Sin embargo, es lo más seguro para ella.

Un relámpago ilumina la calle. El trueno que le sigue resuena con una fuerza que duele en los oídos. La lluvia no cede, corre por las orillas de la calle y busca los callejones que se dirigen al mar. Algunos canalones rotos escupen chorros de agua contra los adoquines. Es un festival de ruidos naturales, a cuál más agresivo.

Los pasos de Cestero son rápidos. Incluso opta por correr en algunos momentos. Tiene el pelo empapado y las zapatillas también. Frío, incomodidad y miedo se mezclan a dosis iguales. Bueno, tal vez el miedo pese tanto como los otros dos juntos. De cuando en cuando la lluvia le brinda una tregua en esos tramos donde las casas han buscado ampliar su espacio creciendo sobre la propia calle, que transita a cubierto de la intemperie. Sin embargo, también son los lugares donde la ertzaina se siente más expuesta a un posible atacante. La iluminación escasa y la abundancia de recovecos y escaleras laterales ofrecen buenos escondrijos.

En el segundo de ellos Cestero se detiene en seco. Ha oído algo. En esta ocasión no se trata de olas ni gotas de lluvia ni nada parecido. Alguien ha derribado algún objeto detrás de uno de los contrafuertes que sostienen un muro.

—¿Hola? —inquiere la ertzaina con la pistola en la mano, pero oculta dentro del bolsillo del chubasquero.

No hay respuesta. El ruido se repite. Es algo metálico. Quienquiera que se esconda ahí ha tropezado al buscar un lugar donde ocultarse.

—¡Policía! Salga con las manos en alto —ordena mostrando el arma ya sin tapujos.

De pronto un gato emerge corriendo de entre las sombras. Cestero baja la mirada y se da de bruces con la fuente del sonido. Se trata de un cubo de hojalata donde algún vecino ha dejado unas raspas de pescado. El animal lo habrá derribado para rebañarlo.

—¿Qué pasa? —pregunta un hombre de barriga generosa que ha abierto la puerta más cercana.

Cestero guarda el arma, avergonzada.

—Nada. Todo está bien. Puede regresar a casa —musita dándole la espalda.

—¿Qué ha pasado? ¿A qué vienen esas voces? —Se suma una mujer desde lo alto de una escalera.

—Ni idea. Tenía una pistola —apunta el primero.

—Ay, madre…

La ertzaina no oye más. La distancia se lo impide. Siente el rubor en sus mejillas. Sabe que al día siguiente no se hablará de otra cosa en el pueblo. Menos mal que para entonces estará en casa de Madrazo. Allí al menos podrá aparcar debajo mismo de casa y no tendrá que atravesar su pueblo de punta a punta cada noche.

Hay gente en los bares de la plaza. La celebración de un gol, que por los lamentos que siguen debe de haber sido anulado por el árbitro, se cuela en la noche lluviosa. Sin embargo, el espacio público se ve desierto. Ni siquiera los fumadores se atreven a desafiar a la tormenta.

Un nuevo rayo cae en las alturas del monte Ulia, en la orilla opuesta de la bocana. La cicatriz que traza en el cielo ha ido a parar muy cerca del faro de la Plata. Por un instante se ha hecho de día. Le sigue inmediatamente un rugido largo y grave que va perdiendo intensidad muy lentamente.

Cestero agradece el soportal que le brinda una vieja casa de vigas de madera. Su cabello ya no es lo único que tiene empapado. La lluvia se ha colado por el cuello de la chaqueta y siente la camiseta pegada al pecho. Pero poco importa eso ahora. Se sabe casi a salvo. En cuanto suba la escalera que arranca al otro lado estará en casa y no volverá por allí mientras el asesino del Alarde no se encuentre entre rejas.

Acaba de poner el pie en el primer peldaño cuando oye ruido más arriba. Fuerza la mirada para escudriñar en la oscuridad. Su primera reacción al descubrir las formas de una persona es detenerse y echar mano al arma. Sin embargo, reconoce al instante el estilo de caminar. Se trata de Olaia. Se encuentra a media subida. Cestero se ha dado tanta prisa que la ha alcanzado.

Su amiga no parece haberla oído. La capucha le roba los sonidos. La ertzaina abre la boca para darle un susto. Sin embargo, vuelve a cerrarla. No son los mejores días para jugar con eso. A cambio le tomará el pelo a cuenta de su profesión. Menuda maestra de educación física que se deja alcanzar tan fácilmente.

Un cosquilleo en el pecho se abre paso conforme la ve ascender. No es lo mismo decirse tonterías por teléfono que encontrarse con ella cara a cara. Esa mañana no se han visto. Cuando Cestero se ha despertado Olaia había salido a correr. Últimamente se ha aficionado a trotar por la montaña y los fines de semana no perdona su cita con los bosques de Jaizkibel por mucho que esté diluviando.

¿Qué se dirán al verse? La última vez estaban desnudas en una cama, envueltas en sudor y exhaustas de placer. ¿Y ahora qué? ¿Cómo sigue la vida?

Lo mejor será reírse de todo y ser ellas mismas. Los wasaps que llevan todo el día cruzándose han puesto las bases para que así sea. Dos amigas que se lo pasaron bien juntas y nada más. Pero la experiencia de Cestero le cuenta que lo que parece obvio sobre el papel no siempre lo es cuando se lleva a la práctica. Y menos en cuestiones de amoríos o rollos de cama. Ojalá en este caso lo sea y las cosas no se tuerzan, Olaia es demasiado importante para ella.

De pronto, un bulto emerge de las sombras y se abalanza sobre su amiga. Un relámpago ilumina el momento. El trueno que le sigue devora el ruido del ataque, pero Cestero reconoce la forma de un martillo en esa mano que el agresor descarga una y otra vez.

—¡Nooo! —grita al tiempo que desenfunda la pistola.

Esta vez es el disparo el que ilumina la escalera. Se trata de una milésima de segundo, pero Cestero alcanza a ver a su amiga derrumbándose como un muñeco de trapo.

El proyectil ha atravesado el codo derecho del atacante, que cae de rodillas retorciéndose de dolor. El martillo rueda escaleras abajo.

—¡Hijo de putaaa! —exclama la ertzaina salvando a la carrera los escasos peldaños que la separan de ellos. El cañón de su pistola se clava con fuerza en la sien del tipo que lloriquea aferrado a su propio brazo herido—. ¡Ni se te ocurra moverte!

Después se agacha junto a Olaia. Se encuentra tendida en una postura grotesca, como un simple despojo que alguien hubiera tirado en una esquina. La sangre mana con fuerza de su cabeza, deformada a fuerza de martillazos, y se funde con el agua que corre escaleras abajo. ¿Qué ha sido de la luz en su mirada? Esos ojos abiertos se pierden en un incierto infinito.

Cestero se vuelve hacia el agresor y le apunta con la pistola.

—No me mates… ¡Por favor, no! —balbucea el tipo, que trata de protegerse interponiendo una mano ensangrentada entre su cara y el arma.

El gatillo comienza a tensarse. Ane lo odia con todas sus fuerzas. Ni siquiera sabe su nombre, pero nunca ha tenido tan claro que quiere acabar con la vida de alguien. No hay tiempo de pensar en consecuencias ni en justicia, solo en una venganza inmediata a su dolor descarnado.

—¿Quién anda ahí? —se oye sobre su cabeza. Es el vecino del segundo, alertado por el primer disparo.

—¿Qué pasa? ¡Que alguien llame a la Ertzaintza! —se suma otra voz al pie de las escaleras.

—¿Habéis oído eso? Ha sido un disparo…

Los curiosos comienzan a llegar de la plaza al mismo tiempo que todo se vuelve borroso para Cestero. Son sus propias lágrimas, desdibujan el rostro de ese monstruo que ruega clemencia postrado de rodillas. La tensión de su dedo en el gatillo cede lentamente. No puede matarlo, ha dudado demasiado tiempo. Ahora sería una ejecución a sangre fría.

—¡Es Ane! —oye a su espalda. Sus vecinos la han reconocido y corren escaleras arriba.

La impotencia la desgarra por dentro mientras baja el arma. El disparo se transforma en un rodillazo con todas las fuerzas que es capaz de reunir. El crac y el aullido de dolor le anuncian que le acaba de romper la nariz. El tipo se dobla sobre sí mismo entre lamentos lastimosos.

—Basta, por favor…

Las lágrimas abrasan los ojos de Cestero y sumen la escena en una nebulosa irrealidad. No quiere creer que algo así esté sucediendo. No puede ser, Olaia no. Se deja caer junto a su amiga y le coge la mano. No quiere dejarla sola en un momento así. Su tacto es suave, agradable y cálido. Sin embargo sus dedos no responden a las caricias de la ertzaina, que se lleva el dorso de la mano libre a los ojos y se aparta las lágrimas. Necesita comprobar si esa pesadilla es real. La lluvia ha limpiado el rostro de su amiga. Sin tanta sangre, los golpes son ahora más evidentes. Ane vuelve a romper a llorar. Ha presenciado demasiadas agresiones en su trabajo como para reconocer a simple vista las heridas que no son compatibles con la vida.

Las voces se oyen cada vez más cerca. La encontrarán rota en mil pedazos. Porque por mucho que corran no hay nada que hacer.

Olaia está muerta.

47

Lunes, 16 de septiembre de 2019

El pinchazo en la cabeza ha ido convirtiéndose en un eco lejano. Todavía regresa de cuando en cuando, pero el dolor ya no resulta tan paralizante. Tampoco obedece a una cadencia predefinida, ahora parece responder más a los movimientos que realiza para acomodar su postura. Aunque tal vez «acomodar» no sea la palabra que mejor defina la búsqueda de una posición en la que su cuerpo no proteste tanto.

—¡Socorro!

Ya no le queda ni voz para gritar. El esfuerzo, además, despierta al dolor de cabeza.

¿Cuánto tiempo lleva en el interior de ese lagar?

La incertidumbre y la impotencia resultan terroríficas; mucho más dolorosas que la tensión de las bridas en sus muñecas. Las tiene atadas entre sí, de manera que no pueda emplear las manos. Una cadena las liga al eje de la prensa y le regala una movilidad muy limitada. Consigue llegar a duras penas hasta los mendrugos de pan y el agua, y puede alejarse un metro más hasta el cubo donde hace unas necesidades que nadie se molesta en vaciar.

A gatas, claro, no hay manera de ponerse en pie con esa plataforma sobre su cabeza. Porque lo que no puede hacer en ningún caso es salir del radio de acción del lagar. La cadena no lo permite. Todo está dispuesto para que cuando la maquinaria se active, acabe con su vida.

—Socorro… Estoy aquí dentro…

Los graznidos de las gaviotas son la única respuesta. Se cuelan a través de los postigos rotos. Nunca ha tenido simpatía por esos pájaros de mirada torva y, sin embargo, ahora son su único contacto con un mundo que jamás volverá a ver. Las oye ir y venir, posarse sobre el tejado y dar voces rasposas.

La compañía que le brindan, ese etéreo poso de calidez, es solo un espejismo. Ellas solo están inquietas por lo que saben que va a ocurrir. Cuando la prensa descienda por completo y sus restos se pierdan por el desagüe, obtendrán por fin la recompensa que aguardan entre graznidos impacientes. Sus estómagos hambrientos se encargarán de borrar toda huella de su existencia, y lo harán sin el más mínimo remilgo.

Está llegando su hora: la hora de las gaviotas.

48

Las baquetas lloran contra los platillos, despiertan en ellos notas metálicas que suenan amargas. Ane golpea a destiempo, con fiereza. Sus brazos caen pesados, sus piernas tiemblan sobre los pedales, ingobernables, como las lágrimas que brotan de sus ojos. Llora con todo su cuerpo. De furia. De impotencia. De desconcierto. Olaia ya no está, no volverá para salvarla de sus fantasmas.

La culpa la pellizca con sus dedos afilados. Jamás mientras viva logrará sacudirse de encima la imagen de su amiga muerta a martillazos.

El pie derecho de la ertzaina despierta el sonido grave del bombo, sus manos pasan de los platillos a los tambores, aporrean la caja... Más que una melodía es un grito angustiado, una demanda de auxilio que Cestero no puede expresar con palabras.

—Deja de culparte, Ane —oye a su espalda. Es Nagore. También ella ha perdido a una gran amiga.

La ertzaina no responde. Es incapaz de hacerlo. Solo las baquetas pueden hablar por ella, expresar el dolor que la arrasa.

—Ane... —insiste Nagore.

—La confundió conmigo... Si no llego a pedirle que regresara a casa, no habría ocurrido.

—Tú no sabías que un asesino te esperaba en la escalera.

—Eso da igual ahora —reconoce Cestero—. La condené a muerte.

Nagore la abraza con fuerza. También ella tiene lágrimas en los ojos y el rostro arrasado por el dolor.

—Para ya, Ane. Tú no tienes la culpa. Solo ese cabrón. Tendrías que haberlo matado.

Cestero hunde la cara en su pecho y llora. Claro que tendría que haberlo hecho. Ese monstruo no merecía otra cosa.

Nagore le acaricia la cabeza, la espalda, trata de reconfortarla con un abrazo interminable. Ane siente las lágrimas de su amiga goteando sobre sus hombros. El mar ruge a través de la minúscula ventana que se abre en la pared, les susurra mensajes de apoyo.

—A Olaia no le gustaría vernos así —apunta su amiga con la voz entrecortada.

—Tienes razón —reconoce Cestero secándose las lágrimas con el dorso de la mano. Sus manos van de nuevo en busca de los platillos y hace un gesto a Nagore para que coja el bajo—. Por Olaia. —El nudo en la garganta de la ertzaina no le impide pronunciar su nombre con firmeza. Lo ve todo borroso; por más que se retire unas lágrimas, otras corren a ocupar su lugar.

No necesitan hablarlo para saber qué tienen que tocar. Es *Katedral bat*, de Berri Txarrak, la última canción que ensayaron con Olaia. Falta su voz, falta su guitarra, falta su fuerza. Los acordes de Nagore llenan el sótano, se suman al llanto de la batería de Cestero. Y no suena mal, pero falta lo más importante. Y faltará siempre.

Eta min eman arte zure falta izan.

Apenas ha terminado el redoble final cuando Cestero se pone en pie y abre la puerta. La luz del verano moribundo inunda la escalera por la que corre hasta el murete que protege a los paseantes de los embates del mar.

Un pesquero pasa frente a ella, rumbo a la seguridad de los muelles. Una estela de gaviotas ruidosas le sigue y se lanza sin vergüenza alguna a intentar robar alguna de las capturas que descansan en cajas sobre la borda. Sus graznidos ocultan por un momento el resto de los sonidos que flotan en la bocana. Ahora se cuela el chapuzón de unos chicos que se zambullen en el mar. Sus risas y la música que brota de uno de sus móviles no contagian alegría. Más bien al contrario: duelen, hacen añicos el alma, igual que ese cielo que ha decidido mostrarse azul por primera vez en muchos días.

La vida sigue en Pasaia ante una Cestero que desearía que todo se detuviera, que el mundo entero llorara por su amiga muerta. Sin embargo, no es así. Habrá una concentración de apoyo en la plaza, se hablará de ello en las pescaderías y los bares, pero todo seguirá igual que el día anterior. Para la ertzaina, en cambio, la vida se ha envuelto en una nebulosa que detiene el tiempo y lo vuelve elástico.

Cestero clava la mirada en el agua. Fantasea con lanzarse y perderse en las profundidades para siempre. No quiere sufrir, no quiere ser consciente de que Olaia ya no estará jamás. Sus manos aprietan con furia las baquetas. Lo que va a hacer le partiría el alma de no ser porque la tiene completamente rota. No volverá a tocar la batería. Sin Olaia ya no entiende la música, con ella se han ido esas veladas de canciones y cervezas… The Lamiak ha muerto. Las lágrimas abrasan sus mejillas, pero no ayudan a desterrar el dolor de la pérdida. Sus brazos cogen impulso hacia atrás y lanzan las baquetas tan lejos como puede. El mar las devora, las olas las zarandean igual que hacen con sus sentimientos. Y solo un grito desgarrado emerge de su pecho para llenar cada rincón de la bocana de Pasaia.

49

Lunes, 16 de septiembre de 2019

—Estaríamos mejor en comisaría —protesta Julia cuando Iñaki aparca el Audi frente a la cafetería en la que Cestero acostumbra a reunirlos.

—Estoy de acuerdo —se suma Aitor desde el asiento trasero.

—Tonterías… ¿Dónde vamos a pensar mejor que aquí? Cuando es Cestero quien os trae no os parece tan mala decisión. —Iñaki no pierde el tiempo. Abandona el vehículo y empuja la puerta del establecimiento.

Julia y Aitor van tras él. No tienen ganas de discutir. Ni ganas ni fuerza. Sus ánimos están por los suelos. Lo ocurrido con Olaia ha sido un golpe demasiado duro.

La mesa que normalmente eligen, esquinada y discreta, está ocupada por tres chicos en edad de estudiar. Las mochilas abiertas y algún que otro cuaderno sobre la mesa anuncian que tienen para rato.

—Ahí también estaréis cómodos —les indica la camarera. Se refiere a una mesa cercana a la barra. Es la única que queda libre.

Julia pide zumo. La confabulación de unos agricultores no va a obligarla a cambiar de gustos. Aitor, un agua con gas.

—Para mí, café. Negro. Sin azúcar —dice Iñaki muy serio.

Julia y Aitor intercambian una mirada y sacuden la cabeza.

—Mañana podremos interrogar al detenido —anuncia el bilbaíno consultando el correo en su móvil—. El hospital anuncia que le dará el alta a primera hora. La reconstrucción de la articulación del codo ha requerido cuatro horas de quirófano. Menuda puntería la de Cestero.

—Qué injusto que los médicos se hayan tenido que emplear a fondo para salvar el brazo de un tipo así —lamenta Aitor.

—Yo lo hubiera dejado manco —añade Julia.

Iñaki no los escucha. Ha puesto una libreta sobre la mesa. El bolígrafo está listo para empezar a tomar notas, pero antes clava la mirada en sus dos compañeros.

—Supongo que tenéis claro que desde este momento soy yo quien se encuentra al mando. La suboficial precisará tiempo para recuperarse y el azar ha querido que el siguiente en la jerarquía se llame Iñaki Sáez —anuncia con falsa modestia—. Yo me ocuparé de cerrar el caso.

Ni Julia ni Aitor se lo discuten. Tampoco comprenden el empeño del bilbaíno en aclararlo.

—Bien… Comencemos —decide Iñaki llevándose el café a los labios. Su rostro se arruga en una mueca de desagrado que logra desterrar rápidamente—. Vamos a preparar el interrogatorio a Unai Loira. ¿Qué os parece si revisamos las fotos del Alarde? Lo harás tú, Aitor. Si conseguimos ubicarlo en la zona del ataque, no tendrá escapatoria. Mañana mismo podremos recoger nuestras cosas y salir de esa comisaría donde están deseando perdernos de vista.

Julia no quiere oír hablar de correr. No comparte las prisas de Iñaki, que parecen solo encaminadas a dar por finiquitado el caso del Alarde mientras sea él quien se encuentre al mando.

—No podemos cerrar en falso. ¿Qué me dices de lo que explicó ese periodista a Cestero? Si una red de trata de mujeres empleaba el barco incendiado, habrá que investigarlo. La desaparición de Loli Sánchez podría tener que ver también con ello.

—No olvidemos que en el caso de la pintora estamos hablando de un secuestro. Esa mujer podría estar viva —les recuerda

Aitor—. Quizá estemos corriendo mucho al imputárselo también al asesino del Alarde.

Iñaki no se molesta en ocultar su contrariedad.

—No os enredéis tanto. Ese reportero gabacho busca notoriedad, como todos. Loira nos aclarará todo mañana. Le haremos confesar —decide barriendo con la mano las opiniones del resto. No tiene la más mínima intención de abrirse a otras posibilidades.

Julia va a reprocharle que quizá sea él quien pretende obtener un protagonismo que no merece. ¿Acaso teme que Cestero regrese y le arrebate los aplausos por solucionar el caso? No tiene tiempo de abrir la boca, porque un matrimonio que toma algo en la barra los observa con gesto irritado. El hombre se acerca finalmente a los ertzainas y golpea su mesa con un periódico doblado.

—Una mujer desaparecida, y vosotros aquí, de cafés y charla barata...

—No tenéis vergüenza —se suma su mujer—. Tenemos miedo de salir a la calle. No nos protegéis.

—¿Y qué creen que estamos haciendo? —se les encara Iñaki mostrándoles las todavía escasas anotaciones de su cuaderno.

—¿Cuatro garabatos? —El señor parece realmente ofendido—. ¿Medio pueblo buscando a Loli por las marismas y me dices que unas cuantas palabras en una libreta es hacer algo?

—¡A trabajar! —les increpa algún otro desde una de las mesas cercanas. Toda la cafetería se ha girado hacia los ertzainas.

—Y ustedes, ¿qué? —escupe Iñaki con desprecio—. Mucho hablar, pero yo no los he visto buscando a nadie ahí fuera.

—¿Cómo te atreves?

Aitor hace amago de ponerse en pie. Tienen que salir de allí cuanto antes.

—¡Sentaos! Nadie va a decirme cómo tengo que hacer mi trabajo. La autoridad somos nosotros, el que manda aquí soy yo —les insta el agente primero.

Las críticas arrecian. Hay incluso quien se acerca demasiado a Iñaki para exigirle una rectificación.

Ni Aitor ni Julia están ya sentados.

—Disculpen —dice ella tomando al agente primero por el brazo para obligarlo a levantarse—. Les ruego que no tengan en cuenta las palabras de nuestro compañero. Estamos muy afectados por todo lo ocurrido durante la última semana. Necesitábamos airearnos, tomar un café y tratar de ordenar nuestra cabeza. Somos personas, igual que ustedes, y estamos haciendo todo lo que podemos y mucho más. Les ruego admitan nuestras sinceras disculpas.

Iñaki forcejea con ella unos instantes, pero finalmente tira la toalla y la sigue al exterior. El tiempo de los cafés ha terminado.

50

Lunes, 16 de septiembre de 2019

—¿Cómo te encuentras, Ane? —Madrazo alza la mirada hacia las copas de los chopos entre los que ha buscado asiento. El sol cae con fuerza en los páramos leoneses. Tanto que comienza a arrepentirse de haber optado por regresar a Astorga a pie para tomar allí el autobús que lo lleve a León.

—Mal. Rota. No me quito de la cabeza a ese tipo. Esta noche he soñado que conseguía arrebatarle el martillo y que era yo quien le machacaba la cabeza. Olaia seguía viva... Me duele respirar, ser consciente de lo que ha pasado. La muerta tendría que haber sido yo.

—Ane, estás viva y yo me alegro de que sea así. La culpa no es tuya sino de ese hijo de puta al que has detenido.

—Pero es que yo no le quiero en la cárcel. Si no llega a ser por toda esa gente, lo habría matado.

—Es lógico que lo pienses, el shock de haber vivido algo así es terrible. Descansa y tómate el tiempo que necesites para recomponerte, el caso está resuelto.

—No está resuelto. Loli no ha aparecido aún y está también ese turbio asunto de las mujeres que descubrió Miren.

—Ane, hazte a un lado, por favor. Deja que Izaguirre termine con esto. No quiero que te hagas más daño.

Cestero resopla. No piensa abandonar. Si la vida sigue, ella también.

—¿Sabes cuál es el problema? Que nos dejaste tirados. Todo habría sido distinto contigo al frente. Así que ahora no me digas lo que tengo que hacer cuando nos abandonaste a nuestra suerte.

El oficial siente que sus palabras le queman. Sabe que tiene razón. Izaguirre no es el mejor para comandar una investigación sobre la que hay enfocadas tantas cámaras y micrófonos. Y Cestero le necesita. Nunca antes la había visto de este modo. De pronto duda y piensa en volver, aunque sabe que si regresa no reunirá las fuerzas necesarias para intentarlo de nuevo.

—¿Te puedo preguntar algo? —dispara Cestero.

El oficial cierra los ojos. Exactamente como haría un niño que no quiere que lo encuentren. Intuye lo que se aproxima.

—Adelante.

—¿Por qué no quieres contarme qué estás haciendo ahí realmente? Tiene que ser algo que te importe demasiado.

Es más o menos lo que esperaba oír. Cestero lo conoce demasiado bien. Abre la boca para darle una respuesta vana que le permita ganar tiempo. El estrés, la búsqueda de sí mismo… ¿Hay alguno de esos motivos que no le haya mencionado ya sin éxito?

—¿Puedo pedirte un favor? —pregunta en su lugar.

—Sabes que sí —asegura la suboficial.

La culpa se le clava como el más doloroso de los reproches. Ella siempre está disponible para ayudarle. Él, sin embargo, no va a estar a su lado en estos días tan difíciles.

—Sé que no es el mejor momento, pero necesito que me localices a una mujer —anuncia antes de darle el nombre completo de Mariví—. Está empadronada en Rabanal del Camino, pero vive en la ciudad de León. Bastaría su domicilio y el lugar de trabajo. Creo que es funcionaria.

El silencio de Cestero al otro lado de la línea deja claro que le está costando digerirlo.

—¿Es eso? ¿Una mujer? —pregunta su voz, alimentada por la decepción—. Joder, Madrazo.

—No es lo que crees, Ane.

—Ya.

—Consíguemelo, por favor. Desde aquí no tengo acceso a las bases de datos y me equivoqué dando por hecho que la encontraría en Rabanal —ruega el oficial. Está en manos de su compañera.

—Sabes que no puedo acceder a los datos privados de una persona que no es objeto de ninguna investigación.

—No debes, pero sí puedes. Solo tienes que teclear su nombre. Nadie se enterará —argumenta Madrazo—. Ane, es muy importante para mí. De lo contrario no te lo pediría.

La pausa que le llega por el auricular vuelve a resultar demasiado larga.

—Está bien. Espero, al menos, que el polvo que consigas echar con ella merezca la pena.

51

Martes, 17 de septiembre de 2019

—Unai Loira... Cincuenta y dos años... Electricista... Soltero. —Cestero lee en voz alta algunos de los puntos que Aitor ha destacado en su informe sobre el detenido. El estudio caligráfico ha constatado que es él el autor de las pintadas aparecidas en la lonja de Hondarribia y en la plaza de San Juan.

—Es muy activo en redes sociales, donde maneja diferentes perfiles desde los que ataca a colectivos feministas —añade su compañero—. Cuenta con antecedentes. Hace dos años fue detenido por disparar agua a presión contra las participantes en la carrera de la mujer.

—Lo recuerdo. Fue en la Lilaton de Donostia. Un tipo abrió una boca de incendios en el paseo de la Concha y derribó a varias corredoras con agua a presión —explica la suboficial.

—Sí, fue sonado. Lo detuvo Jana, que participaba en la prueba con su madre.

Cestero asiente. Fue una suerte que la agente de la comisaría de Errenteria, con la que ambos han coincidido en algunas ocasiones, pasara por allí en ese momento. De lo contrario aquel energúmeno hubiera conseguido reventar por completo la carrera popular.

—Se encuentra a la espera de juicio por un delito de odio y otro de agresión.

Cestero resopla. Si la Justicia no fuera tan lenta, tal vez Olaia y las demás siguieran con vida.

—Pues al tío le dieron altavoz algunos medios de comunicación. Lo invitaron a sus programas para que explicara los motivos que le llevaron a realizar el ataque —añade su compañero.

—Nunca falta alguien dispuesto a amplificar un mensaje de odio a cambio de audiencia —lamenta Cestero.

Aitor tiende hacia ella su teléfono móvil. Ahí está el hombre que acabó a martillazos con la vida de Olaia. Sentado en un plató de televisión tiene mejor aspecto que postrado de rodillas y aullando de dolor bajo la lluvia. Explica con palabras torpemente vestidas que lo del agua a presión fue una forma de denunciar la injusticia de una carrera que impide participar a los hombres. Las feministas, según él, son las primeras en trazar líneas excluyentes.

La suboficial siente que le cuesta tragar saliva. La presión en el pecho regresa. El vídeo se nubla, los bordes del teléfono se desdibujan… La sonrisa estúpida en pantalla del tipo que mató a Olaia despierta en ella un odio profundo.

—¡Hijo de puta! —exclama, mientras se frota la manga del jersey por su rostro en un intento de secarse las lágrimas.

Aitor la abraza con fuerza y Cestero hunde la cara en su pecho para permitirse llorar. Necesita hacerlo para arrancarse ese sentimiento de culpa que le desgarra el alma.

—Ane, los dos sabemos que tú no tienes que interrogarlo.

Ella se muerde el piercing. Quiere hacerlo. Por Olaia. Por todas las demás. Pero sobre todo por ella misma. No quiere que el miedo que ha sentido en las últimas semanas la paralice. Nunca más.

—Dejad de protegerme. Es mi caso. He venido por esto, para hacer mi trabajo.

—Entro contigo —decide su compañero.

—No. Me acompañará Julia. Ese cabrón va a tener que contestar a las preguntas de dos mujeres.

Aitor la observa con gesto preocupado, pero no le discute más. Sabe que no sirve de nada.

—Lo tienes ya ahí —anuncia señalando la sala de interrogatorios—. ¿Sabe Julia que entra contigo?

—Sí, ahora baja. Dile que la espero dentro.

Antes de que la suboficial abra la puerta, Aitor le apoya las manos en los hombros y la mira con gesto grave.

—Ane, no hagas ninguna tontería. Si ves que la situación te supera, sal a respirar. No te dejes llevar.

—Lo haré —asegura Cestero mientras abre la puerta tras la que le aguarda el interrogatorio más difícil de su vida.

Iñaki aparece en ese momento. Llega a paso rápido y con expresión agobiada.

—Disculpad que llegue tarde. Ha habido un accidente en la autopista. —Su mirada se enturbia al reconocer a Cestero—. ¿Qué haces aquí, jefa? Tendrías que estar descansando. Nosotros nos ocupamos de esto.

—Voy a hacerlo yo —replica la suboficial.

La mueca de fastidio del agente primero resulta demasiado gráfica.

—Está bien —admite antes de hacer un gesto a Aitor para que se aparte—. Entro yo con Cestero.

—Julia viene conmigo —le corrige la suboficial.

—No, soy agente primero. Lo lógico es que sea yo quien participe en el interrogatorio con el que cerraremos el caso, no un agente raso. Además, ayer estuve dirigiendo los preparativos.

Cestero respira hondo. Los ejercicios de contención a los que la obliga Iñaki comienzan a desesperarla.

—No vas a entrar conmigo —zanja secamente—. Si quieres aprender cómo se hace un interrogatorio, observa desde el otro lado del cristal.

Iñaki abre la boca para replicar, pero Cestero se ha perdido ya en el interior de la sala donde aguarda el detenido.

—Buenos días —saluda tomando asiento frente a él. La nariz vendada y un ojo morado le dan aspecto de boxeador tras un combate. A ella todavía le duele la rodilla derecha del golpe que le descargó en la cara—. Quiero que quede claro que me repugna tener que compartir una charla con escoria como tú. Tienes suerte de que esa cámara que ves ahí arriba vaya a grabar todo lo que ocurra en esta sala. De lo contrario, te retorcería el cuello hasta que vomitaras toda la verdad. Y dudo que fuera capaz de parar antes de verte muerto.

—Es fácil amenazar a un hombre al que tienes esposado a la silla —masculla Loira sin alzar la mirada de la mesa—. Si tuvieras los dos cojones que jamás tendrás, hablarías conmigo de igual a igual.

—Claro, de igual a igual… Como la otra noche. Un ataque por la espalda y a ciegas —escupe Cestero, que todavía no es capaz de pestañear sin que la imagen del cráneo desfigurado de Olaia regrese con un realismo paralizante.

El detenido alza la cabeza y le dirige una mirada cargada de desprecio.

—¿Qué sabrás tú? —suelta.

—No sé nada. Por eso estoy aquí sentada, frente a ti. Vas a contármelo todo —dice mientras pulsa el botón que activa la grabadora de voz.

—¿A una mujer? —se mofa Unai Loira—. Antes muerto.

Cestero aprieta los puños hasta que las uñas se le clavan en las palmas de las manos. Ya son varios los avisos que acumula por perder los nervios con detenidos relacionados con la violencia machista. Uno más precipitaría el final de sus días en la Ertzaintza.

—Sí, a la mujer que te ha hecho esa rinoplastia. Sabes que tu nariz ya nunca será la misma, ¿verdad?

—No te diré una mierda.

—Peor para ti. Sabes que te va a caer la perpetua, ¿verdad? —anuncia haciendo un esfuerzo por mostrarse conciliadora.

—No seas tan lista. Eso no existe en nuestro país.

—Prisión permanente revisable, llámala como quieras, pero acostúmbrate a una vida entre rejas.

—Que no reconozco tu autoridad. ¿Cómo tengo que decírtelo?

Alguien llama con los nudillos a la puerta.

—¿Se puede? —inquiere Julia asomándose por el quicio.

—Claro. A ver si tú tienes más suerte. El señor Loira se niega a contestar a mis preguntas.

—Pues tendrá que hacerlo —apunta su compañera tomando asiento.

Cestero esboza una mueca de circunstancias.

—Prueba tú.

—¿Confiesas el asesinato de Camila Etcheverry, Miren Sagardi y Olaia Iribarren?

Unai Loira les dedica una mirada altiva.

—¿Y el abogado que he pedido?

—Está en camino —anuncia Cestero con tono gélido.

—Pues no pienso hablar hasta que llegue.

La suboficial se pone en pie y abandona la sala.

—¿Cómo vais? —le pregunta Aitor. Está apoyado en una mesa, revisando en su portátil imágenes del Alarde.

—El tío se niega a declarar si no es en presencia de su abogado.

—Abogada —corrige una voz de mujer que llega desde el fondo del pasillo—. Lamento no haber podido llegar antes.

Cestero es incapaz de esconder la sonrisa al verla. A Loira le va a encantar la noticia de que el abogado que espera tiene unos pechos generosos y un bebé dentro de la barriga.

—Bienvenida. Íbamos a empezar ahora mismo. Pase conmigo —indica la suboficial.

La mirada de desprecio con que el detenido da la bienvenida a la recién llegada se anticipa a sus palabras:

—¿Y esta quién es? ¿Es que no hay policías varones en esta comisaría?

—Es tu abogada —anuncia Cestero.

—Y una mierda.

—Pues me temo que es lo que hay. Soy yo quien está de guardia —anuncia la letrada, que se acaricia la tripa como si pretendiera proteger a su vástago de semejantes desprecios.

—Tengo derecho a un abogado. Tú deberías estar en casita cuidando de los críos —espeta dirigiendo una mirada a la barriga de la abogada.

—Puedes llamar a tu propio letrado, si lo prefieres —anuncia ella.

—No tengo.

—Pues entonces te corresponde el de guardia. Y se da la circunstancia de que me ha tocado a mí.

Loira sacude la cabeza mientras frunce los labios.

—Quiero que me asista un hombre. Estoy en mi derecho.

Cestero siente la tensión en los maxilares. Su mirada vuela una vez más hasta la cámara. Ojalá no estuviera allí.

—Quienes estaban en su derecho de vivir eran las mujeres a las que has asesinado —masculla poniéndose en pie. Se inclina hacia delante para colocarse entre la cámara y el detenido. Su propia espalda tapará la escena. Estira el brazo y deja caer la mano sobre el codo herido, que Loira tiene apoyado en la mesa—. ¡Huy, perdón, he perdido el equilibrio!

El dolor demuda el gesto altivo de Loira en una mueca patética. Su boca no podría estar más abierta y, sin embargo, es incapaz de gritar. Solo cuando Cestero afloja la presión consigue soltar un lamento.

—¡Estás loca! —clama el detenido palpándose el brazo vendado.

—Lo siento, he tropezado. ¿Qué? ¿Comenzamos el interrogatorio?

—Vosotras lo habéis visto. ¡Me ha agredido! —exclama Loira volviéndose hacia Julia y la abogada.

—Yo no he visto nada —apunta Julia.

La letrada recrimina a Cestero con la mirada. No va a permitir que repita algo así.

Loira las observa furioso.

—Ya está bien de gilipolleces. Acabemos con esto, sí. Soy el asesino del Alarde. Las he matado a todas. —Sus ojos están inyectados en rabia. Los clava en Cestero, que alcanza a sentir su odio atravesándole la piel—. Y volvería a hacerlo sin dudar. Lástima que contigo las cosas no salieran bien. Si no llega a ser por esa maldita entrometida, te habría reventado la cabeza.

—Te vas a pudrir en la cárcel —espeta la suboficial.

Una sonrisa cargada de desdén borra el rictus de dolor del rostro de Loira.

—Sabes que no será así. Cada vez somos más quienes nos damos cuenta de que las feministas no sois más que nazis que queréis someternos. Los hombres no tardaremos en recuperar el espacio que nos corresponde por naturaleza. Hoy somos unos pocos quienes nos atrevemos a enfrentarnos a vuestra dictadura, pero pronto estaremos todos unidos. ¿Y sabes qué pasará entonces? Que los valientes como yo, quienes fuimos la vanguardia en esta lucha, seremos héroes. —Su voz se torna burlona—. No, querida suboficial, no me voy a pudrir en la cárcel. Antes de lo que crees cambiará la ley o me indultarán.

—Tú no eres ningún valiente. Ni una rata aguardaría agazapada en la oscuridad para matar a martillazos a una mujer —le reprocha Cestero.

—¿Dónde está Loli Sánchez? ¿Qué has hecho con ella? —pregunta Julia.

—Un momento —interviene la abogada—. ¿En qué indicio se basa que el detenido pueda ser responsable de su desaparición?

—Tú calla. Vete a la gimnasia de preparación al parto. No necesito que ninguna mujer me defienda —escupe Loira—. A la pintora esa la maté, igual que al resto.

—Que conste que rechaza mi asistencia —dice la letrada aproximándose a la grabadora. Después abre la puerta y dirige una última mirada a las ertzainas—. Tengo mejores cosas que hacer que soportar insultos.

—No la mataste —corrige Julia en cuanto se quedan solas—. ¿Dónde la has metido? ¿Por qué no nos hablas también de lo que hacíais con el *Gure Poza*?

Cestero solo necesita leer el gesto desorientado del rostro del detenido para comprender que no tiene la respuesta preparada.

—Claro que la maté —dice Loira recuperando la entereza—. Arrojé el cuerpo al mar. Quizá las corrientes lo devuelvan algún día.

—¿Qué arma empleaste?

—La misma maza que para romper la cabeza de la amiga de esta —escupe Loira señalando a Cestero con una mueca de desprecio.

La suboficial aprieta los reposabrazos mientras se pide calma.

—¿Por qué tomarte el trabajo de trasladar el cadáver hasta el mar pudiendo abandonarlo en el lugar del crimen? —comenta Julia.

Loira se encoge de hombros.

—Me dio por ahí.

Cestero frunce el ceño. Ha logrado descolocarlo. Julia está haciendo un gran trabajo.

—¿Dónde la has ocultado? —interviene la suboficial.

—¿Cómo la trasladaste hasta el mar? —continúa Julia.

—¿Qué más da eso? La maté. Las maté a todas. Se lo merecían.

Cestero y Julia cruzan una mirada de extrañeza. Este idiota no puede ser el líder de una red de trata ni planificar un asesinato como el de Camila. Nada tiene sentido en su confesión, es evidente que Unai Loira solo sirve para dar martillazos. ¿Para quién trabaja?

—Vamos a reconstruir la tarde de la desaparición de Loli Sánchez —apunta Julia—. ¿Dónde la abordaste?

Loira suspira con expresión hastiada.

—En el viñedo de su marido. Le golpeé la cabeza con el martillo, la introduje en el maletero y la arrojé al mar.

—No corras tanto. ¿En qué parte del viñedo sucedió eso? —inquiere Julia.

—Lo sabéis de sobra. Encontrasteis el cuadro que estaba pintando cuando la sorprendí. No contestaré a cuestiones sin sentido. Me hacéis perder el tiempo.

—¿En qué zona de la finca? —insiste Cestero categóricamente.

—En la parte inferior, cerca de las marismas —admite Loira.

No, no fue ese el lugar donde fue abordada la pintora, sino cerca de la verja de acceso a la finca, situada a media ladera. Cada vez tiene más claro que Loira no tuvo nada que ver con la desaparición de Loli. Lo del cuadro se ha publicado en prensa, de modo que cualquiera podría saberlo.

—¿Por qué ella? —inquiere la suboficial.

El sospechoso se encoge de hombros.

—Porque se estaba aprovechando del éxito de su marido para presentarse como lo que no era.

Cestero lamenta estar de acuerdo con él en la segunda parte de su afirmación. No hace falta ser una gran entendida en arte para saber que la calidad de sus pinturas es discutible. De no haberse tratado de la propietaria de una bodega jamás habría disfrutado de su propia exposición. Y si no hubiera desaparecido, probablemente no habría llegado a vender ni un solo cuadro.

—¿Qué hacía ella cuando la atacaste?

—Pintaba.

La suboficial sabe que ese detalle no significa nada. También eso lo han aireado los periodistas.

—¿No te oyó llegar?

—No.

—¿Y qué hiciste?

Loira resopla.

—¿Otra vez? Ya os lo he dicho. Si no os alcanzan las entendederas, rebobinad ese chisme y volved a escucharlo —exclama señalando la grabadora con la mirada—. Le di con el martillo, la arrastré hasta el coche y me la llevé.

—¿No se resistió?

—¿No me escucháis o qué? ¡Que no me vio!

Cestero asiente al ver que la mirada de Julia recala en ella. Hubo forcejeo en la escena de la desaparición. El caballete apareció roto, la pintura derramada y una de las patas de la silla que empleaba Loli estaba partida por la mitad.

—Es suficiente. Vamos ahora con el crimen del Alarde —decide la suboficial.

—¿No pensáis darme ni agua? Claro, no vaya a ser que os tomen por las camareras de la comisaría... Igual hasta os hago un favor si cambian de tema. Seguro que todos hablan de los jefes a los que se la habéis chupado para poder estar hoy aquí.

—Cuando la pidas con más educación te la traeremos —anuncia Julia secamente—. ¿Confiesas el asesinato de Camila?

—Agua, por favor —demanda Loira con cara de fastidio.

Cestero le hace un gesto a su compañera para que no se levante. Irá ella. Necesita salir de esas cuatro paredes.

—El nene quiere agua —le dice a Aitor, que continúa en el pasillo.

—¿Cómo va? —se interesa su compañero abriendo el armario donde guardan productos de primera necesidad que pueden precisar los detenidos.

—Mal. Su confesión no tiene ni pies ni cabeza. Se inculpa de la desaparición de Loli, pero lo único que sabe es lo que publicó la prensa.

Aitor le entrega un botellín.

—¿Y por qué se inculparía si no ha sido él?

Cestero aprieta los labios. Eso es lo mismo que se pregunta ella.

—No lo sé.

—¿Así que tendríamos a otra persona detrás de la desaparición de la pintora?

—O Loli Sánchez se ha esfumado por iniciativa propia. Yo ya no sé qué pensar —confiesa la suboficial. Le gustaría tener la mente menos embotada—. ¿Me haces un favor?

—Dime.

—¿Puedes traerme café?

Aitor le apoya una mano en el brazo.

—Deberías irte a descansar.

La mirada de Cestero es fulminante.

—Estoy harta de que todos me queráis mandar a casa —exclama por si no ha quedado suficientemente claro.

Su compañero abre la boca para insistir, pero tira la toalla.

—¿Doble y sin azúcar?

—Exacto. Gracias, Aitor. Vuelvo con ese monstruo —señala Cestero. La puerta emite un desagradable chirrido al abrirse—. ¿Todo bien? —le pregunta a Julia al tiempo que deja la botella de agua junto al detenido.

—Ha confesado el crimen del Alarde —anuncia su compañera.

—Ya era hora de que alguien hiciera algo más que silbar y poner carteles contra esas provocadoras. Están desvirtuando la tradición y ni siquiera son gente del pueblo. Llegan autobuses desde bien lejos cargados de marimachos para desfilar.

Cestero suspira. Está cansada de oír las mismas excusas año tras año.

—No hemos venido aquí a oír un mitin barato —zanja dando una palmada en la mesa—. ¿Fuiste tú o no? ¿Sí? Pues ya está, no nos des la brasa. ¿Y por qué Camila?

—Porque estaba allí.

—¿No fue un ataque dirigido personalmente contra ella?

El detenido sacude la cabeza.

—No. Solo le tocó la lotería.

Cestero trata de contenerse. Le superan el desprecio por la vida y la soberbia con los que habla el asesino de Olaia.

—Sin embargo, después incendiaste su caserío. ¿Por qué?

Loira duda. No tiene respuesta a esa pregunta. Por lo menos no una inmediata. Necesita elaborarla.

—Quise acabar con su recuerdo para minar la moral de quienes ensalzaban su figura —reconoce finalmente.

Julia y la suboficial vuelven a intercambiar una mirada. Está repitiendo una de las hipótesis que más han jaleado los periodistas.

—¿Qué tipo de cuchillo empleaste? —inquiere Julia.

—Ya lo sabéis. No necesitáis que os lo diga yo.

—Eso lo decidiremos nosotras —señala la suboficial.

Julia teclea un mensaje en su teléfono móvil y pulsa la tecla de enviar.

Entretanto Loira las observa con cara de asco.

—Estoy seguro de que cuando no tenéis que chupársela a algún jefe os gusta más el rollo bollera.

Cestero se inclina hacia él.

—Estás muy jodido de la cabeza.

El detenido estalla en una carcajada que cesa en seco para clavar su mirada en ella.

—Quizá. Pero en unos pocos años estaré en la calle y te juro que acabaré contigo.

—Muy bien, pero antes contesta a nuestras preguntas, por favor —indica la suboficial—. No tenemos intención de pasar toda la tarde escuchando tus bravuconadas.

Unos golpecitos en la puerta detienen la conversación.

—Las peticiones del oyente —comenta Aitor dejando la taza de Cestero sobre la mesa y entregándole un folio impreso a Julia—. El café de una, los cuchillos de la otra… Y, atención, he encontrado algo. Un minuto antes del asesinato en la calle Mayor una cámara captó al detenido a cuarenta metros del lugar de los hechos.

La suboficial observa la fotografía que muestra su compañero. No hay duda de que se trata de Unai Loira. Se encuentra ante la puerta de la iglesia de la Asunción y sopla con fuerza un silbato. Con la mano libre sostiene una de las barreras negras destinadas a ocultar el desfile.

—Soy yo, efectivamente. No tiene ningún misterio —se mofa el detenido.

Cestero se gira hacia Aitor. Tiene la sensación de que su mente adormilada le está impidiendo comprender la importancia de la instantánea.

—Te encontrabas en el lado opuesto al del ataque. ¿Cómo cruzaste la calle en pleno desfile y con el impedimento añadido de los plásticos negros? —inquiere Aitor.

—Lo hice y punto.

Julia sale al rebote:

—Acabas de decirnos que a Camila la asesinaste al azar. ¿Qué sentido tendría cruzar al otro lado de la calle en pleno desfile para hacer algo que podrías haber hecho perfectamente en el lugar donde te encontrabas?

Loira vuelve a quedarse sin palabras.

—¿Qué más dará eso? Ya se lo explicaré al juez.

Julia tiende hacia él la hoja que ha pedido a Aitor con una serie de cuchillos impresos. Hay uno de limpiar pescado, otros dos de carne, un puñal y algunos otros, además del empleado para atacar a Camila.

—¿Cuál es el que utilizaste?

El detenido los observa, pensativo. Está muy serio. No le gusta ese juego. Hasta tres veces parece a punto de decidirse por uno, pero al final niega con un gesto.

—Esto es absurdo. Sabéis tan bien como yo cuál fue el que le clavé a esa tía. Dejad de hacerme perder el tiempo. No tenéis ni idea de interrogar. Ha tenido que venir vuestro amiguito para salvaros... ¿Veis?

—No mataste a Camila —continúa Julia.

—Por supuesto que lo hice.

La agente sacude la cabeza.

—No, no lo hiciste. Vamos con Miren... ¿Cómo llegaste al puerto sin que te captara la cámara de seguridad?

Unai Loira explica el crimen de la patrona con todo lujo de detalles. Sabía, por el programa de televisión en el que participó, que Miren llegaba la primera cada mañana. Les habla del bote de remos en el que llegó al recinto portuario desde la zona del Puntal, de la espera entre las redes apiladas a la orilla de la rada, de los martillazos que rompieron el cráneo de la víctima, del grafiti en la entrada de la lonja... Disfruta con el relato pormenorizado de su hazaña, como si necesitase presumir de que al fin tiene algo que contar.

—¿Dónde arrojaste el cadáver?

—Al agua. Y al abandonar el puerto se me enganchó a la barca y se vino conmigo hasta que me di cuenta. Creo que me había cogido cariño —señala el detenido con gesto divertido.

—¿Por qué lo hiciste? —inquiere Cestero, pero se arrepiente en el acto. No le apetece oír una de sus disertaciones machistas.

—Las mujeres son necesarias en el mar. No seré yo quien lo niegue. Hay que coser las redes, vender el pescado, sobar las anchoas, limpiar los barcos… Si esa marimacho quería trabajar, tenía dónde elegir. Pero patrona de barco…

—¿Actuaste solo?

Loira suelta una risita despectiva.

—No soy como vosotras, que hasta necesitáis ayuda para ir a mear. Me basto yo solito.

Cestero dirige una mirada a sus compañeros por si tienen más cuestiones.

Parece que no.

—Que lo devuelvan al calabozo —dice apagando la grabadora.

Aitor la sigue al pasillo y vierte sobre ella un jarro de agua fría:

—Ha llegado Izaguirre. Iñaki le ha contado que Loira ha confesado. Ya está convocando a la prensa.

52

Martes, 17 de septiembre de 2019

Andrés Izaguirre observa los croquis que Cestero y sus compañeros han ido garabateando en la pizarra a lo largo de los últimos días y asiente con gesto orgulloso. Después se vuelve hacia los cuatro integrantes de la UHI, que permanecen de pie junto a la mesa.

—Habéis hecho un gran trabajo. Esta comarca dormirá más tranquila ahora que ese psicópata se encuentra entre rejas. Sé que han sido días complicados, especialmente para ti, Cestero. No imaginas cuánto me alegra que Loira se equivocara de persona y eso permita que hoy estés aquí, con nosotros… Haré las gestiones oportunas para que disfrutéis de unas jornadas libres antes de regresar a vuestras respectivas comisarías. Enhorabuena por vuestra gran labor y gracias.

La suboficial aguanta estoicamente la palabrería institucional de su superior. Cuando por fin parece que ha terminado alza una mano como haría una niña en la escuela. Sabe que lo que va a decir no será bien recibido por alguien deseoso de dar carpetazo al caso y colgarse de la solapa una medalla de las gordas.

—Unai Loira no es el asesino del Alarde —le dice sin rodeos.

Izaguirre la observa con incredulidad.

—Ha confesado. Nadie haría algo así de no haber asesinado a esas mujeres. Y tú misma le viste matar a tu amiga.

—Lo sé —admite Cestero—. Es un asesino, un cabrón con todas sus letras, pero no el que nos trajo a Hondarribia.

—¿Y por qué iba a autoinculparse si no ha sido él? —insiste Izaguirre.

Julia sale al rescate de la suboficial:

—Porque busca notoriedad. Sería capaz de atribuirse el asesinato de John Lennon si se lo permitiéramos.

—Loira asesinó a Miren y a Olaia —resume Cestero— Es un monstruo misógino y supremacista, de eso no hay la más mínima duda, pero él no mató a Camila ni tuvo nada que ver con la desaparición de la pintora. Se trata de un imitador. El crimen del Alarde le animó a ir un paso más allá en su odio a las mujeres. Envalentonado por el éxito de sus comentarios en redes sociales quiso probar a convertirse en el héroe de su lucha.

—¿Ha dicho él algo de eso? —inquiere Izaguirre. Su gesto muestra escepticismo y preocupación a partes iguales.

—No —reconoce Cestero—. Pero es algo común en estos casos. Ya no tiene nada que perder y sí mucho que ganar entre sus seguidores. Sabe que va a pasar el resto de su vida en la cárcel, o al menos una temporada muy larga, y le da igual que sea más tiempo si eso hace de él un mártir.

—Por lo que hemos visto en redes, idolatra a Anders Breivik y se ve a sí mismo como una víctima necesaria de la lucha contra el feminismo —explica Aitor refiriéndose al ultraderechista que asesinó a setenta adolescentes de izquierdas en una isla noruega—. Tal vez incluso esté inmolándose para que el asesino del Alarde pueda continuar con el objetivo de limpiar el mundo de feministas.

El oficial sacude la cabeza.

—Ha confesado los crímenes y Ane lo detuvo mientras agredía a su amiga. Sé que Cestero está atravesando un mal momento, pero ¿se puede saber qué coño os pasa a vosotros?

—Tan sencillo como que todos los indicios apuntan que no fue él quien cometió el crimen del Alarde —interviene Aitor—. Lo tenemos en fotos al otro lado de la calle. Además, no tiene ni idea de cuál fue el arma homicida.

—Y lo único que sabe ese tío de la desaparición de Loli es lo que han contado los medios de comunicación —asegura Julia.

—¡Ha confesado! —repite Izaguirre.

Cestero suelta un suspiro.

—Hay una mujer desaparecida. ¿Cómo vamos a cerrar el caso sin haberla encontrado? —protesta con una impotencia creciente.

El oficial encoge los hombros.

—El detenido asegura haberla arrojado al mar. Ahora es cosa de los equipos de rescate. Casualmente hay otra mujer a la que llevan días buscando en la bahía. Eso simplificará el operativo. El mismo esfuerzo requiere la búsqueda de una que de una docena.

Cestero se muerde el labio indignada por la frialdad con la que Izaguirre se refiere a las víctimas.

—La UHI no se irá de aquí dejando un asesino en libertad —asegura.

El oficial señala la pizarra. El nombre de Unai Loira aparece subrayado en un lateral. Es el único que ha merecido ese tratamiento.

—Son vuestros propios apuntes, no me lo invento yo. Ese tío es el asesino que buscamos. No le deis más vueltas. El caso está cerrado —zanja Izaguirre—. Ane, sé que te cuesta encontrar sentido a lo de Olaia, pero no te empeñes en buscar los tres pies al gato. No lo estropees. Lo habéis hecho magníficamente bien. Os felicito. Ahora tenéis cuarenta y ocho horas para redactar el informe definitivo y abandonar la comisaría de Irun. Bergara y sus hombres están deseando recuperar su rutina y el espacio que nos han cedido.

Cestero comprende que no va a ser fácil doblegar a Izaguirre. No quiere oír la verdad, solo le interesa cerrar el caso y disfrutar de la fama y los parabienes.

—Me ocuparé de ese informe —anuncia a regañadientes.

El oficial sonríe, satisfecho.

—Iñaki Sáez te ayudará.

El agente primero asiente para agradecer el encargo.

—No hará falta —señala Cestero.

—Sí, Iñaki es muy bueno para esas cosas. Así terminarás antes. Ni siquiera tendrías que estar aquí —decide Izaguirre.

La suboficial se muerde la lengua para no añadir nada más. Serían palabras gastadas en vano.

—Me parece una cacicada impresentable —anuncia Julia cuando todo parece decidido.

—¿Perdona? —inquiere el oficial, incapaz de pestañear.

—Te estamos diciendo que Loira no mató a Camila Etcheverry ni secuestró a Loli Sánchez y te da igual. Llevamos días trabajando sin descanso, cuatro personas contra una opinión pública que nos acosa y en una comisaría donde no somos bien recibidos... ¿Y tenemos que aguantar que un paracaidista que viene solo a recoger los méritos nos niegue la capacidad de decidir?

—¿Desde cuándo una agente habla con semejante desprecio a un oficial? —espeta Izaguirre.

—Julia, déjalo —le pide Cestero. Su compañera se va a meter en un lío si es que no lo ha hecho ya.

—Sí, Julia. No te enfrentes. Déjalo, por favor —añade Aitor apoyándole una mano en la espalda.

La ertzaina sacude la cabeza.

—Es que me toca la moral. Estamos hablando de mujeres a las que han arrebatado la vida, personas con planes, ilusiones, familias que las esperaban... Me niego a abandonar la investigación porque un psicópata haya asumido la autoría de crímenes que sabemos que no ha cometido. No me hice policía para esto. Si él tiene prisa por dar carpetazo al caso para volverse a la comodidad de su comisaría que no cuente conmigo.

—¿Cómo dices? ¿Que no acatas mis órdenes? —Izaguirre está desconcertado.

—¡Julia! —Cestero no dice más. Su tono no precisa de más palabras.

La interpelada asiente sin dirigirle la mirada y abandona la reunión.

Durante unos segundos todo es silencio. Andrés Izaguirre se lleva la mano a la corbata para ajustarse el nudo.

—Voy a pasar por alto esto último. Lo entenderé como un arrebato motivado por el estrés al que habéis estado sometidos estos últimos días. Siempre que no se repita, claro —anuncia en tono conciliador—. Ahora, si me lo permitís, tengo que atender a los medios de comunicación. Están deseando conocer las buenas noticias. —Hace una pausa para asentir con gravedad—. Enhorabuena, chicos. Sois los mejores.

53

Martes, 17 de septiembre de 2019

—Es imbécil. —Cestero es la única que lo expresa en voz alta, aunque sabe que el resto de sus compañeros están pensando lo mismo. Por lo menos dos de ellos. Su mirada viaja hasta Iñaki—. Sí, imbécil integral, y me da igual que vayas corriendo a contárselo. Si es necesario se lo repetiré a la cara. A Izaguirre nunca le ha interesado este caso. Sabe que está al frente de la UHI por pura casualidad. Le da igual que hagamos las cosas bien mientras él se pueda colgar la maldita medalla delante de las cámaras de televisión. Si después tenemos que reabrir la investigación porque la hemos cerrado en falso, no será su problema. Él estará cómodamente de regreso en su poltrona en la central de Erandio.

Nadie abre la boca. Iñaki tampoco trata de rebatirle ni defenderse.

La única que se atreve a protestar es la puerta. Alguien está llamando con los nudillos.

—Adelante.

Es un agente uniformado. Llega con una caja de cartón en las manos.

—Han traído esto del laboratorio —anuncia entregándosela a Iñaki, el más cercano a la entrada—. Me han pedido que os diga que tenéis el informe en el correo.

—Por fin —celebra Cestero asomándose a la caja. Son los objetos que recogieron en el escenario de la desaparición de Loli Sánchez y que los hombres de Bergara enviaron a analizar. El cuadro no le interesa por ahora, tampoco el caballete ni los pinceles. Es el móvil el que se lleva la mirada suspicaz. Se trata de un terminal sencillo, de marca china y gama baja, que Eusebio Ibargarai negó categóricamente que perteneciera a su mujer. El de ella es un iPhone de última generación. Quizá quien la abordó en el viñedo perdió el teléfono en el forcejeo y les regaló sus huellas dactilares sin pretenderlo.

—Aquí está el informe —anuncia Aitor consultando en el ordenador—. Parece que no han hallado más huellas que las de la desaparecida.

Julia sacude la cabeza.

—No puede ser. ¿En el móvil tampoco? Ibargarai aseguró que no era de su mujer.

—O eso cree él —la corrige Cestero.

—Así que Loli contaba con un segundo móvil desconocido para su marido —apunta Aitor—. Me jugaría algo a que nuestra pintora salió al viñedo para llamar a alguien y poder hablar tranquila.

—¿A quién? —pregunta Iñaki.

—Eso es algo que tendremos que averiguar. Pediremos a la compañía telefónica que nos facilite datos del titular de la línea y el registro de llamadas.

La suboficial se ha puesto unos guantes de látex para no contaminar las pruebas. Aún no ha cogido el teléfono cuando el aparato vibra en el interior de la bolsa transparente que lo protege. Se trata de un mensaje que ilumina la pantalla.

¿Qué hay del dinero que me debéis?

Cestero pulsa sobre el wasap y despliega toda la conversación. No es el primer mensaje que ese mismo remitente ha hecho llegar a Loli. Todos requieren alguna respuesta que no ha llegado.

¿Dónde estás?

¿Qué está pasando?

No me gusta esto. ¿Estás bien?

El número no está registrado. No aparece nombre alguno, solo un teléfono de nueve cifras.

—¿Alguien tiene un cargador? Deberíamos enchufarlo, la batería está a punto de agotarse. Voy a seguirle el juego —anuncia la suboficial mientras compone una respuesta en el dispositivo.

Necesito verte. Ahora.

—Demasiado directa —lamenta Aitor.

—Espera a ver. Quien está al otro lado también lo es —argumenta Cestero.

Una nota verde anuncia que su interlocutor está escribiendo un mensaje. Tarda. Tanto que los ertzainas comienzan a temer que no responderá. Sin embargo, una nueva línea se asoma a la pantalla.

¿Dónde?

¿Tú dónde estás?, teclea Cestero.

La respuesta vuelve a demorarse, aunque también termina por llegar.

Benta.

La suboficial sonríe. Así es como llaman a la lonja los lugareños.

—¡Está en el puerto! ¿Cuánto tardamos?

—Quince minutos —calcula Julia.

—Eso son ocho en moto —decide la suboficial dirigiéndose a la puerta—. Vamos, no hay tiempo que perder.

En la fábrica de hielo en diez minutos, escribe antes de echar a correr escaleras abajo.

El siguiente mensaje llega cuando ya han salido de comisaría.

¿Será seguro?

Cestero se ríe entre dientes.

—Pues no mucho. Te vas a encontrar con cuatro ertzainas deseando darte caza —comenta en voz alta. Sus dedos, sin embargo, teclean palabras que trasladan tranquilidad y confianza al personaje misterioso.

Después echa a correr hacia su Honda. No piensa regalarle ni un solo segundo de tregua. Sabe que el pez ha mordido el anzuelo.

54

Martes, 17 de septiembre de 2019

La zona portuaria se ve a medio gas. Algunos marineros limpian los barcos y cargan las bodegas con cajas vacías que con suerte y paciencia regresarán a rebosar de pescado. Pero para eso todavía falta culminar los preparativos y salir a faenar, algo que quizá ni siquiera hagan esta noche. Otros pescadores, con sus cañas en la mano y sus cestos de mimbre en el suelo, prueban suerte desde los muelles.

Cestero corre hacia el extremo de la lonja donde se encuentra la fábrica de hielo. La suboficial la ha elegido porque estará vacía a esa hora y siempre resulta más sencillo actuar sin curiosos cerca.

—¿Hola? —dice deteniéndose junto a la puerta. Julia la acompaña. Iñaki y Aitor aún no han llegado, el coche no es tan rápido como la Honda en la que han viajado ellas.

Nadie responde. Dentro no hay luz, solo los pilotos de la máquina que convierte el agua en el hielo que irá a parar a las bodegas de los barcos.

—Entramos —susurra Julia—. Yo te cubro.

En cuanto Cestero pone un pie en el interior, un ruido llama su atención hacia las sombras que se extienden a su derecha.

—¡Alto! —ordena dirigiendo hacia allí la pistola.

Es una falsa alarma, se trata de una cascada de hielos que se precipita a un depósito.

Antes de que pueda recuperar la calma, alguien la derriba de un empujón y huye a la carrera.

—¡Alto! ¡Deténgase! —oye a Julia—. ¡Alto!

—Perdón, perdón… Yo no he hecho nada.

Cuando la suboficial llega hasta él, está con los brazos en alto, con gesto tan aterrorizado como confundido.

—¿Adónde ibas? ¿No te gusta nuestra compañía? —Cestero le muestra su placa—. Creo que vas a tener que explicarnos qué negocios tenías con Loli Sánchez.

Se trata de un hombre de edad incalculable, aunque es posible que no pase de los cincuenta años. El rostro ajado por la intemperie lo hace parecer mayor, pero su forma de moverse dice lo contrario. El bigote entrecano y las gafas de pasta que le cubren medio rostro no ayudan en el cálculo. Tampoco el viejo gorro de lana con el que se protege la cabeza.

—¿Yo? ¿Negocios con Loli? —El aliento le huele a vino, y no precisamente a txakoli submarino de ese que no está al alcance de cualquier bolsillo—. Pues el barco. Llevo media vida gobernando el *Gure Poza*. Y seguiría haciéndolo si no lo hubieran quemado.

—¿Quién lo incendió? —prueba Julia.

El hombre parpadea incrédulo.

—Pues el tipo ese que han detenido.

Ahora lo intenta Cestero, y lo hace sin contemplaciones:

—Háblanos de las mujeres que traías de Santander.

El patrón la observa sin saber qué decir. Sus ojillos, pequeños y desorientados, buscan escapatoria.

—¿De qué estáis hablando? Yo no sé nada de eso —se defiende visiblemente nervioso.

—De las veces que ibas a Santander, desconectabas el localizador a mitad de travesía y regresabas a puerto de madrugada y sin capturas —añade la suboficial—. Ah, y de los posteriores viajes para llevarlas a Francia.

El hombre niega con la cabeza.

—No sé de qué habláis. No soy más que el capitán de un pesquero.

—¿Eres consciente de que te van a caer un montón de años por un delito continuado de tráfico ilegal de seres humanos? —apunta Julia.

—Y no se acaba ahí: detención ilegal, coacción, explotación sexual... —enumera Cestero—. ¿Qué te parece si colaboras? El juez lo tendrá en cuenta y podría rebajar tu condena... Lo sabemos todo. Las muchachas llegaban a Santander a bordo de un mercante procedente del golfo de Guinea. Tú las recogías en tu pesquero y las traías a Hondarribia para después llevarlas a Francia.

El patrón vuelve a negar con la cabeza. La curvatura de sus hombros ya no es ligera. Está completamente hundido.

—Solo soy un mandado. Hago lo que me ordenan.

—¿Quién?

—Loli. Ella es quien hace y deshace en el *Gure Poza* —reconoce con un hilo de voz—. Yo me limito a gobernar el barco y llevarlas a donde ella me pide.

Por primera vez desde que asumió la dirección del caso del Alarde Cestero siente un soplo de optimismo en su pecho. Ya no son solo las palabras de un periodista francés, esto es una confesión en toda regla.

—¿Cómo son esos viajes?

El hombre aguanta unos instantes, pero finalmente se derrumba. Se sabe atrapado.

—Cada cierto tiempo Loli me avisa de que todo está listo para un trabajo especial. Ella los llama siempre así —explica con gesto desolado—. Yo navego hasta el puerto de Santander y me aproximo al carguero. A menudo el intercambio se realiza en alta mar, mientras el barco maderero aguarda la entrada a puerto. Después solo tengo que trasladarlas a Hondarribia. Conmigo suelen venir dos marineros de la confianza de la jefa. Ellos son los encargados de la custodia de las africanas. Yo me limito a navegar.

—Quiero las fechas de esos viajes.

—Estaba todo apuntado en el cuaderno de bitácora. El incendio se lo llevó consigo —se excusa el patrón.

—Pues haz memoria. ¿Cuántas mujeres has trasladado este año? ¿Cada cuánto tiempo realizabas esos trabajos especiales? ¿Cuándo realizaste el último traslado?

El hombre niega con la cabeza. No lo recuerda.

—Espera un momento... Creo que lo tengo aquí —anuncia sacando el móvil del bolsillo—. Suelo apuntarlo porque tengo mala memoria y no me gusta que Loli... Vaya, ella... La cosa es que me paga una buena cantidad cada vez que le hago un trabajo de esos. Sí, aquí está. Mira, aquí tienes las fechas de las últimas salidas. —Cestero toma nota de las fechas que se despliegan en la pantalla—. El veintiuno de agosto traje a cuatro negritas. Desde entonces no ha habido más.

—¿Adónde las trajiste?

—Al puerto. Siempre lo hacemos así. Ahí termina mi trabajo. Llamo al teléfono especial de Loli y me voy a casa. Cuando regreso al día siguiente ya no están en el barco.

—¿Adónde las llevan?

El patrón finge que cierra una cremallera en sus labios.

—Sin preguntas. A mí me pagan por hacer mi parte. No sé más.

—¿Y cómo es cuando las trasladas a Francia?

—Recibo una llamada de Loli en mi teléfono especial. A veces es solo una perdida. Con eso es suficiente para que sepa que debo dar el día libre a los tripulantes que no son indispensables. Esa noche me mantengo alejado del barco. Cuando llego por la mañana ya están las chicas en la bodega, todo listo para llevarlas a Burdeos.

—¿Y una vez allí?

—Allí las espera otra gente.

Julia da un paso al frente.

—Un momento. Has dicho que a mediados de agosto trasladaste desde Santander a cuatro mujeres.

—El veintiuno —corrobora el patrón.

—¿Y no las has llevado a Francia todavía?

—No. Ardió el barco y ella me aseguró que encontraría otra forma de hacerlo. Llevo días esperando noticias suyas. Pensé que todo esto de su desaparición se debía a que estaba intentando solucionarlo. ¿Cómo lo habéis hecho para escribir desde su número? Creía que era ella. Desde que se quemó el barco estoy sin blanca. Ibargarai se deshizo de mí sin contemplaciones. Ya no tengo forma de ganarme la vida.

Cestero comprende qué es lo que ha encendido las luces de alerta en su compañera. Si no las han embarcado rumbo a Burdeos, solo puede significar que todavía se encuentran en la comarca.

—¿Y no sabes dónde las ocultan?

—Ni la más remota idea.

—No te creo. Recuerda que si colaboras…

La suboficial no ha terminado la frase cuando el hombre la interrumpe.

—Solo sé que no siempre se trata del mismo lugar. Aunque Loli y yo nunca mencionábamos nada de estos trabajos especiales, en alguna ocasión la escuché hablar en clave de los puntos de recogida. Había varios. Al menos un sitio donde se producen los encuentros con los clientes y otro, más precario, adonde las llevan mientras se deciden a embarcarlas.

—¿Y dónde están?

—No lo sé. Juro que no lo sé.

Cestero tiene la impresión de que está diciendo la verdad.

—Nuestra máxima prioridad ahora debe ser dar con esas chicas. Su vida podría estar en peligro —anuncia tanto para sí misma y sus compañeros como para el patrón.

Él se limita a negar con la cabeza. No sabe nada más.

—¿Con quién más tratas además de con Loli?

—Con nadie. Ni siquiera puedo asegurar que haya alguien más involucrado. Siempre he pensado que sí, aunque no lo sé. Jamás contactó conmigo alguien que no fuera ella. Incluso cuando las cosas se tuercen es Loli quien da la cara.

—¿A qué te refieres?

—A veces surgen problemas. Los puertos son seres vivos. Por aquí pasa mucha gente y no siempre a las horas que lo esperarías. Hay noches que el movimiento de barcos o de pescadores de caña hace imposible trasladar a las africanas desde el *Gure Poza* hasta el lugar al que las lleven. Y ahí entra en juego la afición por la pintura de Loli. Se instala en el muelle, con un caballete y sus pinceles, y se pasa el día vigilando hasta que se asegura de que puede sacarlas del barco.

Los cuadros del pesquero que tan orgullosamente les mostraba Ibargarai en la bodega acuden enseguida a la mente de Cestero. Es una tapadera brillante. Su afición por la pintura permitiría a Loli dedicar el día entero a controlar que todo estuviera en orden. Tras un caballete y una paleta de pintora se escondía un sistema de vigilancia efectivo y que no levantaría sospecha alguna. ¿Quién iba a dudar de las intenciones de una artista que se instala en el muelle a plasmar en un lienzo su propio barco?

La suboficial tiene la impresión de que está diciendo la verdad. El patrón del pesquero de los Ibargarai se ha mostrado dispuesto a colaborar tras un primer momento complicado. Introduce una mano en el bolsillo y extrae una brida para esposarlo.

—Es suficiente por hoy. Queda detenido por un delito de tráfico ilegal de personas —anuncia antes de explicarle que tiene derecho a un abogado y que cualquier cosa que diga podrá ser utilizada en su contra.

—He colaborado —protesta el hombre de mar—. Me habéis dicho que si lo hacía…

—Le hemos dicho que su colaboración sería tenida en cuenta. Y así será. No lo dude, pero no espere que un delito tan grave como el que ha cometido vaya a quedar libre de pena.

55

Miércoles, 18 de septiembre de 2019

Iván clava el remo en el agua e impulsa la tabla hacia delante. El mar apenas ofrece resistencia y lo ve avanzar frente al cabo de Híguer, perdiéndose más y más en los secretos de la noche. Una nueva palada, siempre con suavidad para no perder el equilibrio, pero con la suficiente firmeza para avanzar. El burbujeo que produce el propio remo se cuela en un mundo que duerme en silencio. No se oye nada más. Ni siquiera las gaviotas tienen ganas de profanar la quietud que flota en la bahía de los Frailes. Solo el batir de las olas contra el islote de Amuitz, que protege las calas que se recuestan al pie de los acantilados, se asoma con una cadencia rítmica en la escena. Apenas un murmullo, un recuerdo de que en ese mundo gobiernan el salitre y las mareas.

Iván se gira hacia tierra. Ahí está el faro de Híguer con sus dos destellos cada dos segundos, guardián del último puerto de este lado del Bidasoa. En el cielo la luna menguante se muestra de cuando en cuando entre las nubes, bañando de plata el mar y la tierra. Los huecos libres permiten titilar también a un puñado de estrellas que dibujan constelaciones incompletas.

—Escóndete, vamos —mascula Iván entre dientes. Para lo que se dispone a hacer son mejores las noches sin luna.

El astro le obedece, aunque solo unos instantes, los mismos que tarda el viento en apartar la nube.

Una nueva palada y otra más. El faro va quedando atrás, la silueta oscura del islote va ganando tamaño. No puede faltar mucho.

La de Iván es una tabla de paddle surf, una modalidad deportiva que consiste en cabalgar sobre el mar sin necesidad de olas o viento. Es la fuerza de los brazos la que la impulsa.

Un momento… ¿Qué ha sido eso? Parece el motor de un coche.

Iván deja de remar y permanece inmóvil. Su mirada recorre la línea de costa en busca de movimiento. Teme que pueda tratarse de algún vehículo policial. No sería la primera vez que los ve ahí apostados, a la espera de que a algún incauto se le ocurra desembarcar algo prohibido.

Tal vez se haya tratado solo de su imaginación… No, ahí está otra vez. Es un motor, no hay duda. Pero no es un coche, sino el camión de la basura. Acelera, avanza hasta el siguiente contenedor y se detiene. Entonces son otros sonidos secundarios los que intervienen, y vuelta a comenzar.

Un suspiro para liberar la tensión, una nueva palada…

Iván se gira a un lado y a otro. Por la alineación del faro y la punta más alta del islote se diría que ha alcanzado el punto correcto. Su mirada recorre de nuevo la costa, sumida en la oscuridad más absoluta. No parece haber nadie. Deja el remo sobre la tabla y se asegura de llevar la linterna en el cinturón.

—Allá vamos —dice mientras se ajusta las gafas de bucear.

El agua está fría. En cuanto se zambulle la siente colarse por los resquicios del traje y alcanzar cada centímetro de su piel. No es el lugar más agradable para estar a esas horas de la madrugada, pero se concentra en la recompensa. Dentro de poco tendrá el bolsillo lleno y algo así merece el esfuerzo.

El haz de su linterna no alcanza a iluminar gran cosa. Choca contra los filamentos rojos de esa alga roja que está por todas partes. Iván tiene la sensación de estar buceando en una gigantesca sopa sangrienta. Agita las piernas para impulsarse hacia abajo.

Allí es todavía peor. La falta de oleaje ha permitido posarse en el fondo a la mayor parte de esas plantas marinas que las olas arrastran cada otoño hasta la costa.

No hay rastro de lo que está buscando.

De vuelta en la superficie, Iván vuelve a cerciorarse de que se encuentra en el lugar correcto. El faro, el islote, aquel saliente... Tiene que ser ahí abajo.

Carga los pulmones de aire y vuelve a zambullirse. Esta vez intenta agitar lo menos posible las aletas para que las algas que descansan sobre el fondo rocoso no alcen el vuelo.

Tal vez la visibilidad haya mejorado un poco, pero sigue siendo casi nula.

Malditas algas, maldito mundo rojo...

Un pez de escollera, también rojo, le observa desde su escondrijo entre rocas. Algo más allá le parece ver un pulpo que huye. ¿Y ese destello plateado? Debe de ser alguna dorada en busca de crustáceos que llevarse al estómago.

De pronto una sensación de euforia se abre paso.

Ahí están las jaulas.

Una morena asoma su boca desafiante a través de las rejas, guardiana espontánea de los cientos de botellas de vino que duermen en su interior.

Iván palpa el metal en busca del barrote suelto, aquel que serró en su anterior inmersión. Es su portezuela furtiva para acceder al txakoli submarino de los Ibargarai. No se siente un ladrón. Son los propietarios de la única bodega del pueblo quienes actúan incorrectamente.

¿Quiénes son ellos para convertir el mar en un espacio privado? Si esas botellas están ahí abajo, no pueden pretender que otros no las cojan. Y si no que las entierren en su propia finca, no en un lugar que pertenece a todos.

Sus manos dan por fin con el acceso al botín. La linterna recorre las botellas. Algunos moluscos de reducido tamaño se han adherido al vidrio. Eso es precisamente lo que multiplicará por diez el precio del vino. Para algunos no es lo mismo llevar a su mesa un txakoli madurado de manera tradicional que uno que ha dormido sobre el lecho marino.

Iván elige dos de las botellas y las estudia detenidamente. Cuantos más vestigios de vida submarina contengan, mejor. Lleva más de un minuto bajo el agua y todavía no siente la necesidad de emerger a respirar. Tiene una gran capacidad pulmonar. Quiso ser profesor de apnea, pero dos metros tiraron su ilusión por la borda. La última de las muchas pruebas a superar consistía en nadar setenta y cinco metros sin respirar. Iván estaba seguro de que lo conseguiría, pero a falta de dos brazadas sucumbió. Tuvieron que sacarlo del agua, inconsciente y al borde de la muerte.

Tal vez no sea capaz de completar tres piscinas de veinticinco metros, pero le sobran cualidades para aguantar bajo el agua el tiempo necesario para hacerse con unas cuantas botellas de vino.

Cuando emerge, la tabla se ha alejado unos metros. Nada hasta ella y dispone el botín cuidadosamente. Ha ideado un sistema de arneses que le permite ocultar el txakoli bajo la tabla. A no ser que la saque del agua, nadie percibirá nada extraño si lo ve remando como un deportista más.

Antes de zambullirse de nuevo, Iván vuelve a dirigir la mirada a la costa. Sigue sin haber movimiento, el mundo continúa dormido.

Llena los pulmones como dos grandes globos a punto de explotar y regresa a las profundidades. Todavía queda espacio para dos botellas más en su invento. A unos sesenta euros por cada una, la noche le habrá regalado más de doscientos euros. Mucho más de lo que ganará esa semana repartiendo pizzas en bicicleta. Podría introducir otras dos o tres en el traje de neopreno... No, mejor no abusar. Si logra no levantar las sospechas del bodeguero, podrá continuar esquilmando sus jaulas de maduración durante mucho tiempo.

¿Dónde estaban? Malditas algas... Es imposible ver nada entre sus capilares rojos, tan diminutos como abundantes. Están por todos lados. Mientras las aletas lo impulsan en la búsqueda, Iván piensa en Aitziber. Su compañera de clase ha aceptado la invitación a cenar. Es una buena señal. No lo hubiera hecho de no estar interesada en él. Tal vez merezca la pena coger una quinta botella para sorprenderla. No es lo mismo pizza con cerveza barata que pizza con txakoli madurado bajo el mar… Sí, eso hará. Por una más que se lleve no pasará nada.

La jaula toma forma ante él. El haz de la linterna se abre camino entre las algas. ¿Dónde están las botellas? Iván se aproxima un poco más, la luz baila aquí y allá, trata de comprender.

Entonces aparecen esas manos aferradas a los barrotes. Son blancas como la cera. El joven siente que le falta el aire. ¿Qué hace esa mujer ahí dentro? Su cabello rubio platino flota a merced de la corriente. El rostro está hinchado, desfigurado; la boca, abierta en un grito que nadie oyó ni oirá jamás.

56

Miércoles, 18 de septiembre de 2019

Cestero contempla la ensenada sin poder evitar una enorme sensación de derrota. Es una mañana extraña para tratarse de septiembre, tiempo de mareas vivas. No es habitual que incluso las olas guarden silencio y conviertan las calas del cabo de Híguer en esos lagos dormidos tan populares en las tiendas suecas de muebles. El sol también está ahí, despierta hermosas notas turquesa en el Cantábrico y realza los contrastes cromáticos de las rocas. La pincelada roja de la patrullera de la Ertzaintza, recién llegada desde la base de Bermeo, aporta un contrapunto que enriquece la postal. Un mundo perfecto de no ser porque los agentes de rescate trabajan en el levantamiento del cadáver de otra mujer.

¿Qué está haciendo mal? Loli Sánchez había llegado a figurar en su listado de sospechosos. Sin embargo, ahí la tiene, asesinada de manera despiadada en el fondo del mar. A falta de que el examen forense lo corrobore, todo apunta a que fue sumergida con vida en una de sus propias jaulas de vino. Aitor acaba de llamarla para confirmar que la puerta del almacén donde los Ibargarai guardan el material ha sido forzada y se echa en falta una de las jaulas de repuesto. Su compañero también ha interrogado a Didier. El amigo de Julia asegura que su última visita a la bodega submarina fue precisamente la mañana anterior a la desaparición de la pintora, cuando se sumergió a por txakoli para la fiesta. Aquel día todo estaba en orden allí abajo.

Los pensamientos de la ertzaina recalan también en el aficionado al buceo que ha dado el aviso. Le costará sacudirse de encima la impresión de dar con algo así bajo el agua. Eso si es que logra volver a zambullirse alguna vez.

—Van a acabar con todas nosotras si no hacemos algo —oye tras ella.

La ertzaina se gira. Es Maitane. Habla a una cámara de televisión que busca un encuadre de la joven en el que no falte el operativo de rescate. Cestero sacude la cabeza, contrariada. La transformación que ha sufrido es impresionante. Su terrible experiencia en el Alarde ha despertado el morbo de los medios de comunicación, que han aprovechado para convertirla en un símbolo de la lucha contra las agresiones machistas. No queda rastro de su timidez ni de la ingenuidad con la que tomaba un vaso de leche en el hospital. De hecho, parece encantada con su papel protagonista.

Junto a ella se han ido agolpando otros curiosos. La suboficial ha pretendido precintar el cabo de Híguer por completo, pero el comisario Bergara no ha accedido a hacerlo. Hay un camping, una depuradora de aguas residuales y numerosos caseríos dispersos por la zona y no ha querido ni plantearse bloquearles el acceso. Y ahora su decisión se traduce en lo que Cestero quería evitar: el levantamiento del cadáver se está convirtiendo en un circo mediático. Aunque quizá sea eso precisamente lo que busca Bergara: someterla al escarnio público de no haber sido capaz de impedir una nueva muerte en la comarca.

—Ane —la llama alguien. Es Amalia, la chica de la terapia. Ella también ha bajado del faro y se encuentra tras la cinta de plástico que la propia Cestero ha tendido para precintar su parte de la cala—. Me he enterado de lo de tu amiga y quería decirte que lo siento muchísimo.

La ertzaina le devuelve una sonrisa cargada de tristeza.

—Gracias —musita Cestero.

—Ojalá se haga justicia y ese malnacido se pudra en la cárcel —añade Amalia—. Si algún día quieres desahogarte, cuenta conmigo. Sé escuchar.

—No podemos quedarnos quietas mientras nos asesinan impunemente. ¿Qué pasa? ¿Los policías no estáis cansados de ver nuestro sufrimiento? —Es Maitane. Ha terminado de atender a la prensa, aunque habla como si las cámaras siguieran delante—. Estoy viva de milagro. Yo lo he visto demasiado cerca y sé que ellos no van a parar. No quieren y no lo necesitan. Les sale demasiado barato. Si los jueces continúan sin darnos respuestas, las buscaremos nosotras.

—Sé perfectamente lo que los tipos como Loira son capaces de hacer. Yo también lo he visto de cerca —le replica Cestero, herida.

Las algas que descansan en la orilla le recuerdan la sangre derramada de Olaia y nota el odio filtrándose bajo la piel. La suboficial se reconoce en las palabras de la joven. Lo ha pensado demasiadas veces. La última, en aquellas escaleras sin luz, impotente frente al cadáver de su amiga.

—Yo también estoy cansada de asistir a tanto dolor —confiesa Amalia en tono conciliador—. No llevo todavía dos años de voluntaria en la asociación y he oído ya tantas historias que podría escribir una enciclopedia del terror. Tú sabes perfectamente de qué hablo, Ane. El domingo, en Artikutza, tu madre nos explicó la mierda que habéis tenido que soportar en casa.

—Me alegra saber que mi madre está empezando a abrirse. Sé que estar con Marta y contigo le hace bien. Así dependerá menos de mí. Está claro que no soy capaz de proteger a nadie.

—No digas eso. Yo te debo la fuerza que ahora tengo —trata de consolarla Maitane—. Tus palabras cuando estaba postrada en la cama de aquel hospital me hicieron despertar. Estaba hundida y me inyectaste las ganas de luchar. Me di cuenta de que no podía seguir poniendo la otra mejilla ni un minuto más. Si les plantamos cara, se lo pensarán dos veces antes de volver a hacer daño a una mujer.

Cestero suspira. Ella nunca la animó a convertirse en un juguete televisivo.

Amalia guarda silencio, se limita a seguir con la mirada a un cormorán que emerge con un pez plateado en el pico y se aleja volando hacia el islote de Amuitz.

La grúa de la patrullera ha comenzado el izado de la jaula. El agua se precipita entre los barrotes y rompe la quietud de la mañana. El cuerpo sin vida de la pintora aparece a continuación, un bulto oscuro que ocupa el fondo del armazón metálico. Su cabello rubio pende entre las rejas. Sus brazos no, todavía se cogen con fuerza a los barrotes a través de los que trataban de abrirse camino cuando la muerte la encontró.

La mirada de la ertzaina busca cámaras de televisión. Hay muchas. Algunas tras ella, en la misma cala que ha elegido como otero, otras en los pequeños cabos que se yerguen sobre el mar. No pierden detalle de lo que está sucediendo en medio de la ensenada.

Una submarinista emerge a escasa distancia. Es Julia. Pese a que lleva uno de los trajes de neopreno de la Ertzaintza, la suboficial la reconoce en cuanto se retira la máscara. El mohín de sus labios no precisa de palabras. Está rota. Cestero no quería permitirle participar en el operativo de levantamiento del cadáver, pero su compañera se ha empeñado en hacerlo. Quería estar allí abajo, ser los ojos de la Unidad de Homicidios de Impacto bajo el mar.

Julia cruza una mirada con Cestero, sacude la cabeza para reconocer su impotencia y se apoya en una roca para retirarse las aletas. Después camina con cuidado de no resbalar hacia la suboficial.

—Te dejo tranquila. Ánimo —se despide Amalia regalándole a Cestero un último apretón en el hombro. Maitane se aleja también, pero en su caso se dirige a las cámaras que puedan interesarse en su historia.

—¿Con quién hablabas? —pregunta Julia al llegar hasta la suboficial—. ¿No es la chica aquella que se desmayó en el Alarde?

—Sí, Maitane. Y la otra vive aquí arriba, en el faro. Es voluntaria en la terapia a la que acompaño a mi madre.

—Eso también tiene que ser duro. Oirá cada historia…

—Así está. Ha perdido la esperanza.

Julia aprieta los labios.

—Yo a veces también la pierdo. Lo que estoy viendo estos días es demasiado. ¿Sabes lo que tuvo que sufrir Loli? —Los ojos de la ertzaina están cada vez más brillantes. Su voz, más aguda—. La arrojaron viva al fondo del mar, enjaulada como un animal. ¿Te imaginas la angustia de intentar salir a respirar y no poder hacerlo? ¿Quién puede hacer algo tan inhumano?

—Alguien muy enfermo.

—Alguien muy hijo de puta, Ane —escupe Julia, y la voz se le quiebra antes de terminar la frase. Tarda unos segundos en recuperarse antes de continuar—. Y no fue Unai Loira. No cedas a las presiones de Izaguirre, por favor.

Cestero traga saliva. También a ella le cuesta hilvanar las palabras. Sus ojos continúan clavados en esa jaula que una mente enferma ha convertido en una sepultura.

Por supuesto que no va a rendirse. Si Izaguirre cree que va a salirse con la suya, es que no conoce la UHI.

57

Madrazo observa la foto de la mujer. No es especialmente hermosa, pero tampoco puede decirse que sea lo contrario. Tiene una sonrisa simpática que muestra unos dientes ordenados y traza unas ligeras arrugas junto a sus ojos. Tal vez se eche en falta en ellos una pizca de expresión, como si no reflejaran del todo la alegría que sugiere la instantánea. El resto es armónico. Incluso ese flequillo que le cae despreocupado sobre la frente regalándole un aire fresco y veraniego. Bueno, esto último es mérito de la arena dorada de la playa que se asoma al fondo.

—No corras tanto, Jesús, que tu señora todavía no ha vuelto. Ese carnicero la entretiene demasiado, ya puedes andarte con ojo.

—Pero ¿a cuánta gente conoce su vecino de terraza? No hay nadie que pase junto a su mesa que no se gane algún comentario jocoso.

—Ella sabrá lo que hace —replica el otro—. ¿Has visto que dan lluvia para la tarde?

—Mejor, que está el campo muy seco.

El oficial de la Ertzaintza trata de desconectar de la conversación. No es fácil, hablan a voz en grito, y además está la peste del puro del que se sienta más allá. De no ser porque la bodega Maragata se encuentra enfrente del portal de Mariví Marchena, se levantaría y se iría tan lejos como pudiera.

La mirada del policía recala en la puerta. Acaba de abrirse. Tal vez… No, no es ella, solo un chaval de unos quince años cargado con una mochila. Madrazo consulta la hora. Las doce y cuarto. ¿No es un poco tarde para ir al instituto?

—Para ya —se regaña en voz queda. Maldito instinto policial. Si el crío va o no al colegio será un problema suyo y de sus padres.

Estira la mano hacia el vaso de agua con gas y le da un buen trago antes de volver a hundir la nariz en el libro. Es la última novela de Leire Altuna, la pareja de Aitor Goenaga. Le está gustando, con sus crímenes y sus situaciones de tensión bien trabajadas. Lástima que el nerviosismo le esté impidiendo concentrarse en la lectura. Tal vez vuelva a leerla cuando regrese a casa.

La puerta se abre de nuevo.

El nudo en el estómago se hace insoportable.

Falsa alarma. Esa anciana no puede ser Mariví Marchena.

El teléfono del oficial vibra sobre la mesa. Es Cestero.

—Hola, Ane —saluda con temor a lo que seguirá.

—¿Has encontrado ya a esa tía? —le dice sin preámbulos—. ¿Vive en la dirección que te conseguí?

Madrazo cierra los ojos. La impotencia amarga en exceso.

—Estoy en ello. Gracias por tu ayuda, Ane.

—No llamo para que me agradezcas nada. Me debes una y quiero cobrarme ese favor ahora. Diles que no tenemos al asesino y que no pueden cerrar el caso. Además, me temo que hay unas mujeres retenidas a las que urge liberar.

—Nadie me escuchará. El caso es de Izaguirre. Él es tu jefe y no yo.

—Porque nos dejaste tirados, joder. Y el caso es mío, no de Izaguirre.

Su acusación duele. El oficial sabe que ha fallado a su equipo. En cuanto supo lo del Alarde debería haber abandonado su viaje y regresado al trabajo. Sin embargo, para cuando los de arriba decidieron que la Unidad Especial de Homicidios de Impacto sería la encargada de la investigación, los de Bizkaia ya habían organizado su reemplazo. Sus vacaciones les regalaron la ocasión que ansiaban para hacerse con el control de la unidad con mayor repercusión mediática de la Ertzaintza. Por el momento solo de forma provisional, aunque a nadie se le escapa que su intención es que sea de forma definitiva.

—Él es quien decide —insiste Madrazo—. Consigue pruebas de que Loira no mató a esas mujeres o de esa supuesta denuncia de Miren sobre el barco. Si lo haces, no podrán negarte más tiempo.

—Gracias por nada —le reprocha Cestero antes de colgar.

Madrazo fuerza la mirada. Un rostro que se le hace familiar se acerca hacia el portal. Es ella. No está la playa y tampoco la sonrisa radiante, pero no hay duda de que se trata de la mujer que ha venido a buscar.

Llena los pulmones de aire, cierra los ojos y se levanta para acudir a su encuentro.

—Hola —saluda el ertzaina con una voz que se le antoja demasiado ronca. Carraspea ligeramente. Siente el pulso disparado, la tensión por las nubes—. Perdona que me presente así, sin avisar... Me gustaría hablar contigo... —El ceño fruncido de la mujer le dice que no entiende nada. ¿Quién es ese desconocido que la aborda frente a su portal? A Madrazo no le sorprende verla buscar con la mirada alguien a quien poder recurrir en busca de ayuda. Sabía que sería así. Por ello ha querido esperarla en la calle y no llamar a su puerta. En la vía pública, ante tantos testigos, se sentirá menos intimidada—. Soy Markel Madrazo. Quizá mi apellido te diga algo de mí, pero te aseguro que si he venido hasta aquí es solo porque quiero reparar tanto dolor.

Mariví Marchena da un paso atrás. Su rostro no se parece en nada a la foto de Facebook que Madrazo lleva horas observando. Está completamente desencajado.

—¿Cómo...? —tartamudea—. ¿Cómo te atreves?

Madrazo estira las manos con intención de cogerle la suya, pero recula. El contacto físico podría resultar aún más doloroso.

—Por favor. Dame solo un minuto. Quiero explicarte...

Las lágrimas anegan los ojos de Mariví, sus labios tiemblan. La rabia y el dolor han resucitado.

—¡Déjame! —Mira a su alrededor. Va a pedir socorro.

El oficial da un paso atrás.

—Perdón. No quería… Perdón. —Las palabras se le atragantan mientras Mariví Marchena corre hacia el portal y se pierde en el interior.

58

Miércoles, 18 de septiembre de 2019

El cielo es una fría amalgama de grises. Nubes altas que sirven de telón de fondo a otras que parecen al alcance de la mano y cuya contundencia anuncia una lluvia que no tardará en caer.

Cestero respira hondo. Trata de ordenar sus pensamientos para ser capaz de explicar la situación a su equipo. Sabe que expresar en voz alta todo lo que se agolpa en su cabeza la ayudará a poner orden y comprenderlo, pero no quiere que su desconcierto salpique al resto de la UHI.

—Pensaréis que he perdido la cabeza... Pediros que dejéis el informe sobre el caso del Alarde para venir a este espigón apartado cuando además está a punto de romper a llover... —comienza a decir señalando el horizonte. No quiere oídos indiscretos esa tarde. No valen ni comisarías ni cafeterías. El dique que protege la playa de Hondarribia y acompaña al Bidasoa en su abrazo con el mar se le ha antojado el mejor escenario para un encuentro del que nada debe trascender—. Todos sabemos que ese tipo no es el asesino de Loli y Camila. Lo que os voy a pedir es complicado, lo sé, pero en las últimas semanas han ocurrido sucesos terribles. Sucesos que, si damos carpetazo al caso, quedarán sin resolver. Y eso por no mencionar las cuatro víctimas de trata que, si el patrón del *Gure Poza* no miente, deberían estar en algún lugar no lejos de aquí... —El gesto de sus compañeros anuncia que comienzan a comprender por qué los ha hecho salir de la oficina. Cestero observa especialmente a Iñaki. Él es quien más le preocupa. La tentación de dejarlo fuera ha sido grande. Sin embargo, necesita darle un voto de confianza.

Con el rugido de fondo de las olas, la suboficial les detalla sus impresiones. El viento que enmaraña su cabello es el único testigo de sus palabras. No hay veleros esa tarde, y tampoco bañistas en la playa. El temporal, que horas antes ofrecía una tregua para el levantamiento del cadáver de la pintora, se ha reactivado.

—Lo primero que tendríamos que hacer es crear un compartimento estanco en torno a los crímenes cometidos por Unai Loira —sugiere Julia—. Miren y Olaia fueron asesinadas por él. Ha confesado y tenemos pruebas que lo incriminan. Todo apunta a que se trata de un imitador sin conexión alguna con el caso principal. Cerremos eso. ¿Qué nos quedaría? —La agente extiende un dedo para comenzar a contar—. Los asesinatos de Camila y Loli, los incendios del *Gure Poza* y el caserío de Biriatu.

—Exacto —apunta Cestero. Su mirada recala en Iñaki. ¿Es que no piensa abrir la boca?

—Tenemos que entregar el informe mañana a mediodía —anuncia el agente primero girando la muñeca para consultar su reloj—. Y son...

—Lo sé —le interrumpe la suboficial—. Pero si nos hicimos policías fue para proteger a la sociedad de monstruos como los que han sembrado la muerte en un pueblo que hasta hace unos días era admirado por su escasa tasa de criminalidad.

—Y lo hemos hecho —asegura Iñaki—. Ahí tenemos a Loira. Tú misma le viste matando a tu amiga. ¡Iba a por ti!

Cestero se pide paciencia. Sabía que con él no iba a ser fácil, pero no estaba preparada para que abrazara tan abiertamente la tesis que Izaguirre ofreció a la prensa.

—¿Y la foto que sitúa al detenido en un lugar imposible a la hora del crimen del Alarde? —El tono de la suboficial va apagándose al verlo negar con la cabeza. ¿Para qué añadir que Loira se desdice a sí mismo al ofrecer todo tipo de detalles sobre los crímenes que evidentemente ha cometido mientras que es incapaz de aportar nada acerca de los otros? Confesó con deleite todo lo referente al ataque a Miren Sagardi y a la carrera por las calles de San Juan para aguardar agazapado la llegada de Cestero. Si incluso la maza con la que golpeó hasta la muerte a Olaia tenía restos de sangre de la patrona asesinada. En su propio vehículo, ese del faro fundido, fue hallada la bolsa del Eroski en la que el arma homicida, un martillo de marca Irimo, descansó entre ambos crímenes. Nada, en cambio, de Loli. Ni sangre ni cabellos… Ni en el maletero ni en ningún otro lugar. ¡Nada!

—La Ertzaintza es una estructura jerarquizada. Debemos obediencia a los grados superiores. El oficial Izaguirre nos pidió…

—Sé perfectamente lo que ordenó Izaguirre —le interrumpe Cestero. Hace unos minutos ha hablado con él por teléfono para pedirle más tiempo para la resolución del caso—. Y no hace falta que me expliques el funcionamiento de la Ertzaintza. Lo conozco tan bien como tú. Pero también sé que no dormiría tranquila si dejara libre a un asesino que lo último que merece es que nosotros solo nos preocupemos por salvar nuestro culo.

Iñaki aparta la mirada, incómodo.

—¿Qué propones? —inquiere por fin.

Un destello desvía la atención de la suboficial hacia el pequeño faro verde que pone la guinda al espigón. La noche ya no llama a las puertas, sino que acaba de llegar. La linterna se ha puesto en marcha para guiar a las embarcaciones hacia el corazón del estuario. En la otra orilla del río, la baliza roja se suma con su baile de destellos. El cielo comienza a fundirse a negro y, por si aún no fuera suficiente, alguna que otra gota se desprende de las nubes.

—Entregaré a Izaguirre el maldito informe, pero no el que pretende —anuncia Cestero—. Tenemos unas horas para demostrarle con pruebas que el caso no se puede cerrar. Vamos a hacerle comprender que el asesino del Alarde sigue suelto.

Julia y Aitor asienten convencidos. Están con ella. La decisión de Iñaki, sin embargo, se hace esperar. Cestero comienza a arrepentirse de haber compartido su plan con él. Podría traerle problemas. ¿Dónde están los «claro, jefa» o los «qué buena idea, jefa» con los que lleva semanas torturándola?

—De acuerdo. Lo que tú digas, jefa —admite finalmente.

La suboficial echa en falta un poco más de énfasis, pero no deja de ser un sí.

—Me alegro de poder contar con vosotros. Aitor tiene algo por donde empezar —anuncia cediendo la palabra a su compañero.

—Esta tarde ha llegado el registro de llamadas del móvil secreto de Loli —explica él.

El agente saca de una carpeta unos listados impresos. Números de teléfono, horas, fechas...

—Loli Sánchez llamó en veintitrés ocasiones a un número determinado desde que se produjo el crimen del Alarde hasta que desapareció. La última vez fue la misma tarde de la inauguración. Fueron tres las veces que marcó ese número cuando solo faltaban dos horas para la fiesta. Parece que la pintora no salió al viñedo a inspirarse, sino a tratar de hablar con alguien que no atendía a sus llamadas desde hacía días.

—¿Llegó a contestarle? —inquiere Cestero.

—No. La última vez que llegaron a establecer comunicación fue el pasado miércoles, once de septiembre —continúa Aitor—. De las más de veinte llamadas que realizó la pintora, solo le contestaron en tres ocasiones. La primera fue la tarde del domingo, siete horas después del asesinato de Camila. La conversación se prolongó cuatro minutos escasos. Después no volvió a haber llamadas hasta el incendio del *Gure Poza*. Loli telefoneó horas después del siniestro, probablemente al tener noticia de que se trataba de su barco. Hablaron seis minutos y a partir de ahí se desató el frenesí. Llamadas continuas, día y noche. La única que obtuvo respuesta se produjo el día once a primera hora. Un minuto y catorce segundos. Después no le volvió a contestar.

—¿Has probado a llamar? —se interesa Julia.

Aitor asiente con la cabeza.

—Apagado. Me temo que lo del patrón de barco no se repetirá... He pedido a la compañía que nos pasen los datos del titular de la línea. También los de los otros dos únicos números con los que Loli habló durante los últimos meses. Ya sabemos que uno de ellos era el del patrón, del otro no sabemos nada, salvo que la última vez que la pintora se comunicó con él fue el día anterior al crimen del Alarde.

Cestero se asoma a los listados.

—¿Solo empleaba ese móvil para comunicarse con tres números?

—Ni uno más —asegura Aitor—. Las únicas llamadas que recibía provenían también de esos teléfonos. Ah, y olvidaba algo: el titular de la tarjeta prepago del móvil secreto de la pintora es un ciudadano ecuatoriano. Imposible de localizar, por supuesto.

La suboficial sabe lo que eso significa. Desde que las leyes obligaron a las compañías telefónicas a registrar los datos personales de cada cliente, entraron en juego las mafias. Las más extendidas son las que duplican identidades de ciudadanos extranjeros para hacerse con tarjetas prepago que venden a un mínimo de diez veces su precio. El anonimato vale su peso en oro.

59

Miércoles, 18 de septiembre de 2019

El puente internacional está más tranquilo que cuando Julia lo ha cruzado de camino al piso de Madrazo. Nada queda de las hileras de coches que circulaban lento de regreso a casa después de trabajar o hacer compras al otro lado de la muga.

El río Bidasoa también se ve más oscuro. Hace unas horas el cielo todavía mostraba una leve franja azulada tras las alturas de Jaizkibel. Ahora es todo negro. No hay estrellas ni luna, solo nubes altas que las farolas tiñen de un apagado tono naranja.

Un tren sin viajeros salva el cauce lentamente por uno de los puentes paralelos al principal. Las ventanas iluminadas del convoy forman un ciempiés interminable cuya cabeza está en un país mientras su cola todavía avanza por el otro. Sus ruedas despiertan lamentos metálicos en las vías envejecidas. Más cerca, una joven cruza hacia Irun sobre un monopatín.

Julia acelera y deja el puente de lado para remontar el río por territorio francés. Esta noche su habitual baño diario en la playa de Hendaia no la ha ayudado a sacudirse de encima las tensiones de un día tan largo. Tampoco su visita a casa de Didier, esa que ha acabado tan bien como acaban todas las visitas a su amigo.

Cuando ha regresado al piso de Madrazo, Cestero ya dormía.

Ella, sin embargo, ha sido incapaz de dejarse abrazar por el sueño. Hay algo que lleva horas rondándole la cabeza y necesita comprobarlo.

El Bidasoa la acompaña en el corto trecho que separa Hendaia de Biriatu. La aldea fronteriza duerme. Nada queda de los periodistas ni tampoco de los vehículos policiales del día del incendio. El apacible vecindario de montaña varado a orillas del río ha recobrado su normalidad aletargada. El bar está cerrado. Aún no son las doce de la noche, pero en Francia eso es demasiado tarde. La raya que alguien trazó en el mapa cientos de años atrás instauró dos modos de vida casi opuestos entre vecinos que alcanzan a verse desde la ventana de sus casas.

El ulular de un búho recibe a Julia en el frontón de pelota vasca. La ertzaina alza la mirada en busca del animal. No le cuesta dar con él en lo alto de su única pared, justo por encima del *lauburu* que lo preside. Es apenas una silueta negra, un espía alado de la noche. Sus ojos quedan ocultos, pero la ertzaina los siente clavados en ella, única intrusa en ese mundo durmiente.

Un carraspeo a su espalda le hace dar un respingo. No está tan sola como creía.

Se trata de un montañero. La mochila y el bastón telescópico apoyado en la pared le delatan. Se encuentra dentro de un saco de dormir, bajo la techumbre que protege las gradas de las inclemencias meteorológicas. Sus manos sostienen un libro al que brinda su luz un frontal que sume su rostro en las sombras.

—*Gabon* —saluda tímidamente Julia con una sonrisa de cortesía.

El foco de luz se mueve de las letras a la policía.

—*Bonne nuit.* —Es la voz de un hombre joven.

La ertzaina se pregunta si será su primera o su última noche en la gran ruta que une el Cantábrico con el Mediterráneo a través de las cumbres. La primera, decide; parece improbable que alguien que lleva un mes caminando desde el otro extremo de los Pirineos duerma en Biriatu, a solo una hora de la anhelada playa donde culminaría su travesía.

Las escaleras la alejan del dormitorio improvisado y la llevan hasta el atrio de la iglesia. La puerta abierta deja escapar el olor almizclado del incienso. Julia se asoma al interior. Es extraño que no esté cerrada a esas horas.

—¿Hola?

No hay respuesta. Tampoco se aprecia movimiento. La luz es casi inexistente, la brindan un par de velas de difuntos que arden en un lateral del altar mayor. Los bancos están vacíos, tanto como las dos balconadas que se asoman a la nave y que permiten a las mujeres asistir a los oficios religiosos. Hombres, abajo; mujeres, arriba. La tradición impera todavía en los pueblos más retirados del País Vasco francés. Mientras recorre el templo, Julia se pregunta si en Biriatu se mantendrá esa división o si la cercanía con el trajín de la frontera habrá acabado con ella.

El sonido de sus pasos en el vacío de la iglesia la hace estremecerse. Se siente una intrusa a punto de cometer algo prohibido. Debería darse la vuelta e irse por donde ha llegado. Sin embargo, algo dentro de ella la impulsa a seguir adelante.

Una Virgen con el niño custodia las dos velas cuya llama tiembla con los movimientos de Julia. Los ojos de esa madre de piedra se clavan en la ertzaina cuando añade una tercera vela.

—Te prometo que algún día te encontraré —asegura en voz alta.

En los meses que lleva buscando información sobre su madre biológica no ha dado todavía con ninguna pista. Sin embargo, sabe, o eso se asegura una y otra vez, que antes o después dará con ella. A veces se plantea qué le dirá el día que la tenga frente a frente y entonces se queda sin palabras.

El nudo en la garganta de la ertzaina no se queda en la iglesia, la acompaña al exterior y se adentra con ella en el camposanto. Una hilera de estelas funerarias la recibe allí. Algún grillo cercano ha dejado de cantar, pero recuperará la voz en cuanto se acostumbre a la presencia de la visitante. Entre las lápidas vuela una pareja de murciélagos a la caza de algún incauto insecto nocturno.

—Perdona —murmura Julia, apoyando las nalgas en la tumba de alguien.

Frente a ella, al otro lado del prado en el que días atrás pastaban las ovejas, se yerguen los restos del caserío incendiado. En primer plano, el Cristo crucificado que corona una tumba.

Sabe que ese lugar quiere hablarle, contarle algo importante, pero su mente todavía se resiste.

Tal vez en la lápida...

Lee los nombres de las personas que descansan para siempre bajo la cruz, pero no hay nada que llame su atención. No, ahí no está la clave que busca.

Toma aire y se dispone a esperar el tiempo que sea necesario. No piensa moverse de allí hasta descubrir qué es lo que lleva tiempo tratando de emerger de su subconsciente.

Las nubes apenas se mueven en el cielo. El viento es casi inexistente, aunque logra arrastrar hasta Julia los aromas acres de los restos del incendio. Se mezclan con los acordes empalagosos de los fardos de heno apilado junto a los límites del cementerio y la melodía fresca de la hierbabuena. Es una sinfonía agradable en la que tampoco falta el contrapunto áspero de las tumbas mojadas.

TALÁN, TALÁN...

Las campanas dan las doce. Como si respondiera a una señal, la luna logra asomarse a través de una nube rota. El mundo se baña de pronto de plata y la fachada arrasada del caserío siniestrado cobra vida. También lo hacen las lajas de piedra que rodean el camposanto y las propias lápidas. Hay nombres, epitafios y versos por todos lados. La mirada pétrea del crucificado parece rogar socorro a la ertzaina, que tiene de pronto la sensación de que las piezas comienzan a encajar en su mente.

—Vamos, Julia —se anima cerrando los ojos.

Cuando vuelve a abrirlos, el espejismo de buen tiempo que el cielo ha decidido ofrecerle toca a su fin. Las nubes ganan la partida allá arriba y la luna desaparece tras ellas. Las tumbas vuelven a sumirse en la oscuridad, los restos del caserío se aplanan hasta fundirse con el campo que los rodea. El Cristo tampoco implora ya su ayuda.

La noche reina en Biriatu, pero Julia sonríe. Por fin lo sabe.

60

Jueves, 19 de septiembre de 2019

Las gaviotas llevan días inquietas. Tienen hambre. El mar debe de estar enfadado, el cielo también. De lo contrario se ausentarían para pescar. Cuando pasan tanto tiempo tierra adentro es sinónimo de temporal. Las oye cerca día y noche, a veces fundidas con el viento que se cuela por los resquicios del tejado.

Menos mal que ya se hace de día. De nuevo ha vuelto a tener ese horrible sueño. Entran en el lagar y picotean su cuerpo inerte hasta despedazarlo, igual que harían con un pez muerto que las olas arrastran hasta la playa. Siente sus picos hurgando en sus entrañas mientras sus graznidos se clavan con fuerza en sus oídos.

Un momento… ¿Qué ha sido eso?

Es la puerta. Sí, hay alguien en el piso de abajo. Una leve llama de esperanza se enciende en algún rincón de su alma atormentada.

—¡Ayuda! ¡Estoy aquí arriba!

Más ruidos. Alguien arrastra algo pesado.

—¡Socorro…!

Pasos, más sonidos secos, algún que otro martillazo…

—¡Estoy aquí arriba! Que alguien me ayude, por favor… —La voz se le quiebra. Las lágrimas le nublan la vista al comprender que nadie va a acudir en su rescate.

No va a acudir porque lo que está haciendo es precisamente disponerlo todo para su final. Ahí está, junto al cuenco con la escasa agua que le queda, el sumidero por el que los jugos que broten de su cuerpo viajarán a ese piso inferior donde continúan los preparativos.

—¿Por qué me haces esto? —Los sollozos forman nudos con sus palabras.

No hay respuesta. Solo un sonido metálico.

Clac.

El interruptor despierta los chirridos de la maquinaria. La vibración se extiende por el lagar, igual que el olor a grasa de carro, madera vieja y engranajes oxidados. Es un sonido diabólico. La prensa desciende. El ritmo es lento, pero el avance es evidente.

Cuando son manzanas lo que aplasta tiene su encanto. Desde que la pieza de fruta comienza a aguantar la presión hasta que revienta transcurre una eternidad. Desciende milímetro a milímetro, lento, muy lento. Con un cuerpo humano, en cambio, es de una crueldad sin límites.

—Basta ya, por favor… —Sus palabras apenas se entienden. Brotan atropelladas, temblorosas. Trastabillan en su garganta.

El techo continúa bajando durante varios minutos. Se encuentra ya muy cerca. Pronto no habrá manera de colocarse para evitar que comience el prensado. La angustia tira con fuerza de sus muñecas. Las tiene en carne viva de tanto intentar liberarse.

Es inútil. O se arranca las manos o jamás logrará salir de allí.

Y de pronto… Clac.

Los chirridos de la maquinaria cesan en seco.

—Gracias, gracias, gracias —balbucea abandonándose al llanto.

En realidad sabe que no debe dárselas. Solo le está regalando más tiempo para seguir sufriendo.

61

Jueves, 19 de septiembre de 2019

Cuando Julia llega a la bodega hace poco que ha amanecido. El cielo todavía no tiene color. Tal vez carezca de él durante todo el día. Tras la algarabía de los últimos días, los viñedos se ven vacíos, desnudos de uva y vendimiadores. Ahora les toca dormir durante meses mientras el txakoli madura en las tinas.

Solo una silueta se mueve junto al edificio principal. Sus rasgos no se reconocen, pero Julia no necesita verlos para saber que se trata de Didier.

Él también la ha visto llegar. Y también la ha reconocido.

—¿Me echabas de menos? —saluda el surfista acercándose a darle un beso.

Julia le pide con un gesto que no lo haga. También ella está deseando fundir sus labios con los que le ofrece, pero no es el mejor momento ni lugar.

—Tengo que ver las pinturas de Loli. ¿Siguen aquí? —le pregunta sin más preámbulos.

—Sí, nadie ha tocado nada desde la inauguración.

—¿Puedo pasar? —inquiere señalando la puerta entreabierta de la bodega.

Didier se gira a ambos lados. No hay nadie a la vista.

—Debería avisar a Ibargarai. Podría meterme en problemas si no lo hago.

Julia no tiene tiempo de insistir. Una de las ventanas de la zona destinada a residencia se ha abierto. La silueta del bodeguero se recorta contra la luz de la habitación.

—¿Qué ocurre, Didier? —La pausa que realiza para recibir una respuesta le permite reconocer a Julia—. ¿Otra vez aquí? ¿No han tenido suficiente? Todavía no hemos enterrado a Loli y ya están de nuevo hurgando en la herida...

La ertzaina comprende que es un mal inicio. Debería haber solicitado una orden judicial, pero no quería perder ni un minuto más. Bastante le ha costado aguardar toda la noche para no presentarse de madrugada en el domicilio de alguien que acaba de perder a su mujer.

—Necesito echar un vistazo a las obras —anuncia Julia.

—¿Es que no piensan dejar descansar en paz a Loli? —El tono del bodeguero hace apretar los labios a la ertzaina. Más que un hombre enfadado es un tipo arrasado por el dolor.

—Lo siento, no es mi intención molestar. Es importante para la investigación. Estamos buscando al asesino de su esposa.

La respuesta de Ibargarai se demora unos segundos.

—Acompáñala —le indica a Didier.

Julia sigue al francés al interior de la bodega. Las lámparas están apagadas, pero la luz que se filtra por la puerta abierta dibuja los contornos. Las mesas continúan dispuestas como en la inauguración. Hay copas a medio beber por todos lados, platos con restos de comida... Allí sigue el atril desde el que Ibargarai comunicó la fatal noticia, y también las cortinas, que vuelven a cubrir en parte los cuadros expuestos. Se diría que el tiempo se detuvo con el anuncio de la desaparición de Loli y desde entonces todo en la bodega se ha vuelto tan gris como la luz de ese día que comienza.

—Hemos estado volcados en la búsqueda de Loli. Hoy empezaremos a recoger esto y entregar los lienzos a sus compradores —explica Didier adivinando los pensamientos de la ertzaina—. Eusebio está hecho polvo. No sé si podrá recuperarse de este golpe.

Julia opta por callar. Las sorpresas no han terminado todavía para el bodeguero. Eso si es que no sabe más que la propia policía, claro.

—¿Podrías encender la luz? Me gustaría verlas bien —dice la ertzaina al llegar junto a los primeros cuadros.

—Ahora mismo.

Julia pasa de largo las pinturas del *Gure Poza*. La escasa luz que se cuela desde el exterior las vuelve grises, igual que el secreto que esconden. Días atrás a la ertzaina no le parecieron feas. Un barco nunca lo es, siempre invita a soñar con viajes y aventuras. Esta mañana, sin embargo, en esos retazos portuarios no ve más que horror. Tal vez para apreciar la belleza sea mejor no conocer la historia que se esconde detrás.

Acaba de llegar a los lienzos que le interesan cuando las lámparas se encienden. El corazón de Julia responde latiendo a mayor velocidad. Son exactamente como los recordaba.

Se trata de una serie de óleos con una perspectiva similar de un mismo caserío. La luz es diferente, la estación del año también. En unos llueve, en otros hace sol; en unos las hojas de los árboles son verdes, en otros, doradas. Pero lo que quedó grabado en el subconsciente de la ertzaina fue el Cristo crucificado que se cuela en primer plano. Entonces no supo lo que era. Ahora lo sabe perfectamente. Necesitó regresar de noche al cementerio para comprender que había visto esa tumba con anterioridad. Y también el caserío de vigas rojas que está irreconocible tras haber sido arrasado por las llamas.

—A Loli, como a Van Gogh, no se le reconoció su arte hasta que fue demasiado tarde —apunta una voz tras ella.

Julia se gira para encontrar a un Eusebio Ibargarai que poco tiene que ver con el de anteriores visitas. Hoy los hombros le pesan, igual que el rictus curvado hacia abajo y unos ojos irritados de tanto llorar y tan poco dormir. Es un espectro del bodeguero orgulloso y de buen porte que era días atrás.

—Le acompaño en el sentimiento —musita la ertzaina sin saber muy bien qué decir.

Después encuadra una de las pinturas en la pantalla de su teléfono móvil. Se imagina la sorpresa de sus compañeros cuando comparen la obra de la pintora con la fotografía que tomó ella misma en el cementerio de Biriatu.

Va a tomar una segunda instantánea cuando Ibargarai da un paso adelante y cubre el objetivo con la mano.

—Me temo que no se lo puedo permitir. Se trata de obras de arte susceptibles de ser copiadas.

Julia retira el aparato a regañadientes.

—Biriatu —señala—. ¿Por qué eligió su mujer ese caserío?

Ibargarai le mantiene la mirada unos instantes. Después la dirige al lienzo.

—Era bonito —admite sin despojarse del gesto triste.

—¿Sabe si tenía algo de especial para Loli?

—Esa pregunta tendría que haberla respondido ella. —El bodeguero suspira—. Supongo que debió de llamarle la atención. El monte detrás, el prado en primer plano, las vigas rojas… Será difícil encontrar una composición más armónica.

—¿Sabe que ese caserío fue incendiado la misma noche que prendieron fuego a su pesquero? ¿No le parece una extraña casualidad?

—Usted misma lo ha dicho: casualidad.

Julia aprieta los labios. No le ha gustado tanta prisa en descartar la posible conexión entre uno y otro.

—¿Me podría decir para qué empleaban el *Gure Poza*?

El empresario la observa sin comprender.

—Pues para pescar. Se trataba de un pesquero de bajura.

—¿Está seguro de que no se empleaba para nada más? Anoche detuvimos a su patrón.

Los hombros del bodeguero se curvan aún más. Su mirada está completamente desorientada.

—No sé de qué habla, agente, le aseguro que no sé nada. Hace años que me desentendí del barco para dedicarme al txakoli. Si no le importa, hoy no es el mejor día…

Julia se disculpa con un gesto. Después se dirige a la puerta y se pierde en la mañana. Sus compañeros la esperan para terminar el informe y el plazo está a punto de expirar.

62

Jueves, 19 de septiembre de 2019

Las agujas del reloj dan las doce del mediodía. Es la hora, el plazo ha terminado. El coche de Izaguirre acaba de aparcar ante la comisaría. En la sala de trabajo reservada a la UHI se ha hecho un silencio que solo profana la impresora. Cestero observa al resto de su equipo, les pide calma con la mirada. Iñaki es claramente quien está más incómodo, su pierna derecha no deja de moverse.

—Me ha pedido el comisario que os traiga estas cajas para que podáis llevaros todo —anuncia un agente que se asoma por la puerta.

La suboficial abre la boca para decirle que se las puede devolver a Bergara. Sin embargo, esboza una sonrisa forzada y le da las gracias. Mejor no adelantar nada.

—Ya sube —comenta Julia asomándose a la ventana.

El oficial no se hace esperar. Antes de que puedan contar hasta diez entra en la sala.

—Buenos días, chicos. Y chicas —corrige en el acto. Alguien acostumbrado a tratar con periodistas y políticos no puede permitirse esos errores—. Es la hora. Espero que disculpéis mi puntualidad. No me gusta hacer esperar a la gente.

Cestero dibuja una sonrisa forzada.

—Está todo listo —anuncia acercándose a la impresora.

Izaguirre está exultante. Vestido y perfumado para la ocasión. Preparado para colgarse una de esas medallas que tanto le gustan.

—Tengo ahí abajo una nube de reporteros aguardando a que les comunique oficialmente la resolución del caso. Hoy es un gran día para este pueblo, que al fin descansará tranquilo.

Cestero apoya con fuerza la mano en la grapadora. El clac que une las hojas es lo único que desafía al silencio que sigue a las palabras de Izaguirre.

—Aquí tienes el informe —anuncia tendiéndoselo.

El oficial no se esfuerza en disimular su gesto orgulloso. Ha ganado.

—Sois estupendos. Los vecinos de Hondarribia necesitaban que todo esto no siguiera dilatándose. Me alegra que lo hayáis comprendido —celebra pasando la primera página. Su entrecejo se va frunciendo a medida que pasa las siguientes, cada vez a mayor velocidad—. ¿Qué coño es esto, suboficial?

—La verdad que no has querido escuchar. No hemos atrapado aún al asesino —anuncia Cestero.

Izaguirre busca ayuda en el resto del equipo, pero ni siquiera Iñaki se atreve a salir en su rescate. La mirada del agente primero está clavada en el suelo, sumida en la vergüenza y el temor a represalias.

—¿A ti también te ha comido la cabeza esta histérica? —Izaguirre se vuelve después hacia Cestero. Está fuera de sí, los ojos inyectados en rabia—. Esto es una puñalada trapera. Te ordené que redactaras las conclusiones, no que construyeras castillos en el aire. El caso está cerrado, te guste o no.

—Esa decisión es tuya, me lo dejaste muy claro el otro día. Yo solo te entrego mis conclusiones sobre la investigación. Te lo puedo resumir en una línea: el asesino sigue libre —sentencia Cestero.

Izaguirre la observa incrédulo.

—Estás muy loca… Has desobedecido las órdenes de un superior.

—Solo he hecho mi trabajo, aunque suponga mi cese —le interrumpe la suboficial arrancándole de las manos el informe—. Unai Loira no asesinó a Camila ni a Loli. No contamos con un solo indicio que permita inculparlo. Y, en cambio, sí al contrario —explica mostrándole la fotografía que localiza al detenido en un lugar incompatible con ser el autor de la cuchillada del Alarde—. En esta otra página tienes la confesión del patrón del barco incendiado. Se encuentra en el calabozo, si deseas charlar con él… Loli no era quien parecía. En realidad, en toda esta historia nadie es quien parece. —Pasa otra página más y la foto de un lienzo queda a la vista—. Julia ha descubierto que nuestra pintora también plasmó el caserío incendiado de Biriatu, y no solo una vez, sino en cuatro ocasiones. Quizá tenga que recordarte que pertenecía a Camila. —Cestero señala ahora a Aitor—. ¿Qué te parece si le explicas tú lo del cuaderno?

Su compañero se pone en pie para coger el informe. Ha pasado la noche en vela cruzando las fechas de esos que el patrón del *Gure Poza* llamó «trabajos especiales» con las que aparecen en el cuaderno hallado en casa de Camila.

—La víctima del Alarde formaba parte de la red. Era la encargada de suministrar drogas a las víctimas para que pudieran aguantar el trato al que las sometían. —Aitor muestra una de las tablas que incluye el dietario y que por fin ha logrado descifrar—. Camila registraba todo lo que les facilitaba: cocaína, heroína, anfetaminas… Les hacía pagar por ello. No solo por los estupefacientes. También por la comida, la cama… Lo tenemos todo por escrito, desde la fecha de llegada hasta la de salida, que coinciden, claro está, con los movimientos del barco de los Ibargarai.

—Para Camila esas chicas no eran más que un número —interviene Cestero—. Tomaba nota de su peso cuando llegaban y lo hacía de nuevo antes de embarcarlas rumbo a Francia, como si fueran ganado. Las dosis que les suministraba, los preservativos y productos de higiene, el dinero que debían… Está todo registrado. Y también incluía en la tabla su edad: diecinueve, veinte, diecisiete…

Aitor recupera la palabra:

—Las drogas que encontraron los gendarmes en el corral del caserío eran probablemente para las mujeres explotadas. Me atrevería a ubicar allí el lugar donde ocultaban a sus víctimas durante el tiempo que pasaban en la comarca, el lugar donde las prostituían.

El rostro, hasta entonces furioso, de Izaguirre, comienza a mostrar signos de fatiga. Dirige una mirada gélida a Iñaki, su protegido le ha decepcionado. Después se encara con Cestero:

—Ya me habían advertido sobre ti, sobre tu insubordinación permanente… Pero conmigo te has equivocado, no soy como el imbécil de Madrazo. Disfruta la victoria de hoy, no te quedan muchos días en el cuerpo. Por cierto, ponte ahora mismo el uniforme, vas a bajar a explicar a los periodistas que todavía no has sido capaz de resolver el caso.

63

Jueves, 19 de septiembre de 2019

—¿Empezamos? —inquiere Cestero en cuanto regresa de su encuentro con la prensa. Ha sido breve, mucho más de lo que los reporteros hubieran deseado, pero para ella ha sido más de lo que se puede permitir en un momento así. No quiere perder ni un minuto cuando parece que las fichas empiezan a encajar.

Alguien ha borrado la pizarra mientras ella estaba fuera. Bien. Ahora se trata de comenzar de nuevo, los viejos esquemas han dejado de servir. Sus tres compañeros la observan coger el rotulador y escribir nombres. Izaguirre ya no está allí, ha abandonado la comisaría por la puerta de atrás para evitar que algún reportero le exigiera explicaciones por convocarlos para nada.

—Loli empleaba su teléfono secreto para contactar con tres personas. Sabemos que una de ellas es el patrón. La segunda me atrevería a decir que se trata de Camila —comenta la suboficial trazando rayas de unión en la pizarra.

—Sí, yo también lo diría. Loli no volvió a intentar comunicarse con uno de los tres números habituales desde que se produjo el crimen del Alarde —anuncia Aitor consultando el listado de teléfonos.

—De modo que solo desconocemos la identidad del titular de una de las líneas.

—A la que Loli llamó compulsivamente cuando comprendió que iban a por ella —añade Julia.

—Eso es. La pintora estaba asustada —deduce Cestero—. El asesinato de Camila podría haber sido una casualidad, pero los incendios del día posterior debieron de hacer saltar todas las alarmas. Además, la pérdida del barco le creaba un problema aún mayor: se quedaban sin el medio de transporte de las mujeres desembarcadas el veintiuno de agosto. Por eso telefoneó una y otra vez a ese personaje misterioso. Le rogaba su ayuda.

—Y él, sin embargo, le dio la espalda. Dejó de contestar a sus llamadas el miércoles, cuatro días antes de la desaparición de Loli —interviene Aitor.

—¿Todavía no sabemos nada de la compañía telefónica? —recuerda Cestero—. Esa cuarta persona es la clave de este caso.

Aitor niega con un suspiro, pero pulsa una tecla para activar su portátil.

—¡Aquí está! Ha llegado mientras hablábamos con Izaguirre. —Sus dedos corren por el teclado, el ratón táctil… En la pantalla se despliega un archivo con los datos solicitados—. Lo que me temía… Todas las líneas pertenecen al mismo titular que la tarjeta prepago de Loli.

—Por si quedaba alguna duda de que se trata de una organización criminal… —comenta Cestero.

La pantalla muestra ahora un mapa.

—Aquí tenemos las últimas localizaciones de los teléfonos en cuestión. La red registró el lugar donde emitieron su última señal —explica Aitor, que lleva un dedo a la esquina superior—. Está actualizado a las diez y veintitrés minutos de esta mañana.

Cestero se asoma a la pantalla. Iñaki y Julia también. La ubicación de dos de los móviles señala la propia comisaría de la Ertzaintza. Se trata de los de Loli y el patrón del *Gure Poza*, ambos incautados como pruebas.

—Este de aquí diría que se encuentra en casa de Camila —apunta Aitor moviendo el dedo hasta un punto del mapa—. No lo vimos al hacer el registro. Apostaría a que se encuentra en algún otro tarro de la cocina. Mira, estuvo activo hasta el lunes por la mañana, veintiséis horas después de su muerte. Se le acabaría la batería.

El índice de Julia se clava en medio del Bidasoa.

—¿Qué hace aquí el teléfono que nos falta?

Cestero aguanta la respiración mientras busca los datos que acompañan al emplazamiento. En su mente resuena de nuevo el helicóptero que volaba bajo sobre el río días atrás. Lo que lee no la ayuda a serenarse. El móvil al que Loli llamó de manera insistente antes de ser asesinada no solo emitió su última señal desde el lugar donde fue hallado el de Carolina, sino que también dejó de estar activo al mismo tiempo que la mujer maltratada desaparecía.

—Joder... —mascilla la suboficial alzando la mirada hacia sus compañeros—. El tipo al que buscamos es Alberto Ranero, el marido de Carolina.

Durante un minuto solo hay silencio. Cestero se asoma a la ventana. El río fronterizo, la mortaja que todavía envuelve en algún lugar a la mujer del ojo morado, es un espejo grisáceo en el que se miran las casitas de Hendaia. Una piragua surca las aguas trazando tras de sí una uve que se desvanece en la distancia. Ya no hay unidades aéreas ni lanchas neumáticas peinando la zona. Con el paso de los días la búsqueda de Carolina ha caído en un olvido que escuece especialmente a la responsable de la UHI.

—Hay demasiados secretos ocultos en estas aguas —comenta Julia apoyándose junto a ella en la ventana.

—Uno solo ya sería demasiado —admite Cestero girándose hacia el resto—. ¿Qué es lo que ha ocurrido aquí?

—Estoy accediendo a su expediente —anuncia Aitor con la mirada fija en la pantalla de su portátil—. Alberto Ranero, en busca y captura por la desaparición de su mujer Carolina Sasiain, cumplió condena por proxenetismo hace veinte años.

Las dos ertzainas se quedan sin habla. Hace más de una semana que toda la comisaría de Irun lo busca y nadie ha mencionado que tuviera antecedentes.

—Y luego dirá Bergara que sabe hacer las cosas mejor que nosotros —lamenta Cestero.

—Esperad, que estoy descargándome la sentencia. Son un montón de páginas... Leerla me llevará horas —se queja el ertzaina—. Al parecer, fue condenado gracias al testimonio de varias mujeres que la red retenía en contra de su voluntad en un burdel de Behobia, en plena frontera. Junto con Ranero fueron encarcelados también un portugués y un ciudadano de Irun. Cada uno de los tres pasó once meses entre rejas y abonó una multa de ochenta mil pesetas, unos quinientos euros de ahora.

—Les salió barato —reprocha Julia. Le estremece pensar en el sufrimiento de esas mujeres a las que explotaban. Seguro que ellas no han padecido las consecuencias de aquello durante tan poco tiempo. Probablemente las acompañen durante el resto de su vida.

—El único que mantuvo aquí su residencia fue Ranero. Los demás desaparecieron tan pronto como salieron de prisión.

—Camila, Loli, Ranero... Parece claro que trabajaban juntos. Pero ¿por qué matar a sus cómplices y prender fuego a toda la estructura con la que trabajaban? —pregunta Cestero.

—¿Y si Ranero asesinó a Camila oponiéndose a la opinión de Loli? Algún desencuentro con ella podría haber desembocado en algo así —plantea Aitor—. Las repetidas llamadas de la pintora a su teléfono podrían tener como finalidad reprenderle o incluso chantajearle.

—El incendio del *Gure Poza* encajaría como un primer toque de atención por parte de Ranero —continúa Julia—. «O me dejas en paz o acabaré también contigo.» Sin embargo, las llamadas se intensificaron y el sospechoso podría haber cumplido su amenaza... ¿Y el caserío? ¿Por qué quemar un segundo lugar clave para la red?

—Para borrar pruebas. Llegado a ese punto, Ranero comprendería que todo estaba perdido y que urgía eliminar todo rastro de su actividad delictiva para evitar una segunda condena —decide Aitor.

La suboficial piensa en Carolina. Ella podría haber sido una víctima colateral. La mañana que la conoció en la terapia estaba asustada y trataba de disimular su ojo morado. Y esa llamada a la psicóloga poco antes de su desaparición podría ser para confesarle que había descubierto lo del Alarde. Lástima que para cuando Marta le devolvió la llamada fuera demasiado tarde.

—Tal vez la mujer de Ranero trató de denunciar que su marido había cometido el crimen del Alarde —sugiere—. Él la asesinó y aprovechó para fingir su propia desaparición en el Bidasoa. Sabía que un caso de violencia de género dejaría de ser prioridad de la policía en pocas semanas.

—Tiene lógica —asegura Iñaki.

—Nuestro asesino tiene rostro al fin —anuncia Cestero—. Pero sigue suelto. Activaremos una orden internacional de búsqueda y captura. Vamos a dar con su escondite. —Ha destapado el rotulador y regresa junto a la pizarra—. ¿Dónde empezar a buscar...? El patrón confesó que cuatro mujeres fueron desembarcadas en Hondarribia el veintiuno de agosto. Loli le comunicó que las moverían hacia Francia entre el doce y el catorce de septiembre. Sin embargo, ese segundo viaje no llegó a producirse.

—¿Pensáis que siguen aquí? —pregunta Julia—. Quizá las haya matado también al sentirse en peligro.

—No creo. Para él son billetes, dinero —objeta Aitor—. Dudo mucho de que se haya deshecho de ellas. No me extrañaría que Ranero continuara por aquí, oculto en algún lugar a la espera de poder llevárselas a Burdeos.

—¿Por qué descartas que las haya trasladado por carretera? ¿O malvendido a burdeles de la zona antes de huir? —pregunta Iñaki.

—Porque ese tío no es un suicida, por mucho que haya tratado de hacérnoslo creer arrojando sus móviles al río —asegura su compañero—. En este negocio las cosas no funcionan así; no puedes llamar a la puerta de cualquier proxeneta para ofrecerle mercancía. Y con tantos policías peinando la zona no creo que se haya arriesgado a moverlas de un lado para otro.

—Estoy de acuerdo —se suma Cestero.

—Yo también —se apresura Iñaki.

—Los cuadros son la respuesta —anuncia Julia—. Sabemos que Loli realizaba labores de vigilancia cuando algún peligro acechaba. Tenemos sus pinturas del barco que empleaban para mover a las víctimas, las del caserío donde todo apunta a que las prostituían. Lo lógico es que cualquiera de los recursos de la red para ocultarlas y ocultarse haya sido inmortalizado por el pincel de Loli.

—Según el patrón, contaban con al menos dos localizaciones. La primera sería el caserío. El segundo lugar, aquel donde las retendrían a la espera del momento propicio para embarcar, sería más precario. Y es allí donde deberíamos buscarlas ahora.

—Julia ha visto las pinturas hoy mismo. Sabrá si existía algún otro lugar fetiche para la artista —le indica Iñaki.

La agente tuerce el gesto.

—Pues la verdad es que solo iba buscando el caserío. No se me ha ocurrido.

La mueca de desdén del bilbaíno no pasa desapercibida para Cestero.

—No pasa nada. Tu compañera ha hecho un gran trabajo —dice tan cortante como puede—. Habrá que ir a ver esos cuadros inmediatamente.

Julia le habla del malestar de Ibargarai con tanta visita. Tal vez no sea tan sencillo que les vuelva a abrir las puertas de buen grado.

—Pregunta si es necesario que vayamos con una orden —le pide Cestero.

Su compañera se aparta unos metros para telefonear a Didier. Después regresa junto al resto. Su expresión adelanta que no tiene buenas noticias.

—Los están repartiendo.

—No lo entiendo —se extraña Cestero—. No hace tantas horas que los has visto tú en la bodega.

Julia asiente con gesto de circunstancias.

—Parece que, después de mi visita, Ibargarai se ha empeñado en que su presencia le afectaba profundamente y que quería apartar de su vista cuanto antes esos recuerdos.

Cestero coge el teléfono.

—Solicitaremos una orden judicial. Hay que detener inmediatamente ese reparto.

64

Jueves, 19 de septiembre de 2019

—Tendréis que conformaros con los que no hemos entregado aún. —Los dos empleados de la empresa de transportes no parecen muy cualificados para el traslado de obras de arte. El modo en que los cuadros de Loli han sido embalados e introducidos en la caja trasera de la furgoneta tampoco haría muy felices a quienes han pagado miles de euros por ellos—. Como no acudáis a los domicilios de los compradores…

Cestero observa contrariada la mercancía. Lástima que Ibargarai no se haya quedado ni una simple fotografía de los cuadros de su mujer. Eso facilitaría muchísimo la labor. Pero el bodeguero argumenta que no se disfrutan igual en la pantalla de un ordenador y que cuando quiera contemplarlos solo tendrá que ir a visitar a quienes los adquirieron. Al fin y al cabo, se trata de amigos de la familia.

—¿Cuántos habéis repartido? —pregunta la suboficial.

Los transportistas cuentan con los dedos al tiempo que se recuerdan direcciones el uno al otro.

—Siete.

—No, ocho. Se te olvida el de la señora aquella de Irun.

Cestero comprende que no va a ser fácil. Lástima que los del juzgado no hayan redactado la orden con tanta celeridad como ella hubiera deseado. Por lo menos cuenta con el listado de títulos de todas las obras y eso permitirá saber cuáles son las que están ya en poder de sus dueños.

—Sacadlos y colocadlos contra esa valla —ordena señalando el cercado de un prado que se extiende junto al camino vecinal en el que ha interceptado el camión.

—En la orden judicial no indica que tengamos que hacerlo nosotros —protesta el más joven—. Bastante faena es que nos hagáis perder así el tiempo. ¿Sabes a qué hora voy a acabar de trabajar por vuestra culpa?

Cestero se muerde el labio. No le apetece discutir con ellos. Y menos delante de un periodista. Ha pedido a Jean Paul que la acompañe. Su conocimiento de la comarca ayudará a identificar rápidamente los lugares retratados.

—Si prefieres, puedes traer el camión a comisaría, los descargas y después de dejarnos tiempo para revisarlos los vuelves a cargar. ¿Te imaginas a qué hora acabarás si lo hacemos así? —Su tono se torna ahora más amistoso—. Si os propongo hacerlo aquí mismo es porque ni a vosotros ni a mí nos interesa perder tiempo. Venga, entre todos no tardaremos nada.

Sus palabras han obrado un efecto balsámico. El transportista de más edad es el primero en ponerse a trabajar, pero el joven se suma de inmediato.

Quince minutos después no falta un solo cuadro por desembalar. Cestero y Jean Paul los han ido agrupando en base a los lugares que representan. Algunas ovejas se han ido acercando a curiosear, pero ninguna ha encontrado interesante la muestra y ya están de regreso en su mullida alfombra de hierba.

—¿Y dices que los han vendido todos? —se extraña el periodista observándolos con los brazos cruzados. Parece mentira que sea capaz de ver algo a través de esas gafas tan sucias.

—Y no baratos precisamente. Mira, este de aquí costaba tres mil euros —indica Cestero recordando el precio que pendía de una estampa portuaria.

Jean Paul arquea las cejas, incrédulo.

—Son muy básicos. Cualquiera que haya dedicado un par de cursos a aprender la técnica del óleo lo haría mejor... Los seres humanos somos idiotas. Si no hubiera entrado en juego la desaparición, nadie habría querido llevarse algo así a su salón.

—Cuando se enteren de que han comprado la obra de una traficante de personas se van a llevar un buen chasco —apunta Cestero.

—En cierto modo, muchos serán cómplices insospechados de Loli. Tendrán en sus casas una ventana abierta a los lugares donde retenía a las víctimas. Habrán pagado por regalarle una coartada a sus labores de vigilancia —añade el reportero.

—Y a precio de oro.

La ertzaina se detiene frente a los cuadros del caserío quemado. La tumba en primer plano, el prado, el tejado a dos aguas, las vigas a la vista... Falta uno de los lienzos. Habrá ido a parar ya a algún domicilio.

—Biriatu —reconoce Jean Paul al instante—. El monte que se puede ver detrás es Xoldokogaina, para muchos la primera cumbre del Pirineo. Eligieron bien el sitio. Pocos lugares conozco más tranquilos y aislados que esa aldea, y tampoco que estén mejor comunicados. Tienes Irun y Hendaia a menos de cinco minutos en coche.

—Y el caserío se encuentra ligeramente aislado del núcleo principal. Eso todavía lo haría más interesante para mantener ocultas a las víctimas de trata —sugiere Cestero—. Parece un buen lugar también para que unos hipotéticos clientes pudieran acudir discretamente a aprovecharse de las africanas. Porque esa parada técnica en Hondarribia no puede deberse a otro objetivo que explotarlas sexualmente en la zona.

Jean Paul y la suboficial continúan recorriendo los cuadros. Hay algún bosque otoñal, unas flores en un jarrón, una panorámica del fuerte de Sokoa, el faro de Biarritz...

—El famoso barco —señala Cestero al llegar al puente sobre una regata contra el que han apoyado los lienzos del *Gure Poza*.

Jean Paul asiente sin detenerse.

—Y aquí tenemos el último grupo de pinturas con un mismo tema —señala unos pasos más allá.

—Le gustan los muros con hiedra y zarzas —comenta la ertzaina.

—Este muro en concreto —matiza el periodista. Su dedo índice se detiene sobre uno de los sillares—. Fíjate en la grieta que lo parte en dos y en la mala hierba que brota de su esquina inferior. Aparece en todas las pinturas. Se trata del mismo emplazamiento.

—Cinco cuadros. Pasó tiempo allí.

—Y en diferentes épocas —señala Jean Paul—. Tenemos desde versiones primaverales con flores hasta esta última donde aparecen moras bien negras.

Cestero aplaude la capacidad de observación del reportero.

—Según esto faltaría un sexto lienzo —anuncia la suboficial consultando el listado en el que esa serie recibe el nombre de *Muro con hiedra* y su respectiva numeración. El tercero es el que falta, ha sido entregado a una familia de los apartamentos de Iterlimen, junto a la playa—. Pediré que nos hagan llegar una foto por si puede aportarnos algo más. De todos modos, ahora lo importante es saber dónde se encuentra esa pared.

Jean Paul aprieta los labios.

—No lo sé. Por el tono diría que la piedra es arenisca, aunque no podría jurarlo. Tampoco es la mejor pista. La mayoría de las construcciones antiguas de la comarca son de ese material tan abundante en la zona… ¿Y te has fijado en que en la única perspectiva que abarca paisaje hay bosque? Eso descartaría los torreones de vigilancia de lo alto de Jaizkibel. —El periodista consulta un mapa que ha desplegado sobre la hierba—. Podrían ser las ruinas del castillo del Inglés.

Cestero conoce el paraje al que se refiere. Son los restos de una vieja explotación minera junto a la carretera que une Irun con Oiartzun a través de las montañas de Aiako Harria. Existen varias construcciones que permanecen en pie y que podrían servir para ocultar personas. Algunas se encuentran muy expuestas a los excursionistas; otras, en cambio, están perdidas en mitad de bosques frondosos que no invitan al paseo.

—Sería un buen escondite —reconoce la ertzaina con cierto desánimo. Los edificios de los que están hablando se diseminan por un área de varios kilómetros cuadrados. ¿Cuánto tiempo va a necesitar su unidad para inspeccionarlos todos?

Un profundo suspiro brota de su pecho antes de sacar el teléfono. Tiene que contactar con su equipo. Les espera una larga tarde de montaña.

65

Jueves, 19 de septiembre de 2019

La linterna de Julia despierta sombras que bailan siniestras entre las hayas. Son alargadas, igual que los troncos plateados que las proyectan. El bosque duerme en esas primeras horas de la noche. No hay paseantes ni buscadores de setas, solo pequeños animales que huyen asustados cuando el haz de luz los sorprende. Los sapos son los más abundantes. Lentos, pesados, sus saltos agitan la hojarasca con la torpeza de quien se sabe a salvo de depredadores.

De cuando en cuando la ertzaina se detiene para enfocar atrás. Tiene la sensación de oír pasos tras ella. Sin embargo, no ve a nadie. Tampoco es fácil hacerlo entre un ejército de árboles que se extiende hasta donde alcanza la vista. Por si no fuera suficiente, la niebla comienza a ganar densidad.

Cestero ha decidido dividir la zona minera en cuatro partes. Cada uno de los integrantes de la UHI se está encargando de una de ellas. Solos, con la única compañía de su arma reglamentaria y una potente linterna. Nada de involucrar a agentes de la comisaría de Irun. Tras la denuncia fallida de Miren no quiere arriesgarse. La falta de respuesta que obtuvo la patrona asesinada pudo deberse a una negligencia, pero también a que Ranero tenga a alguien infiltrado. La suboficial no ha querido a nadie externo a su equipo. Incluso tener que contar con Iñaki no le habrá hecho ninguna ilusión. Julia intuye que la zona que le ha adjudicado al bilbaíno, la más despejada de construcciones mineras, no será fruto de la casualidad.

Ahí está el primero de los túneles abiertos para el paso de los trenes mineros. La roca desnuda, rota a fuerza de dinamita y golpes de pico, devora rápidamente a Julia. No está sola, la niebla ha decidido buscar el cobijo del túnel. El haz de luz choca contra las partículas de agua y forma una pared luminosa frente a la ertzaina. Es imposible ver nada.

¿Qué ha sido eso? Algo se ha movido unos metros más allá.

Algo o alguien.

Una respiración confirma sus peores temores. Hay alguien ahí, al otro lado del muro de luz.

Su mano derecha desenfunda la pistola.

—¡Policía! ¿Quién anda ahí?

No hay respuesta. Comienza a plantearse si no habrá sido todo fruto de su imaginación cuando la respiración se repite. El túnel la amplifica, se diría que es la propia montaña quien toma aire.

Julia siente el miedo atenazándole el estómago. El monte no es su medio. En el mar se siente segura, en el bosque no.

—¡Quién anda ahí! —insiste, cada vez más inquieta.

Su linterna busca algún resquicio para abrirse paso, sus pies continúan avanzando lentamente, a pesar de que le exigen echar a correr en dirección opuesta.

—¡Policía! —repite con fuerza. Las paredes de roca le devuelven su voz en forma de eco.

Nada, solo esa respiración.

De pronto dos puntos paralelos responden al haz de luz. Son unos ojos, toman forma entre la niebla. La vaca la observa como solo saben hacerlo las vacas, con curiosidad pero también indiferencia. Está recostada en el suelo. Tras ella hay otra, y otra más unos metros más allá. Han buscado el resguardo del túnel para pasar la noche.

Julia baja el arma. Se siente tan idiota como aliviada.

A pesar de que la visibilidad continúa siendo escasa, la ertzaina aprieta el paso. La vergüenza le empuja a dejar rápidamente atrás a los rumiantes. Quiere alcanzar de una vez los barracones mineros de Meazuri. Según el mapa se encuentran muy cerca. En cuanto salga de la zona de túneles los tendrá àl alcance de la vista. Siempre y cuando la niebla no lo impida.

Tras el tercer paso subterráneo la cascada de Aitzondo se hace con el protagonismo. La vegetación y la oscuridad se alían para ocultarla, pero su rugido lo invade todo y silencia el resto de los sonidos de la noche. Solo unos pasos después Julia alcanza el arroyo que salta al vacío. La linterna busca el mapa y la ayuda a situarse. Ha llegado al valle colgado en el que las aguas se remansan antes de precipitarse en busca del Bidasoa en un salto de más de cien metros de altura. Los vestigios mineros no pueden estar lejos.

La niebla se ha suavizado, vuelve a ser una cortina aterciopelada que atenúa un paisaje duro. Aquí y allá se abren bocaminas abandonadas. El bosque las ha hecho suyas, nada queda del trajín de la actividad minera. Las primeras ruinas aparecen entre ellas. Muros a medio derruir, vestidos de musgo y hiedra, que dan paso ladera arriba al único barracón que todavía permanece en pie.

Julia vuelve a hacerse con su arma reglamentaria. Ha llegado al lugar que han marcado en rojo en el mapa. Se trata de un viejo almacén que el azar del destino ha querido que no sucumba igual que han hecho el resto de las construcciones de la explotación.

La puerta está cerrada. La linterna busca la cerradura. Es antigua, una de esas de los castillos de los cuentos infantiles. No opondrá mucha resistencia.

Y así es. El cierre cede a la primera patada y la ertzaina adopta una posición defensiva para asomarse al interior. Ranero podría ocultarse ahí dentro y cuando un gato se siente acorralado es cuando más peligroso resulta.

No hay nada. Solo un penetrante olor a humedad. El espacio está vacío, diáfano de no ser por las zarzas que se han adueñado de la parte más alejada a la entrada, en el lugar donde parte de la techumbre se ha desplomado.

Julia siente que la adrenalina comienza a ceder. Ha completado la misión que Cestero le ha encomendado. Ni las víctimas ni su verdugo están o han estado jamás allí. Tal vez sea un lugar poco frecuentado, ideal para ocultar algo o a alguien, pero el acceso resulta demasiado complicado. No tendría mucho sentido hacer caminar a través del bosque y durante alrededor de treinta minutos a unas mujeres que podrían intentar huir a la primera ocasión. El riesgo de cruzarse con algún buscador de setas o un montañero en su camino a las cumbres de las Peñas de Aia sería elevado.

La ertzaina piensa en ello cuando una luz llama su atención hacia el exterior del edificio.

Alguien se acerca. Su corazón vuelve a bombear sangre con fuerza. Sus mecanismos de protección se activan, la obligan a decidir entre abandonar el almacén o esconderse en el interior.

Lo primero que hace es apagar la linterna. Quizá sea tarde, quizá el intruso haya visto ya luz en el interior del edificio. Sí, por supuesto que lo habrá hecho, porque se dirige claramente hacia la construcción minera. Sus pasos hacen crujir la hojarasca y su linterna enfoca la puerta que Julia ha forzado.

Salir en esas condiciones supone jugar en desventaja, de modo que se agazapa junto a la entrada, contra la pared y con la pistola en la mano. La linterna está lista para deslumbrar al visitante en cuanto se asome al interior. Así la ventaja será suya.

Los pasos continúan acercándose. Unos pocos más y lo tendrá frente a frente.

El corazón de Julia cabalga desbocado, se prepara para el encuentro.

Ya está ahí. La mano que sostiene la linterna del intruso se cuela en el interior del almacén. Un paso más y la ertzaina lo tendrá a tiro.

—¿Julia? —llama una voz de hombre.

La agente reconoce a Iñaki.

—¡Joder, qué susto me has dado! ¿Qué haces aquí?

La linterna de su compañero barre todo el espacio.

—Nada. He terminado mi zona y me he acercado a ayudarte. Aquí no hay nada.

—No. ¿En la tuya tampoco?

—Qué va. En el único edificio que se mantiene en pie no hay más que basura. Esto es una pérdida de tiempo.

Valle abajo, Cestero ha alcanzado los viejos hornos de calcinación de mineral. La niebla flota entre sus estructuras, junto a las que corre un río de aguas inquietas. A pesar de ella, se reconocen las formas de los gigantes de ladrillo, enormes fantasmas que duermen para siempre. Sus bocas, destinadas a vomitar el hierro libre de impurezas, muestran unas entrañas oscuras a las que la suboficial apenas presta atención. Su objetivo no son los hornos, sino el silo. Se trata de un edificio de mampostería que encaja con la imagen que Loli Sánchez pintó repetidamente.

Ahí está, sus muros se muestran en cuanto el último de los nueve hornos queda atrás. La hiedra lo devora en parte y oculta una puerta que se encuentra entornada.

Cestero trata de empujarla sin hacer ruido, pero sus goznes oxidados emiten un chirrido lastimero.

—Mierda… —masculla entre dientes. Es imposible que semejante sonido no lo hayan oído hasta en la comisaría de Irun.

La linterna barre nerviosa el interior. Hay restos de carbón por el suelo, y también algunas palas y herramientas oxidadas. El batir de las alas de un murciélago, o quizá de más de uno, acompaña los pasos de la suboficial hasta la puerta que se abre en la pared del fondo.

De nuevo la tensión en los maxilares, de nuevo la inquietud ante lo que se abrirá detrás.

Y, sin embargo, de nuevo la nada.

Allí no hay más que suciedad y abandono.

El regusto de la decepción se abre camino, pero no está todo perdido. Todavía queda saber qué ha hallado el resto de su equipo.

—No están aquí. ¿Novedades por ahí arriba? —inquiere activando la radio.

Aitor es el primero en contestar. Ningún rastro en la zona que le correspondía. Iñaki y Julia no contestan. Cestero se acerca de nuevo el micrófono a la boca y repite la llamada.

Nada.

—Julia, ¿me oyes? Julia... —insiste una vez más.

Un cosquilleo desagradable se instala en su barriga. No le gusta ese silencio. Sus pensamientos corren a toda velocidad, se asoman a los peores escenarios posibles. Tal vez no haya sido tan buena idea mandarlos solos a explorar el área. Si Ranero se oculta junto a las mujeres que trafica, podría haber tratado de defenderse. No sería extraño que alguien dedicado a negocios tan turbios vaya armado. Y en ese caso...

—¿Me oyes ahora, Cestero? —pregunta de pronto la voz de Julia. Llega entrecortada por alguna interferencia.

—¡Julia! ¿Estás bien? —exclama la suboficial.

—Todo en orden. Estábamos dentro de un túnel. Iñaki está conmigo. Bajamos hacia el valle. Ni rastro por aquí arriba.

Cestero suspira. El alivio por la aparición de sus compañeros cede todo el protagonismo a la decepción. Tenía la esperanza de haber dado con la pista correcta, pero tendrán que comenzar de nuevo.

Y, si Ranero las ha dejado atrás en su huida, el tiempo de esas mujeres podría estar agotándose.

66

Viernes, 20 de septiembre de 2019

La escasa luz del día que muere se cuela en el interior del lagar. Lo hace por las ventanas maltrechas para permitirle contemplar sus muñecas llagadas. Están ahí, sin piel, en carne viva, para recordarle el momento de histeria que ha sufrido hace unos minutos. ¿O acaso han pasado ya horas? Tanto da, el tiempo carece ya de sentido.

Ha llegado sin avisar. La angustia que lleva días devorando su vida se ha desbordado de pronto. Fuera de sí, entre alaridos animales, ha tratado de arrancarse las bridas que ligan sus manos a la prensa que acabará con su vida. Lo ha hecho tirando de los brazos con todas sus fuerzas. Una mala idea a la vista del resultado: esas precarias esposas de plástico han respondido tensándose más y mancillando su piel.

Ahora ni siquiera consigue dormir. El sueño era su aliado para huir del horror. Ahora solo hay espacio para el dolor. Un dolor insoportable, aunque ridículamente insignificante cuando lo compara con la impotencia de saber que no morirá hasta que quien maneja esa máquina infernal no lo decida.

67

Viernes, 20 de septiembre de 2019

Cestero todavía bosteza cuando abre la fotografía que les acaban de remitir al correo electrónico. Se trata del cuadro que faltaba de la serie del muro y las hiedras. La familia que lo adquirió ha respondido con agilidad a la petición de que lo retrataran. La calidad de la imagen es mala, pero se reconocen los detalles. Es el mismo lugar, de eso no hay duda. Sin embargo, en esta ocasión la perspectiva es ligeramente diferente. La pintora se colocó algo más a la derecha e incluyó parte del paisaje circundante. Hojarasca, musgo, zarzas... Nada que permita situarlo en el mapa, en cualquier caso.

—¿Es el cuadro que estábamos esperando? —inquiere Aitor asomándose por detrás.

—Sí, pero no aporta nada nuevo. Se lo reenviaré a Jean Paul por si ve algo que se me escapa —comenta la suboficial con tono de fastidio—. Me estoy empezando a plantear filtrar estas imágenes a los medios de comunicación. Tal vez sea el momento de solicitar la colaboración ciudadana.

Aitor dirige el dedo índice a la esquina izquierda de la pantalla del portátil.

—Es un molino. Esto que se aprecia aquí es la antepara, el

canal por el que llega el agua que moverá la turbina. Que movería, más bien, visto el estado de abandono en el que se encuentra.

Cestero fuerza la mirada. ¿De verdad es capaz de reconocer algo así en esos trazos tan imprecisos?

—Joder, Aitor. Eres el mejor —celebra antes de coger un mapa de la bahía de Txingudi.

Mientras lo despliega, su compañero ya ha buscado en internet información sobre los edificios destinados a la molienda.

—Parece que llegó a haber más de veinte solo en Irun. Si sumamos Hondarribia y Hendaia…

—¿Veinte? —Cestero se impacienta.

—De la mayoría no queda nada. Molinos que todavía conserven la antepara los podremos contar con los dedos de una mano. La mayoría están junto a los arroyos que riegan la vertiente sur del monte Jaizkibel.

—Aquí hay uno: Urdanibia —indica la suboficial clavando el dedo en el mapa.

Aitor teclea el nombre y su imagen aparece inmediatamente en la pantalla. Se trata de un complejo que permanece oculto entre la vegetación, muy cerca de donde está el campo de golf. Lo componen varios edificios: una casa solariega, una ferrería y el propio molino.

—Su estado de conservación coincide con el que pintó Loli.

Cestero comprende que ese matiz es importante. No buscan una construcción encalada y cubierta de buganvillas.

—Habrá que hacer una visita.

Su compañero continúa buscando.

—Muy cerca de Urdanibia se encuentran Goiko Errota y Beheko Errota, los molinos de Arriba y Abajo en euskera. Habrá que echarles también un vistazo, aunque quizá estén demasiado expuestos para servir de escondrijo.

—Todos están a la orilla de los canales de Jaizubia —anuncia Cestero al tiempo que los marca en el mapa.

—Podrían emplearlos para mover a las jóvenes en barco —señala Aitor, adelantándose a la suboficial.

—Y así evitarían los controles fronterizos —exclama Cestero—. Las moverían aprovechando el estuario. El puerto de Hondarribia, Biriatu, el molino... Está todo conectado por vía fluvial.

Aitor ha llegado al último de la lista. La foto que muestra la página web habla de un abandono absoluto.

—El molino de Artzu —lee antes de girarse hacia el mapa—. Se encuentra en una cala de Jaizkibel... Mira, es este de aquí. Otro que permitiría el desplazamiento en barco... Y este sí que está aislado.

—¿Qué hacéis? ¿Turismo? —bromea Julia entrando en la sala.

Cestero no pierde el tiempo.

—Más o menos —dice poniéndose en pie—. Ven conmigo, nos vamos al puerto. Aitor, tú coge a Iñaki y buscad en los otros molinos. ¡Esta vez vamos a encontrarlas!

68

Viernes, 20 de septiembre de 2019

La chipironera deja atrás el cabo de Híguer y el islote de Amuitz. A su ritmo, con el ronroneo característico de esas embarcaciones dedicadas a la pesca en las proximidades del puerto. Con el faro quedan atrás las últimas construcciones de Hondarribia. A partir de allí se abre una franja costera poblada únicamente por gaviotas y otras aves pescadoras. Quince kilómetros de soledad que acaban súbitamente en la bocana de Pasaia.

Cestero y Julia no van tan lejos. El mapa sitúa la cala de Artzu a medio camino, una herida abierta a cuchillo en los acantilados de Jaizkibel.

—¿Y quién me pagará la gasolina? —pregunta el pescador sin soltar el timón. No le hace ninguna gracia que esas dos ertzainas se hayan presentado en los muelles y requisado su embarcación.

—No se preocupe por eso. ¿Este trasto no puede ir más deprisa? —pregunta Cestero. Está inquieta. Su instinto le dice que esta vez no se equivoca. El molino de Artzu parece el lugar ideal: un edificio olvidado en una cala solitaria, tan accesible por mar como apartado de miradas indiscretas.

El Cantábrico está tranquilo esta tarde. Ha decidido regalar una tregua a los habitantes de la costa vasca tras días de furia.

Mejor así. Tal vez Julia esté acostumbrada a que la mezan las olas, pero Cestero prefiere pisar terreno firme.

La escasez de palabras es protagonista durante el resto de la travesía. La tensión a bordo es evidente hasta que, sin aviso previo, el acantilado se parte en dos.

—Este es el puerto de Artzu —anuncia el pescador mientras disminuye la velocidad de la embarcación para remontar el entrante de mar—. El molino que buscáis está entre aquellos árboles. No sé a quién se le ocurriría levantarlo en un lugar tan recóndito.

Cestero deduce que ese y no otro fue el motivo de su construcción siglos atrás. ¿Quién podría controlar lo que se hacía allí? Hasta Artzu difícilmente llegarían los recaudadores de impuestos ni quienes imponían el racionamiento en épocas oscuras.

—¿Hace mucho que fue abandonado?

—Yo no lo he llegado a ver en marcha. Lo menos hará cincuenta años —explica sin ganas el pescador, concentrado en arrimar la chipironera a un embarcadero que alguien ha levantado de forma precaria con un par de tablones.

—Joder, parece el trópico —comenta Cestero.

Una diminuta playa de arena remata el entrante de mar. Después el valle se cierra, el arbolado se adueña de todo y un denso cañaveral impide el paso.

—Remontad el arroyo y llegaréis —les indica el hombre—. ¿Y tengo que esperaros aquí?

—Sí.

Las ertzainas se abren paso entre la maleza. Las telarañas que les salen al encuentro indican que hace días que nadie pasa por allí. El molino aparece enseguida. Se trata de un sencillo edificio de mampostería. Las zarzas y la hiedra trepan por la fachada que queda a la vista. Las otras tres paredes se encuentran devoradas por la vegetación.

¿Cuántos años ha dicho el pescador que lleva abandonado el edificio? Porque esa puerta no tiene tantos. Es metálica, de acero galvanizado que nadie se ha molestado en pintar, y cuenta con una cerradura de seguridad.

—Mira —susurra Cestero acercando la mano a la grieta que tantas veces ha visto en las pinturas de Loli Sánchez.

Julia se gira hacia atrás y señala una silla de madera en la ladera de enfrente. Así que es ahí donde la pintora se sentaba a vigilar que todo fuera bien.

La suboficial aguza el oído. No se oye ruido en el interior. Lo único que rompe el silencio es el agua que corre bajo el edificio y que la maleza se encarga de ocultar. Los insectos se cuelan también en su campo auditivo. Los zumbidos de sus alas y sus reclamos brotan por todos lados.

Cestero apenas los escucha. Sabe que se encuentra frente al molino que han estado buscando, uno de los lugares donde la red oculta a sus víctimas antes de embarcarlas hacia Francia. En Biriatu las explotan sexualmente, en la cala de Artzu las mantienen escondidas a la espera del momento propicio para desplazarlas.

La quietud reinante en el lugar le parece un mal augurio. No, la suboficial barre ese pensamiento de su cabeza. Las mujeres que llegaron a bordo del *Gure Poza* continúan vivas, no puede haberlas ejecutado. Las mantiene ocultas a la espera de poder llevarlas a Burdeos. Para Ranero representan dinero, y un traficante de seres humanos nunca prendería fuego a unos billetes de los grandes.

—Vamos a entrar —le indica a su compañera.

Ambas ertzainas se disponen para el asalto: la espalda contra la pared, cada una a un lado de la puerta, el arma sujeta con ambas manos, los brazos doblados hacia el pecho...

—¡Policía! ¡Abran la puerta! —ordena Cestero.

Al principio solo hay silencio, pero enseguida comienza al otro lado un murmullo que desemboca en un griterío angustiado. Son mujeres, las mujeres que huyeron de África buscando un futuro mejor. Golpean la puerta, piden socorro. O algo parecido, porque lo hacen en un idioma que las ertzainas desconocen.

—Están solas —apunta Julia antes de descargar todo su peso contra la lámina de acero.

La suboficial comprende que tiene razón. Si Ranero se encontrara con ellas, no estarían reaccionando de esa manera. Las ha dejado encerradas y ha buscado cobijo en algún otro lugar.

Julia repite la embestida, pero la puerta no hace el más mínimo amago de moverse. Las peticiones de auxilio tras ella se tornan más angustiosas.

Cestero apunta a la cerradura. Se dispone a volarla, pero los lamentos de las africanas la obligan a apartar el arma y disparar primero al aire. Desde dentro llegan ahora alaridos de terror que se alejan de la entrada. Es exactamente lo que esperaba lograr.

Ahora sí, la suboficial aprieta el gatillo y vacía el cargador contra la cerradura. Gritos, llantos... Lo que llega del interior es pura angustia.

El hedor es lo primero que golpea a las ertzainas. Emerge de la puerta abierta con la fuerza de un puñetazo. ¿Cuántos días llevarán encerradas ahí dentro?

Cestero es la primera en entrar. Julia la cubre por detrás. La imagen que les aguarda cuando sus pupilas se adaptan a la falta de luz es desoladora. Una de las jóvenes se encuentra tendida en el suelo. En el mejor de los casos estará inconsciente. Las otras se abrazan en el extremo más alejado de la puerta. Son tres, pero sus cuerpos menudos se aprietan tanto unos contra otros que parecen uno solo. Están muertas de miedo.

La ertzaina baja el arma y tiende la mano hacia ellas. Se fuerza a sonreír, es difícil hacerlo en una situación así, pero es lo que precisan esas mujeres. Las palabras de una lengua que no comprenden no las van a reconfortar.

—Somos policías. ¿Alguna habla mi idioma?

No hay respuesta, solo algún lamento temeroso.

Julia se dirige a la que yace en el suelo. Con una mano le acaricia la espalda, con la otra busca pulso en su cuello.

Su gesto logra tranquilizar a las demás. Probablemente desde que salieron de África en aquel carguero rumbo a los sueños que ansiaban cumplir no han visto a nadie preocupándose por ninguna de ellas. La primera en apartarse del fondo es una con unos ojos claros que destacan sobre su tez oscura. Es hermosa, y eso a pesar de que los pómulos hundidos delatan que ha perdido demasiado peso. Todas lo han hecho, no hay más que ver cómo se les marcan los huesos bajo la piel.

—¿Todo bien? —se oye al pescador desde el embarcadero.

Cestero suspira. No, claro que no va bien. Duele ver a unas jóvenes que no pasan de los veinte años convertidas en mera mercancía para depravados sexuales.

—Hijos de puta… —masculla al dirigirse al exterior para llamar por teléfono a comisaría.

Alguien responde al otro lado.

—Soy la suboficial Cestero. Necesito refuerzos en la cala de Artzu, en el monte Jaizkibel. Solicito apoyo marítimo y aéreo para evacuar a cuatro mujeres. Precisan asistencia sanitaria urgente.

Julia aguarda a que Ane termine con el teléfono antes de dirigirse a ella.

—Se encuentra muy débil —anuncia mientras humedece los labios de la joven inconsciente. Sus ojos están inundados de lágrimas—. Ese tío es un indeseable. ¿Cómo puede haberlas abandonado así?

—Porque es un monstruo —remata Cestero.

Solo han pasado treinta minutos cuando el helicóptero de la Ertzaintza alza el vuelo desde la cala de Artzu. La víctima inconsciente viaja en él. Las otras tres acaban de embarcar en la lancha neumática de la Unidad de Vigilancia y Rescate.

—Miren tenía razón —comenta Julia con la mirada perdida.

Cestero asiente sin poder evitar un poso de frustración. Le hubiera gustado mostrarle a la patrona que no estaba sola. Tuvo la desgracia de ir a dar con unos policías que no hicieron caso de sus sospechas, el maldito gusano dentro de la manzana sana, pero finalmente su denuncia ha llegado a buen puerto. Cuando todo esto pase habrá que hurgar en la comisaría de Irun para comprobar si solo fue un error o algo mucho más grave. Ahora lo que urge es salvar a esas jóvenes y dar caza a Ranero. Para lo demás habrá tiempo.

—Me hubiera gustado que Miren viera que la Ertzaintza no ha dado la espalda a su denuncia valiente. Lástima que ese fanático que también se llevó a Olaia le arrebatara el último aliento antes de que pudiera saberlo.

Julia asiente en silencio. Después se vuelve hacia la suboficial.

—Espero que logren salvarla.

Cestero comprende que se refiere a la chica que vuela en esos momentos hacia el hospital.

—La salvarán —le asegura. Después le pasa la mano por detrás de los hombros y la atrae hacia ella—. Buen trabajo, agente.

—El mérito es tuyo, Ane. Te has jugado tu empleo para liberarlas.

La suboficial sacude la cabeza.

—El mérito es de todo el equipo. Pero no nos confiemos. Esto puede parecer un final y, sin embargo, no hemos hecho más que empezar. No hay nada que celebrar hasta que metamos a Ranero entre rejas.

69

Sábado, 21 de septiembre de 2019

Cestero reconoce a Julia sobre la ola. Desde la ventana no es más que una silueta diminuta que se desliza sobre la cresta, pero sabe que es ella. Otros tienen un estilo diferente, más agresivo y nervioso, no danzan con el mar como hace su compañera.

Esa noche surfea sola. Les ha cogido el gusto a las olas nocturnas. Didier ha respondido a su llamada con un wasap en el que se excusaba por tener trabajo. La vendimia ha terminado y toca recoger los aperos agrícolas para devolver a la bodega Ibargarai su rostro más aletargado.

La vista de la suboficial vuela ahora hasta el faro de Híguer. Sus destellos resultan casi hipnóticos, sujetan firmemente su atención, le permiten olvidar por unos minutos la decepción con todo lo que la rodea. Lo de Olaia continúa doliendo. Lo hará por mucho tiempo. Ya no habrá viaje a México, ya no habrá más noches de música, ya no habrá más sonrisas, más confidencias…

Ya no habrá nada.

Algún día Loira estará de nuevo en libertad. Su amiga, en cambio, no volverá jamás.

Un profundo suspiro zanja por un momento sus pensamientos. El dorso de su mano viaja a sus ojos para enjugarse las lágrimas que los nublan. Las olas continúan atacando la playa. Julia no está. Ha desaparecido bajo la espuma. Cestero la busca, aguarda a que resurja y recupere su tabla. Solo entonces se permite abandonar su otero para volverse hacia el apartamento.

Ahí está el *Sud Ouest*. En la portada, una hermosa imagen de Miren, en la cubierta de su barco. Jean Paul Garçon ha dedicado una doble página a su memoria. Gracias a la denuncia de la patrona, las mujeres que Ranero abandonó a su suerte están vivas. Las últimas líneas del artículo van dedicadas a la suboficial: una joven policía, valiente y sagaz, que tuvo la fuerza de remar contracorriente hasta liberar a unas mujeres indefensas, condenadas a una muerte segura.

La oda a su profesionalidad ha sonrojado a Cestero. A ella le gusta hacer su trabajo en silencio, sin focos ni aplausos. El oficial Izaguirre también ha enrojecido. En su caso, de ira. Le ha faltado tiempo para llamar furioso porque él no aparece en el artículo. No ya ensalzado como responsable final de la UHI, sino ni siquiera mencionado.

Sin embargo, Cestero no se da por satisfecha. No hasta que Ranero aparezca y pague por todo lo que ha hecho. Esas muchachas a las que liberó hubieran muerto de no ser por la lluvia caída en los últimos días y que se colaba en el interior por un roto en el tejado. Las había dejado atrás, sin brindarles la más mínima oportunidad de sobrevivir.

El diario descansa sobre esa barra en la que Ane tomó tantas veces su primer café tras una noche de amor y sexo con Madrazo. Fueron seis los meses que salieron juntos. Una relación que él trató de afianzar y llevar más allá y que el vértigo que sintió Cestero frustró.

En alguna ocasión ha llegado a fantasear con la idea de qué habría pasado si ella no hubiera dado ese paso atrás... Y ahora, de pronto, esa sensación de que no lo conoce realmente.

La decepción pesa, es un plomo que tira hacia abajo del sedal de su autoestima. ¿Cómo puede ser que amara a ese hombre capaz de olvidar tan fácilmente los deberes y motivaciones de un buen policía? ¿Cómo pudo engañarse tanto a sí misma hasta creerlo de otra manera?

Cestero trata de sacudirse de encima la impotencia y la rabia. Madrazo no era así cuando ella se enamoró de él. Ese Madrazo jamás hubiera fallado al equipo que él mismo creó, jamás los hubiera dejado tirados por una mujer.

¿Quién es esa Mariví Marchena que tanto le ha hecho perder la cabeza?

Duele comprender que una persona a la que has admirado y a la que hubieras jurado conocer no era quien creías. Duele y desgarra. Cestero camina sin rumbo por el apartamento, acaricia la encimera de la cocina, siente la rugosidad de esa mesa sobre la que tantas veces cenaron entre risas y muy poca ropa.

Se siente traicionada, desorientada…

Se siente perdida.

Su mano llega al pomo de ese cajón donde Madrazo acostumbraba a guardar su placa en cuanto entraba en casa. Su corazón le ordena que la rompa en mil pedazos, que la arroje por el retrete, que le dé fuego…

Pero ese pedazo de plástico que lo identifica como oficial de la policía vasca no está allí. En su lugar hay un sobre. El matasellos habla de tiempos pasados, el tono amarillento también. Cestero lee el nombre del remitente. Es un Madrazo, pero no Markel. Se trata de su padre. La dirección desde la que envió la carta hace arrugar el ceño a la ertzaina.

Centro penitenciario Albolote.

Un sello de los funcionarios de prisiones certifica que la misiva que el recluso remite a su hijo ha sido revisada.

La tentación de abrirla y leerla es grande. Sin embargo, Cestero logra refrenarse. Si su superior jamás le ha hablado de eso, no es ella quien deba inmiscuirse en algo tan personal.

La sensación de desconocerlo es ahora todavía mayor. Sin embargo, la rabia logra ceder el testigo al desconcierto. Y más aún cuando repara en los recortes de prensa y los folios repletos de anotaciones que descansan bajo el viejo sobre. Los años también han pasado por ellos. Sin terminar de comprender qué está haciendo, Cestero despliega una portada de *El Diario Vasco* que parece dispuesta a desintegrarse al más mínimo contacto. Una fotografía ocupa gran parte del ancho. El titular, a cinco columnas, habla de barbarie terrorista. En realidad la imagen no precisa tantas palabras. La niña que aparece en el centro tiene la mirada clavada en la nada, arrasada por el dolor y la incomprensión. Su mano derecha acaricia el brazo de un cadáver que el pie de foto identifica como su padre. Alrededor solo hay destrucción: cascotes, metralla y restos humeantes.

Ane lee la noticia. Quien puso la bomba fue detenido esa misma mañana. Unas líneas más abajo el periódico menciona el nombre de esa pequeña que la bomba ha dejado huérfana.

Dos nombres, dos apellidos más bien, que crean un terremoto que lo sacude todo: Marchena y Madrazo.

70

Son monstruos horrorosos. Devoran a condenados que agitan las manos rogando un auxilio que nadie les brindará. Las piernas de los pobres caídos en desgracia ya han sido engullidas, solo asoman de cintura para arriba. Son de piedra, sí, pero se siente su dolor, igual que el de quienes están siendo hervidos en gigantescas ollas cuyo fuego azuzan los demonios. Es espantoso, un contrapunto diabólico de la escena celestial que alguien esculpió al otro lado de ese Cristo en majestad. Quien obró magia con el cincel y la piedra sabía muy bien lo que hacía, lo que quería transmitir. De un lado, el cielo, con sus músicos y sus querubines; del otro, el horror más absoluto. Pórtate mal en vida, desafía a las leyes de Dios y tendrás como recompensa el tormento eterno.

Madrazo cierra los ojos y suspira. La reja que rodea el perímetro de la catedral de León no es el respaldo más cómodo para aguardar una llamada improbable. Ha llegado la hora de admitir su fracaso: Mariví Marchena nunca llamará y la carta que dejó en su buzón habrá acabado en la basura.

Al abrir los párpados siguen estando ahí los monstruos devoradores de hombres. Por un momento cree oír los lamentos de los desdichados e incluso el crujir de sus huesos entre las mandíbulas que los trituran. Se siente identificado con ellos, se ha convertido en uno más.

—Ya está bien —masculla poniéndose en pie.

Algunas gotas perezosas caen del cielo nublado, cada vez más frecuentes. Madrazo mira a su alrededor. Podría entrar en alguna de las cafeterías que rodean la plaza. Hay gente en ellas, un bullicio que en este momento se le antoja insoportable.

Sus pasos le llevan casi sin pensarlo hacia los monstruos de piedra. La puerta que se abre a sus pies es quien lo devora. Un mostrador le corta el paso. El listado con los precios habla de estudiantes, jubilados y peregrinos. Madrazo entrega al trabajador el dinero para la entrada y para cuando quiere darse cuenta se encuentra en el vientre de la catedral.

—Cerraremos en breve. No se entretenga mucho —oye a su espalda.

Madrazo no se gira. Alza la mano por encima del hombro y asiente.

—No se preocupe —murmura.

Una luz irreal, tamizada por las enormes vidrieras, flota entre los arcos de piedra. No hay paredes, solo colores y más colores. Tantos que confunden. El suboficial imagina la estupefacción de quienes accedían a un lugar así cientos de años atrás. Llegar de la miseria y la tierra desnuda a esa casa de Dios envuelta en una luz mágica debía de resultar apabullante. ¿Cómo no creer? Cada ventanal es una pantalla de cine medieval: plantas fabulosas, músicos, caballeros…

El encantamiento de Madrazo dura apenas un instante. Su mente sigue inmersa en otra ocupación. Más dolorosa, más desgarradora que la contemplación de escenas bíblicas.

El discurso que ha intentado construir estos días previos aflora a borbotones en su cabeza. Quería contar a Mariví que él nunca ha brindado, jamás, por lo que sucedió. Que aquello destruyó la vida de toda su familia. Y que, a pesar de que él no tuvo nada que ver con lo que hizo su padre, se siente en deuda con ella. Ni siquiera tanta belleza de piedra y luz logran aplacar su desánimo. Madrazo no es creyente, él nunca fue uno de esos peregrinos, pero dentro del templo admite que busca algo parecido al perdón. Precisa una conversación, pero no con un dios sino con alguien como él, de carne y hueso, capaz de ponerse en su piel igual que él ha intentado imaginarse en la de ella durante todo este tiempo. Quizá pecó de ingenuo creyendo que la hija de aquel guardia civil iba a darle una mínima oportunidad de explicarse.

¡El teléfono! Está sonando en su bolsillo. El corazón le da un vuelco. Tal vez esté ahí, por fin. Sin embargo, el nombre que lee supone un jarro de agua fría. No está preparado para aguantar una nueva reprimenda de Cestero. No ahora.

Quien le regaña es el vigilante de seguridad. ¿Cómo se le ocurre dejar sonar un móvil dentro de la catedral? Que no es ningún crío...

Madrazo se disculpa con palabras inconexas y abandona el templo. El teléfono vuelve a sonar. Cestero, por supuesto.

—Hola. ¿Sigues tan enfadada? —pregunta. Sus palabras logran que una joven que camina por la calle se gire hacia él.

—No. Llamo para pedirte disculpas... —anuncia Cestero. Suena extraña: llorosa, avergonzada—. Llamo para decirte que sé quién eres y lo que estás haciendo. Estoy muy orgullosa de ti.

El oficial siente que se queda sin palabras. Donde esperaba reproches hay apoyo.

—Gracias, Ane —responde por fin.

—Perdona por haber sido tan impertinente estos días, perdona por no haber confiado en ti. No imaginaba que pudiera tratarse de algo así. —Una leve pausa para tomar aire—. ¿Has llegado a verla?

—No. No quiere saber nada de mí. Le dejé una carta en el buzón, pero no da señales de vida. Mañana cogeré el tren y regresaré a casa. Siento mucho no haber estado a tu lado estos días. Tenías razón: os he fallado.

—No digas tonterías. No fui capaz de entender lo importante que esto era para ti.

—He sido un egoísta, Ane. ¿Qué pretendía presentándome ante su casa y pronunciando un apellido que para ella representa el mismísimo infierno?

—No ha sido egoísmo —le anima Cestero—. Al contrario. Es muy generoso por tu parte. Hay que tener mucho valor para mirar de frente a las heridas que duelen e intentar cerrarlas. Lo más sencillo, siempre, es no hacer nada, no arriesgarse. No tires la toalla tan rápido. Tal vez Mariví haya leído tu carta y solo necesite tiempo.

—No sé, pienso que he sido un iluso al emprender este viaje. Pero después de tantos años ocultando a todo el mundo una parte tan importante de mi vida, sentí que necesitaba enfrentarme a ello...

—Tuvo que ser muy duro —apunta Cestero.

—Más de lo que imaginas. Yo quería a mi *aita*, lo adoraba con toda mi alma. Con él aprendí a montar en bicicleta, a subir a las montañas más altas, a leer... Me sentía seguro a su lado, afortunado. A veces se ausentaba, pero nunca demasiado tiempo. Yo me daba cuenta de que hacía semanas que no le veía y en casa nadie quería hablar abiertamente de lo que estaba pasando delante de un crío. Hasta que un día me di de bruces con aquella imagen de una niña junto al cadáver de su padre. —Madrazo hace una pausa para aclararse la garganta llorosa—. No, aquello solo podía ser mentira. Mi *aita* era ese hombre afectuoso que entraba a hurtadillas en mi habitación para darme un beso en la mejilla cuando me creía dormido... Él no podía haber hecho eso que decía el periódico. —El suspiro del oficial brota desde lo más profundo de sus entrañas—. Y, sin embargo, tenían razón. Lo comprendí cuando fui a visitarlo a esa cárcel que estaba a casi un día de viaje y le pregunté si era culpable. La mirada de ese hombre que de repente se convirtió en un desconocido para mí fue suficiente respuesta. Nunca olvidaré sus ojos humedecidos al ver que yo no era capaz de aguantar las lágrimas.

—No puedo imaginarme lo que sentiste —reconoce Cestero.

—Todo era muy extraño —confiesa Madrazo—. Además, en los entornos donde se movía mi familia todo eran halagos al referirse a él, un mártir que pagaba condena por luchar por la libertad de su pueblo. Hablaban de las horribles torturas a las que lo sometieron en dependencias policiales y que le dejaron secuelas de por vida… Y con él nos condenaron a toda una familia, claro. Cumplió toda la pena a casi mil kilómetros de casa. Cada viernes por la tarde nos subíamos a una furgoneta y viajábamos durante toda la noche para ir a visitarle. Lo veíamos un rato a través de un cristal blindado y de nuevo un viaje interminable para regresar a casa. Era agotador. Un día mi madre se durmió al volante. Nos faltó poco para matarnos en aquella carretera de Jaén… Ambulancias, bomberos… Aquello no hizo más que radicalizar las posturas en mi casa, pero yo ya había comenzado a alejarme del héroe de mi infancia. Porque un héroe jamás provocaría el miedo y las lágrimas que yo había visto en aquella imagen que volvía a mi cabeza una y otra vez. Al acostarme, cerraba los ojos y veía el rostro de esa niña, quería encontrarme con ella, sacarla de allí, evitar que estallara aquella bomba que había hecho saltar por los aires nuestras vidas.

—Estoy segura de que Mariví habrá agradecido tu visita. Quizá no es capaz de enfrentarse a su dolor todavía, pero esas líneas que le hiciste llegar acabarán por ayudarla mucho.

—Me arrepiento de no habértelo contado antes, Ane. Estuve tentado de hacerlo cuando salimos juntos, pero me faltó valentía.

—Me hubiera gustado saberlo. Podría haberte aliviado el compartirlo con alguien.

—Lo sé, pero siempre he tenido miedo de hablar de ello. ¿Te imaginas cómo fueron mis años en la academia? El nombre de mi *aita* era el ejemplo más recurrente al hablar de la violencia. Ese tipo que llevó a las portadas de los diarios a esa niña desorientada junto al cadáver de su padre era un ser despreciable para los futuros ertzainas. Rara era la semana que no había alguien que no bromeara con mi apellido. Mientras yo luchaba por ocultar quién era, los demás jugaban a emparentarme con el asesino de la casacuartel. Mil veces estuve tentado de gritarles que sí, que era realmente su hijo, que dejaran su humor negro de una maldita vez.

Sin embargo, nunca lo hice. Temía no ser bien recibido si conocían la verdad.

—Qué duro —susurra Cestero.

—No fue una época fácil, no. Tampoco fuera de allí. Hubo amigos que me dieron la espalda, y otros que me confesaron que mi nombre había comenzado a mencionarse en las *Herriko tabernas.* ¿Qué había fallado para que el vástago de un luchador por la libertad de su pueblo se hubiera pasado al bando opresor? La palabra «traidor» comenzó a sonar con fuerza. Me sentí en tierra de nadie, señalado por todos y bienvenido en ningún sitio. Mientras otros aprendices de ertzaina se burlaban de mi apellido, yo me veía obligado a mirar cada mañana debajo del coche… —Una pausa para un suspiro—. Una mierda, Ane… ¿Y las inercias que no he podido desterrar? Todavía me descubro dando rodeos para no pasar ante algunos bares de la Parte Vieja de Donostia o variando mis recorridos cotidianos para no brindar facilidades a algún hipotético pistolero.

—¿Y tu familia? ¿Se lo tomaron bien?

—No. El día que anuncié en casa que quería ser ertzaina fue un cataclismo. Todavía tengo aquí clavada la reacción de mi hermana —dice llevándose la mano derecha al pecho, sin plantearse que Cestero no podrá ver su gesto—. Me dijo que le iba a arruinar la vida con mi decisión, que a partir de entonces solo sería la hermana de un traidor. Y mi madre no dijo tanto pero no me hizo sentir mejor. Para ella también era un fracaso personal, no era algo que pudiera explicar orgullosa a sus amigas… Mi tía todavía se ofrece a poner dinero para que monte un negocio. Lo que sea con tal de que no siga humillando a la familia. —Unas campanas que llaman a una misa tardía interrumpen la conversación—. Oye, ya está bien de hablar de mí. ¿Tú cómo te encuentras? Estoy tan orgulloso de lo que hiciste por esas chicas africanas… Si no llega a ser por tu cabezonería, hoy estarían muertas. Te deben la vida. —El aviso de una llamada entrante hace apartarse el móvil a Madrazo. Se trata de un número desconocido—. ¡Es ella, Ane! ¡Es ella!

—¿Quién? ¿Qué dices? —Cestero no entiende nada.

Tampoco hay tiempo de explicárselo. Madrazo corta la comunicación. Al hacerlo, y sin pretenderlo, rechaza también esa llamada que quería recibir.

Sus manos corren a devolverla, pero los tonos se extinguen sin respuesta. Tras un tercer intento, una voz desagradable le dice que el terminal está apagado. Mariví se habrá arrepentido.

Unos chicos se ríen en la puerta de un bar. Comen rebanadas untadas con morcilla de la tierra y beben vino, seguramente del Bierzo. Madrazo los observa con desconfianza hasta que decide que sus carcajadas no van con él. La vida sigue en León. Es sábado y las calles están a rebosar de gentes deseosas de pasar un buen rato.

Una notificación en la pantalla del móvil dispara de nuevo el pulso del ertzaina. Se trata de un mensaje y es de Mariví. Son apenas unas palabras, pero es suficiente para que recupere la esperanza y, con ella, la incertidumbre.

Me gustaría verte. Mañana, a las once y media, en el cementerio de mi pueblo.

71

Cestero cierra el cajón donde descansan de nuevo los secretos de Madrazo y despliega sobre el escritorio el portátil. La luz blanca de la pantalla le muestra el expediente de Alberto Ranero. A pesar de que han pasado años desde su condena por proxenetismo, todo suena demasiado presente. Ese malnacido lo ha vuelto a hacer, el paso por prisión no le ha impedido volver a arruinar la vida a otros seres humanos.

¿Cómo pudo Carolina fijarse en un hombre así?

Probablemente, la mujer asustada a la que ella conoció en la terapia no supiera nada del pasado del tipo del que se enamoró.

Aquel ojo morado acude una vez más a fustigar a la suboficial. Si hubiera actuado en aquel mismo momento, no solo habría salvado la vida a Carolina, sino también a Loli. Un Ranero entre rejas no podría haber continuado su espiral sangrienta.

El móvil vibra en la mesa. Es un mensaje de texto. El número que lo remite no lo tiene memorizado en la agenda. Sin embargo, le resulta familiar. Tanto que necesita leerlo por segunda vez porque le cuesta asimilarlo.

Su corazón se acelera. Comprueba en su ordenador que se trata del teléfono al que Loli Sánchez llamó en más de veinte ocasiones desde que se produjo el asesinato de Camila, el mismo que emitió su última señal desde el Bidasoa.

Alberto Ranero le está escribiendo.

Katxola. Todavía quedan mujeres por salvar.

La ertzaina no necesita más para comprender que se refiere a Carolina. De pronto algo parecido a la esperanza trata de abrirse camino. Katxola… Nunca antes ha oído ese nombre. Una búsqueda rápida en internet le cuenta que se trata de una sidrería, abandonada desde que en mil novecientos ochenta y cinco una helada diezmara sus manzanos. El mapa que acompaña al artículo muestra la costa de Jaizkibel, la misma en la que hallaron a las africanas. Un punto rojo localiza el viejo caserío productor de sidra en las laderas que caen desde la cumbre hacia los acantilados.

Ranero la está citando allí, en un paraje que a esas horas estará desierto. Cestero corre a la ventana. Allí sigue Julia en su sesión de surf nocturno. Regresa a por el móvil. Llamará a Aitor, a Iñaki… Tienen que ir a ese lugar de inmediato.

Antes de que pueda marcar un solo número, un nuevo mensaje de texto se despliega en la pantalla.

Ven sola o morirá.

72

Sábado, 21 de septiembre de 2019

—Ya estoy aquí, Ane. Vengo renovada. A ver si te animas a entrar conmigo en el agua algún día. No se me ocurren muchos deportes que te ayuden a liberar tanto estrés —saluda Julia en cuanto abre la puerta. Su biquini todavía gotea. No ha querido ponerse traje de neopreno solo para coger un puñado de olas. El mar está suficientemente caliente a esas alturas del año y la ertzaina prefiere sentir el agua sobre su piel desnuda—. ¿Ane? ¿Estás ahí?

No hay respuesta.

Julia consulta el reloj. Ha pasado poco más de una hora desde que ha salido a hacer surf. Es extraño. La suboficial le ha dicho que la esperaría preparando algo para cenar.

—¿Cestero? —insiste apoyando la tabla de surf en la entrada para recorrer el apartamento.

No hay nadie. Y tampoco rastro de ninguna cena. Encima de la mesa solo está el ordenador, abierto en el expediente de Ranero.

Quizá haya salido a comprar algo preparado. Hay una furgoneta que vende pizzas al horno de leña en el extremo de la playa más cercano al puerto deportivo. Julia se obliga a asumir que se trata de algo así, no quiere ni plantearse que Cestero haya podido sufrir algún percance en su ausencia.

El timbre del teléfono rompe el silencio del apartamento vacío. Es Iñaki.

—¿Sabes algo de la jefa? —pregunta su compañero sin formulismo alguno—. Estoy llamándola y no contesta.

—No. Acabo de subir a casa y aquí no hay nadie. No creo que haya ido muy lejos. Espera… —Julia se asoma a la ventana—. Su moto no está. ¿Qué pasa? ¿Por qué la buscas?

Iñaki guarda silencio unos instantes.

—Hay que localizarla. He descubierto algo importante.

—¿De qué hablas? ¿O es que solo puedes decírselo a Cestero?

—Creo que deberías venir a comisaría. Aitor también está en camino.

73

Sábado, 21 de septiembre de 2019

El mecanismo vuelve a ponerse en marcha. Primero es ese clac, después los chirridos de la correa de transmisión y por último las protestas metálicas de los engranajes. Los sonidos que llegan a continuación son sus propios lamentos y ruegos para que detenga esa maldita máquina. Ellos también comienzan a resultarle espantosamente familiares. Pero esta vez es diferente. La prensa que acabará con su vida ya no es esa plataforma que descendía allá arriba. Ahora se encuentra tan cerca que puede ver cada astilla, oler cada matiz de la madera vieja. Huele a polvo y a humedad, a óxido y a grasa de motor.

—¡Para, por favor! —ruega con el hilo de voz que logra brotar de su garganta sedienta.

¿Cuántas noches han pasado desde que ese cuenco que tiene junto a la cabeza estuvo lleno por última vez?

Tanto da, y tal vez sea mejor así. Si la deshidratación hace su trabajo, el dolor será menor. Con un poco de suerte la consciencia habrá volado lejos cuando el lagar comience a prensar su cuerpo.

Va a morir. Lo sabe muy bien, y de hecho es lo que desea. No puede seguir asistiendo a esa muerte a cámara lenta. Teme tanto el dolor que sus órganos le producirán al reventar como el clac que volvería a detener el mecanismo para prorrogar la espera.

—¡Páralo! —suplica una vez más.

No hay respuesta.

Nunca la hay.

El tonel que aguarda sus restos en el piso de abajo estará ya preparado. Las aves han comenzado a reunirse en el exterior. Las oye a través de la ventana rota. Ellas también saben lo que está a punto de ocurrir.

La prensa acaricia ya su nariz, gira la cabeza y la pone de costado para ganar un poco de tiempo. ¿Cuánto pasará desde que comience a sentir el dolor hasta que la presión reviente su cuerpo?

Demasiado. El lagar sabe ser paciente. Es capaz de descender un solo centímetro por minuto. Pero ya está aquí, tan próximo que ni siquiera puede llenar a fondo sus pulmones.

El final se acerca. En unos minutos todo habrá terminado. Y entonces ellas rematarán el trabajo. Sus picos afilados se ocuparán de que no quede nada en ese barril y sus vientres agradecidos borrarán sus restos para siempre.

La hora de las gaviotas ha comenzado.

74

Sábado, 21 de septiembre de 2019

La Honda de Cestero deja atrás el santuario de Guadalupe y continúa su ascenso a toda velocidad. Carolina, la mujer del ojo morado, la mujer aterrorizada a la que no supo proteger, es la única ocupante de su pensamiento. Viaja aferrada a ella, pidiéndole más y más en cada curva. «Date prisa, Ane, todavía llegarás a tiempo de salvarme.»

El marcador de la gasolina no está al máximo, aunque tampoco le falta mucho. No tendrá problemas para alcanzar el lugar que indica el GPS. Lo hará enseguida, solo restan un par de curvas para el cruce. La Honda ruge, no hay un solo segundo que perder. Ranero, el monstruo que lleva años sembrando de desgracia la vida de tantas mujeres, la espera. Será una trampa, por supuesto, pero Cestero está preparada. Si hay una mínima posibilidad de salvar la vida de Carolina, no está dispuesta a dejarla pasar.

Un último giro y ahí está el desvío, arranca a la derecha de la carretera, que continúa su curso serpenteante hacia las alturas de Jaizkibel.

—Mierda… —escupe la ertzaina al comprobar que se trata de una pista de tierra. Su moto es amiga del asfalto, no de caminos de cabras.

Una mirada al GPS le responde que abandonarla y continuar a pie no es una buena idea. Faltan todavía tres kilómetros largos para llegar a la ubicación que Ranero le ha enviado; apenas un par de minutos en moto, un largo trayecto andando.

La mano derecha de Cestero acciona el acelerador. Es lo que le pide Carolina. Los primeros metros le permiten soltar un suspiro de alivio. El faro de la Honda ilumina un firme en buen estado, con gravilla suelta, pero apto para circular. Sin embargo, la alegría se disuelve casi en el acto. Tras las primeras curvas, el barro hace acto de presencia. Las lluvias de los últimos días han hecho mella en el camino.

—No pares —se ordena entre dientes. No puede andarse con precauciones. Cada segundo que deje escapar podría resultar fatal.

Todavía quedan mujeres por salvar.

El mensaje regresa a su mente una y otra vez. El faro de la moto lo proyecta en cada árbol que deja atrás, en cada piedra que trata de esquivar.

¿A qué está jugando Ranero?

Cestero es consciente de que lo habrá organizado todo a conciencia. Ha tenido tiempo para hacerlo antes de ponerse en contacto con ella. Tal vez Carolina ni siquiera se encuentre en ese lugar; tal vez esté, como todos dan por hecho, entre los lodos del Bidasoa.

«No pienses tanto. Ven a salvarme…» La mujer del ojo morado le ruega más velocidad desde la parte posterior del asiento. Esta vez quiere llegar a tiempo.

La ertzaina respira hondo. El camino se está volviendo abrupto por momentos. El agua de la lluvia ha mancillado el terreno, ha dibujado cárcavas y torrenteras que zancadillean a las ruedas lisas de la Honda.

Faltan dos kilómetros y doscientos metros para su destino. Su mirada busca la sidrería abandonada en esas campas que caen hacia el Cantábrico. Todavía no alcanza a verla. La noche se ocupa de impedírselo. También un pinar que envuelve la pista tras una rampa pronunciada.

Bajo los árboles, el barro se vuelve más agresivo y hace patinar las ruedas. Cestero trata de recuperar el control: frena, acelera con suavidad y corrige el rumbo. Lo consigue en varias ocasiones, pero la mala suerte acaba ganando la partida. La Honda se desliza sin respuesta y finalmente derrapa para desplomarse en el lodazal.

Todavía faltan mil trescientos metros para alcanzar la antigua sidrería.

—¡Joder! —exclama Cestero tratando de sacar la pierna derecha de debajo de la moto. Doscientos kilos de motor y carenado la aprisionan contra el suelo. Le cuesta, aunque logra liberarse. Lo que no consigue es que la moto recupere la verticalidad.

Tendrá que seguir a pie.

En cuanto el bosque queda atrás, un viejo edificio con tejado a dos aguas y vigas a la vista toma forma ante ella. Responde a la descripción que ha conseguido de Katxola, la antigua sidrería que años atrás otorgaba una pincelada de jovialidad a la solitaria vertiente norte de Jaizkibel.

Conforme la ertzaina avanza entre resbalones y tropiezos, comprueba que hay luz en el interior. También el farol que pende de la fachada está encendido y permite ver los desconchados en el encalado, así como las contraventanas que cuelgan rotas. La crudeza del invierno en la costa vasca no perdona a los caseríos que carecen de presente. Y las laderas marítimas de Jaizkibel, tan expuestas a los vientos dominantes del noroeste, no constituyen precisamente una excepción.

—Venga, corre —se pide, llevándose la mano a la pierna. La caída se la ha dejado dolorida, pero por suerte no le impide caminar.

La suboficial se exige más velocidad. A Carolina le falló una vez, no va a permitirse hacerlo dos veces.

Está comenzando a llover cuando llega por fin frente a la puerta. La cadena que permite cerrarla está hecha un ovillo en el suelo, igual que el candado.

La ertzaina respira hondo antes de empujar la hoja de madera, vigilante inoportuno que cruje y chirría para alertar de su presencia.

Tras maldecir por lo bajo, Cestero entra con la pistola en la mano. Una bombilla desnuda y de escaso voltaje brinda una luz tenue al lugar. Hay mesas y taburetes cubiertos de polvo, y todavía pueden leerse los precios de las consumiciones en una pizarra. De una viga de madera cuelga un casillero para naipes, dispuestos aún a que alguien se decida a sentarse a echar la partida. Algo más allá, en un rincón, decenas de botellas de sidra aguardan pacientes a que vuelvan a llenarlas.

Las dos grandes barricas que presiden el espacio lucen a tiza los nombres de las últimas propietarias de la sidrería. Junto a ellas, alguien ha dispuesto un tonel de menor tamaño. Un tubo cuelga del techo y va a parar a su interior.

Clac.

El sonido, al que responde un mecanismo activándose, llega de una esquina sumida en las sombras. Cestero dirige hacia allí su linterna. Hay alguien junto a la escalera que trepa al piso superior. Su mano descansa sobre la palanca que pone en marcha la prensa.

—Bienvenida, Ane. ¿Sorprendida?

75

Sábado, 21 de septiembre de 2019

—¿Qué estáis haciendo? —Julia no comprende por qué Iñaki y Aitor están revisando una vez más las fotos del Alarde—. ¿Alguien puede contarme qué está pasando aquí?

Es Aitor quien se gira hacia ella. Todavía lleva puesta la cazadora.

—La barrera de plástico…

El agente primero levanta la mano para interrumpirle. Quiere ser él quien lo explique.

—Ayer volví a revisar las fotografías del Alarde en busca de Ranero. ¿Sabes cuántas imágenes tenemos? —Una pausa para que Julia niegue con un gesto y le apremie con la mirada para que vaya al grano—. Ochenta y cuatro. En alguna de ellas tendría que aparecer, aunque fuese de refilón, pero nada. He pasado tantas horas viendo estas fotos que no me cuadraba que en ninguna de las tomas pudiera ver al agresor. Entonces se me ocurrió que, aunque el laboratorio había desestimado la posibilidad de hallar muestras válidas en el arma homicida y en los plásticos debido a que habían sido contaminados por la estampida, al tratarse de un delincuente ya fichado, quizá podrían cotejar sus huellas y confirmarnos alguna impresión parcial. Las huellas siguen sin ser identificables, pero han descubierto un error fatal: la forma en la que el material fue rasgado con el cuchillo indica que la punzada llegó de dentro.

Aitor asiente con una mueca de circunstancias.

—Siempre hemos creído que el ataque llegó de fuera, y no fue así. A Camila Etcheverry no la mató uno de los exaltados que boicoteaban el paso del Alarde, sino alguno de quienes desfilaban junto a ella. Con el navajazo a la barrera consiguió despistarnos y nos ha hecho perder un tiempo precioso.

Julia no precisa más palabras. Comprende lo que esa novedad supone. Coge una silla y se sienta junto a Aitor para perder la mirada en la fotografía que muestra la pantalla de su portátil.

Filas de mujeres y hombres con su txapela roja y sus escopetas al hombro. La calle Mayor de Hondarribia es una fiesta. Oculta entre murallas negras, sí, pero una fiesta al fin y al cabo. Los rostros de quienes desfilan hablan de orgullo, de la construcción de un pueblo mejor a pesar de los intolerantes que insultan. Es su día y nadie los va a detener en su empeño de que el ocho de septiembre sea la celebración de todos.

Y de todas.

Camila está ahí. El monstruo está ahí. Su máscara de ciudadana implicada en la defensa de los derechos de la mujer está lograda. Parece una más. La sonrisa que luce no permite intuir que esa mañana antes de salir ha estado revisando su dietario del horror. Drogas, edades, peso, deudas… Esclavitud.

No es la única persona con secretos inconfesables entre esas paredes de plástico. Ahora saben que no.

En la instantánea que contempla Julia, una de esas que llegaron en la tarjeta de memoria que envió el turista francés, todo discurre con normalidad. Al menos con la normalidad que se espera de la calle Mayor al paso del Alarde Mixto. Apenas unos segundos después se produciría el ataque, aprovechando seguramente algún momento de confusión provocado por los de fuera y sus malditos plásticos. Sin pretenderlo, se convirtieron en cómplices de un asesinato que acabaría llevándolos al centro de las sospechas.

La idea de agujerear la barrera que alzan a su paso fue brillante. Consiguió desviar la atención, hacer de los intolerantes que gritan los culpables de una muerte en la que nada tuvieron que ver. Con todas las miradas fijas en ellos ha tenido tiempo de seguir adelante con su plan.

—¡Aquí está! —exclama Aitor.

Julia sigue el dedo de su compañero, que se posa en la fila inmediatamente posterior, en la misma columna que la víctima del crimen. La mano a la que señala ha dejado de sostener la pequeña flauta que el resto hace sonar y hurga en el bolsillo de la chaqueta, de la que asoma lo que podría ser el arma.

—Cobarde —balbucea Julia.

Fue un ataque ruin, tanto como la vida que arrebató. Desde detrás todo resultaría muy fácil. No tuvo más que estirar el brazo y clavar el cuchillo de delante a atrás en la ingle de Camila, segando en su recorrido la arteria femoral y otros vasos sanguíneos de menor entidad.

La mirada de la ertzaina busca ahora el rostro al que pertenece esa mano homicida. Mujer, joven, pelo recogido en una coleta, gafas redondas…

—¿Puedes ampliarla?

La instantánea crece y se centra en la persona que les interesa. Ahora la empuñadura del cuchillo que la mano extrae del bolsillo es evidente. Los rasgos del rostro también son más claros, más concretos. Esos labios hermosos sonríen. Los ojos, no tanto.

Julia toma aire antes de hablar.

—¡Joder, Aitor! ¡Es ella!

76

Sábado, 21 de septiembre de 2019

—¿Dónde está Carolina? —Es lo único que acierta a decir Cestero.

Amalia esboza una sonrisa mientras baja la palanca que logra una tregua del lagar.

—En un sitio donde podrá comenzar una nueva vida. Lejos de malos tratos y de miradas de lástima de vecinas y vecinos que no hicieron nada por ayudarla.

—¿Y Ranero…? —pregunta la ertzaina mirando a todos lados. El mensaje ha sido remitido desde su móvil, de eso no hay duda.

La joven voluntaria en la asociación que apoya a las víctimas de maltrato no responde a su pregunta. Se limita a volver a activar el mecanismo de la prensa. Clac. Los engranajes chirrían, las vigas de madera del caserío crujen por el esfuerzo.

¿Es un lamento eso que brota del piso superior?

Cestero da un paso hacia las escaleras. La rodilla lastimada protesta ahora con más fuerza.

—No lo hagas —le ordena Amalia llevando la mano a una segunda palanca—. Si desbloqueo la prensa, lo aplastará en el acto.

—¡Detén eso inmediatamente! —exclama Cestero—. ¿Qué estás haciendo?

—No lo voy a parar. Y no quieres que lo haga, Ane. Tú también estás deseando que Ranero muera. Eres como yo. Lo supe desde el primer día que te vi en esa terapia. Por eso te he hecho venir. Mereces estar aquí, asistir al punto y seguido de esta obra a la que vamos a dar continuidad juntas.

—Ayuda… —ruega una voz entrecortada que llega desde arriba.

—Detén esa máquina —repite Cestero.

Amalia tira de la primera palanca. La maquinaria se detiene; los chirridos cesan, las demandas de auxilio continúan.

—No, ni se te ocurra moverte de ahí —indica la joven al ver que Cestero da un paso adelante—. Permíteme comenzar por el principio. Querrás saber por qué he hecho todo esto… Camila era un monstruo. Mi madre confiaba en ella, era su amiga. A las dos las trajeron engañadas de Portugal, a las dos las convirtieron en adictas a la droga y las esclavizaron a fuerza de heroína y encierro. Años en un club de frontera, empleadas como mercancía para satisfacer a hombres sin escrúpulos. —La dureza de la narración la obliga a tragar saliva—. Juntas planearon huir. Habían preparado un buen plan, incluida la denuncia que permitiría desarticular la banda que las tenía esclavizadas. Sin embargo, Camila la traicionó en el último momento. Se lo contó todo a Ranero y delató a mi madre. Se ganó así la confianza de ese malnacido. —Conforme lo explica, Amalia señala hacia el piso de arriba. Los ruegos han cedido el testigo a un llanto entrecortado—. Le dio igual que eso supusiera que su compañera de huida sufriera unas consecuencias espantosas. La trajeron aquí, la ataron a esa prensa y le mostraron lo que hacían con quienes los desafiaban. Años después, cuando solo era un espectro de la mujer bonita que había sido, todavía me hablaba de pesadillas en las que volvía a estar aquí retenida. No soportaba el olor de las manzanas y no podía evitar ponerse a temblar cuando veía gaviotas en el cielo. No había nada que le inspirara un miedo más atroz. Le habían explicado que serían ellas quienes se ocuparan de que nadie encontrara jamás el más mínimo rastro de su existencia, y bautizaban ese horror como *La hora de las gaviotas*.

—Amalia... —trata de intervenir Cestero.

—Tú también has sido víctima. Sabes de lo que hablo. Te engañas si crees que la sombra de tu padre no seguirá atormentándoos a ti y a tu madre. Mientras esté vivo, lo tendréis ahí, como una espada sobre vuestras cabezas.

Cestero odia reconocerse en esa sensación. Como tantas veces en las últimas semanas, la joven está consiguiendo introducir el dedo en la llaga.

—Carolina vivía siempre asustada. Igual que tu madre. ¿Sabes cuánto le cuesta dormir por las noches? ¿Cuántas veces comprueba que ha cerrado la puerta? Mientras ellos sigan vivos y libres, el miedo no desaparecerá. Si algo he aprendido estos años en la terapia es que no debería dar clases de meditación sino de defensa personal. La justicia no funciona.

La risita amarga que suelta Amalia hace daño. Cestero también tiene la impresión de que el sistema falla a las víctimas en demasiadas ocasiones.

—La única justicia es esta —anuncia la joven activando de nuevo la prensa. Ranero balbucea una nueva petición de auxilio—. Ese hijo de perra fue detenido pero cumplió una condena ridícula y, al salir de la cárcel, convirtió a Camila en su mujer de confianza. La muy falsa obligó a mi madre a volver a trabajar para ellos y compró ese maldito caserío con el sufrimiento de tantas otras mujeres como ella. Os ha tenido engañados todo este tiempo, con sus campañas a favor del Alarde Mixto... ¡Menuda hipócrita!

—Sabemos que Camila no era inocente —interrumpe Cestero—. Como tampoco lo era Loli.

—Loli Sánchez... Otra que merecía la muerte que tuvo, otra que se salvó inexplicablemente cuando detuvieron al resto. Su barco ya era empleado entonces para mover a las jóvenes a las que explotaban. ¿O crees que el dinero con el que su marido pudo montar la bodega llegó de vender pescado? —Amalia sacude la cabeza—. A Eusebio Ibargarai le ha salido muy bien hacerse el tonto todos estos años.

—¡Soltadme! —implora Ranero.

—He odiado a Loli toda mi vida —continúa la joven—. Fue ella quien consiguió que me separaran de mi madre. Si todo hubiera salido como esa bruja pretendía, hoy yo sería su hija. La señora Ibargarai era una de esas mujeres capaces de cualquier cosa con tal de tener descendencia. Lo que la naturaleza no podía darle quiso conseguirlo por otros medios. Por suerte, Asuntos Sociales no entró en su juego y crecí en un piso tutelado. Soy lo único que estos tres indeseables no pudieron quitarle a mi madre después de arrebatárselo todo. Mi madre siguió siéndolo hasta que la tristeza terminó con su vida.

Un aullido de dolor brota de arriba. La presión del lagar sobre el cuerpo del cautivo debe de ser ya muy grande.

Sus lamentos no inspiran lástima alguna a Cestero.

—Quiero pedirte disculpas por lo de tu amiga —continúa la joven—. También por lo de Miren. Creía tenerlo todo bien planeado. Las muertes de Camila y Loli, alimentadas por su notoriedad, servirían para sacudir conciencias. Solo pretendía vestirlo todo de ataque machista para hacer pensar a esta sociedad dormida. ¡Durante estos días el debate sobre el patriarcado ha estado en el centro de todo! Nunca imaginé que mis actos agitarían el avispero equivocado. No contaba con que mi justicia despertara a un maldito supremacista de género. Aunque tampoco te esperaba a ti y apareciste... Ranero tendría que haber muerto aquí mismo, unas horas después de fingir el secuestro de Carolina y su desaparición en el Bidasoa. Supuse que la buscarían unos días y pronto se olvidarían de ella. Sin embargo, vi tu reacción ese día en la terapia y comprendí que realmente te importaba y que harías todo lo posible por encontrarla. Por eso lo he mantenido con vida hasta que estuvieras preparada. Podemos cambiar este mundo, Ane. Si no lo hacemos nosotras, nadie lo hará.

—Yo ya lo estoy haciendo —objeta Cestero.

—Sabes que no es así. Por mucho empeño que pongas, el sistema no te acompaña. Entran por una puerta y salen por otra. En algún caso estarán unos meses entre rejas. ¿Y qué es eso cuando has arrebatado la vida a una mujer? ¿O crees que esas africanas que liberaste volverán a sonreír algún día? El infierno que han vivido las perseguirá siempre.

La suboficial siente que las palabras de Amalia erosionan sus cimientos. Son verdades con las que ella misma tiene que enfrentarse demasiados días.

Cestero no responde. Solo vuelve a dar un paso hacia ella.

—¡Quieta! —ordena Amalia acariciando la palanca del desbloqueo—. Piensa en Olaia... ¿Cómo se llamaba el energúmeno que la mató? Loira, ¿verdad? ¿Qué te parecerá encontrártelo, dentro de unos pocos años, paseando por tu pueblo? Tu querida amiga, muerta, y él tomándose unas cañas mientras bromea con otros como él sobre las tetas de tal o cual camarera...

La ertzaina aprieta los maxilares. El recuerdo de Olaia es demasiado doloroso. Y sabe que lo que adelanta Amalia será exactamente así.

—Únete a mí, Ane. Como ertzaina ya has comprobado que ser obediente no te da ninguna ventaja sobre quien se salta las reglas. Hazlo por tu madre, por Olaia... Hazlo por ti, por todas nosotras. Deja de soñar con cambiar el mundo y hazlo de verdad.

—Suéltalo —le pide de nuevo. Esta vez, sin embargo, su tono ha perdido gran parte de su fuerza.

—No quieres que lo haga —celebra Amalia.

Cestero traga saliva. Claro que desea que ese lagar acabe con la vida de Ranero. No merece otra cosa.

77

Sábado, 21 de septiembre de 2019

—¿Qué significa esto? ¿Esa chica es cómplice de Ranero? Trabaja como voluntaria en la terapia a la que Cestero acompaña a su madre. La misma a la que acudía Carolina Sasiain. No me preguntéis su nombre, no tengo ni idea. Solo la he visto una vez, el día que sacamos a Loli del agua. Pero sé dónde vive: en el faro de Híguer —explica Julia mientras prueba a llamar una vez más a la suboficial—. No responde.

Iñaki coge el chubasquero del perchero.

—Somos tres. Venga, no os quedéis mirando. Nos vamos a ese faro. Para cuando la jefa dé señales de vida tendremos a los dos en el calabozo.

Julia y Aitor intercambian una mirada. El agente primero tiene razón. No pueden quedarse de brazos cruzados esperando a Cestero.

—Un momento, será ella —dice Aitor al oír un tono de su móvil. Su rostro se congela mientras observa la pantalla—. Es una notificación… ¡El teléfono de Ranero está activo! Se ha conectado a la red hace treinta y ocho minutos…

Los tres ertzainas se asoman al mapa que se adueña del dispositivo. Es la costa del monte Jaizkibel. Un cuadrado sombreado marca la zona aproximada desde la que el móvil se ha conectado a los repetidores.

—Hay algo ahí —señala Iñaki—. Un edificio.

Aitor amplía la imagen. Pinares, prados y acantilados. Entre ellos se aprecia una única construcción. Un texto sobreimpreso identifica el lugar.

—Sidrería Katxola... —masculla Aitor.

—¿Te dice algo?

El ertzaina asiente.

—En el expediente del caso por el que Ranero fue condenado a pena de prisión se menciona que las víctimas denunciaban haber sido torturadas en un lagar de sidra. Algunas llegaron a asegurar que sabían de compañeras que habían sido asesinadas en la prensa.

—¿Y se trataba de Katxola? —pregunta Julia.

—No lo sé —reconoce su compañero—. En la sentencia no pasa de ser un apunte al que la investigación no dio continuidad. Supongo que a nadie le preocupó mucho buscar ese lugar una vez que ya tenían el testimonio que llevaría a prisión a los culpables. Eran otros tiempos.

—Aquí pone que esa sidrería está abandonada desde hace más de treinta años —anuncia Iñaki tras consultar el nombre en internet.

—Todo encaja. Ranero ha regresado a un lugar del que quizá no se alejó jamás.

Iñaki se palpa el pecho para asegurarse de que lleva la pistola consigo.

—Tendremos que desdoblarnos —anuncia dirigiéndose a la puerta—. Yo iré al faro a por la asesina. Me llevaré a alguno de los hombres de Bergara. Vosotros dos, a Katxola. No volváis sin Ranero.

Mientras el agente primero se pierde escaleras abajo, Aitor regresa a la notificación que ha recibido. Hay algo más.

—Ese tipo no ha encendido el móvil porque sí... Se ha puesto en contacto con alguien. Ha enviado dos mensajes de texto al mismo número.

—¿No te resulta conocido? —inquiere Julia, tecleándolo en su teléfono—. Mierda... ¡Es el de Cestero!

Su compañero resopla. Ahora ya saben dónde está la suboficial.

78

Sábado, 21 de septiembre de 2019

—Lo que tú llamas justicia no es más que odio. No eres mejor que ellos. Eres como Loira —objeta Cestero.

Los gritos de dolor son cada vez más débiles. Ranero ni siquiera logra articular palabra ya, se limita a balbucear y gemir. La ertzaina comprende que, si no actúa rápido, morirá.

—Piensa en todo el dolor que ha sembrado, en todas las vidas que ha destrozado —escupe Amalia con rabia—. Y en Carolina, claro. Tantos años de palizas y desprecios… Carolina me ayudó a darle caza y yo la ayudé a marcharse de aquí. Ella tendrá la vida que mi madre no pudo tener. A ella sí pude salvarla.

Cestero siente un alivio que llena de color todo su ser. Es solo un instante, porque allí continúan los gimoteos de Ranero. Su propia rodilla también llora.

—Llevo años planeando todo esto. Por eso ha salido tan bien. Hoy, por fin, podré vivir en paz conmigo misma. —Amalia señala a Cestero—. Mis planes terminaban con esta muerte, pero al conocerte supe que teníamos un largo camino por delante. Juntas seremos invencibles.

—¡Amalia, joder! El mundo no acaba en ellos tres. Ranero no está solo en esto, por eso se libró de una condena mayor. Necesitamos que testifique —interrumpe la ertzaina dando un nuevo paso hacia ella. La pierna lesionada responde con un latigazo que le hace apretar los dientes. A medida que se enfría, el dolor se está volviendo más insoportable—. Él forma parte de una red que continuará actuando si no los detenemos. Él nos llevará hasta los demás. ¿Quiénes son los franceses a los que vende sus víctimas? Si no damos con ellos, todo seguirá. Esta vez nadie va a protegerlo, te lo aseguro. Piensa en todas las mujeres a las que podríamos liberar de la trata. —La suboficial hace una pausa, convencida de que comienza a derribar las defensas de la joven—. Detén esa máquina, por favor.

Amalia niega con la cabeza.

—Lo siento, Ane. Si lo suelto, no tardará en estar paseando de nuevo por Hondarribia. Ya no puedes hacer nada por él. Pero como te decía en mi mensaje, todavía quedan mujeres que salvar.

Cestero comprende que sus palabras no van a ser suficientes. O actúa inmediatamente o Ranero morirá aplastado.

—No te lo voy a pedir de nuevo —ordena encañonándola. Algo dentro de ella le grita que no lo haga, que permita a la asesina del Alarde culminar su trabajo. El mundo será mejor si pierde a un traficante reincidente de seres humanos.

—No. Lo mataré aunque sea lo último que haga en la vida. A mí este sistema injusto no logrará comerme la cabeza como ha hecho contigo. Rebélate, Ane… ¡Tengo planes para las dos!

Del piso superior solo llega ya algo parecido a un ronquido estertóreo. Ranero va a morir.

La suboficial no se permite dudar más. Sin dejar de apuntar a la joven con el arma, continúa acercándose. Cada paso que da es una puñalada cruel en esa rodilla maltrecha.

Amalia tampoco está dispuesta a perder el tiempo. Estira rápidamente la mano hacia la palanca que desbloquea el lagar. Si la acciona, la prensa caerá de golpe, libre de engranajes que apacigüen su descenso. De pronto todo habrá acabado allí arriba.

¡Pum!

El disparo resuena con fuerza en el viejo caserío. En el exterior, las gaviotas graznan alborotadas. Dentro es Amalia quien aúlla de dolor doblada sobre sí misma. La bala le ha alcanzado la mano.

—Perdona, Amalia. Lo siento muchísimo —lamenta la suboficial antes de asir el mando para invertir el movimiento del lagar. Odia escuchar a un ser despreciable recuperando el resuello. Solo espera no arrepentirse de esta decisión.

—Confié en ti. Lo arriesgué todo. Me has fallado, Ane Cestero. Nos has fallado a todas —le reprocha Amalia con los ojos anegados de decepción. Después recupera la verticalidad y le da la espalda para dirigirse hacia la salida.

La suboficial la observa sin saber qué decir. Quiere animarla a correr hacia la costa, a subirse en el primer barco que encuentre, a reunirse con Carolina. Quiere hacerlo, pero no puede. Y tampoco es capaz de impedírselo. Las lágrimas le nublan la vista.

Hay días en los que odia ser ertzaina.

—No des un solo paso más. —Su pierna ya no responde. Ha tratado de ir tras ella, y solo ha logrado caer de bruces. Ahora solo puede recurrir a su pistola, que apunta a la joven que soñaba con cambiar el mundo—. No me obligues a dispararte, Amalia.

La asesina del Alarde continúa su avance hacia una puerta de salida que está a punto de alcanzar. Cestero lucha por sacudirse de encima la sensación de culpa. Esa chica que le da la espalda no es quien quiere hacerle creer. Es una asesina despiadada. Ha sembrado el pánico en Hondarribia y ha cometido crímenes que solo una mente muy perturbada podría llegar a planear.

Su dedo se dirige al gatillo. No puede permitirse dudar. Coge aire y se dispone a realizar su trabajo.

En lugar del disparo que espera es una nueva orden la que resuena en la vieja sidrería.

—¡Alto, policía! ¡Manos arriba!

Amalia se vuelve hacia Cestero, extrañada por ese renovado torrente de voz.

La suboficial tampoco comprende nada. No es ella quien le ha dado el alto.

De pronto hay dos personas más en el lagar. Son Aitor y Julia: su equipo, su unidad, sus amigos. Corren cada uno hacia un lugar diferente. Él se apresura a detener a Amalia, ella se agacha junto a Cestero para preguntarle si está bien.

Y lo está, claro que lo está. Julia le ofrece sus brazos y la ayuda a ponerse en pie. Aitor se acerca y se sitúa al otro lado, mientras Ane se sostiene sobre su pierna sana. Los tres juntos acaban de hacer justicia. Con la detención de la asesina del Alarde acaban de cerrar el capítulo más negro de la historia de una fiesta que el fanatismo lleva demasiado tiempo haciendo suya.

Lejos de celebraciones, Cestero rompe a llorar. La presa de contención que ha levantado a lo largo de los últimos días acaba de reventar. Sus lágrimas corren por sus mejillas con la fuerza de un torrente de montaña tras la tormenta. Lo hacen por Olaia y por todas las demás. Y siente que, a pesar de la tristeza, jamás ha estado más orgullosa de su trabajo y de construir cada día un mundo mejor.

79

Domingo, 22 de septiembre de 2019

La sencillez de la tumba sorprende a Madrazo. Nada de panteones o de grandes homenajes de piedra. Se trata de una simple lápida, una más de las muchas que se alinean entre los cipreses de ese recogido camposanto rural. Ahí está el nombre que el ertzaina ha leído tantas veces en los recortes de periódico. Las letras de latón destacan sobre el mármol con mayor dramatismo que la tinta de la rotativa sobre el papel.

Madrazo deposita en la sepultura el ramo de rosas blancas con el que ha querido homenajear al fallecido. No mira el reloj, pero su silencio se alarga más de un minuto. Jamás llegó a hablarlo con su padre, pero tiene la certeza de que le hubiera gustado estar allí. Sin embargo, lo siente muy presente. Está con él, ante la tumba del hombre al que su bomba arrebató la vida.

—Tu padre era un asesino —dispara a bocajarro una voz de mujer.

Madrazo respira hondo. Durante esa larga noche en vela ha imaginado muchos inicios para la conversación, pero ninguno tan descorazonador.

—Hola, Mariví —dice volviéndose hacia ella—. Gracias por invitarme a venir.

El gesto de la mujer es duro. Sus labios no muestran el menor atisbo de sonrisa y tampoco lo hacen esos ojos negros y cansados.

—¿Qué pretendes apareciendo de este modo en mi vida?

El ertzaina se ha hecho a sí mismo esa pregunta una y otra vez.

—Mi padre…

Ella alza la mano, le impide continuar.

—Yo tenía solo seis años. Aquella mañana estaba en la garita de vigilancia con él. Cuando ese asesino abandonó la mochila junto al muro de la casa-cuartel, papá me pidió que no me moviera de allí dentro y salió a comprobar de qué se trataba. —Madrazo contiene la respiración al escuchar una vez más la palabra asesino. No le gusta pensar en su padre de esa manera, prefiere quedarse con que aquello fue un desgraciado error que jamás debió ocurrir—. No sé por qué actuó así. Había protocolos, tendría que haber acordonado la zona y llamado a los artificieros. Unos niños jugaban al balón muy cerca, supongo que no quiso perder tiempo para que no corrieran peligro. —Las lágrimas quieren fluir por las mejillas de Mariví, pero ella no va a permitirles brotar—. No recuerdo la explosión, ni los cristales haciéndose añicos y clavándose en mi rostro… Mis siguientes imágenes son del hospital. Sangre, curas y mi madre con ataques de ansiedad que no logró superar hasta que murió hace dos años.

—Lo siento —admite Madrazo. Le cuesta articular las palabras. Le gustaría añadir que la onda expansiva alcanzó muchos kilómetros, llegó hasta su casa y acabó también en cierto modo con la vida de su familia y de su padre, pero algo le dice que es mejor no hacerlo. Uno fue la víctima, el otro, el verdugo.

—Fueron tiempos horribles. De antes de la bomba recuerdo poco, solo esa sensación de vivir en un peligro inminente, pegajoso, que nos obligaba a aislarnos de todo lo que estaba fuera de la casa-cuartel. Nos explicaban que quienes estaban del otro lado de la verja querían hacernos daño. Vivíamos asustados. Oíamos a los mayores hablar de explosiones, de muertos a tiros… El miedo de los adultos era palpable y se iba impregnando también en nosotros, los niños, educados en la desconfianza de todo lo que nos rodeaba. No era la vida que merece una pequeña de esa edad, desde luego. Y después sucedió aquello… Me contaron que mi padre estaba en el hospital, que pasaría un tiempo hasta que se pusiera bien… Algunos días lo creía y me imaginaba ese momento en el que regresaría con nosotras. Pero otros me daba cuenta del engaño. Yo había estado allí, lo había visto todo y sabía que algo terrible había sucedido. Bastaba con observar el estado en el que se encontraba mi madre y la lástima con la que nos trataban todos… Mamá no soportaba aquel lugar, necesitaba alejarse y rodearse de nuevo de su gente. Por eso regresamos al pueblo. Sin embargo, aquí fue igual o peor. Odié este lugar tanto como aquella casa-cuartel. Las miradas de los vecinos nos recordaban cada día quiénes éramos y lo que nos había pasado. Sus ojos me decían que no me veían a mí, Mariví Marchena, sino a la pobre niña de la foto, condenada a revivir cada día el mismo grito, el mismo escenario.

—Por eso te marchaste de aquí.

—Lo hice en cuanto reuní la fuerza suficiente. Y no fue fácil. Con mi padre se fue mi valentía. Toda mi vida me he sentido desvalida, vulnerable. Jamás me sacudiré esa losa de encima. Si alguien fuerte y valiente puede morir de un modo tan injusto, ¿por qué no iba a hacerlo yo?

—¿Tu madre te siguió a la capital?

—No, prefirió quedarse aquí. Me cuesta reconocerlo, pero agradecí esa distancia. Muchos años después de su asesinato la vida en casa seguía girando en torno a la ausencia de mi padre: mi madre todavía celebraba sus cumpleaños, servía un plato para él en nuestras cenas de Navidad… La tristeza no menguaba sino que cada vez se volvía más asfixiante. Incluso llevaba la cuenta al detalle del tiempo transcurrido y me lo repetía cada noche, antes de acostarnos: Mariví, ¿sabes cuánto tiempo ha pasado?

—Treinta años, once meses y poco más de una semana —le responde el ertzaina.

Madrazo lo sabe porque aquella bomba destruyó también su vida. Su padre se convirtió en una sombra, no solo porque se hallara a mil kilómetros de su casa, sino también porque desde aquella mañana de octubre jamás halló refugio para su alma atormentada… Sin embargo, el dolor de esa mujer le exige que no abra la boca.

—¿Sabes qué es lo más duro? —inquiere ella—. Que no vio crecer a su hija. Me quería con locura. Cuando observo las pocas fotos que tenemos juntos veo a un hombre feliz a mi lado. Merecía estar en los momentos más importantes de mi vida. A veces trato de imaginar cómo habría envejecido, si tendría el pelo blanco o las manos grandes y arrugadas… Ni siquiera soy capaz de recordar su voz. La imagen que conservo en mi memoria permanece congelada en una juventud artificial. Yo misma soy más mayor que él cuando murió. Y, a pesar de todo eso, no me cambiaría por ti. Prefiero ser la hija de un policía muerto que la del asesino que acabó con él. ¿A qué has venido? Todavía no me has contestado.

Madrazo traga saliva mientras reúne fuerzas para decirle lo que quería contarle.

—Me hice policía por tu padre.

Mariví aparta los ojos de la lápida y le mira, de verdad, por primera vez. A Madrazo, no al hijo del asesino de su padre.

—¿Eres guardia civil?

—Soy ertzaina. Lo que ocurrió aquella mañana me marcó para siempre. Yo también era un crío. Tenía ocho años.

Mariví sacude la cabeza mientras pasa la mano por las rosas que descansan ante el nombre de su padre.

—¿Qué te dijo tu padre cuando le dijiste que querías ser policía?

El ertzaina celebra que haya sido capaz de preguntarle por él sin llamarlo asesino.

—Fue una conmoción en casa. Tuve que escuchar cosas muy duras. Pero él no abrió la boca. Hasta que un día en que estábamos sentados todos a la mesa, se levantó, puso sus manos en mis hombros, me miró muy serio y me dijo que solo iba a pedirme una cosa: que fuera un buen policía. Su respuesta fue toda una lección. Y eso que le habían dado motivos para odiar a las fuerzas de seguridad. Jamás quiso hablarme de ello, pero sé que cuando lo detuvieron lo torturaron hasta dejarlo al borde de la muerte.

—Ponte en el papel de quienes se lo hicieron. —Mariví habla casi en un susurro. Su mano derecha acaricia esas letras de latón en las que se lee una fecha que ninguno de los dos borrará jamás de su historia personal—. Uno de sus compañeros había muerto por su culpa. Vivían con el miedo de ser los siguientes.

—Lo que se hacía en Intxaurrondo era diabólico. Yo también he detenido a personas que se hubieran alegrado de verme muerto, y jamás les he puesto la mano encima —objeta Madrazo—. La tortura nunca puede ser justificable.

—Porque eres un buen policía. Estoy segura de que mi padre nunca torturó a ningún detenido, pero hay reacciones que son humanas. Si yo hubiera podido, habría sido la primera en matar a tu padre con mis propias manos. —Sus dedos se detienen en la eme de Marchena—. Pero claro, quizá por eso no soy policía...

Un largo silencio sigue a sus palabras. Ninguno de los dos siente la necesidad de añadir nada hasta que las campanas de la iglesia comienzan a llamar a misa. Cuando terminan de repicar es Madrazo quien aclara:

—He venido porque pensé que te gustaría saber que el hijo del hombre que dejó aquella bomba junto a la casa-cuartel decidió hacerse policía. Y también para decirte que tengo la certeza de que a mi *aita* le hubiera gustado reunir el valor suficiente para recorrer este camino que he hecho yo. Él nunca se sintió orgulloso del dolor que sembró. El resto de su vida, hasta que falleció el año pasado, fue para él una senda de soledad y tristeza.

Mariví abre la boca para decir algo, pero vuelve a cerrarla. Madrazo siente un atisbo de paz. Sabe que hace solo unos minutos esa mujer de ojos tristes habría celebrado el angustioso final de su *aita*. Ahora, sin embargo, no lo hace.

—No esperes que te diga que le he perdonado.

—Tampoco es eso lo que busco.

Ella le observa fijamente y esboza algo que parece una sonrisa.

—Gracias por venir.

—Gracias a ti por recibirme.

Mariví aproxima la nariz a las rosas y las huele con agrado. Después se vuelve hacia el ertzaina, que comprende que está ante una despedida.

—Tal vez hoy no lo haga, y quizá mañana tampoco, pero estoy segura de que gracias a ti dormiré más tranquila. El rencor no es buen compañero de viaje y tengo la sensación de que el sonido de esa bomba que todavía me despierta por las noches acabará por silenciarse.

Epílogo

Martes, 24 de septiembre de 2019

Los haces de luz que brotan de la linterna del faro de Híguer se recortan contra las nubes. La imagen tiene algo de fantasmagórica, de decorado teatral. Se diría que son las aspas de uno de los gigantescos molinos contra los que batalla Don Quijote. Giran y giran en la noche, lentas pero incansables, barriendo a su paso las gotas que se desprenden del cielo.

—Estos días he deseado muchas veces no ser policía.

Es Cestero, está sentada en una roca fría y húmeda como esa noche de inicios de un otoño que se hace notar. El hombre que está junto a ella y que la reconforta pasándole una mano por la espalda es Madrazo.

—Perderíamos a una de las mejores. Has nacido para esto. Y estoy seguro de que te arrepentirías. Yo sé por qué me hice policía y creo que tú también eres consciente de por qué lo elegiste. Hay momentos insoportablemente duros, pero párate a pensar cómo sería el mundo sin nuestro trabajo. Si no llega a ser por ti, Unai Loira estaría ahora en su casa, inundando de odio las redes sociales y planeando su siguiente crimen. ¿Y Amalia? La tendríamos tramando algún otro acto de venganza. Es una asesina, Ane. Es posible que las personas a las que ha matado no sean de las que hacen que el mundo merezca la pena, pero quitarles la vida no es el camino.

—Lo sé.

—Has hecho un trabajo impecable y en unas condiciones muy complicadas.

Cestero también lo sabe, pero le gustaría estar más convencida de ello. Su mirada sigue a una gaviota que vuela a baja altura por encima de ellos antes de fundirse con la noche. El primer plano se lo adueñan los senderos que descienden entre arbustos en dirección a la costa cercana, pero es el Cantábrico el que lo domina todo: una infinita manta negra que arropa la costa en su sueño intranquilo. Ahí está el elevador de algas, ahí está el aroma a yodo y salitre que ha envuelto las últimas semanas de la vida de la ertzaina.

—Consiguió engañarnos a todos. Disfrazar los crímenes de ataques machistas cuando eran todo lo contrario fue una jugada maestra.

—Ha tenido años para planearlo. Cuando el rencor anida en una persona puede pudrirlo todo. Y no hay motor más potente… ¿Por qué te llamó? Ella misma cavó su propia tumba citándote en la sidrería.

—Porque confió demasiado en su poder de persuasión. Le estaba saliendo todo tan bien que pensó que sería capaz de reclutarme para la guerra que había decidido declarar. Sin ese error de cálculo, Ranero no habría llegado con vida hasta ese momento. El primer plan de Amalia pasaba por matarlo en el lagar de manera casi inmediata. Sin embargo, estuvo esperándome, pretendía atraerme a su ejército. Ni siquiera se le ocurrió que llevarme a Katxola pudiera acabar salvando la vida al hombre que más odiaba.

La gaviota ha resurgido de las sombras para posarse cerca. Los observa con sus ojillos fríos mientras se aproxima en silencio.

—Creo que quiere pastel —comenta Madrazo mientras la ahuyenta de un manotazo. El ave se aleja entre protestas ajadas—. ¿Quieres un poco?

Cestero dice que no, aunque cuesta rechazar esa delicia que les ha acercado a comisaría madame Iribarren. La anciana de Biriatu ha resultado ser una colaboradora inesperada. Después de leer el artículo de Jean Paul Garçon en el *Sud Ouest*, buscó en el cajón de las fotos y ha encontrado instantáneas en las que el caserío quemado se colaba de fondo en sus celebraciones familiares. Eso ha permitido identificar algunos de los vehículos aparcados a su puerta, supuestos clientes de la red de prostitución. Entre ellos han dado con uno de los más estrechos colaboradores de Bergara. El subcomisario Lezea era un habitual de Biriatu. Acudía con puntualidad británica a la invitación de Ranero cada vez que llegaban chicas nuevas en el *Gure Poza*.

—Fue él quien bloqueó las denuncias de Miren. Indicó a quienes estaban a su mando que se ocuparía personalmente del tema. En realidad lo único que hizo fue silenciar el asunto e impedir que la investigación progresara —explica Madrazo.

El gesto de Cestero se tuerce al pensar en él. Nunca es agradable descubrir que entre quienes tienen que proteger al pueblo existen personas que no cumplen con su cometido, pero verlos envueltos en un asunto que implica el tráfico de personas resulta especialmente doloroso.

—La Gendarmería ha detenido a los de Burdeos. Y Aduanas está lista para abordar el carguero en el que las traían de Guinea en cuanto entre en aguas jurisdiccionales españolas —anuncia la ertzaina.

—Era un matrimonio, ¿no?

—¿Los franceses? Sí. Gestionan una pequeña taberna en el barrio de Saint-Michel. Gente honrada a ojos de sus vecinos, como tantos otros explotadores. Las pobres chicas malvivían en un sótano sin luz natural. Las prostituían en la calle, cerca de la estación. Solo durante unos meses. Los clientes se cansan de los mismos cuerpos y les buscaban otros nuevos. Después las vendían a otros proxenetas. La Gendarmería está reconstruyendo la ruta de explotación que seguían esas mujeres. Confían en desmantelarla.

—Puedes estar muy orgullosa de lo que has hecho estas últimas semanas.

Ane no responde. Solo sabe que está cansada, muy cansada. Y también triste. Pensar en regresar a casa de Olaia a recoger sus cosas se le hace una cuesta arriba que teme no ser capaz de coronar. Donde antes había una amiga esperándola solo habrá silencio y un vacío gigantesco.

—Está lloviendo —señala Madrazo.

—Ya.

Las gotas acarician el rostro de Cestero. Son frías, igual que las voces de esas gaviotas que protestan desde las ramas de un árbol quemado por algún rayo.

—¿No nos vamos a mover? —pregunta el oficial.

—No.

—¿Quieres que te acompañe a por tus cosas? Puedes dormir en mi casa esta noche. Y las que necesites.

Ane no responde. Solo contempla ese mercante que vaga lento por el horizonte. No duerme. Los faros tampoco lo hacen. Aquí y allá lanzan sus destellos acompasados, tratan de guiarlo, de atraerlo a sus puertos.

—¿Dónde será el próximo?

Madrazo tarda en responder. También él rebusca en ese mundo durmiente que huele a algas rojas y humedad.

—Ojalá pudiéramos saberlo. Lo único de lo que puedes estar segura es de que en alguna mente ya está planeándose todo. Cuando menos lo esperemos golpeará en algún lugar, arrebatará una vida y conmocionará a toda una sociedad.

—Y ahí estaremos nosotros —sentencia una Cestero que de pronto ha recobrado la seguridad en sí misma—. No pienso permitir que nadie vuelva a engañarme con disfraces.

—¿Y si no hubiera próxima vez? ¿Te imaginas que no volviera a haber más crímenes?

Ane clava la mirada en una roca cercana. Ha visto algo… Es solo un cormorán, un cuervo de mar, tan negro que su silueta apenas se recorta contra el mar cuando la espuma de las olas forma una pantalla blanca detrás. Sus alas extendidas al viento son una advertencia. Está ahí, listo para lanzarse a la menor ocasión sobre alguna presa que baje la guardia.

—Habrá próxima vez —lamenta con un suspiro—. Lo demás son utopías. Habrá próxima vez y la UHI estará allí para darle caza sin brindarle la más mínima tregua.

Agradecimientos

Escribes la última frase, dejas a Cestero y Madrazo bajo esa lluvia otoñal, y de pronto te sientes huérfano. Ahora es cuando llegan las ganas de empezar de nuevo, de embarcar a la UHI en otro caso más. ¿Cuál será el escenario esta vez? ¿Cuál será el crimen que ponga todo en marcha? La única certeza es que habrá amigos que me ayudarán a que todo salga lo mejor posible.

No faltarán mi hermano, Iñigo, y María Bescós, su pareja, que revisan a conciencia los aspectos médicos de cada crimen. Después los ves en Urgencias con su bata blanca y parecen unos benditos... También estarán ahí Xabier Guruceta y Álvaro Muñoz, esos muchachos que me abroncan cada vez que me paso de cruel con algún personaje. ¿Y Juan Bautista Gallardo? Claro, él también seguirá echándome una mano con el uso correcto de la gramática.

Tampoco pienso dejar que se me escapen mis queridos Jana, Beñat, Iñigo, Dabid..., esos ertzainas a los que acribillo sin miramientos con mis preguntas.

Maria Pellicer, mi pareja, no estará lejos. He perdido la cuenta de las veces que se ha leído estas páginas y me ha regañado por hacerle pasar frío con tanta lluvia. Es lo que tiene abandonar el Mediterráneo para venirse a la costa vasca.

Junto a ellos estarán también Sonia, Mitxel y toda la maravillosa red comercial de Penguin Random House. También mis buenos amigos de Elkar. Sin todos ellos, sin ese nexo humano entre escritores y libreros, no habría llegado hasta aquí.

Entre esas bambalinas hay otras muchas personas que me apoyan cada día, pero hay una que brilla con luz propia: Virginia Fernández, editora y amiga. Ella es quien me sostiene cuando las fuerzas flaquean y los personajes se vuelven indomables. Y con Cestero de por medio algo así ocurre a menudo. No hay mayúsculas suficientemente grandes para darte las gracias, Virginia.

Y gracias, por supuesto, a ti, amigo lector. Sin ti nada de esto tendría ningún sentido.

Apuntes finales

A menudo, cuando visito los escenarios de mis novelas, encuentro lectores paseando por ellos. Tratan de dar con el lugar del crimen o los parajes que Cestero y Julia recorren en la ficción. Por ello es importante para mí que las localizaciones sean fieles a la realidad.

Quiero advertirte, amiga lectora, amigo lector, que no hallarás Katxola en las laderas de Jaizkibel.

Katxola existe, sí, pero en las colinas donostiarras de Aiete. Se trata de una joya del siglo XVII, un caserío-lagar que conserva su estructura destinada a la producción de sidra. En la actualidad está gestionado por la Asociación de Vecinos del barrio y representa un potente vínculo con las raíces agropecuarias de una zona devorada por el crecimiento urbano del último siglo.

Con la llegada del otoño los vecinos de Aiete recogemos la manzana y la trasladamos al lagar. Es un trabajo popular, un *auzolan*, como lo llamamos los vascos, tarea ardua recompensada con merienda y música de trikitixa. La sidra que obtenemos, y que se guarda en las barricas del piso inferior, será la que riegue los festejos populares del resto del año.

Es así, viendo el mosto surgiendo con parsimonia de la prensa de Katxola, como nació esta novela. Por eso he querido homenajear el lugar introduciéndolo en la trama. Ojalá los vecinos de Aiete y Hondarribia sepan perdonarme la licencia geográfica.

El 8 de septiembre de 2020 fue el primero sin incidentes en Hondarribia. Tras casi treinta años de enfrentamientos, no hubo insultos, no hubo pancartas, silbatos ni plásticos negros. No hubo nada. La pandemia originada por la Covid-19 impidió que el Alarde pudiera celebrarse. Ojalá en un futuro próximo podamos volver a hablar de una fiesta sin incidentes, para todos, para todas, y que el motivo no sea que un virus haya imposibilitado su celebración, sino que el tiempo de la intolerancia haya quedado definitivamente atrás.